W. Somerset Maugham

刀锋

[英] 毛姆 著　王纪卿 译

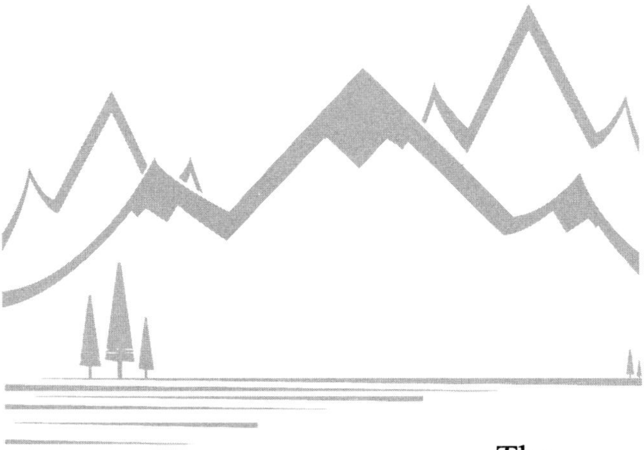

The Razor's Edge

中国友谊出版公司

图书在版编目（CIP）数据

刀锋 /（英）毛姆著；王纪卿译. -- 北京：中国友谊出版公司，2016.7（2022.3重印）
书名原文：THE RAZOR'S EDGE
ISBN 978-7-5057-3782-2

Ⅰ. ①刀… Ⅱ. ①毛… ②王… Ⅲ. ①长篇小说－英国－现代 Ⅳ. ①I561.45

中国版本图书馆CIP数据核字(2016)第159948号

书名 刀锋
作者 [英] 毛姆
译者 王纪卿
出版 中国友谊出版公司
发行 中国友谊出版公司
经销 新华书店
印刷 北京中科印刷有限公司
规格 889×1194毫米 32开
10.75印张 260千字
版次 2016年10月第1版
印次 2022年3月第5次印刷
书号 ISBN 978-7-5057-3782-2
定价 68.00元
地址 北京市朝阳区西坝河南里17号楼
邮编 100028
电话 （010）64678009

如发现印装质量问题，可联系调换
电话 （010）59799930-601

剃刀锋利，越之不易；
智者有云，得渡人稀。
——《迦陀奥义书》

第一章

一

我以往动笔写小说，从未如此犹疑不定。我将本书称为小说，只是因为我找不到别的名字称呼它。我没有多少故事可讲，也不会以死亡或婚姻来收场。一死百了，死亡总是故事的大结局，而婚姻也能使故事圆满收官。老于世故的人昧于事理，才会瞧不起传统上所谓的大团圆结尾。老百姓自有健全的本能，认为有了这样的结局，该交代的就都交代了。男性和女性，不论经历多少悲欢离合，终于得以聚首，便实现了他们传宗接代的生物功能与兴趣。可是我会让读者悬于半空。此书写的是我对一个男人的回忆，我跟他总是时隔很久才会有一次近距离接触，在分手期间，我对他的遭遇知之甚少。当然，我发挥一下想象力，便足以合乎情理地填补空白，使我的叙述连贯一致；但我不愿这么做。我只想记下从亲见亲闻中了解的情况。

多年前我写过一本小说，取名《月亮与六便士》。那本书中我写的是著名画家保罗·高更，我利用小说家的特权，设计许多情节，来描绘我创作的这个人物。创作的依据，只是我对那位法国艺术家生平事迹的少许了解提供给我的联想。写这本书我却不愿如法炮制。我不会做任何虚构。为了避免在世者感到难堪，我为在这个故事里扮演角色的人自行设计了姓名，我还另外花了心思，确保没人能识别他们的真面目。我写的这个人没什么名气。他很可能永远都寂寂无名。也许在他行将就木时，他的尘世之旅所留下的痕迹，不会多于投石于河水时在水面留下的涟漪。所以我这本书，如果终究有人读的话，只是因为它可能拥有一些内在的趣味。也有可能，他为自己选择的生活方式，他性格中异乎寻常的力量与美好，会对他的同胞施加不断增强的影响，使得大家在他辞世许久以后，或许会认识到，在这个时代出过一个非常杰出的人物。到那时，我在此书中写的是谁，就会大白于世，那些想对他早年生活至少有所了解的人，就可以从此书中多少得遂所愿了。我想我这本书，在其得到公认的范围内，对我朋友的传记作者而言，会是用得上的资料。

我不想哄骗读者，说我记录的对话，可以当作逐字逐句的实录。我从不记录人们在这个场合或那个场合说了些什么，但只要谈话与我有关，我的记忆力是可靠的，虽然我用自己的语言来复述这些交谈，但我相信表达的意思不会走样。我刚说过我不做任何虚构，现在我想把这个声明改一改。我采取了自希罗多德时代以来的历史学家惯用的擅自主张，把我本人没有亲耳听到也不可能听到的讲话，通过故事中那些人物之口说出来。我这么做的理由，跟历史学家一样，都是为了活跃场景，使之逼真。那些交谈，如果只是记流水账一般转述出来，可读性就差了。我希望自己的书写出来有人读，我想，设法提高作品的可读性，是站得住脚的。聪明的读者自有慧眼，很容易看出我在何处用了这种手法，并且完全可以不用理睬。

我动笔写这本书时忐忑不安，另有一个原因，即我描写的人物主要是美国人。了解人是很难的事情，我认为除了本国同胞以外，所有人都是无法真正了解的。男男女女不仅仅是他们本身，还是他们出生的那个地域，是他们在其中蹒跚学步的那座城市公寓或那个农场，是他们在孩提时代所玩的游戏，是他们偶然听老太太讲过的故事，是他们所吃的食物，是他们所上的学校，是他们喜爱的体育运动，是他们阅读的诗章，是他们信仰的神灵。所有这一切，使他们成为现在这样，而这一切不可能通过道听途说就能了解，你只能通过亲身经历才能懂得。你只有变成他们本身才能懂得。由于只能通过观察才能认识不同国度的人，所以你很难在书页之间可靠地将他们描写出来。就连亨利·詹姆斯那么眼光敏锐、心细如发的观察家，虽然在英国生活了四十年之久，也未能创作出一个地地道道的英国人。至于我自己，除了几篇短篇小说外，从未试图描写本国同胞以外的人。我在短篇小说中冒险逾越雷池，是因为在短篇小说里处理人物时可以粗放一些。你给读者画个大致的轮廓，让他们去填充细部。有人会问，既然我能把保罗·高更变成英国人，为什么不能将本书中的人物如法炮制呢？回答很简单：我办不到。我一改，他们就不再是原来的样子了。我不敢冒称他们是美国人自己眼中的美国人；他们是英国人眼中所见的美国人。我没有试图重现他们讲话的特色。英国作家试图重现美国人讲话特色时造成的乱象，跟美国作家试图重现英国人所讲的英语时造成的乱象是旗鼓相当的。俚语是个大陷阱。亨利·詹姆斯在他写的英国故事里老是使用俚语，但从来不如英国人用得那么地道，所以他非但没有取得追求的对话效果，还动不动就令英国读者受到难过的惊吓。

二

1919 年，我前往远东，碰巧路过芝加哥，由于和这个故事无关的原因，在那里待了两三个星期。当时我刚出版了一部成功的小说，成为一时的新闻，所以我刚到达，就接受了采访。第二天早晨，我的电话铃响了。我接了电话。

“我是埃略特·坦普尔顿。”

“埃略特？我以为你在巴黎呢。”

“没啦。我来看妹妹呀。我们想请你今天过来跟我们共进午餐。”

“我很乐意。”

他约定了时间，给了我地址。

我认识埃略特·坦普尔顿已有十五年。他此时已年近六十，高个头，风度翩翩，面目清癯，一头浓密的卷发有些花白，益显其容貌出众。他一向穿着讲究。他在查维特专卖店购买服饰用品，但套装和鞋帽却在伦敦购买。他在巴黎左岸时髦的圣纪尧姆街上有一套公寓。不喜欢他的人说他是个商人，但这是他非常痛恨的指责。他有品位有学识，他愿意承认，在过去的岁月里，当他刚在巴黎定居时，他给那些想买画的富有收藏家出过主意；当他通过社会关系听到一些英国或法国的没落贵族有意卖掉一幅品质一流的好画时，他很乐意让其接触美国博物馆的主管，他碰巧认识那些人，他们正在关注着某某大师的这样一幅代表作。法国有许多世家，英国也有一些，处境迫使他们在不为人知的情况下，转让布尔的一幅签名作，或齐本德尔本人亲手做的写字台，所以他们乐意认识一个文化素养深厚并且举止文雅的人，指望他能够慎重地把事情办好。人们自然会认为埃略特从交易中捞到了油水，但良好的教养使他们不会说出口。刻薄的人断言他公寓里的每样东西都是代售品，在他邀请美国富人共进午餐，进食丰盛佳肴，喝过名酒佳酿之后，他那些贵重的名画，有一两幅就会不见了，或者会有一张精工镶嵌的抽屉小柜被一张涂漆的柜子所取代。如果有人问他某件物事为何不见了，他会有鼻子有眼地解释说，那东西还不够他的品位，他用品质高得多的东西把它换掉了。他还补充说，老是看着同样的东西会感到腻味。

“Nous autres américains，”他先讲法语后讲英语，“我们美国人，喜欢变花样，这既是弱点又是长处。”

巴黎有些美国太太，声称了解他的底细，说他家很穷，他能过上现在这种生活，只是因为他非常精明。我不知他有多少钱，但他那位身为公爵的房东肯定会叫他为公寓付一大笔钱，而且那套公寓里都是值钱的家具和装饰。墙上挂的是伟大的法国大师的画作，有华托的，弗拉戈纳尔的，克洛德·洛兰的，等等；奥布松地毯在镶木地板上展示它们的美丽；客厅里有路易十五式的套件，有非常优雅的图案，所以正如他所说的，很可能一度属于蓬巴杜夫人[1]。总之他不用努力挣钱，就足以按照他认为适合绅士的那种方式生活，至于他在过去靠什么手段能够做到这样，如果你不想跟他断交，就最好明智一点儿，不要跟他提起这件事。于是他没有物质上的忧虑，一心一意投入生活中的主要志趣，也就是社会关系。他在法国和英国与穷酸贵族建立的业务关系，巩固了他年轻时拿着给要人的介绍信初来欧洲时所取得的立足之地。他的出身吸引了他持介绍信来投奔的美国名媛，因为他出自一个弗吉尼亚州的世家，通过母系追溯他的血统，源于《独立宣言》的一位签署者。他很受眷顾，开朗，舞跳得好，枪打得准，网球也拿手。他是所有派对上的亮点。他到处献花，赠送昂贵的大盒巧克力。他很少宴请宾客，一旦宴请，必定独具一格，令人开心。这些阔太太被他领到苏荷区的风流文人餐馆或拉丁区的小酒馆，觉得很受用。他总是准备给人帮忙，只要你有求于他，不论多么麻烦，他都乐意去做。他不厌其烦地讨得上了年岁的女人的欢心，很快他就成了许多显贵门第的 ami de la maison，即家庭宠物。他

[1] 蓬巴杜夫人（1721—1764），法国国王路易十五的情人。

极度和蔼；如果有人爽约了，你在最后一刻才邀请他，他也从不介意。你可以把他安排到一位非常无趣的老太太身边，指望他竭尽所能来令她着迷，令她开心。

他定居于巴黎，却总是在早秋季节前往伦敦，投入到社交季节的尾声之中，并到乡间住宅走访一圈。在两三年内，不论是在伦敦还是在巴黎，他结识了一个美国年轻人能够认识的每一个人。那些最初把他引进社交界的太太，发现他的熟人圈子拓展得那么广，都很吃惊。她们的心情很复杂。一方面，她们很高兴看到自己栽培的年轻人取得如此大的成功；另一方面，她们有点儿恼火，因为这年轻人竟然跟与她们自己还只是泛泛之交的那些人打得火热了。虽然他对这些太太仍然很礼貌，仍然很殷勤，但她们不安地意识到，他利用她们当成其社交上的晋身之阶。她们担心他是个势利鬼。这是毫无疑问的。他是个彻头彻尾的势利小人。他是个恬不知耻的势利鬼。为了能够受邀参加一个他想出席的派对，为了跟某个名气很大、性情执拗的老寡妇建立关系，任何侮辱他都能承受，碰多大的钉子他都不怕，再粗鲁的待遇他也能囫囵吞下。他是不屈不挠的。一旦他盯上了猎物，就会非常执着地猎捕，就像植物学家，为了找到一株格外珍稀的兰花，不怕面对洪水、地震、热病和敌对的土著。1914 年的战争给了他大功告成的机会。战争爆发后，他加入了野战救护队，先在佛兰德斯，后在阿尔贡服务；一年后他回来了，扣眼上别着红绶带，在巴黎红十字会有了一席之地。这时他已很富有，他对显贵们赞助的慈善事业慷慨解囊。他总是以高雅的品位和组织才能，协助所有广泛宣传的慈善活动。他加入了巴黎两家入会条件最苛刻的会所。在法国最高贵的女士嘴里，他是 ce cher Elliott，即“好人埃略特”。他终于如愿以偿了。

三

我初遇埃略特时，只是一个普通的年轻作家，他没把我放在眼里。他对人的面孔能做到过目不忘，无论在哪里跟他邂逅，他都会和我热情握手，但未表露加深交往的意向。打个比方，如果我在歌剧院遇见他，他正和一位上流人士在一起，他就太容易看不见我了。但是，紧接着我在剧作方面有了一鸣惊人的成就，很快我就发现，埃略特对我亲热多了。有一天我收到他的请帖，邀我去克拉里治饭店吃午餐，那是他在伦敦时的住所。这是个小型聚会，没什么要人参加，我的想法是，他在试探我。但从那以后，由于我的成功给我带来了许多新朋友，我见他的机会就更多了。此后不久，我到巴黎度过了秋日里的几周，在一位共同的相识家里遇见了他。他问我住在哪里，一两天后我又收到午餐邀请，这一次是在他的公寓里。到达后，我吃惊地发现，这是个档次相当高的聚会。我不禁笑了。我知道，他以准确无误的社交理解力，已经意识到，作为一名作家，我在英国社交界是无足轻重的，但在法国，一名作家仅仅因为他是作家，就会备享尊荣，而我就是如此。在接下来的那些年里，我们的关系变得相当密切，却没有发展为友谊。我怀疑埃略特·坦普尔顿是否可能做朋友。他对人品毫无兴趣，只看重人的社会地位。我偶尔到巴黎，他偶尔到伦敦，每逢他需要补充宾客，或者他不得不款待美国游客时，他总是邀请我赴会。我猜想，那些美国游客，有些是他的老主顾，有些是拿着介绍信来找他的陌生人。他们是他背负的十字架。他觉得他得为他们做点什么，但又不愿让他们会见他那些显赫的朋友。打发他们的最好办法当然是请他们吃顿饭，领他们看场戏，但这也往往是棘手的，因为往后三周他每晚都腾不出身来，而且他知道那些人是很难就此满足的。由于我是个作家，翻不起大浪，他不介意告诉我他在这种事情上的难处。

“美国人乱写介绍信，一点儿也不体谅别人。我并不是不愿意见那些推荐来的人，可我真是不懂，干吗要把他们强加给我的朋友！”

为了弥补招待上的不周，他把大篮的玫瑰花与大盒的巧克力送给客人，但有时他还得加码。就是在那时，在他对我讲了心里话之后，他有几分天真地请我去参加他组织的聚会。

“他们很想认识你，”他在邀请函里恭维我，“某某夫人很有教养，你写的书她全读过。”

某某夫人会告诉我，她非常爱读我的那本《佩林先生与特瑞尔先生》，并祝贺我发表剧本《软体动物》。

四

如果我让读者觉得埃略特·坦普尔顿是个卑鄙小人，那就是我对他不公了。

首先，他是法国人所谓的 serviable，就我所知，英语中没有一个词与它的意思完全相当。辞典告诉我，英语的 serviceable，作“对人有益”“乐于助人”和“好心”解时，是过时的用法。埃略特正是这样的人。他为人慷慨，虽然他在入世之初，给熟人大量赠花、送糖、派礼，无疑怀有不可告人的动机，但是，当已经不需要再送的时候，他还在这么做。赠予给他带来愉悦。他很好客。他的大厨可以跟巴黎的任何厨师媲美，在他的餐桌上，保准会给你上当季最早的时鲜。他的葡萄酒表明他是个品酒的行家。不错，他挑选宾客时最看重其社会地位，意气是否相投是次要的标准，但他会留心至少邀请一两位具有娱乐能力的宾客，所以他的聚会几乎总是令人开心的。人们背地里嘲笑他，说他是下流的势利鬼，却照旧欣然接受他的邀请。他的法语讲得流利正确，腔调无可挑剔。他煞费苦心地学习英国人如何讲英语，想要从他的讲话中不时听出一点儿美国调子，你的耳朵要非常灵才行。只要你不跟他谈起有关公爵和公爵夫人的话题，他就非常健谈。但即便是谈到那些权贵，既然他的地位现已巩固，他也会容许自己妙舌如花，在你跟他单独交谈时，他就更加没有顾忌了。他有一根快活的毒舌，而有关这些显贵要人的丑闻，无不钻进他的耳中。我从他那里得知谁是某王妃最小那个孩子的父亲，谁是某侯爵的情妇。我相信，就连马塞尔·普劳斯特掌握的贵族秘闻，也多不过埃略特·坦普尔顿的知识。

我在巴黎居留期间，我们常常共进午餐，有时在他的公寓，有时去餐馆。我爱逛古玩店，偶尔买件古玩，更多的时候只是观看，而埃略特总是兴致勃勃地陪我去。他懂行，并且真爱艺术品。我觉得他熟悉巴黎的每一家古玩店，而且和老板混得很熟。他热衷于讨价还价，我们出门时他老是对我说：

“你看上了什么，不要自己去买。只要给我暗示一下，剩下的事情交给我办。”

当他以开价的一半价钱为我买到想买的东西时，他会兴高采烈。看他和卖家讨价还价是一种享受。他会争辩，劝诱，发火，要卖家讲讲良心，嘲笑卖家，指出那件东西的毛病，威胁说不再踏进这家店门，叹气，耸肩，训话，皱起眉头气冲冲地朝门口走去，当他最终砍价成功时，他会伤心地摇头，仿佛他乖乖认输了。接着他会用英语对我耳语：

“买下吧。比这价钱再高一倍，也算便宜。”

埃略特是个热心的天主教教徒。他到巴黎没住多久就认识了一位法国神父，此人因为劝说不信教的人和异教徒皈依教会而闻名。这位神父是个宴会狂，并且机智过人。他只为有钱人和贵族服务。不可避免地，埃略特会被此人吸引。此人虽然出身卑微，却是那些门禁最严的府邸的座上宾。埃略特曾向新近接受这位神父劝告皈依天主教的一位美国阔太太透露，虽然他的家族总是信奉圣公会，但他早就对天主教会感兴趣了。一天晚上，美国阔太太请埃略特吃饭，会见了这位神父，就他们三人在场，神父谈笑风生。埃略特的女主人把谈话转向天主教的教义，神父讲得虔诚，但没有卖弄学问。他虽然身为神职人员，但他是作为尘世一员对尘世另一员讲话。埃略特荣幸地发现，神父对他的一切无所不知。

"范杜木公爵夫人前几天还谈到你。她告诉我，她认为你智力非凡。"

埃略特高兴得脸红了。他经人引领见过那位殿下，但他绝没有料到，殿下竟然没有把他立即忘掉。神父谈到信仰，讲得既高明又温和；他思想开明，观点新潮，胸怀宽容。听他一席话，埃略特觉得教会就像一家高级会所，受过良好教养的人是非加入其中不可的。半年后他被接纳到其中了。他的转变，加上他对天主教慈善事业捐赠时表现出来的慷慨，为他打开了过去对他关闭的几扇大门。

他放弃祖辈的信仰，可能怀有不纯的动机，但他改教后的虔敬是无可置疑的。他每个星期日都去上流人常去的教堂做弥撒，按时去忏悔，并定期访问罗马。终于，他的虔诚得到奖赏，他当上了罗马教皇内侍，而他执行公务的勤勉尽职也得到了奖赏，他可能是获得了圣墓神职。他作为一名天主教徒的事业，事实上跟他作为 homme du monde 即俗人的事业一样，取得了同等的成功。

我常问自己，是什么导致如此聪明、如此善良、如此有教养的一个男人被势利迷住心窍呢？他不是暴发户。他的父亲在南方一所大学当过校长，他的祖父是个有点儿身份的牧师。埃略特那么聪明，不会看不出许多接受他邀请的人，之所以应邀前来，只是为了吃免费餐，而这些人当中，有些人很笨，有些人毫无价值。他们响亮头衔的魅力使他看不见他们的缺陷。我只能猜想，跟这些古老世家的绅士混得很熟，成为其夫人的忠实侍从，给了他一种绝不会厌烦的成就感；我认为这一切的背后，是一种激情的浪漫主义，致使他在羸弱瘦小的法国公爵身上看到了曾经跟随圣路易前往圣地的十字军骑士的影子，在那些猎狐时大呼小叫的英国伯爵身上看到了他们曾经跟随亨利八世奔赴金布之域的祖先的身影。待在这样的人身边，他觉得自己生活在辽远而英武的过去。我想，在他翻阅《哥达年鉴》时，一个又一个的名字令他回忆起古老的战争，历史性的攻城略地，著名的决斗，外交的谋略，以及国王的风流韵事，这时候，他的心跳便会加快。总之这就是埃略特·坦普尔顿。

五

我正在洗脸整装，准备动身去赴埃略特邀请我参加的午宴，这时服务台打来电话，说埃略特到了楼下。我有点儿惊讶，但收拾停当后，便马上下楼。

“我觉得我来接你会更保险，”他在我们握手时说，“我不知道你对芝加哥熟不熟。”

他有一种想法，是我发现一些曾长期侨居海外的美国人所共有的，他们认为美国是一个难以了解甚至有些危险的地方，所以让欧洲人自己去找路是不安全的。

“时候还早。我们可以步行一段。”他建议道。

空气略带寒意，但天空无云，伸伸腿脚倒也惬意。

“我想在你见到我妹妹之前，我最好介绍一下她的情况。”我们行走时，埃略特说道，“她在巴黎跟我同住过一两次，但我觉得当时你不在巴黎。告诉你，这次聚会的人不多，只有我妹妹，她的女儿伊莎贝尔，和格雷戈里·布拉巴森。”

“那个室内装修师吗？”

“正是他。我妹妹的房子挺糟糕的，伊莎贝尔和我要她把房子重新装修。我碰巧听说格雷戈里在芝加哥，所以让妹妹今天请他来进午餐。当然他算不上真正的绅士，但他有品位。他为玛利·奥里凡特装修过兰内城堡，为圣欧兹斯装修过圣克里门特·塔尔伯特。公爵夫人喜欢他。你会亲眼看到路易莎的房子。这么些年她在那房子里是怎么住过来的，我永远无法理解。其实就连她怎么能够生活在芝加哥，我也永远无法理解。”

原来布莱德雷夫人是个有三个孩子即两儿一女的寡妇；但两个儿子比女儿大得多，都已娶妻，一个在菲律宾的政府部门，另一个子承父业，从事外交公干，在布宜诺斯艾利斯。布莱德雷夫人的亡夫在世界各地都有过职位，在罗马当了几年一等秘书后，被任命为驻南美洲西海岸某共和国的公使，并在那里去世。

“他去世后，我曾让路易莎卖掉芝加哥的房子，”埃略特继续说，“但她对那房子有感情。它在布莱德雷家手中已经有些年月了。布莱德雷是伊利诺伊州最古老的家族之一。他们于 1839 年从弗吉尼亚迁来，他们得到的土地，距离今天的芝加哥约有六十英里。他们现在仍然拥有那块土地。”埃略特停顿了一会儿，盯着我，看我作何反应。“在这里安家的那个布莱德雷，我想你会称之为农夫。我不知你是否了解，在上个世纪中叶，中西部开始搞开发时，有许多弗吉尼亚人，都是好人家的小儿子，为未知的魅力所引诱，离开了故乡的煮肉锅。我妹夫的父亲切斯特·布莱德雷看到芝加哥有前途，就进了这里的一家律师事务所。不管怎样，他挣够了钱，让他的儿子衣食无忧。”

埃略特说话时没有强调什么，但他的神态令我想到，他说的重点，并非已故的切斯特·布莱德雷离开他继承的庄严宅邸和大片耕地而进入律师事务所，重要的是他攒了一大笔钱，至少可以部分地补偿他的损失。后来有一次，布莱德雷夫人给我看了几张照片，拍的是埃略特所说的他们在乡下的那个“宅邸”，埃略特在一旁不大高兴。我看到照片上是一幢一般的木屋，带有一个小花园，不过在离屋子一箭之遥的地方，还有谷仓、牛舍和猪圈，其四周则是荒废的原野。我不禁想道：切斯特·布莱德雷先生在舍弃故宅迁往城市的时候，是很清楚自己做了怎样的取舍的。

不一会儿，我们叫了一辆出租车。我们在一座褐石建造的房子前下了车。房子窄狭而偏高，必须登上一段陡阶才能达到前门。它坐落于通往湖岸大道的一条街上，夹在一排房屋之间，它的外表，即便在那个明丽的秋日里，也是显得了无生气，看到它，你会觉得不可能有人会对它产生感情。一名高大强壮、一头白发的黑人男管家把门打开，将我们领进客厅。我们刚进房，布莱德雷夫人便从椅子上站起来，埃略特把我介绍给她。她年轻时一定是个美女，虽然嘴鼻稍大，但轮廓端正，眼睛也生得好看。但她那发黄的脸已经下垂，几乎是完全没有化妆，显然她已在跟中年发胖的斗争中败下阵来。我揣度她不甘心承认失败，因为她就座时，是直挺挺地坐在一张靠背笔直的椅子上。她那件紧身胸衣的无情甲胄，使她坐直背椅比坐弹簧椅舒服一些。她穿着一件流苏很多的蓝色长袍，她的高领衬了鲸骨，撑得直直的。她有一头漂亮的白发，烫成致密的波浪形，经过了精心梳理。她的另一位客人还未到，在等候那位客人的时候，我们东拉西扯地聊天。

“埃略特告诉我，你是走南线过来的。”布莱德雷夫人说，“你在罗马停留了吗？”

“停了，我在那里停了一星期呢。”

“亲爱的玛格丽特皇后还好吗？”

她的问题令我有些惊讶，我说我不知道。

“哎呀，你没去看她吗？那么好的一个人。我们在罗马时，她对我们可好啦。布莱德雷先生那时当一秘。你为什么不去看她呢？你可不像埃略特，你不能去意大利王宫，一定很遗憾吧？”

“一点儿也不遗憾，”我笑道，“其实我不认识她。”

“你不认识她？”布莱德雷夫人说，好像她不相信自己的耳朵，“怎么会不认识？”

“跟你说实话，作家一般来说不会跟国王王后什么的推杯换盏。”

“可她的确太可爱了，”布莱德雷夫人劝诫我，好像我不认识那位皇家要人，就是太摆架子了，“我保证你会喜欢她的。”

就在此时，门开了，管家把格雷戈里·布拉巴森领进门来。

格雷戈里·布拉巴森，尽管名字有些情调，却并非风流人物。他又矮又胖，头秃得像只鸡蛋，只在两耳周围和脖子后面还有一圈黑色的卷发。他面孔赤红，没有胡须，看上去就像将要出一头大汗。两只灰眼挺机灵，嘴唇肉感，下巴厚重。他是英国人，我有时会在伦敦一些放纵的聚会上遇见他。他很快活，很诚恳，动不动就大笑，但你不必是识人高手，就能看出他那热热闹闹的友好劲儿只是一种伪装，背后隐藏着一个非常精明的生意人。若干年来他是伦敦最成功的装修师。他的声音低沉，发出有力的回响，两只肥胖的小手非常善于表达。他用生动的手势，用滔滔不绝的兴奋言语，就能在拿不定主意的客户心里激起想象力，所以客户几乎不可能抵制他的意见，就像是接受他给予的恩惠一样。

管家又走进房里，手上端着一托盘鸡尾酒。

“我们不等伊莎贝尔了。”布莱德雷夫人端起一杯酒，说道。

“她去哪儿了？”埃略特问。

“她跟莱雷打高尔夫去了。她说过可能回来得晚。”

埃略特转向我说：“莱雷的全名是劳伦斯·达瑞尔。伊莎贝尔可能和他订婚了。”

“我不知道你还喝鸡尾酒呢，埃略特。”我说。

“我才不喝呢。”他啜着手里拿着的那杯酒，冷冷地回答，“可在这个禁酒的野蛮国度，你有什么办法？”他叹了口气，“在巴黎一些人家也开始上鸡尾酒了。可恶的交通糟蹋了好风俗。”

“胡言乱语，埃略特。”布莱德雷夫人说。

她说此话，声调和善，但态度决断，使我觉得她是个有性格的女人。她投向埃略特的那一瞥，既逗乐又精明，令我猜疑她对埃略特的看法是挺实在的。

我在猜想布莱德雷夫人如何理解格雷戈里·布拉巴森这个人。当格雷戈里进屋时，我看到他以职业的眼光把屋里扫视了一遍，不由自主地扬了扬他那浓密的双眉。这确实是一间令人吃惊的屋子。墙上的壁纸、窗帘和弹簧家具上用的印花棉布，都是一个花样。墙上挂着嵌在大金框子里的油画，那明显是布莱德雷一家住在罗马时买下的。其中有拉斐尔的圣母像，有基多·勒尼的圣母像，有祖卡罗画派的风景画，以及潘尼尼画派的废城。屋子里摆设着他们旅居北京的纪念品，雕花过繁的乌木餐桌，硕大的景泰蓝花瓶。还有他们在智利或秘鲁买来的东西，刻在硬石上的肥胖人像和陶制花瓶。还有齐本达尔做的书桌布，和一个镶嵌细工的玻璃橱柜。灯罩是用白丝绸做的，一位笨画家在上边画了身着华托式服装的牧童牧女。这间屋子委实丑陋，但我不知为何，觉得它又讨人喜欢。它有一种家常久居的氛围，你会觉得那种纷乱具有某种意义。所有这些不协调的物件相属为一统，因为它们都是布莱德雷夫人生活的一部分。

我们刚喝完鸡尾酒，门被推开了，进来一个女孩，后面跟着一个男孩。

“我们迟到了？”女孩问道，“我把莱雷带回来了。有没有什么给他吃的？”

“我想会有吧。”布莱德雷夫人笑道，“按铃，叫尤金添个座来。”

“是他给我们开门的，我已经对他说了。”

“这是我的女儿伊莎贝尔，”布莱德雷夫人转向我说，“这是劳伦斯·达瑞尔。”

伊莎贝尔匆匆跟我握了手，便性急地转向格雷戈里·布拉巴森。

“你就是布拉巴森先生吧？我想见你都快想疯了！我爱死了你给克莱门坦·道默家做的活。这间房子不可怕吗？几年来我一直要妈妈把它改一改，现在你来芝加哥了，我们的机会来啦！请把你对这屋子的真实想法告诉我。”

我知道这是布拉巴森最不想做的事情。他瞥了布莱德雷夫人一眼，但对方那毫无表情的脸什么也没告诉他。他断定说话算数的是伊莎贝尔，于是爆发出一阵大笑。

“我相信这屋子很舒适，如此这般，”他说，“不过如果你要我直说，那么，我确实认为它相当可怕。”

伊莎贝尔是个高个子女孩，鸭蛋脸，直鼻梁，眼睛漂亮，嘴巴丰满，显出家族的特征。她长得好看，但胖了一点儿，我认为这是由于她还小，我估计她随着年龄增长会苗条起来。她的双手强健优美，不过也肥了一点点儿。而她那由短裙所展示的双腿也略嫌粗壮。她皮肤好，肤色较深，运动和乘敞篷车回家，无疑加深了皮肤的颜色。她阳光而活泼。她那焕发的健康，她那嬉戏般的快乐，她那对生活的享受，以及你在她身上感到的幸福，是令人振奋的。她是如此天真自然，使得风度翩翩的埃略特看上去未免俗气。她的清新使得脸色苍白而有皱纹的布莱德雷夫人显得又疲惫又衰老。

我们下楼去吃饭。格雷戈里·布拉巴森看到餐厅时眨了眨眼。

餐厅四壁贴了暗红色的仿呢墙纸，挂着一些面色阴冷的男女画像，画得非常蹩脚，那些人是已故布莱德雷先生的上代先人。他本人也在墙上挂着，胡须浓密，僵直地穿着袍子和浆过的白领。布莱德雷夫人的像出自90年代的一位法国画家之手，挂在壁炉台上方，她身穿一套浅蓝色缎子的晚礼服，戴着珍珠项链，头发上戴着一颗星钻。她的一只手戴着宝石戒指，手指抚摩着花边披肩，那披肩绣得非常精细，一针一针清晰可见，另一只手漫不经心地拿着一把鸵鸟羽毛扇。家具是黑橡木做的，黑压压的一片。

“你觉得这家具怎么样？”我们就座时，伊莎贝尔向格雷戈里·布拉巴森问道。

“我断定它花了一大笔钱。”布拉巴森回答。

“确实如此。”布莱德雷夫人说，“这是布莱德雷先生的父亲送给我们的结婚礼物，被我们带着跑遍了全世界。里斯本，北京，基多，罗马。亲爱的玛格丽特皇后对它们大加赞赏。”

“如果是你的，你会怎样处理它们？”伊莎贝尔问布拉巴森，但没等后者答话，埃略特替他回答了。

“一把火烧掉。”他说。

这三个人开始讨论如何处置这间屋子。埃略特力主路易十五式的风格，而伊莎贝尔想要大餐桌和意大利式的椅子。布拉巴森认为齐本达尔的风格更符合布莱德雷夫人的个性。

“我总觉得这太重要了，”他说，“一个人的个性。”他转向埃略特，“你肯定认识奥里凡特公爵夫人吧？”

“你说玛丽？她是我的至交之一。”

“她要我为她装修餐厅，我第一眼看见她，就说要用乔治二世的风格。”

“好眼力！上次我在那里吃饭，留意过那间房子。品位好极了！”

谈话就这样进行着。布莱德雷夫人听着，但你看不出她在想些什么。我很少说话，而伊莎贝尔的那个小伙子，莱雷，我忘了他姓什么，则一语不发。他坐在餐桌另一边，夹在布拉巴森和埃略特之间，我不时地看他一眼。他显得很年轻。他和埃略特身高差不多，六英尺差一点儿，瘦长，四肢柔软灵活。他外表可爱，既不英俊也不平常，有点儿害羞，一点儿也不引人注目。我感兴趣的是，就我记忆所及，虽然他从走进房子起连六句话都没说，但他好像完全自由自在，以一种奇怪的方式，不用张口就能参与交谈。我留意他的双手。那双手很长，但跟他的个头比起来并不大，形状很美，同时有力。我想画家会喜欢画这样的手。他身形单薄，但外表并不纤弱；相反，我应该说他结实而顽强。他的脸在宁静时显得严肃，晒成了褐色，但除此以外肤色还算白皙；他的五官虽然十分端正，却并不出众。他的颧骨略高，太阳穴凹陷。他的头发是深棕色的，稍有起伏。两眼显得比实际要大，因为眼窝深陷，睫毛又浓又长。他的眼睛很特别，不是伊莎贝尔和她母亲及舅舅共有的那种深棕色，而是深得连虹膜都跟瞳孔成了同一颜色，这就使瞳孔显出一种格外强烈的眼神。他有一种吸引人的自然优雅，我看得出来伊莎贝尔为什么会对他着迷。她的眼光不时地在莱雷身上停留一阵，我从她的神态中似乎不仅看出了爱，也看出了疼。他们的眼光相遇了，莱雷的眼光里有一种柔情，看上去好美。没有什么比年轻人相爱的光景更加动人，而我，当时已届中年，还是羡慕他们，但与此同时，我想不出是什么原因，又为他们感到惋惜。这是犯糊涂，因为就我所知，他们的幸福并无障碍；他们的家境似乎很舒适，他们没有理由不结婚，没有理由不会永远过上幸福的日子。

伊莎贝尔、埃略特和格雷戈里·布拉巴森继续谈着重新装修房子的事情，努力让布莱德雷夫人至少承认要有所改变，但她只是和颜悦色地微笑。

“你们不要想法子逼我。我要有时间仔细考虑。”她转向那位男孩，“你对这一切是怎样看的，莱雷？”

莱雷环视在座的人，眼里含着笑意。

“我觉得改不改关系都不大。”他说。

“你个讨厌鬼，莱雷！”伊莎贝尔嚷道，“我还特意嘱咐你要支持我们。”

“如果路易莎阿姨高兴维持现状，那么改变的目的是什么？”

他的问题完全切中要害，话讲得那么聪明，使我笑了起来。这时他看着我，也笑了。

“别因为刚才说了一句大蠢话就笑得那么得意。”伊莎贝尔说。

但他反而笑得更欢了，这时我留意到，他的牙齿又小又白又整齐。他投向伊莎贝尔的眼光里有某种东西使得后者脸红起来并且屏住了呼吸。如果我没弄错，伊莎贝尔疯狂地爱着他，但我不知是什么原因使我感到伊莎贝尔对他的爱中还有一种母性的成分。在这么年轻的女孩身上，这是有点儿出人意料的。她嘴上挂着微笑，把注意力再次转向格雷戈里·布拉巴森。

“不要理他。他太笨，又没教养。除了飞行，他什么都不懂。”

“飞行？”我问道。

“他在战时是个飞行员。”

“我还以为他年纪太小，没去打仗呢。”

“他是太小，太年轻。他表现很坏。他逃离学校，去了加拿大。他谎话连篇，骗得人家相信他有十八岁，进了陆军航空兵团。停战时他正在法国作战。”

“伊莎贝尔，你让你母亲的客人都烦死了。”莱雷说。

“我从小就认识他，他回来时身穿军装好可爱，上衣别着漂亮的勋章，于是我坐在他家的门阶上，可以说，直到他答应娶我时，才让他有一点儿安宁。竞争太可怕啦！”

“真的吗，伊莎贝尔？”她母亲说。

莱雷朝我俯过身来。

“她说的话我希望你一句也不信。伊莎贝尔确实不坏，但她爱撒谎。”

午餐结束后，埃略特和我很快就离开了。之前我对他说过我要去博物馆看画，他说他会领我去。我并不特别喜欢跟任何人一起去画廊，但我不能说我宁可一个人去，于是答应由他陪我。我们在路上谈到了伊莎贝尔和莱雷。

“看着两个小家伙如此相爱，真是很感动。”我说。

“他们还太小，不能结婚。”

“为什么？年轻、恋爱和结婚真是太有趣啦。”

“别胡扯。伊莎贝尔才十九岁,莱雷刚满二十。他还没有职业。路易莎告诉我，他只有一笔小收入，一年三千美元，而路易莎怎么说都不是富婆。她的收入只够自己花。”

“嗯，他可以找份工作。”

“问题就在这里。他没去找。他好像满足于无所事事。”

“我敢说他在战争中吃了苦头。他可能想休息一阵。”

“他已经休息一年了。这肯定是够长的了。”

“我以为他是个好孩子。”

“噢，我一点儿也不反对他。他出身很好，诸如此类都不错。他父亲是巴尔的摩人，曾在耶鲁担任罗曼斯语助理教授，或类似的职务。他母亲是费城人，出身于老教友派世系。”

“你讲到他们都是用动词过去时。他们去世了？”

“是的。他母亲死于分娩，他父亲死于大约十二年前。他是由他父亲大学时代的一位老朋友抚养大的。此人在马文当医生。这就是路易莎和伊莎贝尔对他的了解。”

“马文是什么地方？”

“布莱德雷庄园的所在地。路易莎总在那里消夏。她同情这孩子。尼尔森博士是个单身汉，根本不懂如何抚养小孩。路易莎坚持要把莱雷送到圣保罗教堂，她总是把莱雷领到这里来过圣诞节假。”埃略特像法国人那样耸了耸肩，“我想她应该预见到了不可避免的后果。”

我们这时已到了博物馆，我们的注意力转向了画作。我再一次领教了埃略特的博学与品位。他像引导一群游客一般领着我在各个展室观览，任何艺术教授都不可能比他讲得更有教益。我已下决心一个人再来一趟，到时候可以随心所欲地观赏，所以这次就顺从他。过了一阵，他看了看手表。

“我们走吧！”他说，“我参观画廊从不超过一小时。一个人的欣赏力只能维持这么久。我们另找个日子把它看完吧。”

分手时我热情地感谢他。我回去时也许多了一点儿见识，但我确实窝了一肚子火。

当我向布莱德雷夫人告别时，她告诉我第二天伊莎贝尔请几个年轻的朋友来吃正餐，餐后还要去跳舞，如果我愿意来，在他们走后埃略特和我可以聊聊天。

“你来对他有好处，”她补充说，“他在国外住了那么久，在这里感到格格不入。他好像找不到跟他有任何共同点的人。”

我接受了邀请，我们在博物馆台阶上分手之前，埃略特告诉我，他很高兴我同意去。

“我在这座大城市里就像迷失的孤魂，”他说，“我答应路易莎跟她一起待上六个星期，我们从 1912 年以后就没有见过面了，但我在扳着手指计算还有多久能回巴黎。那是世界上文明人唯一可住的地方。老朋友，你知道在这里他们是怎样看我的？他们把我当成怪物。真是野蛮人啊。”

我笑着离开了。

六

第二天晚上，我在电话里拒绝了埃略特来接我，非常安全地来到了布莱德雷夫人的家里。我迟到了一会儿，因为有人来看我，所以耽搁了。我上楼时听见客厅里闹哄哄的，以为这一定是个大型聚会，出乎意料，我发现连我在内才有十二人。布莱德雷夫人身穿绿缎衣服，白色硬领上镶着小粒珍珠，非常雍容华贵。埃略特穿着他那身剪裁得当的无尾礼服，显出谁也模仿不来的风雅。他跟我握手时，我感到各种阿拉伯香水的气味冲鼻而入。我被介绍给一个有点儿发胖的高个子男人，他生着一张红脸，很不自在地穿着晚礼服。他就是尼尔森博士，但在当时那个头衔对我毫无意义。其余的宾客都是伊莎贝尔的朋友，但他们的名字我是听过就忘。女的都年轻漂亮，男的都年轻强健。除了一个男孩以外，没有谁给我留下任何印象。我之所以记得那个男孩，只是因为他个头很高，块头很大。他的身高肯定有六英尺三四，肩膀宽厚。伊莎贝尔显得很漂亮，穿着白绸衣，一条紧身长裙遮住了胖腿，外衣的样式表明她的胸脯已发育丰满，裸露的双臂稍嫌肥胖，但脖子却很可爱。她很兴奋，两只丽眼闪闪发光。毫无疑问她是个非常漂亮而又性感的年轻女子，但很明显的是，如果不加留意，她会变得肥胖而失去身段。

进餐时，我发现我的位子介于布莱德雷夫人和一个腼腆乏味的女孩之间，她似乎比其余的人还要年轻。就座以后，为了打破拘束，布莱德雷夫人解释说，这女孩的祖父母住在马文，她和伊莎贝尔曾是同学。她名叫索菲，这是我唯一听到被提及的名字。餐桌上很多人斗嘴打趣，每个人都扯着嗓子讲活，哄笑连连。他们好像彼此非常熟悉。当女主人没跟我谈话时，我试图跟邻座的女孩交谈，但不是很成功。她比其余的人娴静多了。她不漂亮，但她的脸蛋很有趣，鼻子小翘，嘴宽，眼睛是绿蓝色，头发是沙黄色，发式简单。她很瘦，胸脯几乎跟男孩一样扁平。不停地打趣也会使她发笑，但笑得有些勉强，使你觉得实际上她并没被逗乐，而是假装被逗乐了。我猜她是在努力显得合群。我弄不清她是有点儿笨，还是仅仅因为过分胆怯，我试了种种话题，她都不接茬，我没有更好的话题可讲，便请她告诉我在座的人都是谁。

“嗯，你认得尼尔森博士，”她说着，指了指坐在布莱德雷夫人另一边和我正对面的那个中年男人，“他是莱雷的监护人。在马文他是我们的医生。他很聪明，为飞机发明谁都用不上的装置，不干这事的时候，就会喝酒。”

讲到这里，她那浅色的眼睛闪了一下光，这使我感到，她不像我起初想象的那么简单。她继续给我介绍一个又一个年轻人的名字，告诉我他们的父母是谁，在介绍男孩时，她会介绍他们上过什么大学，如今在干什么工作。她讲解得非常明白。

她会说“她很可爱”，或者说“他高尔夫球打得很好”。

“那个粗眉毛的大个子是谁？”

“那个么？噢，那是格雷·马图林。他父亲在马文的河边有一幢好大的楼房。他是我们那儿的百万富翁。我们为他感到很自豪。他给我们上课。马图林、霍布斯、雷纳和史密斯。他是芝加哥最富有的人之一，格雷是他的独生子。”

她在讲那一串名字的时候，语调里带有一种有趣的嘲讽，所以我以好奇的目光看了她一眼。她感觉到了，脸红了。

“再给我讲讲马图林先生吧。”

“没什么可讲了。他有钱。他备受尊敬。他在马文给我们盖了一座新教堂，他给芝加哥大学捐了一百万美元。”

“他儿子是个帅小伙。”

“他人很好。你决想不到他祖父是个住棚屋的爱尔兰人，他祖母是一家饭馆里的瑞典女招待。”

格雷·马图林并不帅气，只是引人注目。他模样粗糙原始，鼻子短平，嘴唇肉感，肤色就是爱尔兰人的那种红色。一头厚密的黑发乌光发亮，浓眉下是一双清澈湛蓝的眼睛。他虽然块头很大，身材却很匀称，如果脱光衣服，肯定是标准的男子形象。他明显力气很大。他的男子气概引人注目。他使得坐在身边的莱雷显得弱小，其实莱雷只比他矮了三四英寸。

“很多人爱慕他，”我那害羞的邻座说，“我知道有几个女孩为了得到他，只要不是杀人什么都肯干。但她们还是轮不上。”

“为什么轮不上？”

“你什么都不知道，是吗？”

“我怎么会知道呢？”

“他非常爱伊莎贝尔，爱得晕头转向，而伊莎贝尔却爱着莱雷。”

“他为什么不去争一争，把莱雷赶走呢？”

“莱雷是他最好的朋友。”

“我想这就难办了。”

“像格雷一样讲道德的人当然难办。”

我不确定她讲这句话是不是完全认真的，也不确定她的语调里是否有一丝嘲弄。她的神态和举止中没有丝毫玩笑的迹象，但我得到的印象是，她既不缺乏幽默感，也不缺乏机灵。我不清楚她在和我交谈时究竟在想些什么，但我知道我是永远也弄不明白的。她显然对自己没有把握，我感觉到她是一个独生孩子，跟比她大得多的人过着与世隔绝的生活。她身上有一种质朴，一种不可见性，对我产生吸引，不过，如果我有关她过得相当孤独的想法没有弄错的话，那么我猜想，她一直在悄悄地观察和她一起生活的那些长者，并对他们形成了明确的看法。我们这些成年人，很少想到小孩对我们的评判是多么无情，又是具有怎样的洞察力！我再次盯着她那双绿蓝色的眼睛。

“你多大了？”我问道。

“十七岁。”

“你读书多吗？”我贸然地问道。

但她还没来得及回答，布莱德雷夫人要尽主人之谊，讲了几句话使我不得不去应答，我还没来得及摆脱与她的交谈，晚餐就结束了。年轻人一窝蜂似的离开，前往他们要去的地方，剩下我们四人上楼到了客厅。

我惊讶我竟然会受邀参加这次聚会，因为在东拉西扯了一阵之后，他们谈起了我认为他们本该宁愿在私底下讨论的事情。我无法决断怎么做才是慎重之举，究竟是应该起身离开，还是作为一个公正无私的听众，留下来会对他们有些用处呢？讨论的问题，是莱雷不愿意去工作的怪毛病。引发这场讨论的导火索，是马图林先生的提议，就是晚餐时在座的那个男孩的父亲，提议把莱雷收进他的事务所。这是一个好机会。靠着能力和勤勉，莱雷可以指望在适当的时候赚大钱。小格雷·马图林热切地希望他接受这个职位。

我不记得大家是怎么说的，但对谈话的主旨我却记忆犹新。在莱雷从法国回来时，他的监护人尼尔森博士就建议他去上大学，但他拒绝了。他有一段时间什么都不想干，是很自然的；他经历过艰难困苦，并曾两次负伤，只是不严重而已。尼尔森博士认为他惊魂未定，最好让他休息到完全恢复为止。可是一周又一周过去了，接着一月又一月地过去了，如今从他脱掉军装时算起已超过一年。原来他在陆军航空兵团干得不错，回来后在芝加哥有了点名气，结果有几位商人给他提供职位。他谢过那些人，但拒绝了。他没说出理由，只说还没有想好要干什么。他和伊莎贝尔订了婚。

布莱德雷夫人并不感到意外，因为他们多年来难舍难分，她知道伊莎贝尔爱着这个小伙子。她喜欢莱雷，认为他会使伊莎贝尔幸福。

“伊莎贝尔的个性比他强。她能弥补莱雷的不足。”

虽然他俩年岁都还小，布莱德雷夫人却很愿意让他们尽快结婚，但在莱雷开始工作之前她还不打算让他们完婚。莱雷自己有一小笔钱，但哪怕莱雷的钱比现在多十倍，她也会坚持要这么做。就我所知，她和埃略特希望从尼尔森那里弄明白的是莱雷打算干什么。他们要尼尔森运用自己的影响力，让莱雷接受马图林先生给他提供的职位。

“你知道我对莱雷从来没有多大威信。”尼尔森博士说，“哪怕在他小时候，他也是我行我素。”

“我知道。你让他跑野了。他能变得现在这样好，真是个奇迹。”布莱德雷夫人说。

尼尔森博士一直在喝酒，听了此话狠狠地瞪布莱德雷夫人一眼。他的红脸膛更红了几分。

“我多忙啊。我有自己的事情要照料。我收留他是因为他没有别的地方可去，而他父亲是我的朋友。他可不是容易管教的。”

“我不明白你怎能说出这样的话，”布莱德雷夫人刻薄地回答，“莱雷的性情可爱得很！”

“这孩子从不跟你顶嘴，但他想干的还是照样去干，当他把你都气得发疯的时候，他只说一声对不起，而听任你去发脾气，对这样的孩子你有什么办法呢？如果他是我亲生的，我会打他。可他在世上没一个亲人，他父亲把他留给我，是认为我会对他好，我没法对他下手！”

“这可扯远啦，”埃略特有些性急地说，“现在情况是这样：他东游西荡时间够长了；他有个好机会，可以得到一个职位，去了能挣大钱，他要想娶伊莎贝尔，就必须接受这个职位。”

“他得明白，”布莱德雷夫人插嘴说，“在当今的世界上，男人是必须工作的。他现在身强体壮。我们都知道，在世界大战之后，有些男人从战场回来后什么都不干。他们是家庭的包袱，对社会无益。”

这时我插话说：“可是他拒绝人家给他提供的各种职位，他究竟说了什么理由呢？”

“没理由。只说不合他的心意。”

“难道他什么事都不想做吗？”

“显然如此。”

尼尔森博士又端起一杯加冰水的威士忌。他长饮一口，然后看着他的两位朋友，说道：“我可以谈谈我的印象吗？我不敢说我是判断人类天性的行家，但无论如何我从业已有三十多年，我觉得我对人类的天性有所了解。战争确实对莱雷有所影响。他去时和回来时已是判若两人。他不仅是长了年岁。有些事情改变了他的性格。”

“什么样的事情？”我问。

“我不知道。他对战争经历很少谈及。”尼尔森博士转向布莱德雷夫人，“他给你讲过吗，路易莎？”

布莱德雷夫人摇摇头，说道：“没有。他刚回来时，我们曾设法让他给我们讲一些他的冒险经历，但他只是以他独特的方式笑了笑，说没什么可讲的。他甚至对伊莎贝尔也没讲过。伊莎贝尔试了又试，都没从他嘴里问出什么。”

谈话就以这样不佳的方式进行，不久尼尔森博士看了看手表，说他必须走了。我准备和他一起离开，但埃略特硬要我留下来。尼尔森博士走后，布莱德雷夫人为他们拿私事麻烦了我而道歉，说她担心我已经厌烦了。

“但你看得出来，这是压在我心头的一件大事。”她最后说。

“毛姆先生非常持重，路易莎，什么事情你都可以告诉他。我不觉得鲍勃·尼尔森和莱雷之间是非常亲密的，但有些事情路易莎和我认为最好还是不对他讲。”

“埃略特！”

“你已经对他讲了那么多，剩下的也可以告诉他。我不知道你在进餐时是否留意了格雷·马图林？”

“他个头那么大，很难不注意到他。”

“他是伊莎贝尔的追求者。莱雷不在家期间，他一直非常殷勤。伊莎贝尔喜欢他，如果战争久拖下去，伊莎贝尔很可能已经嫁给他了。他向伊莎贝尔求过婚。伊莎贝尔没答应，也没拒绝。路易莎猜想她是要等莱雷回家后再拿主意。”

“格雷怎么没去打仗呢？”我问。

“他踢足球时伤了心脏。伤不严重，但部队不收他。总之莱雷一回家他就没机会了。伊莎贝尔完全把他拒绝了。”

我不知道他们指望我对此说些什么，于是我什么也没说。埃略特继续陈述。看着他显贵的外表，听着他的牛津腔调，觉得他太像外交部的一名高官了。

“当然莱雷这孩子非常好，他跑去参加陆军航空兵团，真是好样的，但我对人的品性看得很准……”他对我狡黠地微微一笑，第一次对我提到他曾靠买卖艺术品起家，“否则我现在就不会有一大批最好的股票。我的看法是莱雷永远不会有多大出息。他没有值得一提的金钱，也没有地位。格雷·马图林的情况就大不相同了。他拥有古老的爱尔兰好姓氏。这个家族出过一位主教、一位戏剧家，还有几位名将和名学者。”

“这一切你是从哪儿知道的？”我问。

“这种事情大家都会知道，”他漫不经心地回答，“事实上，前几天我在会所碰巧翻了一下全国名人辞典，偶然看到了这个姓氏。”

我认为没有必要复述进餐时我的邻座对我说过的话，即格雷的祖父是个住棚屋的爱尔兰人，而他的祖母是个瑞典女招待。

埃略特继续往下讲：“我们认识亨利·马图林都有很多年了。他是个大好人，是个大富人。格雷即将进入芝加哥最好的经纪行。他已在社会上立足。他想娶伊莎贝尔，不能不承认，为伊莎贝尔着想，他们是绝配。我本人完全赞成这门婚事，我知道路易莎也赞成。”

“你离开美国这么久，埃略特，”布莱德雷夫人干笑着说，“你忘了，在这个国家里，女孩子不会因为母亲和舅舅看中一门婚事就嫁人。”

“这种现象不值得夸耀，路易莎，”埃略特严厉地说，“根据我三十年的经验，我可以告诉你，适当参照地位、财产、门第安排的婚事，不论在哪方面，都胜过恋爱结婚。不管怎么说，法国是世界上唯一的文明国家，要是在法国，伊莎贝尔会毫不犹豫地嫁给格雷；然后，过一两年，如果她有需要，会让莱雷当情人。格雷则会将一个出众的女演员金屋藏娇，于是大家都十分快活。”

布莱德雷夫人并不傻。她用调皮而快活的眼光看着哥哥，说道：“这也有不利之处，埃略特，因为纽约的戏剧只在有限的周期内到这里演出，格雷只能把他那金屋的娇客留住一段长度很不稳定的时间。这对各方面来说肯定都是很不安宁的。”

埃略特笑道：“格雷可以在纽约股票交易所买个席位嘛。毕竟，如果你们一定要住在美国，我看不出为什么能够住在别处，却不能住在纽约。”

听他说到这里，我就告辞了。但在走之前，不知道为什么，埃略特问我是否愿意和他一起吃顿午饭，会会马图林父子。

“亨利是美国商人的最好典型，”他说，“我觉得你应该认识他。

他为我们照管投资已有好多年。”

我并不很想去做这事，但没有理由拒绝，于是我说我很高兴认识亨利·马图林。

七

我在芝加哥停留期间，由一家会所提供食宿。那里有一所很好的图书馆，第二天上午我去图书馆阅读一两种大学杂志，如果不是订户，往往是很难买到这些杂志的。我去得早，除我之外只有一个人在那里。他坐在一张大皮椅上，全神贯注地读书。我惊讶地发现，此人竟是莱雷。我绝没有想到在这种地方会遇见他。我从他身边走过时，他抬头看了一眼，认出了我，作势要起身。

我说："别动。"然后我几乎是下意识地问道："你在看什么？"

"一本书。"他回答，脸上带着笑，那笑容非常讨人喜欢，使他那冲撞的回答显得一点儿也不无礼。

他把书合起来，用他那双格外晦暗的眼睛看着我，把书的封面藏起来，使我看不见书名。

"昨晚玩得痛快吗？"我问道。

"痛快极了！5点钟才回家呢。"

"大清早就来到这里，你太用功啦！"

"我常来这里。平常这个时候就我一个人在这里。"

"不打搅你啦。"

"你没打搅我。"他说着，又笑了，这时我觉得他有一种非常可爱的笑容。这不是灿烂夺目的笑容，这是一种以内在的光明照亮他面目的笑容。他坐在由书架外伸而形成的凹角里，他身边还有一张椅子。他把手搭在扶手上，说道："坐一会儿吧？"

"好的。"

他把手里拿着的书递给我。

“这就是我正在看的书。”

我看了一眼那本书，原来是威廉·詹姆斯的《心理学原理》。这当然是一部典范之作，在它涉及的这门科学的历史上占有重要地位，而且其可读性极强；但我没料到它会出现在一个非常年轻的人手中，这年轻人是个飞行员，而且还从昨晚跳舞一直到早晨。

“你为什么读这种书？”我问道。

“我很无知。”

“你也很年轻。”我笑着说。

他沉默良久，致使我觉得这种沉默令我尴尬，我正要起身去找我想到这里来看的杂志，但我觉得他有话要说。他眼神空洞，面色严肃而专注，似乎在默想。我等待着。我很好奇，想知道是怎么回事。当他开始讲话时，好像是在继续刚才的谈话，对那长时间的沉默毫无察觉。

“我从法国回来后，他们都要我去上大学。我办不到。经过我所经历的那一切之后，我觉得我无法再回去念书。反正我在预科学校里什么也没学到。我觉得我没法融入大学新生的生活。他们不会喜欢我。我不想去扮演我不感兴趣的角色。我认为教师不会把我想知道的那些知识教给我。”

“当然，我知道这不关我的事，”我说，“但我并不认为你是对的。我想我明白你的意思，我也明白，打了两年仗之后，再去当那种头顶光晕的学生娃娃，当个一二年级的大学生，确实有点儿讨厌。我不相信他们会不喜欢你。我对美国的大学不是很了解，但我不相信美国的大学生跟英国大学生有很大的不同，他们也许吵闹一些，更喜欢马戏，但总的来说都是正派的通情达理的孩子。我认为，如果你不喜欢过他们的生活，只要略施小计，他们就会很乐意让你自行其是。我的兄弟上过剑桥，我却没有。我有过机会，但我拒绝了。我想走出校门，进入社会。我一直为此后悔。我认为上大学本来可以使我少犯很多错误。在资深教师的指导下，你会学习得更快。如果没人给你领路，你会浪费许多时间去钻死胡同。”

“也许你是对的。我倒不怕犯错误。也许在某一条死胡同里，我可以找到符合目标的东西。”

“你的目标是什么呢？”

他犹豫了片刻，才说：“问题就在这里。我还不十分清楚。”

我没说话，我觉得根本就无话可答。我从很小的时候就一直有清晰明确的目标，所以对他的说法有些恼火；但我责备自己；我有一种感觉，我只能将之称为直觉，我感觉在这孩子的灵魂里有某种迷乱的奋争，究竟是尚未成熟的想法，还是朦胧感受的激动，我也说不清，这种东西使他充满不安，促使他奔向他不知道的方向。他不可思议地激起了我的同情。在这之前我并未听他讲多少话，直到现在我才意识到他的声音是悦耳的。它很有说服力。它像镇痛的香膏。当我想到这一点，想到他那讨人喜爱的笑容，想到他那对乌黑眼珠的眼神，我就完全理解伊莎贝尔对他的爱了。他身上确实有某种东西非常可爱。他转头望着我，一点儿也不窘迫，但他眼睛里有一种神态，既是探究，也是逗乐。

“昨晚我们出去跳舞以后，你们谈论我了，我猜得不错吧。”

“部分时间是谈你。”

“我想这就是鲍勃叔叔被迫来共进晚餐的原因。他是讨厌出门的。”

“听说有人为你提供了一个非常好的职位。”

“极好的职位。”

“你打算接受？”

“我不会接受。”

“干吗不接受呢？”

“我不愿意。”

我在介入一件与己无关的事情，但我突发奇想：正因为我是来自国外的陌生人，莱雷才不忌讳对我讲这件事情。

“嗯，你知道，人们对什么都不在行的时候，就去当作家。”我轻笑着说。

“我没才能。”

“那么你想干什么呢？”

他对我一笑，灿烂而迷人。

“游手好闲。”他说。

我不禁大笑。

“我可不认为芝加哥是世界上最适合游手好闲的地方。”我说，“好吧，我不耽误你读书了。我要去看看《耶鲁季刊》。”

我起身了。我离开图书馆时，莱雷仍在聚精会神地读威廉·詹姆斯的那本书。我在会所里独自一人吃了午饭，由于图书馆里很安静，我又回到那里抽雪茄，这样可以看看信，写写信，打发一两个小时。我没料到莱雷仍在埋头读书。看样子我离开后他一直没挪窝。下午 4 点钟我离开图书馆时，他还在那里。我为他具有明显的专注力而感到震惊。他没注意到我去而复来。下午我有许多事要办，没有返回布莱克斯顿，直到该换衣服赴宴时才回到那里。一路上我的心为好奇的冲动所占据。我又一次拐到会所，走进图书馆。这时候图书馆里人很多了，在看报纸之类的读物。莱雷仍然坐在那把椅子上，还是专注于那本书。怪人！

八

第二天埃略特邀我在帕尔默饭店进午餐，会见老马图林和他儿子。我们只有四人。亨利·马图林是个大个子，块头差不多和他儿子一样大，脸红而多肉，大下巴，也有一只短钝好斗的鼻子，但眼睛比儿子的小，也没那么蓝，而眼神精明透顶。虽然他只有五十出头，看上去却老了十岁，头发掉得很多，已经雪白了。乍一看他引不起别人的好感。他看上去好像多年以来一直以自己的成功为荣，而我得到的印象是：这是个蛮横、聪明、能干的人，在任何情况下，他在商业上永远是冷酷无情的。一开始他讲话不多，我觉得他在琢磨我。我有一种挥之不去的感觉，即他把埃略特当作笑话看。格雷的态度温和有礼，几乎一语不发，多亏埃略特是个社交老手，滔滔不绝地讲一些轻松的话题，这次聚会才没有变得极不愉快。我猜想埃略特过去积累了与中西部商人打交道的丰富经验，他可以哄得那些人为一位大师的作品支付高昂的价钱。马图林先生很快就感到放松多了，他发表了一两点评论，表明他比表面上活泼得多，而且确实有一种枯索的幽默感。有一阵子话题转向了股票和股份。如果我不是早就知晓埃略特虽然尽说些废话，但他其实很精明，那么我会吃惊地发现他在这个问题上的知识非常丰富。这时马图林先生说道："今天上午我收到了格雷的朋友莱雷·达瑞尔的一封来信。"

"你没告诉我呀，老爸。"格雷说。

马图林先生转向我，问道："你认识莱雷，对吗？"我点点头。他接着说:"格雷劝我接收他入我这一行。他们是很好的朋友。格雷对他评价极高。"

"他怎么说，老爸？"

"他谢谢我。他说他知道这对一个年轻人来说是个很好的机会，所以他认真地考虑了这件事，得出的结论是，他将会令我失望，所以他最好还是拒绝。"

"他太愚蠢了！"埃略特说。

“是啊。”马图林先生说。

“我觉得非常遗憾，老爸，”格雷说，“如果我们能一起工作，那该多好啊！”

“你可以把马牵到水边，却不能强迫它喝水。”

马图林先生说这句话时，眼看着儿子，他那双精明的眼睛变温柔了。我看出这个硬心肠的生意人有他的另一面；他宠爱他这个大块头的儿子。他又一次转向我说：“你知道吗？这孩子星期天以低于标准杆的二杆打完了我们的全程。他赢了我七杆和六杆。我恨不得用我的九号铁头球棒敲他的脑袋。想想吧，他打高尔夫球还是我亲手教的！”

这个父亲的神态充满了骄傲。我开始喜欢他了。

“我运气太好，老爸。”

“一点儿也不是运气！你摆脱一个沙坑，把球打到离洞六英寸的地方，这难道是运气吗？如果离洞一英寸，这一棒就打了三十五码！我想让他明年参加业余锦标赛。”

“我可抽不出那么多时间。”

“我是你的老板，对不对？”

“这我还不知道？我上班迟到一分钟，你就大吵大闹。”

马图林先生轻笑一声，对我说：“他想把我说成暴君。别信他。我的事业全靠自己，我的合伙人不行，而我为自己的事业感到非常自豪。我叫这孩子从最低层干起，我期望他和我雇用的所有年轻人一样努力工作，到他接我的班时，他就能胜任了。我这样的一份事业，责任重大啊。我替一些客户照管投资已有三十年，他们信任我。实话告诉你，我情愿自己赔钱，也不愿让客户吃亏。”

格雷笑了，说道：“前几天有个老姑娘走进来，要给她的牧师推荐的一项冒险计划投资一千美元，我父亲不肯接受这单生意，老姑娘坚持要投，我父亲把她骂得哭着走出去了。接着他打电话给那个牧师，把牧师痛骂了一顿。”

“人们说了我们经纪人很多坏话，但经纪人各不相同。我不想让客户赔钱。我要让他们赚钱，而他们那种干法，其中大多数人的干法，你会觉得他们生活中的唯一目标就是丢掉他们的每一分钱。”

马图林父子跟我们分手回事务所之后，我们便动身离开，这时埃略特问我：“那么，你觉得他这人怎么样？”

“我素来喜欢认识新的类型。我觉得他们父子之间的感情相当动人。我不知在英国这种现象是否如此普遍。”

“他崇拜那孩子。他是个古怪的混合体。他就客户所讲的那些话都是真的。有几百个老太太、退休服务员和牧师把积蓄交给他照管。我觉得他们给他带来的麻烦比好处大，但他以客户对自己的信任为荣。但是当他遇到大宗买卖，当他和强大的同行竞争时，没人比他更心狠、更无情。那时他一点儿情面也不讲。他要割下对方身上的那一磅肉，没什么能阻止他割下那块肉。要是碰到他厉害的那一面，他不仅会毁掉你，还会在毁掉你后哈哈大笑。”

回家以后，埃略特就告诉布莱德雷夫人，说莱雷已经拒绝了亨利·马图林先生的邀聘。伊莎贝尔正在外面和女朋友一起吃午饭，她回家时他们两人还在谈这件事。他们告诉了伊莎贝尔。从埃略特对接下来的谈话所做的叙述中，我得知他相当雄辩地表达了自己的观点。尽管他十年来确实没有做过一丁点儿工作，尽管为他挣来巨大家业的那份工作一点儿也不艰辛，但他却坚决地主张，为了人类的前程，勤奋是最必要的。莱雷完全是个普通的小伙子，没有社会地位，他没有任何理由去违背这个国家值得称道的习气。像埃略特一样目光敏锐的人看得很清楚，美国正在步入一个空前繁荣的时期。莱雷现在有机会走进大厦的第一层，只要他好好干，到四十岁他完全可以成为百万富翁、千万富翁。那时如果他要退休，过绅士般的生活，比方说，住在巴黎，在杜布瓦大街有一套公寓，在都兰有一座别墅，他（埃略特）对此无可非议。可是路易莎·布莱德雷的话说得更简洁，更令人哑口无言。

“要是他爱你，他就应该乐意为你而工作。”

我不知道伊莎贝尔对这一切作何回答，但她通情达理，心里明白长辈占着理。她认识的小伙子都在为了进入某个行业而学习，或者已经在办公室里忙碌了。莱雷不可能指望靠他在陆军航空兵团里的出色记录而度过余生。战争已经结束，人人都讨厌它，恨不得尽快把它忘掉。讨论的结果是伊莎贝尔同意跟莱雷最后摊牌。布莱德雷夫人建议伊莎贝尔让莱雷开车送她去马文一趟。布莱德雷夫人要为起居室定做新窗帘，但尺寸找不到了，于是她要伊莎贝尔再去量个尺寸。

“鲍勃·尼尔森会招待你们吃午饭。”她说。

“我有个更好的计划，”埃略特说，“给他们装上一篮午餐，让他们在门廊里吃午餐，饭后他们可以谈话。”

“这就有意思了。”伊莎贝尔说。

“中午吃一顿舒适的野餐，真是难得的惬意啊。”埃略特卖弄地补充说，“杜泽老公爵夫人总是对我说，在这种环境下，最执拗的男人也会变得言听计从。你让他们午饭吃什么？”

“酿馅鸡蛋和鸡肉三明治。”

“胡说！野餐不能没有肥鹅肝酱饼。你得先让他们吃咖喱虾、花色肉冻鸡胸，配上生菜心沙拉，我会亲自为它制作调料，吃过鱼酱之后，如果你喜欢的话，可以对你们的美国习惯做个让步，吃一个苹果馅饼。”

“我会给他们酿馅鸡蛋和鸡肉三明治，埃略特。”布莱德雷夫人坚决地说。

“好吧，记住我的话，这样就会失败，到时候你只能怪自己。”

“莱雷吃得很少，埃略特舅舅。”伊莎贝尔说，“我认为他不会留意自己吃些什么。”

“我希望你不要认为这是对他的夸奖，我可怜的孩子。”她的舅舅回敬道。

但是布莱德雷夫人说他们应该有什么就吃什么。埃略特后来告诉我那次旅行的结果时，他以地道的法国方式耸了耸肩。

“我对他们说过那样会把事情弄砸的。我请求路易莎把我开战前送给她的蒙特拉谢酒放进去一瓶，可她就是不听。他们带了一暖水瓶热咖啡，别的什么都没带。你能指望什么结果呢？”

事情是这样的。路易莎·布莱德雷和埃略特两人坐在客厅里，听到汽车在门口停下的声音，接着伊莎贝尔走进房子。天刚黑，窗帘已经拉上。埃略特懒洋洋地靠在火炉旁的扶手椅上看小说，布莱德雷夫人在把一块挂毯改成防火幕。伊莎贝尔没有进客厅，而是上楼回到自己的房间。埃略特从眼镜框上边看着妹妹。

“希望她是去把帽子摘掉。不到一分钟她就会下来。”布莱德雷夫人说。

但是伊莎贝尔没有下来。几分钟过去了。

“也许她累了。她可能躺下了。”

“你不是指望莱雷会一块儿进来吗？”

“别火上加油，埃略特。”

“那好，这是你自己的事，与我无关。”

埃略特又看起书来。布莱德雷夫人继续做针线活。但是在半个钟头过去后，她突然站了起来，说道：“我想我最好还是上去看看她。要是她在休息，我不会惊动她。”

布莱德雷夫人离开客厅，但很快就从楼上下来了。

“她在哭呢！莱雷要去巴黎。他要离开两年。伊莎贝尔答应等他。”

“他干吗要去巴黎？”

“问我也是白问，埃略特。我不知道。她什么都不肯告诉我。她说她理解莱雷，不打算妨碍他。我对她说：‘如果他打算离开你两年之久，他不可能爱你很深。’她说：‘我情不由己，关键是我非常爱他。’我说：‘发生了今天的事情之后你还爱他吗？’她说：‘今天使我更爱他了！而他也的确爱我，妈妈。我肯定是这样。’”

埃略特考虑了片刻，说道：“两年过后又怎么办呢？”

“我说过我不知道，埃略特。”

“你不认为这非常不尽人意吗？”

“是非常不尽人意。”

“只有一点可以说，那就是他俩都很年轻。他们等两年没多大妨害，在这段时间里可能发生很多事情。”

他们一致认为最好让伊莎贝尔静一静。他们那天晚上到外边去吃了正餐。

“我不想让她心烦，”布莱德雷夫人说，“人们会怀疑她的两只眼睛都肿了。”

但是第二天在他们一家子吃过午餐以后，布莱德雷夫人又提起了这个话题。但她从伊莎贝尔那里没打听到多少情况。

“该说的我都说过了，真的没什么可说了，妈妈。”伊莎贝尔说。

“可他要去巴黎干什么呢？”

伊莎贝尔笑了，她知道她的回答对母亲而言是多么荒唐。

“闲荡。”

“闲荡？你究竟是什么意思？”

“他就是这样对我说的。”

“我真的没法容忍你了！你要是有一点点儿志气，就应该当场废除婚约。他是在拿你耍着玩呢。”

伊莎贝尔看了看自己左手上戴的戒指，说道：“我有什么办法？我爱他。”

这时埃略特也加入谈话。他以他那有名的机智来处理这件事。“老伙计，我不是以舅舅的身份，而是作为一个老于世故的人对一个涉世不深的女孩子讲话。”但他取得的效果并不比伊莎贝尔的母亲更好。我得到的印象是，伊莎贝尔无疑很有礼貌但是非常明白地告诉舅舅：他管好自己的事情就够了。埃略特在当天稍晚的时候把这一切都告诉了我，就是在布莱克斯顿我那间小小的起居室里。

“当然路易莎说得很对，”他补充说，“这件事非常不尽人意，但只要你听任年轻人仅仅在相互爱慕的基础上安排自己的婚事，你总会碰到这类问题。我叫路易莎不要着急；我认为结局会比她预料的好。只要莱雷不挡道，而小格雷·马图林又在她身边，这样一来，要是我对我的同胞多少还有所了解的话，结果不就很明显了吗？当你十八岁的时候，你的感情非常强烈，可是不会持久。”

“你可真是精通世故，埃略特。”我笑着说。

“我可没白读拉罗什富科的书。你知道芝加哥是怎么回事；他们会时时见面。有个男人倾心于自己，女孩子总会感到荣幸，而当她知道她那些女朋友当中不止一个人很想嫁给这个男人时，那么请问你，抗拒把竞争对手一个个排挤掉的诱惑，这符合人的本性吗？我是说，这好比参加一个聚会，你明知自己会无聊得心烦，而且聚会上的点心只有柠檬水和饼干，但你还是会去，因为你知道你那些最好的朋友巴望着参加，却没有受到邀请。”

“莱雷什么时候走？”

“我不知道。我想还没定下来吧。”埃略特从衣袋里掏出一只白金和黄金制成的又长又扁的香烟盒，抽出一支埃及香烟。他不抽法蒂玛牌、切斯特菲尔德牌、骆驼牌或幸运敲门牌。他看着我，露出充满暗示的笑容，接着说：“有些话我当然不便对路易莎说，但我不介意告诉你，我对这小伙子暗地里怀有同情。我很理解，他在战争期间看了一眼巴黎，如果他被这座世界上唯一适合文明人居住的城市迷住了，我是不能责怪他的。他还年轻，我断定他在安下心来过结婚生活之前，还想野一阵子。很自然，很合理，我会关照他的。我会把他介绍给该认识的人；他很有礼貌，只要我稍加指点，他就能非常出众；我可以保证让他见识美国人很少有机会看到的法国生活的一个层面。相信我，老伙计，一般的美国人进天国都比进圣日耳曼大街容易得多。他才二十岁，他有魅力。我想我也许可以安排他和一个年岁大一点儿的女人私通。这会把他塑造成型。我一直认为，给上了点岁数的女人当情人，对年轻人是最好的教育，如果那女人是我心目中的那种人，即上流社会的女子，你懂的，就会立刻使他在巴黎站稳脚跟。"

"这些话你对布莱德雷夫人说过吗？"我笑着问道。

埃略特轻笑一声，说道："老伙计，如果说我还有什么值得自豪的话，那就是我的圆滑。我没告诉她。她理解不了，我那可怜的妹妹。这是我永远无法理解路易莎的地方；虽然她在外交界活了半辈子，住过全世界半数国家的首都，但她仍然是个不可救药的美国女人。"

九

那天晚上我去滨湖路的一幢石头大楼赴宴。那房子看上去好像建筑师原想把它盖成一座中世纪城堡，中途变了主意，决定把它改建为瑞士的山地农舍。这是一个盛大的聚会，当我走进宽敞豪华的客厅时，发现其中布置有塑像、棕榈、枝形吊灯、早期绘画大师的作品，以及铺了厚软垫的家具。我很高兴地看到至少有几个我认识的人在场。亨利·马图林把我介绍给他那瘦小、糊涂、脆弱的妻子。我向布莱德雷夫人和伊莎贝尔问了好。伊莎贝尔穿一身红绸子礼服，跟她的一头黑发和神采奕奕的淡褐色眼睛很相配，所以她显得很漂亮。她似乎兴致很高，谁也不会想到她刚刚有过烦心的经历。她跟围在她身边的两三个小伙子欢快地交谈，格雷就是其中之一。进餐时我和她不同桌，我看不见她，但后来，在我们男人慢吞吞没完没了地喝了咖啡、饮了烈酒、抽了雪茄过后重又回到客厅时，我有了和她说话的机会。我对她了解太少，没法直接谈论埃略特告诉我的那些事情，但我有个我认为她会爱听的话题可谈。

“早两天我在会所见到你那位小伙子了。”我漫不经心地说。

“哦？是吗？”

她的口气和我一样漫不经心，但我察觉到她立刻警觉了。她的眼睛里有了提防的神色，我认为自己从中看出了一些不安。

“他当时在图书馆看书。他的专注力使我印象很深。我 10 点钟刚过进去时他在看书，我在午餐后回去时他还在看书，我出门吃晚餐时再次拐进去时他仍在看书。我想差不多十来个钟头他都没有离开椅子。”

“他看的是什么书？”

“威廉·詹姆斯的《心理学原理》。”

她垂着头，使我无法知道我的话对她有何影响，但我觉得她既困惑又放了心。这时主人找我去打桥牌，散场时伊莎贝尔和她母亲都已经走了。

十

两天后我去向布莱德雷夫人和埃略特告别。我看到他们坐着喝茶。我到后不久，伊莎贝尔也进来了。我们谈了谈我即将开始的旅行。我感谢他们在我居留芝加哥期间对我的友好款待，当我觉得该离开的时候到了，便起身告辞。

“我送你到药店那儿，”伊莎贝尔说，“我刚记起我要买一样东西。”

布莱德雷夫人对我说的最后一句话是：“下次你见到亲爱的玛格丽特皇后时，一定要代我问候她，好吗？”

我没有再次声明我并不认识那个令人敬畏的女人，而是满口答应说我一定会办到。

我们走上大街之后，伊莎贝尔含笑斜睨了我一眼，问道：“你能喝冰激凌汽水吗？”

“可以试试。”我谨慎地回答。

在我们到达药店之前，伊莎贝尔没有再说话，而我无话可讲，也沉默着。我们走进店里，坐在桌边铁丝网靠背和扭铁丝腿的椅子上。这种椅子坐着很不舒服。我要了两份冰激凌汽水。有几个人在柜台那边买东西；两三对男女坐在别的桌子旁，但他们忙着谈他们自己的事情。从各方面看来，我们是单独相处。伊莎贝尔装出满足的神态，用一根长秸秆吸汽水，我点起一根香烟等着。我觉得她很紧张。

“我想跟你谈谈。”她突如其来地说。

我笑着回答：“我猜到了。”

她若有所思地看了我一阵，说道：“前天夜里在萨特兹韦特家，你为什么讲关于莱雷的那些话？”

“我觉得你会感兴趣。我忽然想到你可能并不完全了解他关于闲荡的想法是怎么回事。”

“埃略特舅舅太多舌啦。当他说他要到布莱克斯顿去跟你聊天的时候，我就知道他会把一切都告诉你。”

“你要知道，我们认识好多年了。谈论别人的事情能给他许多乐趣。”

“正是。”她笑了，但笑容只是昙花一现。她盯着我，眼神很严肃，接着说：“你觉得莱雷怎么样？”

“我只见过他三次。他似乎是个很好的孩子。”

“就这么多吗？”

她声音里带着忧伤。

“不，不能说就这么多。我很难说；你知道，我对他了解得很少。当然，他有魅力。他谦虚，友好，文雅，非常打动人。他这么年轻，却很沉着。他跟我在这里遇见的其他男孩都不大一样。”

当我如此摸索着把我自己脑子里并不明晰的印象组织成语言说出来的时候，伊莎贝尔专注地望着我。我讲完之后，她轻轻叹了口气，如释重负，接着对我迷人而近乎顽皮地一笑。

“埃略特舅舅说，他往往为你的观察力感到惊奇。他说很少有什么事情能逃过你的法眼，不过你作为作家的巨大资本就是你的判断力。”

“我能想到一种更有价值的品质，”我冷冷地回答，“例如天才。”

“你知道，我没有人可以谈论这些。妈妈只能以她自己的观点来看事情。她希望我的将来有保障。”

“那很自然，对吧？”

“而埃略特舅舅只从社会角度看问题。我自己的朋友，我是指我的同代人，认为莱雷是个失败者。这太叫人伤心了。”

“当然。”

“他们并不是对他不好。谁都会不由自主地对莱雷好。可他们把他当作笑料。他们总是拿他打趣，而他似乎不在乎，这就使他们恼火了。他只是笑。你知道现在是什么状况吗？”

“我只知道埃略特告诉我的那一些。”

“我可以把我们去马文时的真实情况告诉你吗？”

“当然可以。”

我现在复述伊莎贝尔的叙述，部分依据自己对她当时谈话的记忆，部分借助于我的想象。但她跟莱雷之间的一番交谈很长，我可以肯定，他们所说的话，比我现在打算重述的要多得多。我认为，就跟人们在这种情况下通常会做的一样，他们不仅会说很多不相干的话，还会把同一件事说了一遍又一遍。

伊莎贝尔醒来后，看到天气晴朗，便打电话给莱雷，告诉他，母亲要她去马文为她办点儿事，请莱雷开车送她去。除了她母亲叫尤金装进篮子里的那一暖水瓶咖啡以外，她为防不足，添加了一暖水瓶的马天尼酒。莱雷的跑车是刚到手的，他很为这辆车自豪。他喜欢开快车，他开车的速度使两人都很兴奋。他们到达后，伊莎贝尔量了待换的窗帘，莱雷记下尺寸。接着他们把午餐摆在门廊里。门廊四面挡风，而深秋初冬季节的阳光令沐浴者感到舒畅。那所房子建在一条土路边，没有新英格兰老木屋的雅致，你要说它的好话，最多只能说它宽敞，住着舒服。但是从门廊里你可以看到一片悦人的景色，一座盖了黑屋顶的红色大谷仓，一片古老的树林，林子后面是一望无际的棕色田野。这风景是单调的，但岁末的阳光和热烈的色彩在当天赋予它一种亲切的美。开阔地里有一种愉悦伸展在你眼前。它在冬日一定是寒冷、阴沉、荒凉的，在三伏天则必然是干燥、炙灼而闷热的，唯有在这一天它却不可思议地令人兴奋，因为无垠的风景在召唤灵魂去冒险。

他们和所有健康的年轻人一样享受午餐，他俩在一起感到幸福，伊莎贝尔倒咖啡，莱雷点燃烟斗。

“现在直说吧，亲爱的。”莱雷说这话时，眼里现出顽皮的微笑。

伊莎贝尔吃了一惊。

“直说什么？”她问道，脸上尽可能装出无知的表情。

莱雷嘿嘿一笑，说道：“你要把我当十足的傻瓜吗，亲爱的？

要是你母亲对客厅窗户的尺寸不是知道得一清二楚，我就吃掉我这顶帽子。你要我开车把你送到这里不是为这事。”

伊莎贝尔恢复了镇静，对他嫣然一笑，说：“也可能是我觉得我俩单独在一起度过一天会很有意思。”

“有可能，但我认为不是这样。我猜想，埃略特舅舅已经告诉你们，我推辞了亨利·马图林的聘请。”

他说得快活而轻松，伊莎贝尔发现以同样的语气谈下去倒也方便。

“格雷一定失望极了。他觉得有你和他一起工作真是太棒了。迟早你得沉下心来工作，闲得越久就越不想工作。”

莱雷抽着烟斗，看着伊莎贝尔，温柔地笑着，所以伊莎贝尔弄不清楚他是当真还是开玩笑。

“你可知道，我有个想法，我这一生想做更多的事情，不想卖卖债券了事。”

“那很好啊。进律师事务所，或者学医。”

“不，那些我也不想干。”

“那你想干什么？”

“闲荡。”

“莱雷，别开玩笑。这是正经不过的事情！”

伊莎贝尔声音发颤，眼里噙满泪水。

“别哭嘛，亲爱的。我不想让你伤心。”

莱雷走过去，坐在伊莎贝尔身旁，搂住她。莱雷的声音里有一种使她心碎的温柔，她再也止不住眼泪。但她擦干眼睛，露出勉强的微笑，说：“你说不想让我伤心，说得倒轻巧。可你就是让我伤心了。你知道，我爱你。”

“我也爱你，伊莎贝尔。”

伊莎贝尔深深地叹了口气，接着挣开莱雷的臂膀，抽出身子，说道:“让我们都明智一些。男人总得工作,莱雷。这关系到自尊。这是个年轻的国家，男人有义务参加国家活动。早两天亨利·马图林还在说，我们开始了一个新时代，会使过去的成就显得微不足道。他说他看不出我们的发展会有止境，他相信到 1950 年我们就会成为世界上最富有、最伟大的国家。你不认为这极为令人振奋吗？”

“极为振奋。”

“年轻人从未有过这么好的机会。我原以为你会自豪地参加摆在我们面前的工作。这是多么美妙的奇遇！”

莱雷轻快地笑了，说道：“我敢说你是对的。阿莫和斯威夫特会制造更多更好的肉罐头，麦考密克将生产出更多更好的收割机，亨利·福特将要出厂更多更好的小汽车。人人都会变得越来越富有。”

“为什么不呢？”

“正如你说的，为什么呢？金钱恰巧引不起我的兴趣。”

伊莎贝尔咯咯地笑着说：“亲爱的，别说傻话了。人没有钱就不能生活。”

“我有一点儿钱。这就使我可能干我想干的事情。”

“闲荡？”

“是的。”莱雷笑着回答。

“莱雷，你真叫我为难！”伊莎贝尔叹息着说。

“对不起。要是我有法子，我不会为难你。”

“你有法子。”

莱雷摇摇头。他沉默片刻，陷入深思。当他终于开口时，说的话使伊莎贝尔大吃一惊。

“人死了以后，那僵死的模样真是可怕！”

“你到底是什么意思？”伊莎贝尔焦急地问。

“就是那个意思。”他对伊莎贝尔报以伤心的一笑，“当你一个人在空中飞行时，你会有很多时间思考。你会有奇怪的想法。”

“什么样的想法？”

“模糊的，”他笑着说，“支离破碎的，混乱的。”

伊莎贝尔对此思索了一阵，又说：“如果有了工作，这些想法就会理出头绪了，而你也就神志清醒了。你不这样认为吗？”

“我想到了这一点。我起过一个念头，我可以去当木匠，或者修汽车。”

“噢，莱雷，人们会以为你疯了！”

“那很重要吗？”

“对我而言，是的。”

沉默再一次落到他们头上。这次是伊莎贝尔打破沉默。

她叹了一口气，说：“你和去法国以前的那个你大不相同啦。”

“那不奇怪。当时我遇到很多事情，你懂的。”

“例如？”

“哦，就是偶然发生的普通事件。我在陆军航空兵团最好的朋友因为救我而被打死了。我无法轻易地忘掉此事。”

“给我说说，莱雷。”

他看着伊莎贝尔，眼里含着深切的悲痛。

“我不愿谈这个。这毕竟只是一件平常事。”

伊莎贝尔生性容易动情，她眼里又噙着泪水。

“你不快活吗，亲爱的？”

“不，”莱雷笑着回答，“唯一令我不快活的事情，就是我弄得你不快活。”他握住伊莎贝尔的手，伊莎贝尔触到他那只紧握着自己的坚定有力的手，感到了一种强烈的友好，一种非常亲密的挚爱，致使她不得不咬住嘴唇，以免自己哭出来。“我认为在我对事情有了定见之前，我是找不到安宁的。”莱雷严肃地说。

他迟疑了片刻，又说："这很难用语言表达。在想说出来的那一刻，你会感到窘迫。你会对自己说：'我是谁？为什么要为这事、那事和另一件事伤脑筋？也许这只是因为我是个自高自大一本正经的人。循着常轨行走，顺其自然，不是更好一些吗？'接着你想到一个伙伴，他一个小时前还是生龙活虎，嬉笑开心，而现在却躺在那里死了；这真是太残酷了，太没有意义了。你很难不问自己：生活究竟是怎么回事，它究竟有没有任何意义，它究竟是不是盲目命运的一个悲剧性错误？"

当莱雷用他那极为悦耳的声音讲话时，他时而停顿，好像他在勉强自己来讲他宁可不讲的事情，而又以这般极度痛苦的真诚讲了出来，那么听者是不可能不为之感动的。有一阵子，伊莎贝尔不敢让自己讲话。

"如果你离开一段时间，会不会对你有所帮助呢？"

伊莎贝尔心情沉郁地提出这个问题。莱雷过了很长时间才回答："我想是这样。你不想去理会舆论，但这不容易。如果舆论是敌对的，它会在你心里引发敌对情绪，扰乱你的心境。"

"那你为什么不走呢？"

"唉，为了你呀。"

"让我们彼此坦诚相待，亲爱的。如今在你的生活中就没有我的地位。"

"这是不是说你不再想和我保持婚约了？"莱雷问道。

伊莎贝尔颤抖的嘴唇挤出一丝笑容，说："不，傻瓜！这是说我准备等你。"

"可能是一年。也可能是两年。"

"没关系。也可能要不了那么久。你想去哪儿？"

莱雷热切地看着她，好像努力要看到她内心最深处。她轻松地笑着，以隐藏她那深沉的悲痛。

“嗯，我想先去巴黎。那里我没有熟人。不会有人干扰我。我以前去过几次巴黎休假。不知为什么，我有一种想法，觉得在那里脑子里那些乱糟糟的事情会变得清晰起来。那是个有趣的地方，它给你一种感觉，在那里你能毫无阻碍地彻底整理你的想法。在那里我想我也许能够看到自己前方的路。”

“要是看不到，你会怎么办？”

莱雷轻笑一声，说道：“那时候我会回过头来依赖于美国人的常识，知其不可而不为，返回芝加哥，找到什么工作就干什么。”

那情景对伊莎贝尔影响太深，她对我讲述时难免动情，她讲完后可怜兮兮地望着我，问道：“你认为我做得对吗？”

“我认为你做了你唯一能做的事情，但我更觉得你心肠极好，极为慷慨，极能体谅人。”

“我爱他，我想使他快乐。要知道，从某方面来说，他出走我并不遗憾。我想让他脱离这种敌意的氛围，不仅是为了他，也是为了我。别人说他永远没出息的时候，我不能责备人家；我为此而恨他们，但我内心深处一直有一种恐惧，担心他们说得对。可别说我能体谅人。我还没有开始理解他的追求。”

“也许你是用你的心而非以理智去理解他的，”我笑道，“你干吗不马上嫁给他，和他一块儿去巴黎？”

伊莎贝尔眼里飘过一抹笑影。

“那是我求之不得的事情。但我不能那样做。你知道，尽管我不愿承认，但我的确认为他离开时最好还是不要带着我。如果尼尔森博士所言不虚，莱雷仍然余惊未消，那么新环境、新兴趣就能治好他。当他恢复平衡以后，他会回到芝加哥，和其他所有人一样干事业。我不愿嫁给一个无所事事的人。”

伊莎贝尔是被按照某种方式培养长大的，她接受了灌输给她的那套原则。她并不考虑钱，因为她从来不知道没有了她所需要的一切是个什么滋味，但她本能地意识到钱的重要性。金钱意味着权力、影响和社会地位。男人应该挣钱，是既自然又明白的事情。那是他在日常生活中的工作。

“你不了解莱雷，我并不惊讶，”我说，“因为我能肯定他也不了解他自己。他不爱讲他的目标，可能是因为他自己也看不清楚。听着，我不怎么了解他，我只是揣测：他是不是在寻找一样东西，但又不知那东西是什么，或许他甚至还不能肯定这东西是否存在？或许，战争期间他不论遭遇了什么，那件事一直使他不得安宁，让他无法自拔。你不觉得他是在追求一个藏在未知云端里的理想吗？就像是一位天文学家在寻找仅仅是数学运算告诉他会存在的星球？”

“我觉得有什么东西在折磨他。”

“折磨他的灵魂？可能是他有点儿害怕自己。可能是他不相信心灵之眼隐约看到的景象是真实的。”

“他有时给我一种怪异的印象；他使我觉得他像一个梦游者，突然在一个陌生的地方醒来，想不出他在什么地方。在战前他正常极了。他可爱的地方之一，便是他对生活有巨大的热情。他迷糊而快活，和他在一起真是开心；他那么可爱那么滑稽。究竟发生了什么事情，使他改变得这么厉害？”

“我猜不出。有时候一件很小的事情会对你产生大得出乎意料的影响。这取决于当时的环境和你的心情。我记得在万圣节，即法国人的亡灵节，我去一个乡村的教堂做弥撒，德国人刚打进法国时，曾到那教堂骚扰过一阵。教堂里挤满了军人和身着黑衣的妇女。墓地里有一排一排的木头小十字架，当悲伤肃穆的仪式进行时，女人哭泣，男人也哭泣，我有一种感觉：那些躺在小十字架下边的男人，比我们活着的人好过一些。我把这种感觉告诉一位朋友，他问我是什么意思。我无法解释，我看出他认为我是个十足的傻瓜。我还记得，在一次战斗后我见到一堆法国军人的尸体，一个压一个地堆着。他们好像破了产的木偶戏班子里的牵线木偶，被凌乱地堆放在积满灰尘的角落里，因为他们再也没有用处。我那时的想法和莱雷对你说的完全一样：死去的人显得没有一丝生气。”

我不想让读者以为我在故弄玄虚，隐瞒莱雷在战争期间究竟遇见了什么事情，使他受到如此深刻的影响，以便在方便的时候把秘密说破。我想他从未对任何人说过。不过，多年以后他倒是对一个名叫苏珊·鲁维埃的女人讲了那个为了救他而付出生命的年轻飞行员的情况。我和莱雷都认识苏珊，她对我复述了莱雷的话，因此我只能做间接的转述。我的转述是对她讲的法语进行翻译。莱雷显然和他那个中队里的另一个男孩建立了深厚的友谊。苏珊只知道别人拿那个男孩打趣所取的绰号，莱雷讲到他的时候用的就是这个绰号。

“他是个红头发的小伙子，爱尔兰人，我们常叫他帕奇。”莱雷说，“他比我所认识的人都要精力充沛。老天！他真是精力充沛！他的脸长得滑稽，笑起来也滑稽，只要看他一眼你就会笑。他是个冒失鬼，会做一些最疯狂的事情；他老是惹上司发火。他天不怕地不怕，当他九死一生地脱离危险之后，他会笑得满脸开花似的，好像那是世界上最有趣的玩笑。但他是个天生的飞行员，一到空中他就沉着而机警。他教了我很多东西。他比我大一点儿，把我放在他的羽翼之下；这确实有点儿好笑，因为我比他高了足足六英寸，如果打起架来，我会把他揍得半死。有次在巴黎，他喝醉了，我怕他闹事，就揍了他。

“我进中队之后，觉得有点儿不能适应，我担心自己不行，但他说几句玩笑话就鼓起了我的自信心。他觉得战争很好玩，他并不恨德国兵；他喜欢打仗，和德国兵打仗使他高兴得要命。打下德国人的一架飞机，他觉得只是个恶作剧而已。他脸皮厚，放肆，没有责任心，但他身上有一种坦诚，使你不禁会喜欢他。他会把自己的最后一分钱给你花，也会花掉你的最后一分钱。如果你感到孤独，想家了，害怕了，我有时就是这样，他看得出来，他那张难看的小脸就会笑得满脸褶皱，他会说出有针对性的话，使你的情绪恢复正常。”

莱雷叭叭地抽烟斗，苏珊等着他往下说。

“我们常常说谎，以便能同时请到假，我们一到巴黎，他就撒起欢来。我们过得太惬意了。3 月初，那是在 1918 年，我们得到几天假，我们事先订了计划。我们准备什么都要玩一玩。在我们动身的前一天，我们奉命飞过敌人的防线侦察敌情，然后回报。突然，砰，我们撞上了几架德国飞机。我们还没弄明白是怎么回事，就置身于混战之中了。一架敌机从我后边追来，但我先开火了。我想看看它是否已被击落，这时我从眼角里看到又有一架敌机咬着我的尾巴。我俯冲，想摆脱它，但它像闪电一样冲来，我想我完了；这时我看到帕奇像一道电光向它冲下来，把所有的火力向它射去。它们招架不住，逃跑了，我们返航。我的飞机受了重创，我勉强飞回了机场。帕奇比我先回机场。我从飞机里爬出来时，他们刚把他抬出飞机。他躺在地上，大家在等救护车开来。他一见我就咧嘴笑了。

“‘我把咬住你的那个家伙干掉了。’他说。

“‘你怎么啦，帕奇？’我问道。

“‘噢，没什么。他伤了我。’

“他的脸色像死人一样苍白。突然他脸上显出奇怪的表情。他刚明白他要死了，他过去从没有过可能死去的念头。大家没来得及制止他，他已经坐了起来，哈哈大笑。

“‘瞧，我给报销啦！’他说。

“他倒下去，死了。他才二十二岁。他本来打算在战后回爱尔兰娶一个姑娘。”

在我和伊莎贝尔谈话的第二天，我离开芝加哥去了旧金山，然后从那里乘船前往远东。

第二章

一

此后我一直没有见到埃略特，直到第二年6月底他来伦敦时我才见到他。我问他莱雷究竟去没去巴黎。莱雷去了。埃略特对莱雷的那股子恼怒令我觉得有点儿意思。

“我曾暗地里对那孩子怀有同情。他想在巴黎过一两年，我不能怪他，我还打算替他开条路。我嘱咐过他，一到巴黎就马上通知我，可是直到路易莎写信告诉我他已在巴黎的时候，我才知道他已经来了。我写信给他，由美国运通公司转交，那是路易莎给我的地址，我要莱雷来吃饭，会见我认为他应该认识的一些人；我想我可以先让他接触一下那些法裔美国人，即埃米丽·德蒙塔杜和格拉西·德·夏托－盖拉德那批人。你猜他是怎么答复的？他说很抱歉，不能来，他来法国时没带晚礼服。”

埃略特面对面地盯着我的脸，希望看到他这番话会把我惊得目瞪口呆。当他看到我听了以后平静如故，便耸起了他那高傲的双眉。

“他给我的回信，用了一张皱巴巴的纸，纸头上印着拉丁区一家小饭馆的名字。我又写信给他，要他告诉我他住在哪里。我觉得为了伊莎贝尔的缘故，得对他有所关照，我想他或许是因为胆怯吧，我的意思是我不相信任何一个神志清醒的小伙子来巴黎时会不带晚礼服，而且那里无论如何总会有过得去的裁缝。所以我邀他吃午饭，并且说只是个小型聚会，可不知你会不会相信，我要他提供一个除美国运通公司以外的地址，可他不但无视我的要求，还说他从来不吃午餐。就我这方面来说，他算完了。”

“不知他独自一人在干什么？”

“我不知道，而且对你讲实话，我不关心。我恐怕他是个彻头彻尾不受欢迎的年轻人，我认为如果伊莎贝尔嫁给他，是会铸成大错的。毕竟，如果他过的是正常生活，我早该在里茨饭店、富凯饭店或别的什么地方碰到他了。”

我本人有时也去那些时髦场所，但我也去别的地方。碰巧那年的早秋我打算从马赛乘一艘邮轮去新加坡，我在去马赛的途中在巴黎待了几天。一天晚上我和几位朋友在蒙帕纳斯宴饮，餐后去圆顶大厦喝啤酒。不久我东张西望，突然在人满为患的阳台上，看见莱雷一个人坐在一张大理石面子的小桌边。他无所事事地看着人们来往散步，大家在经过一天的闷热之后，享受夜间的凉爽。我离开那帮朋友，向他走去。他看见我时脸上发光了，对我迷人地一笑。他请我坐下，我说不行，我还有一帮朋友。

“我只是想向你问个好。”我说。

“你在这里停留吗？”他问道。

“只停留几天。”

“明天和我共进午餐行吗？”

“我还以为你从来不吃午餐呢。”

他嘿嘿一笑，说道:“看来你见过埃略特了。我一般不吃午餐，我没有时间，我只喝一杯牛奶，吃一块奶油糕点，可我喜欢跟你共进午餐。”

“好吧。”

我们约好第二天在圆顶大厦会面，喝一杯开胃酒，然后上街找个地方吃饭。我回到朋友那里。我们坐着聊天。我再去找莱雷时，他已经走了。

二

第二天上午我过得很愉快。我去了卢森堡广场，花一个小时看我喜欢的一些画。接着我在花园里散步，回忆年轻时的往事。一切都没变。好像还是往日的那些学生，成双结对地走在碎石路上，热切地讨论感动他们的作家。好像还是往日的那些小孩，还是在往日那些保姆关心的眼光下，滚着同样的铁环。好像还是往日那些老人，沐浴着阳光，阅读着晨报。也许还是同一些身着丧服的中年妇女，坐在路边的长凳上，彼此念叨着食物的价格和仆人的不良行为。然后我去了剧场，在走廊里看新书，我看到一些像我自己在三十年前那样的少年，在穿着罩衫的服务员不耐烦的目光注视下，尽可能多地阅读他们买不起的书。接着我闲散地走过那些黯淡而亲切的街道，一直走到蒙帕纳斯大街，也就到了圆顶大厦。莱雷正在等我。我们喝了点儿酒，然后一直步行，找到一家餐馆，使我们能在露天下吃午餐。

他或许比我记忆中的他苍白了一点点儿，这使他那黑黝黝的眼珠在深陷的眼眶中变得更加引人注目；但他还像从前一样沉着，这在他那么年轻的人身上是罕见的。他的笑容还是同样的真诚。当他点午餐时，我发现他的法语讲得流利，音调好听。我就此向他祝贺。

“我以前就会讲一些法语，你知道的。”他解释道，“路易莎阿姨给伊莎贝尔请了个法国女家庭教师，当他们住在马文时，女教师总是叫我们跟她一起讲法语。”

我问他是否喜欢巴黎。

“非常喜欢。”

“你住在蒙帕纳斯大街吗？”

“是的。”他在迟疑片刻之后说。我认为他的迟疑是因为不想把他的确切住址告诉我。

“埃略特很郁闷，因为你给他的唯一地址是美国运通公司。”

莱雷笑了，但没回答。

“你独自一人一直在干些什么？”

“闲荡啊。”

“读书？”

“是的，我读书。”

“收到过伊莎贝尔的信吗？”

“有时收到。我俩都不大喜欢写信。她在芝加哥过得好极了。她们明年要来法国，住在埃略特那里。”

“这对你是好事啊。”

“我想伊莎贝尔还没来过巴黎吧。我领她到处看看会很有趣的。”

莱雷对我在中国的旅行很好奇，专注地倾听我对他的讲述；可是当我想让他谈谈他自己的情况时，我失败了。他那么寡言，我被迫得出结论：他请我共进午餐，只是他喜欢有我做伴而已。我虽然高兴，却有挫折感。我们刚喝完咖啡，他就叫拿账单来，付了钱便起身，说：“哎呀，我得走了。”

我们分手了。我还是和以前一样不知他在干什么。我没有再见过他。

三

春天我没在巴黎，这时候，布莱德雷夫人和伊莎贝尔把计划提前了，她们到了巴黎，住在埃略特那里。我不清楚她们在巴黎度过的几周里发生了什么事，不得不再次用我的想象力来弥补空白。她们在瑟堡上岸，埃略特一向对人体贴入微，赶到那里去接她们。她们通过了海关检查。火车开动了。埃略特颇为得意地告诉她们，他雇了一名使女来侍候她们，那个使女原来服侍的是一位非常优秀的夫人。布莱德雷夫人说完全没必要，她们根本不需要使女，埃略特一听此话，便严厉地训斥她。

“不要一到就惹我生气，路易莎。一个人没有使女是不可能显示身份的，而我雇用安托瓦内特不光是为了你和伊莎贝尔，也是为了我自己。你穿戴不体面，会给我丢脸的。”

他对她们的穿着投去轻蔑的一瞥。

“当然你们要买几件新的连衣裙。经过再三考虑，我的结论是，你们最好买香奈儿的服装。”

“我过去总是去沃尔斯服装店。”布莱德雷夫人说。

她和没说一样，埃略特充耳不闻。

“我亲自和香奈儿谈过了，已经替你约好明天 3 点钟见面。接着还要买帽子。显然要买勒布牌的。”

“我不想多花钱，埃略特。”

“我知道。我提议由我支付所有的费用。我已经打定主意要你为我增光。哦，路易莎，我替你安排了几个派对，我已经告诉我的法国朋友，说迈伦当过大使，这样说影响比较好，当然，如果迈伦活得更久一点儿，他会当上大使的。我想没人会提起此事，但我觉得还是预先告诉你为好。”

“你真荒唐，埃略特。”

“不，我不荒唐。我懂世故。我知道大使遗孀比部长遗孀更有威望。”

当火车驶进北站时，一直站在车窗前的伊莎贝尔喊道：

“莱雷在那里！”

火车刚停稳，她就跳出车厢，向莱雷跑去。莱雷张开双臂抱住她。

“他是怎么知道你们会来的？”埃略特尖酸地问妹妹。

“伊莎贝尔从船上给他发了电报。”

布莱德雷夫人热情地吻莱雷，而埃略特有气无力地伸手给他握。时间已是夜里 10 点钟。

“埃略特舅舅，莱雷明天可以来吃午饭吗？”伊莎贝尔问道，她还挽着那小伙子的臂膀，脸上表情热烈，眼睛发光。

“我是非常欢迎呀，可是莱雷给我的印象是，他是不吃午饭的。”

“他明天会吃嘛，对不对，莱雷？”

“我会吃。”莱雷笑道。

“那么我盼望能在 1 点钟见到你。”

埃略特再次伸出手，打算把莱雷打发走，可是莱雷厚着脸皮冲他直笑。

“我去帮着拿行李，再去为你们叫辆车。”

“我的车在等着呢，我的人会关照行李。”埃略特生气地说。

“那就好。那么我们要做的就是开步走啦。如果有我的座位，我会把你们送到家门口。”

“有座位，送吧，莱雷。”伊莎贝尔说。

他们一起走下月台，布莱德雷夫人和埃略特随后。埃略特脸上显出冷漠的非难。

“装模作样！”他用法语自言自语，在某种环境里，他觉得自己讲法语能够更有说服力地表达自己的意见。

埃略特不是早起者，所以第二天上午 11 点钟，他在穿戴整齐后，便通过男仆约瑟夫和女仆安东瓦内特，送了一张字条给妹妹，请她来书房一谈。当布莱德雷夫人出现时，埃略特轻轻地关上房门，将一支香烟放进一根奇长的玛瑙烟嘴，点燃烟，坐下。

“我是不是应该认为伊莎贝尔和莱雷还有婚约？”

“据我所知是这样。”

“对那个年轻人，我恐怕不会有很好的评价给你。”他接着告诉妹妹，他如何准备好了为莱雷在社交界铺路，以及他为以合适的方式培养莱雷而制订了什么计划。“我甚至看好了一所非常合适他住的平房。它属于小雷特尔侯爵，侯爵要把它转租，因为他已被任命为驻马德里的使节。”

但是莱雷拒绝了埃略特的好意，莱雷的态度很明显地表示不需要他的帮助。

“如果你拒绝利用巴黎给你的东西，那么你来巴黎的目的是什么，就超出我的理解范围了。我不知道他独自在干些什么。他好像谁都不认识。你知道他住在哪儿吗？”

“我们至今得到的唯一地址是美国运通公司。”

“就像是个旅行推销员或休假的教员，如果他是在蒙马特一个画室里和某个妓女同居，我也不会感到惊讶。”

“噢，埃略特！”

“他把自己住的地方弄得这么神秘，他拒绝跟自己同一阶层的人来往，还能有其他的解释吗？”

“莱雷不像是那样的人。昨晚你没看出来吗？他还是和以前一样爱着伊莎贝尔。他不可能装得那么像。”

埃略特耸耸肩，意思是说：男人表里不一是无止境的。

“格雷·马图林怎么样？他还在追伊莎贝尔吗？”

“只要伊莎贝尔答应格雷，他明天就会娶伊莎贝尔。”

布莱德雷夫人告诉埃略特她们为什么要比原计划提前来欧洲。她觉得自己身体不好，医生都说她得了糖尿病。病不算严重，只要注意饮食，适当注射胰岛素，她就可以再活很多年，但她知道自己得了不治之症，这使她急于看到伊莎贝尔把终身大事定下来。她们母女俩透彻地商谈了此事。伊莎贝尔头脑清醒。她已经同意，如果莱雷拒绝如约在来巴黎两年后回芝加哥去找个工作，那就只有一条路可走，即跟他一刀两断。但是，如果她们一直等到约定的时间，再来把莱雷带回国去，就像抓逃犯一般，布莱德雷夫人会觉得有失自己的身份。她觉得那样做，伊莎贝尔会使自己掉价。但是，伊莎贝尔自孩提时代就未到过欧洲，那么他们在欧洲消夏就非常自然了。他们在访问巴黎之后，可以到一个适合布莱德雷夫人养疾的矿泉疗养地去，然后去奥地利的蒂罗尔住一阵，从那里再慢慢游遍意大利。布莱德雷夫人打算叫莱雷陪伴她们，以便莱雷和伊莎贝尔两人可以看一看，经过长期分别后，彼此的感情是否还没变。经过一段时间的了解，莱雷在游荡两年以后，是否准备好了承担生活的责任，就真相大白了。

“亨利·马图林因为莱雷拒绝自己给他提供的职位而对他很恼火，但是格雷已劝得父亲消气了，莱雷回到芝加哥马上就可以进他的商号。”

“格雷真是个好小伙子。”

“就是呀。”布莱德雷夫人叹息道，“我知道他会使伊莎贝尔幸福的。”

接着埃略特告诉妹妹自己为她们安排了什么样的社交聚会。第二天他要举行盛大的午宴，周末则举行盛大的晚宴。他要领她们去夏托–加亚尔参加一个招待会，还替她们弄到了罗特希尔德家举办的舞会的入场券。

“你会请莱雷，对吧？”

“他对我说他没有晚礼服。”埃略特愤愤不平地说。

“好啦，还是请他吧。毕竟这孩子还不错，何况对他冷淡也无补于事。那只能使伊莎贝尔固执己见。”

“如果他想来，我当然会请他。”

莱雷准时来吃午餐了，而埃略特的礼貌令人钦佩，他对莱雷显得尤为热诚。这倒也不难办到，因为莱雷那么快活，情绪那么高涨，只有脾气比埃略特坏得多的人，才可能不被他陶醉。话题谈的是芝加哥，他们在那里有共同的朋友，所以埃略特也无须做什么，只要面带笑容，假装对大家关心的那些他认为没有社会地位的人感兴趣就行了。他不介意听一听；其实，听他们说起这对年轻人订婚了，那对年轻人结婚了，另一对年轻人离婚了，他还是有所感触的。有谁听说过那些人的事情？他知道漂亮的德·克兰香特小侯爵夫人，由于情人德·克隆贝公爵要丢下她去娶美国南部一个百万富翁的女儿，而要服毒自杀。那才是值得一谈的事情。看着莱雷，他不得不承认莱雷身上有种东西分外吸引人；他那双深陷的黑得出奇的眼睛，他那突起的颧骨、苍白的皮肤和灵活的嘴唇，使埃略特想起波提切利的一幅肖像画，他突然觉得，如果让莱雷穿上那个时代的服装，一定会显得风流无比。他记起了自己的一个奇想，要拿一位显贵的法国女人来把他打发掉，他一想到星期六玛丽·路易丝·德·弗洛里蒙会来赴晚宴，便狡狯地笑了。那个女人门第清白，作风却是出名的淫荡。她年已四十，但看上去年轻十岁；她有奈希尔绘画的其女性祖先的那种精致之美，那张画搭帮埃略特本人，如今挂在一家美国的大型美术收藏馆里；她的性贪婪也是没有餍足的。埃略特决定把莱雷安排在她身边。他知道，那女人会不失时机地向莱雷表明自己的欲望。他还邀请了英国大使馆的一位年轻的专员，他估计伊莎贝尔会喜欢此人。伊莎贝尔很漂亮，而此人是个英国人，家境富有，伊莎贝尔没有财产也不要紧。午宴一开始喝的高档梦拉榭葡萄酒，以及随后喝的上等波尔多葡萄酒，使埃略特心旷神怡，他以静谧的愉悦想到了自动闪现在他脑子里的各种可能性。如果事情的结果如他所料，亲爱的路易莎就没有任何理由发愁了。这位妹妹老是跟他有细小的分歧；可怜的妹妹，她见的世面太少了！可他喜欢这个妹妹。能够借助于自己的处世经验为她安排好一切，对埃略特而言是一种满足。

为了不浪费时间，埃略特安排饭后立即带妹妹和外甥女去看衣服，因此他们刚从餐桌边起身，他便以炉火纯青的圆滑暗示莱雷必须自行离开了，同时又万分亲切地邀请莱雷来参加他已安排的两个盛大聚会。其实他不必如此大费周章，因为莱雷欣然接受了这两个邀请。

可是埃略特的计划落空了。当他看见莱雷穿着一套非常中看的无尾礼服出现在晚餐聚会上时，他放下心来了，因为他本来还有点儿紧张，担心莱雷还会穿他吃午饭时所穿的那一套蓝色外衣。晚餐后，他把玛丽·路易丝·德·弗洛里蒙领到一个角落，问她觉得自己的这位年轻的美国朋友怎么样。

“他的眼睛漂亮，牙也很好。”

“再没有别的了吗？我让他坐在你身边，是因为我觉得他刚好是你的菜。”

这女人满腹狐疑地看着他，说道：“他对我说，他跟你那漂亮的外甥女订婚了！”

“瞧，亲爱的，一个男人属于别的女人这个事实，从来没有妨碍你把他从那个女人手里夺走，如果你办得到的话。”

“那就是你叫我干的事情吗？哼，我才不会为你干那肮脏的勾当，可怜的埃略特。”

埃略特嘿嘿一笑，说道：“我猜想，那就意味着，你已经施展了手段，却发现无从下手。”

“我之所以喜欢你，是因为你的德行跟妓院老板一样。你不愿让他娶你的外甥女。干吗不愿意？他很有教养，又很讨人喜欢。

不过他真是太天真了。我想他一点儿也没有怀疑我的用意。”

“你应该表示得更露骨些，亲爱的朋友。”

“我有足够的经验看出我是在白费时间。事实上他眼里只有你的小伊莎贝尔，这话只能在我们两人之间说，你的外甥女在年龄上占了我二十年的优势。而且她很可爱。”

“你喜欢她的服装吗？我亲自为她选的。”

“漂亮而且合身。不过她显然没有高雅的风度。”

埃略特觉得这话是影射他自己，他不打算这么便宜地放过德·弗洛里蒙夫人。他亲切地笑着说：“一个人必须像你这样熟透了，才能有你的这种高雅，亲爱的朋友。”

德·弗洛里蒙夫人不是给了他一剑，而是敲了他一棒。她的反唇相讥使得埃略特的弗吉尼亚血液沸腾起来。她说：“不过，我相信在你们那美丽的强盗国家里，人们不会怀念如此微妙而又如此不可仿效的东西。”

除了德·弗洛里蒙夫人吹毛求疵以外，埃略特的其他朋友都很喜欢伊莎贝尔和莱雷。他们喜欢伊莎贝尔清新的美丽，喜欢她蓬勃的健康与朝气；他们喜欢莱雷奇特的外貌，喜欢他文雅的风度，喜欢他的沉静和讽刺性的幽默。这对男女都有讲一口纯正流利法语的优势。布莱德雷夫人在外交圈子里生活过那么多年之后，所讲的法语也是足够正确的，但带有未加掩饰的美国腔调。埃略特慷慨地招待大家。伊莎贝尔为自己的新衣服和新帽子而高兴，为埃略特提供的所有娱乐而愉悦，因为跟莱雷在一起而感到幸福，她觉得自己从来未曾玩得这么痛快过。

四

埃略特一向主张，除非是素不相识的生人，并且是非陪不可的客人，他是不陪人吃早餐的。于是布莱德雷夫人和伊莎贝尔不得不在各自的卧室进早餐，前者有点儿不情愿，后者却是巴不得。不过伊莎贝尔醒来时，有时会叫埃略特为她们雇的那位大户人家的使女安托瓦内特把她的掺奶咖啡送到她母亲的卧室，让她能边喝奶咖边和母亲聊天。在她所过的忙碌的生活里，这是一天中她唯一能和母亲单独待在一起的时刻。就是在这样的一个早晨，当她们已在巴黎住了将近一个月的时候，伊莎贝尔把头天晚上的事情叙述了一遍，说她和莱雷跟一群朋友一起，到各个夜总会转了一圈。伊莎贝尔讲完后，布莱德雷夫人把自从她们抵达法国时就一直搁在她脑子里的问题提了出来。

“他打算什么时候回芝加哥呢？”

“我不知道。他没讲过。”

“你没问过他吗？”

“没啊。”

“你不敢问他吗？”

“不是，当然敢啦。”

布莱德雷夫人躺在睡椅上，穿着一件埃略特硬要送给她的时髦晨衣，正在磨着指甲。

“你俩单独在一起时一直谈些什么呀？”

“我们并不是总在说话呀。在一起真好。你知道的，莱雷一向话不多。我们谈话时，大部分都是我在讲。”

“他独自一人干了些什么？”

“我真不知道。我想他没干多少事情吧。他大概玩得很痛快。”

“那他住在哪里？”

“我也不知道。”

“他好像有话不肯说，对不对？”

伊莎贝尔点上香烟，但她从鼻孔里喷出一股烟雾时，她冷冷地看着母亲，问道："你这话究竟是什么意思，妈妈？"

"你舅舅埃略特认为他有一套公寓，他和一个女人住在那里。"

伊莎贝尔哈哈大笑起来，说："可你并不相信，对吧？"

"是的，说实话，我不信。"布莱德雷夫人若有所思地看着指甲，"你没跟他谈过芝加哥吗？"

"谈过，谈过很多。"

"他没有以任何方式表示过打算回来吗？"

"应该没有。"

"到 10 月份，他就离开芝加哥两年了。"

"我知道。"

"好吧，这是你的事，亲爱的，你要做自己看准的事情。但往后拖是不可能让事情好办一些的。"她瞥了女儿一眼，但伊莎贝尔回避她的目光。布莱德雷夫人对女儿慈爱地一笑，说道："如果你不想午餐时迟到，你最好现在就去洗澡。"

"我要跟莱雷一块儿吃午饭。我们打算去拉丁区的一个地方。"

"祝你们快乐。"

一个多小时后，莱雷来接伊莎贝尔。他们叫了一辆出租车，在圣米歇尔桥下车，在拥挤的大街上闲逛，直到看中一家咖啡店。他们坐在阳台上，点了两杯杜本内葡萄酒。然后他们乘坐另一辆出租车，来到一家餐馆。伊莎贝尔胃口很好，享受着莱雷为她点的美味佳肴。她爱看紧挨着他们坐的人，因为这地方人多，她看到人们吃饭时显露出强烈的快感，便笑了起来。不过她最享受的是跟莱雷单独坐在一张小桌旁。她爱看当她快活地闲聊时莱雷眼光里闪烁的欢娱。和莱雷如此无拘无束地待在一起令她心醉。但在她的心灵深处有一种隐约的不安，因为，尽管莱雷似乎也感到无拘无束，但她觉得这主要是因为环境的原因，而不是因为跟她在一起。她母亲讲的话已经使她感到些许不安，虽然她表面上在那么天真地东拉西扯，却在观察莱雷的每一个表情。莱雷和离开芝加哥的时候不完全相同了，但她说不出不同在哪里。莱雷的样子还完全是她记忆中的那样，同样年轻，同样坦率，但他的表情变了。莱雷并不是变得更严肃了，他在宁静时面容总是严肃的，但现在有了一种镇定的表情，对伊莎贝尔而言是陌生的；好像他已经解决了自身的某个问题，以他过去从未有过的方式放松下来了。

他们吃过午饭之后，莱雷提议步行穿过卢森堡广场。

“不，我不想步行去看画。”

“那好，我们去花园坐坐。”

“不，我也不想去花园。我想去看看你住的地方。”

“没什么可看呀。我住在一家旅馆的矮小房间里。”

“埃略特舅舅说你有一套公寓，跟一个绘画模特儿姘居呢。”

“那你跟我去亲眼看看吧。”莱雷笑道，“从这里一抬腿就到。我们可以走着去。”

莱雷领着她走过几条曲折的窄街，尽管两边的高楼之间露出了一线蓝天，但光线仍然黯淡。他们走了一阵，在一家门面装饰得漂亮的小旅馆门前停下了。

“我们到啦。”

伊莎贝尔跟着他走进一间狭窄的过厅，厅的一边有一张写字台，后面坐着一个戴袖套的男人，他身穿浅黑和黄色条纹的马甲，系了一条肮脏的围裙，正在看报。莱雷向他要钥匙，那人从身后的架子上取下来交给他。那人打量了伊莎贝尔一眼，接着心领神会地一笑。显然他认为伊莎贝尔去莱雷的房间是心怀不轨的。

他们登上两段楼梯，楼梯上铺的红色地毯磨破了。莱雷打开房门。伊莎贝尔走进一个开了两扇窗户的小房间。窗口对着一幢灰色的公寓楼，楼房第一层是个文具商店。房间里有一张单人床，床边有一张床头柜。房间里还有一只嵌有大镜子的笨重衣柜，一把铺了软垫但靠背笔直的扶手椅。两扇窗之间有一张桌子，桌上摆着打字机、报纸和许多书。壁炉架上堆着许多平装书籍。

“你坐扶手椅吧。它坐着不是很舒服，却是我能提供的最佳座位了。”

莱雷拉过另外一把椅子，坐了下去。

“你就住在这里？”伊莎贝尔问道。

莱雷看到她脸上的那副表情，嘿嘿直笑。

“是啊。自从我来到巴黎，就一直住在这里。”

“可是为什么呢？”

“方便嘛。这里靠近国家图书馆和巴黎大学。”他指了指伊莎贝尔没有注意到的一扇门，“这里有间浴室。我可以在这里吃早饭，我一般在我们吃午饭的那个餐馆吃正餐。”

“这里好脏！”

“噢不，这里很好。正是我想住的地方。”

“可是这里住的都是些什么人呢？”

“哦，我不知道。上边阁楼住了几个大学生，两三个政府机关的单身老汉，还有一个剧场里的退休女演员。除了我这里，另外只有一个带浴室的房间，住着一个被包养的女人，她的男朋友每隔一周在星期四来看她一次；我想还有一些临时的旅客吧。这是个很安静、很体面的地方。”

伊莎贝尔有点儿窘迫了，由于她知道莱雷已经看穿了她的心思并觉得滑稽，她感到有点儿气恼。

“桌上那本大部头是什么书呀？”她问道。

“那本书？哦，那是我的希腊文辞典。”

“你的什么？”伊莎贝尔嚷道。

“很正常啊。它不会咬你。”

“你在学希腊文？”

“是啊。”

“为什么要学？”

“我觉得想学。”

莱雷两眼含笑地望着她，她也对莱雷回报以笑容。

“你能不能对我说说你在巴黎这么久一直在干什么？”

“我一直在努力读书。每天读八到十个小时。我到巴黎大学去听课。我想我已经读过了法国文学中所有重要的作品，我能读拉丁文，至少能读拉丁文的散文，就和我读法文一样轻松。当然希腊文更难一些。但我有一位很好的老师。在你来巴黎之前，我每周有三个晚上要去他那里。”

“学这有什么用呀？”

“求知嘛。”莱雷笑着说。

“好像没多大实际用处。”

“也许没有，而另一方面，也许又有。但这太有意思啦。你想象不到读原文的《奥德赛》是多么令人激动。这使你感到，好像只要你踮起脚来，把手一伸，就可以摸到天上的星星。”

莱雷从椅子上起身，好像为占据其身心的兴奋所驱使，在小房间里来回踱步。

“前一两个月我在读斯宾诺莎的著作。我知道我看懂的不算很多，但它给我充注了狂喜。那情景，好像你从飞机上走下来，站在群山环抱的大高原上。荒僻，空气清净得如同美酒上了头，感觉棒极了！”

“你什么时候回芝加哥呢？”

“芝加哥？我不知道。我没想过这事。”

“你说过，如果两年以后你仍然没得到你所需要的东西，你就知其不可而不为。”

"我现在不能回去。我已经踏上了门槛。我看到了广阔无垠的精神国土伸展在我面前，向我招手，我渴望到那些国度去遨游。"

"你期盼在那里找到什么呢？"

"为我的问题找到答案。"莱雷瞥了她一眼，那眼光近似戏谑，要不是伊莎贝尔对他非常了解，她还会以为他在说着玩，"我要在我心里得出结论：上帝究竟是否存在。我要弄明白罪恶为什么会存在。我要知道究竟我是有一个不死的灵魂，还是在我死后它就完蛋了。"

伊莎贝尔倒抽了一口气。听到莱雷讲这些事情，她觉得很不安。多亏莱雷讲得轻快，声调和普通谈话一样，她才能克服自己的难堪。

"可是莱雷，"她笑着说，"几千年来人们一直问着这些问题呢。如果能得到答案，那么现在它们肯定已经有答案了。"

莱雷咯咯地笑起来。伊莎贝尔厉声说："别笑啊，弄得好像我说了什么傻话似的。"

"相反，我觉得你说的话挺精明。可是另一方面，你也可以说，既然几千年来人们一直在问这些问题，那就证明他们不由自主地要问，并且还得继续问下去。此外，事实上也不是谁也没有找到答案。答案比问题要多，许多人找到了自己完全满意的答案。例如老吕斯布洛克。"

"他是谁？"

"哦，一个我上大学时还不知道的家伙。"莱雷措辞轻率地回答。

伊莎贝尔不明白莱雷是什么意思，但她没有深究。

"这一切我听起来觉得都不成熟。那是大学二年级学生为之狂热的东西，然后当他们离开大学时，就会忘在脑后了。他们得谋生啊。"

"我不怪他们。你知道，我的处境很好，我有足够的钱维持生活。如果我没钱，也得和其他所有人一样去挣钱。”

“可是钱对你就没有任何意义吗？”

“没有。”莱雷咧嘴笑了。

“你估计这一切要用去你多少时间呢？”

“我不可能知道。五年。十年。”

“在那以后呢？你准备用这所有的智慧干什么呢？”

“如果我得到了智慧，我想我就足够聪明了，便会知道用它干什么了。”

伊莎贝尔激动地拍一下巴掌，在椅子里倾着身子说：“你大错特错了，莱雷！你是个美国人。你的地盘不是这里。你的地盘在美国。”

“当我做好了准备，我会回来的。”

“但你已经迷失太远了。正当我们经历世界上前所未有的最奇妙的冒险时，你怎能忍受坐在这团死水里？欧洲已经完了。我们现在是世界上最伟大、最强大的民族。我们在突飞猛进。我们应有尽有。你的责任是参加我们国家的开发。你已经忘了，不知道今天美国的生活是多么令人振奋。你能肯定，你不去做这件事，不是因为自己没有勇气去承担摆在每个美国人面前的工作吗？噢，我知道你也在以某种方式工作，但这不正是对责任的逃避吗？这不恰恰是一种费尽心机的偷闲吗？如果人人都像你一样偷懒，美国会变成什么样子？”

“你真是严厉啊，亲爱的。”莱雷笑着说，“对你的回答是，并不是人人的想法都和我一样。幸好，或许大多数人为他们自己着想都是循规蹈矩的。你忘了，我想学习的热情，和别人——例如格雷——想赚大钱的热情同样高。难道因为我想花上几年时间自学，我就真的成了叛国者吗？也许当我学成之后，我会拿出一些人民将会喜欢的东西。这只是一种可能，但如果我失败了，我也不见得比一个做生意而没有发财的人更坏啊。”

“那我呢？我对你就一点儿也不重要了吗？”

“你对我再重要不过了。我要你嫁给我。”

“什么时候？十年以后？”

“不，现在。尽快。”

“靠什么？妈妈没钱给我置办任何东西。而且她有钱也不会给我。她会认为帮助你过无所事事的生活是错误的。”

“我不想从你母亲那儿得到任何东西，”莱雷说，“我每年有三千美元的收入。那在巴黎够花了。我们可以住一套小公寓，雇一个女佣。我们会过得很快活，亲爱的！”

“可是，莱雷，一个人不能靠每年三千美元来维持生活。”

“当然能。很多人维持生活的钱比这少得多。”

“但我不想靠一年三千美元来生活。我没理由这么做。”

“我一直靠三千美元中一半的钱为生。”

“可你是怎么过的！”

她看着昏暗的小房间，因厌恶而颤抖。

“这意味着我有了一些积蓄。我们可以到卡普里去度蜜月，然后在秋天，我们去希腊。我渴望到那里去。你还记得我们过去常说要一起周游世界吗？”

“我当然想去旅行，但不是像这样去。我不想坐在二等船舱里旅行，住宿在三等旅馆，没有浴室，而在廉价餐馆吃饭。”

“去年 10 月我就是这样游遍了意大利。我感到非常有趣。一年有三千美元收入，我们可以游遍世界！”

“但我还想要孩子，莱雷。”

“那没关系。我们带上孩子旅游。”

“你真傻，”伊莎贝尔笑道，“你知不知道养个孩子要花多少钱？维奥列特·汤姆林森去年生了个孩子，她尽量少花钱，结果还花了她一千二百五十美元。你知道雇个保姆要用多少钱吗？”随着伊莎贝尔想到的问题越来越多，她越来越激动，“你真是不切实际！你不知道你是在叫我干什么。我年轻，我要有乐趣。别人干的事情我都想干。我要参加派对，我要参加舞会，我要打高尔夫球，我要骑马。我要穿上等衣服。难道你不能想象，一个女孩子不能跟她那一伙人穿得一样好，对她而言意味着什么吗？莱雷，如果你去买你朋友穿腻了的旧衣服，如果有人因为可怜你而买了件新衣送给你时你要感恩戴德，你知道那是什么滋味吗？我甚至花不起钱上一家像样的美发店好好打理我的头发。我可不愿坐着街车和公交车到处跑；我要有自己的小汽车。当你坐在图书馆里读书的时候，你想叫我一个人如何打发一整天的时间？是满街转悠着看商店橱窗，还是坐在卢森堡广场看着自己的孩子别淘气？我们不会有任何朋友。”

“噢，伊莎贝尔。”莱雷打断她。

“我们不会有我过去交往的那种朋友。对啦，埃略特舅舅的朋友看在他的面子上会时而邀请我们，可我们不能去，因为我没有赴宴穿的衣服。我们也不会去，因为我们没钱回报他们的招待。我不愿结交许多寒酸无知的人；我对他们无话可说，他们对我也无话可讲。我要生活，莱雷。”她突然察觉到莱雷的眼神虽然像平常看她时一样温柔，却稍微带点儿顽皮，“你以为我很傻，对吧？你以为我琐碎而讨厌。”

“不，我没有那样想。我觉得你说的一切都是很自然的。”

莱雷背对壁炉站着，而伊莎贝尔站起来，向他走去，让他们能够面对面。

“莱雷，要是在你名下没有一分钱，而你找到一份工作，能给你带来一年三千美元的收入，我会毫不犹豫地嫁给你。我会给你做饭，我会铺床，我不会在乎自己穿什么衣服，我可以一无所有地过日子，我会觉得它非常有意思，因为我知道那只是时间的问题，你会做出成绩的。但现在这样意味着一辈子都得过邋遢糟糕的生活，一点儿盼头都没有。这意味着我得操劳到死。为了什么呢？为了你能把岁月用去为你说你自己无法解决的问题寻找答案。这是大错特错的。男人应该工作。那是他来到世上的目的。那是他对社会福祉做出贡献的途径。”

“简言之，他的责任就是在芝加哥安定下来，进入亨利·马图林的商号。你认为靠劝说我的朋友去买亨利·马图林赖以赚钱的证券，我就会对社会福祉做出很大的贡献吗？”

“经纪人是必须要有的，这是一种完全正当而体面的谋生方式。”

“你把靠中等收入在巴黎过的生活描绘得漆黑一团。你知道，其实并不是。不去香奈儿服装店，照样可以穿得很漂亮。有趣的人并不都住在凯旋门和富士大街附近。事实上有趣的人很少住在那里，因为有趣的人一般没有很多钱。我在这里认识相当多的人，有画家和作家，有学生，有法国人、英国人、美国人，诸如此类，我想你会发现，他们比埃略特的那些没精打采的侯爵夫人和长鼻子的公爵夫人好玩得多。你心思敏捷，有充满活力的幽默感。你会很享受听他们在餐桌上交流思想，尽管桌上的葡萄酒只是普通的，也没有一名司膳长和两名侍者伺候你。”

“别说傻话，莱雷。我当然会的。你知道我不是个势利眼。我喜欢会见有趣的人。”

“对呀，穿着香奈儿的服装嘛。你以为他们不会把这理解为你把这种活动看成有教养的人去逛贫民区么？他们会比你更加感到不自在。而你从这种交往中什么也得不到，只能在日后告诉埃米丽·德·蒙塔杜和格雷西·德·夏托－盖尔亚，你在拉丁区会见了许多怪诞而放荡不羁的文化人，是多么有趣。”

伊莎贝尔轻轻一耸双肩，说道：“我敢说你讲对了。他们不是和我一起长大的那种人。他们不是和我有任何共同点的那种人。”

“那我们还能到哪里去呢？”

“就待在我们起步的地方。我从记事起就住在芝加哥。我所有的朋友都在那里。我心之所系都在那里。我在那里才感到自在。我属于那个地方，你也属于那个地方。妈妈病了，她永远也无法好转。即使我想离开她，也离不开啊。”

“这是不是说，除非我准备好了返回芝加哥，你就不想嫁给我了？”

伊莎贝尔迟疑着。她爱莱雷。她想嫁给莱雷。她全部的感知力都需要莱雷。她知道莱雷想要她。她不相信当摊牌的关头到来时莱雷不会服软。她害怕，但她必须冒险。

“是的，莱雷，正是这个意思。”

莱雷在壁炉架上划燃一根火柴，一根老式的法国硫黄火柴，会让你的鼻孔里充满辛辣的气味。他点燃烟斗。接着，他从伊莎贝尔身旁走过，站在一扇窗前。他望着窗外。他沉默着，好像要永不开口。伊莎贝尔还站在原来和他面对面站的地方，盯着壁炉架上方的镜子，但她看不见自己。她的心狂跳着，她因忧惧而感到恶心。莱雷终于转过身来。

“我希望我能使你看到，我给你提供的生活，比你想象的任何生活都要充实。我希望能使你看到精神生活是多么激动人心，体验是多么丰富。它是无边无际的。它是多么幸福的生活！只有一件事情可以和它相比，当你独自驾着飞机腾空而起，越来越高，四周唯有无限。你陶醉于这无垠的空间。你是如此喜悦，世上的任何权力和荣华，你都不愿用它来交换。前几天我在读笛卡尔的著作。那么自在，那么优雅，那么透彻，天哪！”

“可是莱雷，”伊莎贝尔不顾一切地打断他，“难道你不明白，你是在要求我做一件我不适应、不感兴趣、也不想感兴趣的事情吗？我还得对你重复多少遍：我只不过是一个普通的、正常的女孩，我今年二十岁，再过十年我就老了，我要趁自己有机会的时候痛快地玩一玩。噢，莱雷，我确实爱你爱得要命。可这一切都很无聊。它不会给你带来任何结果。为了你自己着想，我恳求你放弃它吧。做个男子汉，莱雷，干男人该干的事情。你正在虚度宝贵的光阴，而别人则在大展宏图。莱雷，如果你爱我，就不会为了一场梦而把我放弃。你已经闲荡过了。和我们一起回美国吧。”

“我办不到，亲爱的。那对我而言将是死亡。那将是出卖我的灵魂。”

“噢，莱雷，你为什么这样讲？歇斯底里、修养很高的女人才会这样讲话。这有什么意思？没意思，没意思，没意思！”

“它恰好正是我的感觉。”他两眼炯炯有神地回答。

“你怎么笑得出来？你没意识到这是严肃得要命的事情？我们到了十字路口，我们现在做的事情将影响我俩的一生。”

“我知道。相信我，我是十分认真的。”

伊莎贝尔叹息一声，说：“如果你不听从理智，那就没有什么可谈的了。”

“可我并不认为这就是理智。我认为你一直在说着最可怕的胡话。”

“我？”伊莎贝尔要不是伤心已极，她会笑出声来，“我可怜的莱雷，你跟黑鸭一样疯狂。”

她慢慢地从手上退下订婚戒指。她把戒指放在手掌上，看着它。这是一只将加工成四方形的红宝石镶在铂金细条上做成的戒指，她一向喜欢这戒指。

“如果你爱我，就不会让我这样痛苦。”

“我确实爱你。不幸的是，有时候一个人在做他认为正确的事情时，无法避免弄得别人不高兴。”

她伸出托着红宝石的手，发抖的嘴唇勉强一笑。

“给你，莱雷！”

“它对我没用。你不愿意留着它，纪念咱们的友谊吗？你可以把它戴在小手指上。咱们的友谊不必停止，对不对？”

“我会永远关心你，莱雷。”

“那就留着它吧。我希望你留下。”

伊莎贝尔迟疑了一会儿，然后把戒指戴到右手的小指上。

“太松啦。”

“你可以把它改小。我们去里茨酒吧喝一杯吧。”

“好啊。”

伊莎贝尔有点儿吃惊，没想到一切就这样轻易地结束了。她没有哭。一切似乎都没有变化，只是她现在不会嫁给莱雷了。她难以相信一切都已成为过去，都已终结。她有点儿怨恨的是，他们竟然没有大闹一场。他们一直冷静地谈这件事，就像讨论买房子一样。她感到失望，但同时又因为他们表现得如此文明而得到了一点点儿满足感。她极想知道莱雷现在的心情究竟是怎样的。但要了解莱雷的心情一向很难。他那光滑的面孔，他那黝黑的眼睛，是一副面具，伊莎贝尔明白，就连她自己，跟莱雷相识那么多年，也无法将它看透。她进门后曾取下帽子，将它放到床上。此刻她站在镜子前，把帽子戴上。

“只是出于好奇，我想问问，”她边整理头发边说，“你想不想解除婚约？”

“不想。”

“我想这对你可能是一种解脱。”莱雷没有回答。伊莎贝尔转过身来，嘴上挂着快乐的笑，说道：“现在我准备好了。”

莱雷锁上身后的门。当他把钥匙交给写字台后边的那个人时，那人以一种纵容不轨的调皮眼神注视着他俩。伊莎贝尔不可能没猜到他认为他俩干了什么事情。

“我相信那老家伙不会为我的童贞下多大赌注。”伊莎贝尔说。

他们乘出租车到了里茨酒吧。他们谈些无关紧要的事情，表面上无拘无束，就像两个天天见面的老朋友。尽管莱雷天性寡言，但伊莎贝尔是个健谈的女孩，有充足的谈资，而她拿定主意，他们之间不应该陷入难以打破的沉默。她不打算让莱雷认为自己对他有任何怨恨，她的自尊心约束了她的行为，使莱雷不会怀疑她受到了伤害并感到痛苦。不一会儿，她提议要莱雷送她回家。她在门口下车后，愉快地对莱雷说：“别忘了明天要和我们共进午餐哦。”

“我不会忘，你可以为此赌上性命。”

她把脸颊贴过去让莱雷亲吻，然后穿过停车门道，走进屋子。

五

当伊莎贝尔走进客厅时，她发现有几个顺路进来喝茶的客人。有两位侨居巴黎的美国妇女，身穿精致的长外衣，颈戴珍珠项链，腕戴宝石镯子，手指上戴着价钱昂贵的戒指。虽然其中一个人把头发染成了深红色，另一个人把头发染成了不自然的金色，但她们却不可思议地相似。她们的睫毛都涂上了厚厚的染油，嘴唇都抹得鲜红，两颊都涂了胭脂，身材同样苗条，这身材是以极度的禁欲为代价换来的。她们还都有清晰瘦削的面容，都有饥饿不安的眼神；你不禁会想到，她们的生活是一场拼死的斗争，要维护其正在消失的魅力。她们言谈浅薄，以金属般的大嗓门一刻不停地讲话，好像担心她们稍一沉默，机器就会停转，她们仅有的那副虚假的架子就会完全散架。在座的还有美国大使馆的一位秘书，老于世故，人情练达，寡言少语，因为他根本插不进话。还有一位小个子黑皮肤的罗马尼亚王子，点头哈腰，奴颜媚骨，一双黑眼转来转去，一张黑不溜秋的脸刮得干干净净。他时而跳起来递茶，送糕点盘，给人点烟，厚着脸皮对在座的人说一大堆最肉麻、最露骨的恭维话。他在报答他谄媚的对象招待他吃过的所有正餐，也在报答他希望受邀去吃的正餐。

布莱德雷夫人坐在茶桌边，为了取悦埃略特，穿着她认为对这种场合而言过于华贵的服装。她以平素那种礼貌而又略显冷漠的镇定态度，履行女主人的职责。她对其老兄的客人持什么看法，我只能凭空想象。我对她的了解很少，而她是个深藏不露的女人。她不是个笨女人；从前的岁月里她一直住在外国首都，遇见过数不清的各色人等，我想她曾按照生她养她的那个弗吉尼亚小城市的标准，对他们做过足够精明的总结。我想她在观察他们可笑的举动时获得了相当大的乐趣，而我不相信她会把那些人的装腔作势当真，就像她对自己从一开始就知道会有大团圆结局（否则她就不会去读）的小说中那些人物的酸甜苦辣不会当真一样。巴黎、罗马、北京对她的美国精神所产生的影响，不会超过埃略特虔诚的天主教信仰对她那坚定却并不麻烦的长老会信仰所施加的影响。

伊莎贝尔以她的青春，以她货真价实的美貌，以她的朝气，给那华而不实的氛围带来一股清新的空气。她像一位年轻的地球女神裹风而入。那位罗马尼亚王子跳了起来，将一把椅子拉向前，给伊莎贝拉，以丰富的手势请她就座。那两位美国太太，嘴里尖声讲出一大堆亲热的话，眼睛把她上下打量，把她穿着的细节都看在眼里，或许在她们心里，由于面对着伊莎贝尔生气勃勃的青春，感到了一阵气馁的苦闷。那位美国外交官看到伊莎贝尔使她们显得那么虚假和枯槁，便在暗自发笑。但是伊莎贝尔认为她们很华贵；她喜欢她们富丽的服装，贵重的珍珠，并因为妒忌她们精妙的体态而感到一阵难受。她怀疑自己是否有一天也能学到这种无上的高雅。当然她认为那小个子罗马尼亚人十分可笑，但觉得他倒也亲切，虽然他的甜言蜜语并非出自真心，但听起来还是挺受用的。因伊莎贝尔进入而被打断了的谈话又恢复了，交谈者讲得兴高采烈，深信自己的话是值得一讲的，因而你几乎会认为他们是在讲道理。他们谈论他们参加过的聚会和他们将要去参加的聚会。他们闲聊最近发生的丑闻。他们痛斥自己的朋友。他们诋毁一个又一个要人。他们好像了解每一个人。他们参与了所有的秘密。他们几乎是一口气扯到了最新的戏剧、最新的女裁缝、最新的肖像画家和新任总理的最新情妇。你会认为没有他们不知道的事情。伊莎贝尔陶醉地听着。对她而言，这一切都是极为文明的。这才是真正的生活。这给了她一种置身于现实之中的极为兴奋的感觉。这是真实的。环境是完美的。宽敞的房间，地板上铺着萨伏纳的地毯，富丽的镶板墙上挂着美妙的图画，他们坐在身下的镂花椅子，无价之宝的镶嵌细工的家具、抽斗柜和移动茶几，每一件都值得放进博物馆;这房间一定花了一大笔钱，但它值。它的美丽，它的庄重，对她的影响前所未有地强烈，因为那间昏暗的旅馆小房间，在莱雷眼里没有什么毛病的小房间，包括其中的铁床，包括她坐过的那张不舒服的硬椅，在她脑子里还是记忆犹新。那房间空荡荡的，了无生气，令人讨厌。伊莎贝尔想起它就不寒而栗。

聚会散了，只剩下伊莎贝尔跟母亲和埃略特。

“迷人的女人！”埃略特把那两个浓妆艳抹的可怜的风流女人送到门口之后回来时说，“她们刚到巴黎定居时我就认识她们了。我做梦也没想到她们现在会变得这么出色。真叫人吃惊啊，我们妇女的适应能力。你现在很难看出她们是美国人，而且是美国中西部人！”

布莱德雷夫人扬起眉毛，无言地盯他一眼，埃略特那么机敏，不可能不明白妹妹的意思。

“没人能够那样说你的，我可怜的路易莎。”他继续半尖酸半亲切地说，“不过天知道，你本来有很多机会的。”

布莱德雷夫人噘起嘴唇，说道：“恐怕我使你失望到了伤心的程度，埃略特，但我实话对你说，我非常满意我现在这个样子。”

“天性不同，爱好不一。”埃略特用法语咕哝说。

“我想我应该告诉你们我和莱雷的婚约已经解除了。”伊莎贝尔说。

“嗨，”埃略特嚷道，“那会毁了我明天的午餐安排！事到临头你才告诉我，这么短的时间里叫我怎么请得到一个男客？”

“哦，他还是会照样来吃午餐。”

“在你们解除了婚约之后？这可真新鲜！”

伊莎贝尔咯咯地笑了。她一直盯着埃略特，因为她知道母亲的眼睛在盯着她自己，而她不想和母亲目光相遇。

“我们没吵架。我们在今天下午商谈过了，得出的结论是，我们闹了一场误会。他不想回芝加哥；他要留在巴黎。他谈到要去希腊。”

“究竟去干什么？雅典又没有社交活动。事实上我本人从未看重希腊艺术。有些希腊风格的东西带有某种颓废的魅力，比较吸引人。但菲狄亚斯的东西，不行，不行！”

“看着我，伊莎贝尔。”布莱德雷夫人说。

伊莎贝尔转过脸，朝向母亲，嘴上挂着勉强的微笑。布莱德雷夫人以审视的眼光盯着她，却只是“嗯”了一声。她看出这女孩没有哭；这孩子显得泰然自若。

“我觉得你摆脱了婚约是好事一桩，伊莎贝尔。”埃略特说，“我过去总是将就这个婚约，但从未觉得你们相配。其实他达不到你的标准，他在巴黎的表现很清楚地表明他将来绝不会有出息。凭你的相貌，你的门第，你可以追求更好的婚姻。我觉得你做得非常明智。”

布莱德雷夫人瞥了伊莎贝尔一眼，眼神中不无焦虑。

“你这么做不是因为我的缘故吧，伊莎贝尔？”

伊莎贝尔决断地摇摇头，说道：“不，亲爱的，我这么做完全是为了我自己。”

六

那时候，我已从东方回来，并在伦敦住了一段时间。大约是在我刚讲过的那些事情发生两周以后，埃略特在一天早晨给我打来电话。我听到他的声音时，并不感到惊讶，因为我知道他习惯于到英国来享受社交季节的尾声。他告诉我布莱德雷夫人和伊莎贝尔跟他一起来了，如果我愿意在晚上 6 点钟顺便到他那里去喝一杯，他们会非常高兴见到我。他们当然是下榻在克拉里治饭店。当时我的住处离那儿不远，于是我沿着公园巷走去，穿过梅弗厄那些安静而庄严的街道，来到那家饭店。埃略特住在他过去常住的套房。房间的墙壁上嵌着雪茄烟盒那样的棕色木头，布置的风格是不张扬的豪华。当我被领进去时，只有他一个人在。布莱德雷夫人和伊莎贝尔上街购物去了，他估计她们很快就会回来。他告诉我，伊莎贝尔解除了和莱雷的婚约。

埃略特对于人们在既定环境下应该如何表现，有他自己的既浪漫又高度严守传统的看法，他对年轻人的行为感到不安。在婚约破裂的第二天，莱雷不仅来吃了午餐，而且其言谈举止一如往常，好像身份毫无变化。他和往常一样风趣、殷勤、清醒而愉快。他对伊莎贝尔还是像往常一样那么深情热爱。他不心烦，不沮丧，也不发愁。伊莎贝尔看起来也不消沉。她显得快活，轻松地欢笑，兴高采烈地讲着笑话，好像她并没有刚刚迈出一生中决定性的而且肯定是带有强烈感情色彩的一步。埃略特对此摸不着头脑了。根据他听到的他们谈话的一些片断，他推测他们无意解除他们原定的任何约会。他一找到机会，就和妹妹商谈此事。

“这样可不得体，”他说，“他们不能还像未婚夫妻那样一起到处跑。莱雷其实应该更懂规矩一些。何况，这会妨碍伊莎贝尔的机会。小福瑟林翰，英国大使馆的那个男孩，显然被她迷住了；那孩子有钱，出身名门；要是他知道伊莎贝尔没有对象，我料定他会向伊莎贝尔求婚，我觉得你应该跟伊莎贝尔谈谈此事。”

“亲爱的，伊莎贝尔二十岁了，她有一种技巧，让你不要多管闲事，而又不惹你生气，我总是拿她这一点儿没办法。”

“那就是说你把女儿彻底宠坏了，路易莎。何况这绝不是多管闲事。”

“在这点上，你和她肯定有分歧。”

“你在考验我的耐心，路易莎。”

“可怜的埃略特，如果你有一个已经长大成人的女儿，你就会知道，比较之下，一头弓背乱跳的公牛还容易管理些。至于了解她心里想些什么，哼，你最好还是装作是个头脑简单、一无所知的老傻瓜，几乎可以肯定，这就是你在她眼里的样子。”

“可是你和她谈过这件事情吗？”

“我试过跟她谈。她冲着我笑，对我说确实没什么好讲的。”

“她伤心吗？”

“我没法知道。我所知道的是，她吃得香，睡得跟小孩一样。”

“好吧，记住我的话，要是你听任他们这样下去，总有一天他们会跑出去，神不知鬼不觉地结婚。”

布莱德雷夫人没有克制自己的笑，说道：“我们如今生活的这个国家，有各种设施供人们进行违规的性生活，却为婚姻之路设置了种种障碍，想到这一点，你肯定就放心了。”

“非常正确！婚姻是件严肃的事情，家庭的牢靠和国家的稳定就靠它了。但是只有当婚外关系不仅得到容忍，而且得到认可的时候，婚姻才能维持它的权威。卖淫，我可怜的路易莎——”

“行了，埃略特！”布莱德雷夫人打断他，“你那些关于淫乱通奸的社会价值观与道德价值观，我不感兴趣。”

就是在这时候，埃略特提出了一个中断伊莎贝尔和莱雷继续交往的计划，他认为这种现状不合规矩，是他的理智非常讨厌的。巴黎的社交季节将要完结，所有上等人士正在安排前往矿泉疗养地或多维尔，然后再去都兰、昂儒或布列塔尼其祖先留下的城堡，度过尚未过完的夏天。在正常情况下，埃略特总是在6月底到达伦敦，但他的家族感情很强烈，对妹妹和伊莎贝尔的感情很真挚，即使当巴黎的名流走完之后，只要她们愿意，他还是很愿意牺牲自己，仍然留在巴黎；但他现在发现形势对他有利，他既能照顾别人的利益，同时也能照顾自己的方便。他向布莱德雷夫人提议，他们三人立即前往伦敦，在那里，社交季节仍在全盛期，在那里，新的兴趣、新的朋友会分散伊莎贝尔对于她和莱雷这种倒霉的藕断丝连关系的注意力。据报载，能治布莱德雷夫人病患的大专家当时正在英国首都，找他看病的愿望，会使他们仓促离开巴黎显得合情合理，而且会战胜伊莎贝尔可能不想离开巴黎的心情。布莱德雷夫人赞成这个计划。她为伊莎贝尔伤脑筋。她无法断定女儿究竟是和外表一样无忧无虑，还是因为受了伤害而感到愤怒或伤心，却装出一副勇敢的样子，以隐藏受伤的感情。布莱德雷夫人只在一点上和埃略特意见一致：去一些新地方，见一些新人，对伊莎贝尔会有好处。

埃略特忙着打电话，而当伊莎贝尔和莱雷在凡尔赛玩了一天回到家里的时候，埃略特已经可以告诉伊莎贝尔，他为伊莎贝尔的母亲约好了三天后去看那位名医，他已在克拉里治饭店订了一个套间，他们后天就要动身。当埃略特颇为得意地把这个消息通知伊莎贝尔时，布莱德雷夫人观察着女儿，但伊莎贝尔面不改色。

“噢，亲爱的，我真高兴你要去看那位医生了。”她以平时那种有点儿喘不过气来的冲动的语调嚷道，“你当然不能错过这个机会。去伦敦真是好极了！我们打算住多久？”

“不必回到巴黎啦，”埃略特说，“一星期内，这里连个人影都不会有了。我要你们和我一起住在克拉里治饭店，度过余下的社交季节。7 月份总有一些盛大的舞会，当然还有温布尔登的网球赛。然后是古德伍德和考斯。我相信埃灵翰一家会很高兴请我们乘坐他们的游艇去考斯，而班托克一家总会为古德伍德赛马会举办盛大的宴会。”

伊莎贝尔显得很高兴，布莱德雷夫人放心了。伊莎贝尔似乎丝毫没有虑及莱雷。

埃略特刚把这一切对我讲完，那母女二人就进来了。我已有十八个多月没有见到她们。布莱德雷夫人比以前瘦了一点儿，面色更加苍白了；她显得疲倦，不是很健康。但伊莎贝尔容光焕发。她那红润的面色，满头的褐发，闪亮的淡褐色眼睛，白皙的皮肤，使你觉得她朝气蓬勃，仅仅因为活着就非常快活，使你也高兴得差不多要笑起来。她使我产生一种荒唐的想法，觉得她像个梨子，色泽金黄，非常甜美，已经熟透，引诱人来吃掉它。她全身散发着温暖，使你觉得，如果你把手伸过去，就能感到它的舒适。她比我上次见到她时显得高了一些，不知是因为她穿了鞋跟更高的鞋子，还是因为聪明的裁缝把她的外衣剪裁得掩盖了她那年轻人的丰满。她举止潇洒，这是一个从小就从事户外运动的女孩所特有的。简言之，她是一个非常性感非常诱人的年轻女子。如果我是她的母亲，就会认为她早该结婚了。

我非常高兴能有机会稍稍回报我在芝加哥时布莱德雷夫人对我的款待，我请他们三人在某天晚上和我一起看戏。我安排了请他们吃一顿午餐。

“你真聪明，老伙计，我们一到你就下手先抢。”埃略特说，“我已经通知我的那些朋友我们已经到了，估计一两天内我们在这一季剩下的时间都会安排得满满的了。”

从这句话里我听得出来，埃略特的意思是，到了那时，就轮不到像我这样的人请他们了，于是我笑了。埃略特瞥了我一眼，我从那眼神里看出了几分傲慢。

“当然，你一般在 6 点左右可以在这里找到我们，我们总是高兴见你。”他亲切地说，但其明显的意图是把我这个作家摆在低下的位置上。

不过，蠕虫有时候也会翻身。我说：“你一定要试着接触一下圣奥尔芙一家，我听说他们想处理掉他们的《索尔兹伯里大教堂的护卫官》。”

“眼下我不买画。”

“这我知道，不过我觉得你可以帮他们处理掉那幅画。”

埃略特眼里闪着钢铁般坚定的目光，说：“老伙计，英国人是一个伟大的民族，但是他们从来不会画画，并且永远也不会画画。我对英国的画派没有兴趣。”

七

在接下来的四个星期里，我很少见到埃略特和布莱德雷夫人母女。他使她们感到骄傲。他带她们到苏塞克斯一座大厦度过一个周末，又带她们去威尔特郡一座更加壮丽的大厦度过另一个周末。他领着她们作为温莎王室一位小郡主的客人坐在皇家包厢里看歌剧。他领着她们和大人物共进午餐和晚餐。伊莎贝尔参加了几次舞会。他在克拉里治饭店招待了一系列客人，他们的名字在第二天的报纸上醒目登场。他在塞罗饭店和大使馆举行晚宴聚会。事实上他做的事情件件得体，伊莎贝尔还得比现在多见很多世面，才不会因为埃略特为她提供的华丽和风雅的娱乐感到有点儿头晕目眩。埃略特可以自我标榜地说，他不辞劳烦，出于纯然无私的动机，要使伊莎贝尔忘掉一场倒霉的恋爱；但我认为除此以外，他也是要让妹妹亲眼看到他跟社会名流和时髦人物多么熟悉，从中获得很大的满足。他是个令人钦佩的东道主，乐于显示他的精湛技艺。

我本人参加过他举办的一两次聚会，时常在6点钟顺道去克拉里治饭店拜访。我发现伊莎贝尔身边围着一些身材魁梧衣着光鲜的年轻人，他们是皇家近卫旅的军官，还有一些举止风雅的年轻人，衣着不甚光鲜，是外交部的官员。就是在这样的场合下，有一次伊莎贝尔把我拉到一边。

“我想问你一件事，”她说，“你还记得我们去药店喝冰激凌汽水的那个晚上吗？”

“完全记得。”

“当时你非常好心，对我很有帮助。你能够好心地再帮我一次吗？”

“我会尽力而为。”

“我想和你谈点儿事情。我们能不能在哪天共进午餐？”

“你想在哪天都行。”

“找个安静的地方。”

“我们开车去汉普顿宫，在那里吃午饭，怎么样？那里的花园现在应该是最美的，你能看到伊丽莎白女王的床。”

这个主意适合她，我们商定了日子。可是当那一天到来时，本来晴朗温暖的天气突然变坏了；天空灰蒙蒙一片，下起了毛毛细雨。我打电话问伊莎贝尔她是否宁愿在城里吃午饭。

“我们无法坐在花园里，而那些画又会太暗，我们会什么也看不清。”

“我在花园里坐得够多了，老派大师的画我也看得够多了。我们还是去吧。”

“好的。”

我去接她，我们开车前往。我知道一家小饭店，那里的饭菜还能凑合，我们径直往那里去。一路上，伊莎贝尔和平时一样活泼,给我讲她参加的那些聚会,以及她遇见的那些人。她自得其乐，但她对她认识的各色人物所做的评价，使我觉得她对荒唐可笑的人有精明的判断和锐利的目光。恶劣的天气使得顾客稀少，我们是那家饭店仅有的客人。他们专做英国的家常食物，我们要了一块肥美的羊腿肉，配上青豆和新鲜土豆，接下来是一大盘苹果饼，加上德文郡的奶油。再配上一大杯麦酒，便成了一顿非常可口的午餐。我们吃完之后，我提议走进那间空无一人的咖啡屋，那里有扶手椅，我们可以坐得舒服些。室内清冷，但柴已架好，我划了根火柴把它点燃。火焰使昏暗的房间变得比较宜人了。

“好了，”我说，“现在告诉我你想讲的事情吧。”

“和上次一样呀，”她嘻嘻地笑着说，“莱雷。”

“我猜到了是这样。”

“你知道我们已经解除了婚约。”

“埃略特告诉我了。”

“妈妈放心了，舅舅很高兴。”

她犹豫了片刻，然后开始讲述我已经尽量忠实地给读者转述过的她和莱雷之间的谈话。读者也许会惊讶，为什么她会选择对一个她如此缺乏了解的人说出那么多的个人隐私。我想我跟她见面不过十来次，除了在药店那一次外，从未单独见面。但我不感到意外。首先，任何一个作家都会告诉你，人们愿意把不肯告人的事情告诉作家。我不明白其中的奥妙，也许是因为他们读过作家的一两本书后，感到跟他的关系格外亲密；或者是因为他们把自身戏剧化了，把自己看成了小说里的人物，在他们的想象中，作家创作的人物对作家是无所保留的，所以他们愿意和那些人物一样对作家坦诚以待。我认为伊莎贝尔觉得我喜欢莱雷和她，他们的年轻感动了我，而我同情他们的痛苦。她无法指望埃略特会以友好的态度听她讲述心事。埃略特不愿在莱雷身上花时间，这个小伙子唾弃了一个年轻人最难得到的进入社交界的最佳机会。她母亲也不可能帮助她。布莱德雷夫人有很强的原则性和常识。她的常识使她确信，如果你想在这个世界上站稳脚跟，你就必须接受它的习俗，不要去做别人都明确指出是不稳妥的事情。她的坚定的原则性使她认为男人的义务就是到一家企业里去工作，在那里靠着活力和主动性，他会有机会挣到足够的钱来养活老婆孩子，使他们过上与其社会地位相称的生活，让孩子受到合适的教育，使他们成年后能靠自己的本领谋生，而在他死后还能为他的遗孀留下充足的遗产。

伊莎贝尔的记忆力很好，曲折迂回的长时间讨论，都铭刻在她的记忆里。我默默地听着，直到她讲完。她只中断了一次，向我提问。

“吕斯达尔是谁？”

“吕斯达尔？他是荷兰的一位风景画家。怎么啦？”

她告诉我莱雷提到过此人。莱雷说吕斯达尔至少找到过他那些疑问的一个答案，而伊莎贝尔向我重复了一遍当她询问吕斯达尔是谁时莱雷给她的唐突回答。

“你认为他是什么意思？”

我灵机一动，问道："你肯定他说的不是吕斯布洛克吗？"

"也许是。他是谁？"

"他是生活在 14 世纪的一个佛兰德神秘主义者。"

"哦。"伊莎贝尔失望地说。

这对她毫无意义。但对我却有意义。这是我所掌握的莱雷的思考发生转变的第一个标志。伊莎贝尔继续讲她的故事，我虽然仍在聚精会神地听，但我的脑子有一部分在飞速运转，想着莱雷提到这个人暗示着怎样的可能性。我不想把这句话看得太重，也许他提到这位"迷魂先生"，只是为了提出一个论点；也许还有一层伊莎贝尔没有察觉的意思。当莱雷回答她的问题时，说吕斯布洛克只是一个他上大学时还不知道的家伙，他显然是想把伊莎贝尔敷衍过去。

"你对这一切怎么看？"伊莎贝尔讲完之后问道。

我踌躇片刻，回答说："你还记得他说过他只是打算闲荡吗？如果他说的是实话，那他的闲荡似乎是要干一些非常费力的工作。"

"我肯定是这样。但如果他去从事任何生产型的工作，和用功读书一样勤奋，他会挣不少钱，你说对吗？"

"有些人天生怪异。有些罪犯像河狸一样辛苦工作，筹划会把他们送进监狱的阴谋，一旦出狱，马上又着手重来一遍，又进了监狱。如果他们把同样的勤奋、同样的才智、同样的智谋和同样的耐心投入正当的事业，他们会换来美好的生活，获得重要的职位。可是他们生来就是那个样子。他们喜欢犯罪。"

"可怜的莱雷，"伊莎贝尔咯咯笑了，"你不是暗示他学希腊语是密谋抢银行吧？"

我也笑着说："不，我没这个意思。我想告诉你的是，有些人迷了心窍，无法自拔，一心想干某种与众不同的事情，非干不可。他们甘愿牺牲一切来满足欲望。"

“连爱他们的人也牺牲掉？”

“嗯，是的。”

“这不明摆着是自私吗？”

“我不知道。”我笑着说。

“莱雷学那些死掉了的语言会有什么用啊？”

“有些人的求知欲无关于利害。这倒不是什么低级的欲望。”

“如果你不打算用知识来做任何事情，那么知识又有什么好处呢？”

“或许他打算使用呢。也许单是获得知识就会使他感到心满意足了，就和画家画出一幅作品就心满意足了一样。或许这只是为了达到某个目的而迈出的一步。”

“如果他想求知，为什么他打仗回来以后不去上大学呢？这正是尼尔森博士和妈妈想要他做的事情呀。”

“我在芝加哥和他谈过这事。学位对他毫无用处。我觉得他对自己的需求有明确的想法，他认为在大学里得不到他的所求。你要知道，学习中有孤狼，也有成群结队奔跑的狼。我认为莱雷是一个我行我素不肯他顾的人。”

“我记得有一次我问他是否想写作。他大笑，说他没东西可写。”

“我听到过一些不肯动笔的借口，这是最不能令人信服的一个。”我笑道。

伊莎贝尔做了个不耐烦的手势。她没有心思开一点点儿玩笑。

“我搞不懂的是他为什么会变成这样。战前他和其他人完全一样。你可能想不到吧，他网球打得很好，打高尔夫也是高手。他过去会做我们其他人都做的事情。他是一个完全正常的男孩，没有理由猜想他长大了会有丁点儿不正常。你毕竟是个小说家，你应该能够解释这件事情。”

“我有多大本领，怎能解释无限复杂的人性？”

“这就是我今天找你谈话的目的。”她补充道，没留意我说的话。

“你伤心吗？”

“不，不一定是伤心。当莱雷不在身边时，我还过得去；倒是我跟他在一起时，我会感到非常软弱。现在的感觉只是一种疼痛，就像你几个月没有骑马，一下子骑了很长时间之后所感到的那种强直；这不是痛苦，根本不是无法忍受的，但你却意识到它。我会安然挺过去的。一想到莱雷这样糟蹋自己的一生，我就生气。”

“也许他不会糟蹋。他开始踏上的旅途，是一条漫长艰辛的路，但在旅途的终点，他可能会找到他所寻求的东西。”

“那是什么？”

“你没觉察到吗？我觉得他在对你讲的话里已经说得很清楚了。上帝。”

“上帝！”伊莎贝尔嚷道。但这是饱含怀疑的惊叫。我和她说了同一个单词，但意思大不相同，这就具有滑稽效果，所以我们禁不住大笑起来。可是伊莎贝尔很快又严肃起来，我感到她的整个态度中都有类似恐惧的东西。“究竟是什么使你这样想？”

“我只是猜测。可是你叫我告诉你我作为一个小说家的想法。不幸的是你不知道他在战争中经历过什么，使他受了这么大的影响。我认为他是毫无准备地遭受了突然的打击。我给你一个提示：不论莱雷经历了什么，那件事使他充满了世事无常的感觉，以及一种极度的痛苦，使他想要弄明白，对于人世的罪恶与悲哀，是不是有一种补救的办法。”

我看得出来，伊莎贝尔对我改变这场谈话的方向并不喜欢。这使她感到胆怯和尴尬。

“这一切不是可怕的病态吗？人们对人世必须顺其自然。既然我们生在人世，当然应该尽情地生活。”

“你或许是对的。”

“我不会装模作样，我只是一个正常的普通女孩。我需要乐趣。”

“看起来你俩的性情完全合不来。你能在结婚前发现这一点，真是太好了。”

“我想结婚生子并且生活在——”

“生活在慈悲上帝一直很乐意安置你的那种生活状态中。”我打断她的话，笑着说。

“嗯，那也没什么坏处，对吧？那是一种令人非常愉快的状态，我对它很满足。”

“你们就像两个朋友，想一起度假，可是一个想去爬格陵兰的冰山，另一个却想去印度的珊瑚海滨钓鱼。显然这事情弄不成。”

“不管怎样，我在格陵兰的冰山还可以弄到一件海豹皮的上衣，可我非常怀疑印度的珊瑚海滨是否有鱼可钓。”

“走着瞧吧。”

“你为什么这么说？”伊莎贝尔问道，微微皱起了眉头，“你总是显得有所保留。当然我知道我在这出戏里扮演的不是主角。莱雷是主角。他是个理想主义者，是个做美梦的梦想家，即使他的梦实现不了，做梦本身也使他兴奋。我生来只能演硬心肠的、唯利是图的、讲求实际的角色。循规蹈矩总是得不到多少同情的，对吧？但你忘了，必须付出代价的是我。莱雷腾云驾雾一飞而过，给我留下的就只有尾随而去，量入为出。我要生活啊！”

“这个我一点儿也没忘记。许多年前，我还年轻的时候，认识一个人，他是个大夫，一个挺不错的大夫，但他不开业。他一年又一年地躲在大英博物馆的图书馆里看书，每过很长一段时间才写出一本没人会读的大部头伪科学、伪哲学的著作，他还得自己出钱来出版。他在去世前写了四五部，那些书绝对没有价值。他有个儿子想参军，可是他没钱把儿子送进桑赫斯特的军校，因此儿子只能应征入伍。儿子在战场上阵亡了。他还有个女儿，长得挺漂亮，我都有点儿迷上她了。她去演戏，但她没有天资，跟着一个二流班子在边远地区到处跑，演些小角色，薪水少得可怜。那大夫的妻子多年干着枯燥、肮脏的苦工，身体垮了，女儿只好回家伺候母亲，接替母亲干她已经干不动的苦活。无用的、挫败的生活，没有任何意义。当你决定要离开常轨的时候，你是在碰运气。尝试者多而成功者少。”

“母亲和埃略特舅舅赞同我的做法。你也赞成吗？”

“亲爱的，这对你有什么影响？对你来说我几乎是个陌生人。”

“我把你当作没有利害关系的旁观者，”她愉快地微笑着说，“有你赞成，我会高兴的。你认为我做得对，是吧？”

“我认为你做得对你来说是对的。”我说道。我颇为自信地认为，她不会发现我的回答有细微的差别。

“那我为什么会良心不安呢？”

“你不安吗？”

她点点头，嘴唇上仍然挂着微笑，但那是略带悔恨的笑容了。

“我知道这只是普通常识。我知道凡是通情达理的人都会认为我只能这样做。我知道从所有实际的观点来看，从人情世故的观点来看，从一般行为标准的观点来看，从是非的观点来看，我是做了我应该做的。可是在我内心深处，我仍然感到一种不安，我觉得，要是我更好一些，要是我更公正一些，更无私一些，更高尚一些，我就应该嫁给莱雷，过他那种生活。如果我对他的爱足够深厚，我会认为失去整个世界都不足惜。”

“你也可以反过来看这事。如果他对你的爱足够深厚，他会毫不迟疑地按你的要求去做。”

“我也对自己这么说过。但这无济于事。我猜想，女人天性中自我牺牲的精神比男人多吧。”她嘻嘻笑了，“路德和异国谷物，以及诸如此类的事情。”

“你为什么不冒险一试呢？”

我们一直轻松地交谈，几乎就像在随便谈论我们两人都认识但他们的事情跟我们不大相干的人，甚至当伊莎贝尔对我讲述她和莱雷之间的谈话时，她也说得轻松愉快，还以幽默来为之添加风趣。好像她不想让我把她说的事情看得太严重。但现在她脸色变得苍白了。

“我害怕。”

有一阵，我们都沉默着。一股寒意沿着我的脊背而下，和我面对深刻而真挚的人类感情时会有的那种奇怪感觉一样。我觉得这很可怕，并有点儿令人敬畏。

“你非常爱他吗？”我终于问道。

“我不知道。我不能容忍他。我对他恼火。我又一直想念他。”

沉默再次落到我们头上。我不知说什么才好。我们所在的这间咖啡屋很小，覆盖窗户的沉重的花边窗帘挡住了光线。四壁贴了黄色的大理石纹纸，挂着陈旧的体育版画。加上桃花心木的家具，破旧的皮椅，以及发霉的气味，使它奇怪地令我想起狄更斯一部小说里的咖啡屋。我拨了拨火，加了些煤。伊莎贝尔突然开口了。

“要知道，我原以为到了摊牌的时候，他就会屈膝投降的。因为我知道他软弱。”

“软弱？”我嚷道，“你凭什么这样想？一个男人，对亲戚朋友的反对顶住了一年，因为他决定了要走自己的路！”

“我跟他在一起,总是随心所欲。我能让他绕着我的小拇指转。我们一起不论做什么，都不是他领头。他只是跟着大家走。”

我已经点燃一支香烟，看着我吐出的烟圈。烟圈变得越来越大，接着消失在空气里。

“后来我还跟莱雷一起到处跑，好像什么事都没发生过一样，妈妈和埃略特舅舅认为我这么做很不得体，但我觉得没什么了不起。我直到最后还认为他会投降。我无法相信当他那榆木脑袋已经知道我会言出必行时，他还不肯让步。”她迟疑一下，冲我调皮地一笑，假装出凶狠的样子，“我告诉你一件事，不会吓坏你吧？”

“我想应该不会。”

“当我们决定来伦敦时，我打电话给莱雷，问他是否能够和我一起度过我在巴黎的最后一个夜晚。当我把这件事告诉母亲和埃略特舅舅时，舅舅说这样做极不妥当，母亲说她认为这样做没有必要。当妈妈说什么事情没必要时，就意味着她完全不赞成。舅舅问我，我们打算干什么，我说我们打算找个地方吃晚餐，然后去几家夜总会转一转。舅舅对妈妈说，她应该禁止我去。妈妈说：‘要是我禁止你去，你会听从吗？’我说：‘不，亲爱的，不会听从。’于是她说：‘我猜想你不会。既然这样，我禁止你去似乎就没多大意思了。’”

“你母亲看起来是一位极有见地的妇女。”

“我认为她很少看走眼。当莱雷来叫我时，我到她房间里去告别。我打扮了一下；你知道，在巴黎就得打扮，否则你就像赤身裸体一样。妈妈看到我的穿着时，从头到脚打量了我一番，使我很局促不安，觉得她相当敏锐地看出我心里的打算。但她什么都没说。她只是亲我一下，说她希望我玩得高兴。”

“你想干什么？”

伊莎贝尔以怀疑的眼神看着我，好像她还没拿定主意打算对我坦率到什么程度。

“我觉得我长得不难看，而这是我最后的一次机会。莱雷在马克西姆饭店订了座。我们要了美味来吃，我特别喜欢吃的东西都要了，我们还喝香槟。我们喋喋不休地说话，至少我是这样，我逗得莱雷发笑。我喜欢莱雷的地方，其中有一点儿就是我总能把他逗乐。我们跳了舞。当我们玩够了这些，便去了马德里堡。我们碰到了几个熟人，和他们会合，又喝香槟。接着我们一起去阿凯舍。莱雷跳舞很棒，我俩配合得很好。燥热，音乐，加上酒，我逐渐有点儿飘飘然了。我感到无所顾忌了。我跳舞时把脸贴着莱雷的脸，我知道他需要我。上帝知道，我也需要他。我有个主意。我猜想，那主意一直藏在我的心底。我想我要把他带回家去，一旦我把他弄到家里，嗯，几乎不可避免地，会发生不可避免的事情。”

“相信我，你说得够委婉了。”

“我的房间离埃略特舅舅和妈妈的房间都较远，所以我知道不会有危险。当我们回到美国后，我想我会写信给他，说我要生孩子了。他将不得不回来娶我，而当他回到家里时，我就不信把他留下能有多难，尤其是妈妈还在病中。我对自己说：‘我真傻，以前我怎么就没想到这一招呢？这肯定就把一切都搞定了。’当音乐停下时，我就停在他的怀抱里。接着我说天晚了，我们明天中午还要赶火车，所以我们该走了。我们坐进了一辆出租车。我紧偎着他，他搂着我，吻我。他吻我，他吻我——啊，美妙极了！似乎只有一眨眼工夫，出租车就停在门口了。莱雷付了车钱。

“‘我走回去。’他说。

“出租车突突地开走了，我搂住了他的脖子。

“‘你不上去喝最后一杯吗？’我说。

“‘好啊，只要你喜欢。’他说。

“他按了电铃，门打开了。我们往里走时，他打开电灯，我盯着他的眼睛。那双眼睛那么轻易信人，那么诚实，那么——那么无欺；很明显他一点儿也没有想到我在给他设圈套；我觉得我不能对他玩弄如此肮脏的诡计。这就像从小孩手里骗走糖果。你知道我干了什么？我说：‘咳，或许你最好别上去吧。妈妈今晚身体不适，如果她睡着了，我不想吵醒她。晚安！’我把脸凑上去让他亲了一下，便把他推出了门。事情就这样结束了。”

“你遗憾吗？”

“我既不高兴也不遗憾。我只是无法控制自己。我做的事情，并不是我做的。那是控制着我的一种冲动，是它代替我做的。”她咧嘴而笑，“我想你会将之称为我的良好天性。”

“我想你会那样做的。”

“那么我的良好天性必须承担后果。我相信它将来会更谨慎一些。”

其实这就是我们谈话的结束。有可能，伊莎贝尔能够完全自由地对某个人吐露心声，对她是一种安慰，但那就是我能给予她的全部帮助了。我感到自己做得不够，试图至少讲一些小事来安慰她。我说：“你知道，当一个人恋爱而事情又不顺时，他会极为伤心，觉得他会永远摆脱不了。可是当你得知大海能做什么的时候，你会感到吃惊。”

“这是什么意思？”伊莎贝尔笑着问道。

“嗯，爱情不是优秀的水手，它会在航海中憔悴。当大西洋把你和莱雷隔开时，你会惊讶地发现在起航前感到的那种无法忍受的痛苦是多么轻微。”

“你这是经验之谈吗？”

“根据风雨往昔的经验。当我因爱情得不到回报而遭受痛苦时，我会立即登上一艘越洋班轮。”

天气没有显出雨停的迹象，于是我们决定，伊莎贝尔没看汉普顿宫的高大建筑，甚至没看伊丽莎白女王的床，也能活下去，所以我们开车返回伦敦。此后我见过伊莎贝尔两三次，但都是在有别人在场的时候。后来，我一时在伦敦待腻了，便动身前往蒂罗尔。

第三章

一

此后十年我既没有见过伊莎贝尔也没有见过莱雷。我仍然见到埃略特，并且由于我在稍后将要告诉读者的原因，我和他见面比以前更频繁了，并不时地从他那里听说伊莎贝尔的情况。但是关于莱雷，他无法告诉我任何事情。

“就我所知，他仍然住在巴黎，但我不大可能碰到他。我们不在同样的圈子里活动。”他不无自满地补充说，“非常令人痛心的是，他潦倒得不成样子了。他出身很好。如果他愿意听从我的安排，我肯定能够把他培养得像个样子。总之伊莎贝尔是幸运地躲过一劫了。”

我的熟人圈子不如埃略特那么严格，在巴黎我认识不少人，是他认为根本不该结交的。在我每次短暂但并非不频繁的居留期间，我向这些人当中的某甲或某乙打听是否碰到过莱雷，或是否有他的消息；少数人跟他有过点头之交，但谁也不能声称跟他有深交，因此我找不到一个人能给我提供莱雷的消息。我前往他常去吃正餐的餐馆，却发现他很长时间没去吃饭了，他们认为他肯定是已经离开了此地。我在蒙帕纳斯大街上的每个咖啡馆都没见过他，而住在附近的人一般是会去这些咖啡馆的。

伊莎贝尔离开巴黎后，莱雷原打算去希腊，但他放弃了这个计划。他究竟在干什么，他在多年以后才告诉我，但我觉得应该现在就讲出来，因为尽可能按照时间顺序来叙述事情，是更为方便的。他在夏季待在巴黎，不喘息地用功，直到深秋。

“那时觉得自己需要合起书本休息一下了，”他说，“我两年来一直是每天用功八到十个小时。于是我去一个煤矿干活儿。”

“你去哪里干活儿？”我嚷道。

他见我如此吃惊，便笑着说：“我认为干几个月体力活对我会有好处。我觉得这会使我有机会整理自己的思想，使自己平静下来。”

我沉默着。我不知道他采取这个出人意料的步骤，其原因究竟是否只有这一个，也不知道他这样做，究竟是否跟伊莎贝尔拒绝嫁给他有关。其实我根本不知道他对伊莎贝尔的爱有多深。大多数人在恋爱时，会想出各种理由来使自己相信，只有为所欲为才是明智的，我认为这就是会有那么多灾难性婚姻的原因。他们就像有些人，把自己的事情交给某个他们明知是骗子但碰巧又是他们密友的人去摆布，因为他们不肯相信骗子首先是骗子，其次才是朋友。他们深信，不论这骗子对别人是多么不诚实，但对他们是不会如此的。莱雷足够坚强，能够拒绝为了伊莎贝尔的缘故而牺牲自认为应该过的生活，但他有可能在失去伊莎贝尔之后，感到的痛苦比他预料的更加难以忍受。也许像我们大多数人一样，他既想吃掉蛋糕，又要蛋糕还在手里。

“哦，请讲下去。”我说。

“我把书和衣服打包在两个箱子里，送到美国运通公司存放起来。然后把一套换洗衣服和一些日用织品塞进旅行袋，就出发了。我的希腊语老师有个妹妹嫁给了朗斯附近一个煤矿的经理，老师给我写了一封给他的介绍信。你知道朗斯吗？”

“不知道。”

“它在法国北部，离比利时边界不远。我只在那里住了一宿，住在车站旅馆，第二天我乘慢车到了那座煤矿的所在地。你到过矿区村庄吗？”

“在英国到过。”

“嗯，我想是大致相同的。有矿，有经理楼，有一排排整齐的两层小楼，全一样，一模一样，单调极了，使你心往下沉。有一座教堂，还算新，很难看，还有几间酒吧。我到达时天气阴冷，下着小雨。我走到经理办公室，把介绍信交给他。经理是个两颊泛红的矮胖男人，看他那副样子，一定很会享受食物。他们缺少工人，许多矿工在战争中阵亡了，有很多波兰人在那里干活儿，我想总有两三百人吧。他问了我一两个问题，他不大喜欢我是个美国人，他好像认为这不对味，但他的妻兄却在信里讲了我的好话，总之他还是高兴地留下了我。他想给我安排个地面上的工作，但我告诉他我要到井下干活儿。他说如果我过去没有干过，我会觉得井下干活儿很苦，但我告诉他我做好了吃苦的准备，于是他说我可以给一名矿工当助手。其实那是小孩干的工作，但男孩人数不多，轮不过来。他这人很不错；他问我是否去找过出租屋，我告诉他还没找，于是他在一张纸上写了个地址，对我说，如果我去那个地方，那所房子的女主人会给我一个床位。她是一名阵亡矿工的遗孀，她的两个儿子都在煤矿干活儿。

“我提起旅行包，按地址走去。我找到了那幢房子，为我开门的是个瘦高个子的妇女，头发斑白，两眼又黑又大。她五官端正，肯定有过很漂亮的时光。除去缺了两颗门牙之外，她当时并不显得多么衰老。她告诉我她没有空房，但她有个双床房租给了一个波兰人，我可以睡那张空床。楼上的两个房间，她的两个儿子住一间，她住另一间。她给我看的房间在一楼，我想那原来是当客厅用的；我当然喜欢单独住一间房，但我想还是不要太讲究为好；蒙蒙细雨已经变成了绵绵小雨，我已被淋湿了。我不想再跑路，以免被雨淋透。于是我说那正合我的需要，我住进去了。他们把厨房当客厅，里面有一对快要散架的扶手椅。院子里有个煤棚，也是浴室。两个男孩和那个波兰人已经把午餐带到工地，但女主人说中午我可以跟她一起吃饭。后来我坐在厨房抽烟，她继续干活儿，一边给我讲她自己和她家的情况。那三人下班后回来了。波兰人先回，然后是两个男孩。波兰人穿过厨房时，女房东告诉他，我要分享他的房间，他对我点点头，一语未发，从炉架上提起一把大壶，上煤棚洗澡去了。那两个男孩身材颀长，尽管脸上有煤尘,仍然显得很帅,看上去挺友好。他们把我看作怪物，因为我是美国人。其中一个男孩十九岁了，几个月后要去服兵役，另一个十八岁。

“波兰人转来了，接着两个孩子去洗澡。这个波兰人和所有波兰人一样有个难念的波兰名字，但他们都叫他科斯蒂。他是个大个子，比我高两三英寸，身体很壮实。他脸上多肉，面色苍白，鼻子宽扁，嘴大。他的眼睛是蓝色的，由于他未能将眉毛和眼睫毛上的煤屑洗掉，他看起来像化了妆。黑色的睫毛使他那双蓝眼显得有点儿吓人。他是个丑陋而粗野的家伙。两个男孩换了衣服就出门了。波兰人继续坐在厨房里，抽烟斗，看报。我衣袋里有本书,于是我把它掏出来,也开始阅读。我留意到他看了我一两眼，很快他放下了报纸，问道：‘你在看什么？’

“我把书递给他，让他自己看。那是一本《克里夫斯公主》，是我在巴黎火车站买的，因为书很小，可以放进衣袋。他好奇地看了看书，又看看我，把书还给我。我注意到他嘴唇上有讥讽的笑容。

“‘你喜欢这本书？’

“‘我觉得它很有趣，甚至吸引人。’

“‘我在华沙上学时读过它。我觉得乏味极了。’他法语讲得很好，几乎不带一点儿波兰口音，‘现在我只看报，看侦探小说，别的一概不看。’

“迪克勒克夫人，就是我们那位老太太的名字。她一边照看为晚饭炖的汤，一边坐在桌边织补袜子。她告诉科斯蒂，我是煤矿经理派给她的，又把我觉得合适告诉她的事情复述了一遍。科斯蒂倾听着，抽着烟斗，两只蓝闪闪的眼睛看着我。他的眼光有力而精明。他问了几个有关我个人的问题。当我告诉他我以往从未在煤矿干过活时，他的嘴角又咧开了，浮现出讥讽的笑容。

“‘你不知道你会吃什么苦头。只要有别的活可干，谁也不会到煤矿来干活儿。不过这是你自己的事，你肯定有你自己的原因。你在巴黎的时候住在哪儿？’

“我告诉了他。

“‘有段时间我每年都去巴黎，不过我老是待在格朗兹大街。你到过拉律饭店吗？那是我最喜欢的餐馆。’

“这使我有点儿吃惊，因为，你知道，那里可不便宜。”

“太不便宜了。”

“我猜想他看出了我的惊讶，因为他再次冲我嘲讽地一笑，但显然认为没必要进一步解释。我们继续东拉西扯地聊天，接着两个男孩回来了。我们吃晚饭，饭后科斯蒂问我是否愿意和他一块儿上酒馆去喝啤酒。那酒馆只是一个稍大一点儿的房间，一头有个吧台，还有许多大理石桌面的桌子，周围摆着木椅。有一架机械钢琴，有人朝投币口塞进去一个硬币，它正在弹奏一支舞曲。除我们以外，只有三张桌子有人占座。科斯蒂问我会不会玩毕洛特。我跟几个大学里的朋友学过这种游戏，所以我说我会玩，于是他提议我们玩游戏赌啤酒。我同意了，于是他叫人把牌拿来。

我输了一杯啤酒，又输了一杯。然后他提议赌钱。他总拿好牌，而我总是运气不好。我们下的赌注很小，但我输了好几法郎。赢钱和啤酒使他兴致很高，于是他高谈阔论。根据他的言谈举止，我很快猜出他受过教育。当他又讲到巴黎时，他问我是否认识某某、某某美国女人，那些女人我是在埃略特家认识的，当时路易莎阿姨和伊莎贝尔住在埃略特家里。他好像比我还要熟悉她们，我奇怪他怎么会落到现在这步田地。时间并不晚，但我们得在破晓时起床。

“‘我们再喝一杯啤酒就走吧。’科斯蒂说。

“他小口地喝着啤酒，精明的小眼睛凝视着我。这时我知道他使我想起了什么，他像一头凶暴的猪！

“‘你为什么要来这破煤矿干活儿？’

“‘为体验生活。’

“‘你疯了，小伙子。’他用法语说。

“‘那么你为什么在这里干活儿？’

“他耸了耸他那结实笨拙的肩膀，说道：‘我小时候上过贵族军官学校，上次战争中，我父亲是沙皇手下的一名将军，我是个骑兵军官。我不能容忍毕苏茨基。我们计划要干掉他，但有人把我们出卖了。他抓了我们当中的一些人，把他们枪毙了。我设法及时地逃过了国境。除了外籍军团或煤矿，我没有其他去处。在这两样苦差事中，我选择了较好的一样。’

“我已经告诉科斯蒂我将在煤矿里干什么工作，他当时什么都没说，可现在，他把手肘搁在大理石桌面上，说道：‘试试把我的手推回来。’

“我了解这种比赛气力的老办法，我把手掌贴在他的手掌上。他笑着说：‘几个星期后你的手就不会这样柔软了。’我使出所有的力气推，但对他那巨大的气力起不了一点儿作用，他逐渐把我的手推回来，压到桌上。

“‘你力气不小，’他好心地说，‘没有多少人能坚持这么长时间。听着，我的助手不行，是个弱小的法国人，力气还没虱子大。明天你跟我一起去上工，我会让工头把你换给我。’

“我说：‘我很高兴和你在一起。你认为工头会这么做吗？’

“‘有报酬就会干。你能挤出五十法郎吗？’

“他伸出手，我从钱包里取出一张钞票交给他。我们回去睡觉了。我劳累了一整天，睡得像根木头。”

“你不觉得那活儿重得可怕吗？”我问莱雷。

“一开始把我累坏了。”莱雷咧嘴笑道，“科斯蒂买通了工头，我被派做他的助手。那时候科斯蒂在旅馆浴室那么大的空间里干活儿，你只能通过一条低矮的隧道到达那个地方，所以你只能手脚并用地爬过去。那里面热得要命，我们只穿一条短裤干活儿。科斯蒂那肥白的大躯干上，有某种令人极为恶心的东西；他看起来像只巨大的鼻涕虫。风动剪的吼叫声在那个狭小的空间里震耳欲聋。我的工作是收拢他挖下的煤块，用筐子装起来，经隧道把筐子拖到洞口，在那里会有人把煤块装进货车厢，每隔一段时间，列车会在驶往升降机的途中经过这里。这是我平生见过的唯一煤矿，所以我不知道那是不是最合适的办法。在我看来这并不专业，而且是累死人的工作。干到一半时间，我们停下来休息，吃午饭，抽烟。一天的活干完之后，我并不遗憾，天啊，洗个澡真是舒服！我觉得我再也无法把脚洗干净了；它们和墨水一般黑。当然我的双手起泡了，疼得要命，但它们又恢复正常了。我习惯了这份工作。”

“你坚持干了多久？”

“那份活儿他们只雇我干了几个星期。把煤运到升降机那儿去的车皮，是由一辆拖拉机牵引的，司机不怎么懂机修，引擎总出毛病。有一次他开不动了，不知所措。嘿，我是个相当不错的机修工，于是我去看看，用了半小时就把引擎修好了。工头把这件事告诉经理，经理把我叫去，问我会不会修汽车。结果是他给了我机修工的工作；这活儿当然挺单调，可是不费力，而且由于不再会有引擎方面的问题，他们很喜欢我。

“科斯蒂在我离开他时难受极了。我适合他，而他习惯了我。我跟他混得很熟了，整天跟他一起干活儿，晚饭后和他一起去小酒馆，还和他共住一屋。他是个有趣的家伙。他是会对你产生吸引力的那种人。他不跟波兰人混在一起，我们不上波兰人去的咖啡馆。他忘不掉自己是个贵族，当过骑兵军官，他把那些人当作垃圾。这自然引起他们的怨恨，但他们无可奈何；科斯蒂强壮如牛，要是打起来，无论动不动刀，对方六个人一起上，他都能对付得了。尽管如此，我也认识了他们当中的几个人，他们告诉我，科斯蒂的确在一个优秀团队里当过骑兵军官，但他说他是由于政治原因离开波兰，那是谎话。他在华沙被踢出了军官俱乐部，并被革职，因为他在牌桌上出老千被抓了现场。他们告诫我不要和他玩牌。他们说那就是他躲着他们的原因，因为他们知道他的底细，不会跟他玩牌。

“我老是输钱给他，输得不多，你懂的，一晚只输几法郎，但是当他赢的时候，他总是坚持要付酒钱，所以其实等于没有输赢。我原以为我只是一段时间手气不好，或者是牌技不如他。但从那以后，我开始睁大眼睛，我完全肯定他在出老千，可你知道吗？哪怕是要了我的命，我也看不出来他是怎么做到的。老天，他真聪明！我知道他总不能每次都拿最好的牌。我像只山猫一样盯着他。他像狐狸一样狡猾，我猜他已经看出有人把他的老底透给了我。一天夜里，我们玩了一会儿之后，他看着我，脸上带着那种有几分冷酷的讥讽的笑容，那种他唯一能够做出来的笑容，说道：‘要我给你露几手吗？’

“他拿起整副牌，要我报出一张牌的名称。他洗牌，要我从中抽出一张；我抽了，抽出的正是我说的那张牌。他又表演了两三个把戏，然后问我玩不玩扑克牌。我说我玩，他便给我发了一手牌。当我看牌时，我发现我有四个尖和一个王。他问道：‘你有这手牌，会愿意大赌一把，对吧？’我答道：‘押上全部筹码！’

“‘你上当了。’他摊开他给他自己发的那手牌。那是同花顺。怎么能够弄成这样，我到现在也想不通。他见我惊愕，便笑着说：‘如果我为人不诚实，我早就让你把衬衣都输掉了。’

“‘你还没有这么狠心地算计我。’我笑着说。

“‘赢点小钱而已。不够到拉律饭店吃顿饭。’

“我们每天夜里仍然玩得很开心。我下了结论，他出老千主要是为了取乐，而不是全为骗钱。他故意把我当傻瓜耍，这给了他一种奇怪的满足感。我觉得，他知道我在留心他耍什么手法，却看不出其中的破绽，他从中得到了很大的乐趣。

“不过那只是他的一方面，使我对他产生浓厚兴趣的是他的另一面。我觉得这两方面是格格不入的。尽管他夸口，除了报纸和侦探小说之外他什么都不读，但他却是个有教养的人。他健谈，尖刻，严厉，冷嘲热讽，但听他讲话你会振奋。他是个虔诚的天主教徒，他在床的上方挂了耶稣受难像，每个礼拜天他按时去做弥撒。星期六晚上他总是大醉一场。我们去的那家小酒馆当时总是塞满了人，空气里烟雾浓烈。那里有安静的中年矿工，带着家人；有成群的年轻人，发生激烈的争吵；还有些人满头大汗，围着桌子，大叫大嚷地打毕洛特，他们的妻子坐在一旁，靠在他们身后，看他们打牌。人群和吵闹对科斯蒂产生了奇妙的效果，他会变得一本正经，开始讲话，谈各种不靠谱的话题，谈神秘主义。那时我对此一无所知，仅仅在巴黎读过梅特林克的一篇论吕斯布洛克的文章。但科斯蒂谈到普罗提诺，谈到古希腊雅典最高法院的法官丹尼斯，谈到鞋匠雅各布·勃默，谈到迈斯特·爱克哈特。听着这个被自己的社会驱逐出来的流浪汉，这个讲话尖刻、心怀怨恨的潦倒者，谈论万物的上帝，谈论皈依上帝的幸福，令人产生怪诞的感觉。这一切我是前所未闻，我感到困惑而兴奋。我仿佛睁眼躺在黑屋子里的人，突然看见一束光线从窗帘的缝隙射进来，我知道我只需将窗帘拉开，沐浴在晨曦中的田野就会展现在我面前。但是如果我试图在他清醒时叫他继续谈这个话题，他会对我大发雷霆。他会两眼射出凶光地吼叫说：‘当时我自己都搞不清楚自己在说些什么，我现在怎么可能知道我在那时谈论了什么话题呢？’

“可我知道他在撒谎。他完全清楚他当时谈论了什么。他知识渊博。当然他是喝醉了，但他的眼神，他那张丑脸上专注的表情，并不完全是喝了酒才有的。还有喝酒以外的原因。他第一次那样谈话时，说了一些话，我至今没忘，因为它让我吓了一跳；他说世界不是上帝创造出来的，因为空虚只能产生空虚；世界只是永恒自然的一种表现；哦，这还不算什么，可是他接着又说，恶和善一样，也是神意的直接表现。在那肮脏喧闹的酒馆里，在那架机械钢琴演奏的舞曲伴奏中，这听上去真是匪夷所思。”

二

为了让读者休息片刻，我现在开始另起一节，但我这么做只是为了照顾莱雷讲话的风格；其实谈话并未中断。我可以借此机会告诉读者，莱雷讲话从容不迫，经常字斟句酌，尽管我肯定不能自诩复述得一字不差，但我已尽力不仅再现他说过的话，还要再现他言谈的方式。他的声音语气丰富，有一种悦耳的音乐品质；他讲话时不做任何手势，抽着烟斗，呼出烟雾，时而停下来重新点燃烟斗，他看着你的脸，黝黑的双眼含有一种愉快的而且往往有点儿古怪的神情。

“接着春天来了，在那个单调阴沉的乡下地方，春天来得较迟，天气依然寒冷多雨；但有时候遇到晴暖的日子，使你很不情愿离开地面上的世界，乘坐摇摇晃晃的升降机下降几百英尺，和身穿肮脏工装的矿工挤在一起，钻进大地的肚腹。春天真的来了，但她似乎来得羞羞答答，来到这片阴冷肮脏的风景里，仿佛不知自己是否会受到欢迎。她像一朵花，一朵水仙或百合，开在贫民窟一家窗台上的花盆里，你会诧异她在这里干什么。一个星期天的上午，我们在床上躺着，我们在星期天上午总是睡懒觉，我正在看书，科斯蒂毫没来由地对我说：

“‘我要离开这里。你愿意和我一起走吗？’

“我知道好多波兰人在夏季会回波兰去收割庄稼，可现在还不到时候，何况科斯蒂是不能回波兰的。

“‘你要去哪儿？’我问道。

“‘漂呗。经比利时，到德国，沿莱茵河往下走。我们会找到一个农场，让我们在那里度过夏季。’

“我毫不犹豫地做出决定。我说：‘好主意。’

“第二天我们告诉工头我们不干了。我找到一个伙计，愿意用帆布背包换我的旅行袋。我把用不着的或者背不动的衣服都给了迪克勒克夫人的二儿子，他和我的身材差不多。科斯蒂留下一个旅行袋，把需要的东西装进他的背包，第二天，喝过老太太给我们煮的咖啡，我们就出发了。

“我们一点儿也不急于赶路，因为我们知道，至少在干草该收割之前，我们是不可能被农场雇用的，于是我们一路慢行，经那慕尔和列日，穿过法国与比利时，经亚琛进入德国。我们一天行走不超过十英里或十二英里。当我们看到一个村庄觉得顺眼，就会在那里住下。总会有一个旅馆之类的地方能给我们提供床位，总会有一家酒馆能给我们东西吃，能给我们啤酒喝。总的来说我们遇到了好天气。在矿上待了好几个月之后，我很高兴来到了宽敞的露天。我以前竟然从未意识到一片绿草地是这么好看，而一棵树，在叶子还没长出来之前，在枝头已轻蒙上一层薄薄的绿雾时，会是这么可爱。科斯蒂开始教我讲德语，我认为他的德语讲得和法语一样好。我们长途跋涉，他教我如何用德语称呼路上遇到的各种事物，如牛、马、人，等等，然后让我复述简单的德语句子。这样一来时间就流逝得很快，当我们进入德国时，我至少能用德语说出我想要的东西了。

“如果我们要去科隆，就要绕点路，但科斯蒂坚持要去那儿，他说是为了那一万一千名处女。我们到了科隆，他便纵酒狂欢。我有三天没有见着他，当他回到我们那有点儿像工人宿舍的房间时，他的脾气很糟糕。他和人打架了，有只眼睛发青，嘴唇破了个口子。我可以告诉你，他那样子可不好看。他一觉睡了二十四小时，然后我们开始顺着莱茵河谷走向达姆施塔特，他说那里的农村很好，我们很有机会找到活儿干。

“我从未过得那么快活。天气一直晴朗，我们漫游城镇和乡村。遇到有风景可看的地方，我们就停下观赏。哪里能提供食宿，我们就住下。有一两次我们睡在阁楼的草堆上。我们在路旁的旅舍就餐，当我们进入葡萄酒之乡时，我们就放弃啤酒改喝葡萄酒。我们在喝酒的酒馆里跟人们交朋友。科斯蒂有一种粗犷的快活劲头，赢得了他们的信任，他跟他们玩斯卡特，那是一种德国牌戏，他用虚张声势的玩笑话欺骗那些人，用他们爱听的粗俗笑话逗他们开心，所以他们把钢币输给了他都不很在意。我跟他们交谈，练习德语。我在科隆买了一本英德会话语法小册子，我的进步很快。接着到了晚上，科斯蒂把两升白葡萄酒喝进肚子里后，他就会以病态的方式谈论从孤独飞向孤独，谈论灵魂的暗夜，谈论造物与基督融为一体的最终喜悦。可是到了第二天清晨，我们走过风景明媚的田野，青草还带着露水，我试图让他给我多讲一些，他便大发雷霆，差点把我揍一顿。

"'闭嘴，你这笨蛋！'他说，'干吗要听那些胡说八道？来，我们继续学德语吧。'

"一个有汽锤般的拳头并且会毫不思索出手挥拳的人，你是无法跟他争论的。我见过他盛怒时的样子。我知道他会把我揍得半死，扔进沟里，我无法肯定当我不在屋时他会不会把我的衣袋掏光。我看不懂他这个人。当葡萄酒使他放松了舌头，当他说到必须避讳的神圣时，他扔弃了他平时使用的粗鲁下流的语言，如同脱下了他在矿井里所穿的肮脏的工装，他讲得很出色，甚至雄辩。我不相信他是在讲假话。我不知我怎么会突然想到，他去干那份繁重野蛮的煤矿工作，是为了克制肉体的欲望。我觉得他憎恨自己硕大粗野的躯体，想折磨它，而他的出老千，他的冷酷与他的残忍，则是他意志的反叛，针对——哦，我不知道你会怎样称呼它，我觉得是针对一种根深蒂固的神圣本能的反抗，是针对令他恐惧又使他着迷的对上帝的向往之心的反抗。

"我们不急不忙，春天快要过去了，树木已长满绿叶。葡萄园里的葡萄开始丰满。我们尽可能在乡下的土路上行走，路上的尘土愈来愈厚。我们到了达姆斯塔特附近，科斯蒂说我们该开始找活儿干了。我们的钱越来越少。我口袋里有六张旅行支票，但我打定主意，只要还过得去，就决不动用它们。当我们看到一所农舍，觉得有希望在那里找到工作时，便停下询问要不要雇两个人。我敢说我们的样子并不招人待见。我们风尘仆仆，浑身汗污。科斯蒂像个可怕的恶棍，我觉得自己的样子也好不了多少。我们一次又一次被拒之于门外。在一个地方，那农夫说他可以留下科斯蒂，但不要我，科斯蒂说我俩是好伙计，不愿分开。我叫他先留下，但他不肯。我感到惊讶。我知道科斯蒂喜欢上我了，不过我想不出缘由，因为我一开始就不是对他有用的那种人，但我绝没有想到他对我喜欢的程度足以使他为了我而拒绝一份工作。当我们继续前进时，我感到有些内疚，因为我其实并不喜欢他，事实上我觉得他有些可恶。可是当我想说几句话来表示我对他这样做感到高兴时，他对我生气了。

"不过我们终于时来运转了。我们刚穿过坐落在洼地里的一个村庄,就来到了一所凌乱的农舍,看上去觉得还不错。我们敲门，开门的是个女人。我们和通常一样自我推荐。我们说我们不要工资，只要管吃管住就愿意干活儿。令我惊讶的是，那女人居然没有冲着我们的脸把门砰然关上，而是叫我们等着。她对屋子里的什么人呼喊，很快出来了一个男人。他盯住我们看了好一阵，问我们是从哪里来的。他要看我们的证件。当他看到我是美国人时，又盯了我一阵。他好像不大高兴我是美国人，但他总算让我们进屋去喝杯葡萄酒。他把我们领进厨房，我们坐了下来。那女人拿来一把大肚酒壶和几只玻璃杯。那男人对我们说，他雇的那个人被一头公牛顶伤了，在医院里住着，在收割完毕前什么也干不了。那么多男人阵亡了，其余的人又都进了莱茵河流域如雨后春笋般建立起来的工厂，想雇个劳力真比登天还难。我们了解这种情况，这是我们的胜算。还是长话短说吧，他说他愿意雇用我们。农舍里有的是地方，但我想他不愿意我们住在里边；总之他告诉我们干草棚里有两个床位，那就是我们睡觉的地方。

"活儿不算重。有奶牛要照看，有猪要喂；机器有毛病，我们得干点修理活；可我还是有一些闲暇。我爱气味芬芳的草地，傍晚常去漫游遐想。这种生活很不错。

"这一家子人包括老贝克尔，他的妻子，他的寡妇儿媳和儿媳的孩子。贝克尔是个头发花白的大块头男人，年近五十；他参加过大战，腿上的一处伤使他到现在还瘸着。这对他伤害很大，他借酒消痛。他通常在睡觉之前喝得酩酊大醉。科斯蒂跟他相当投机，晚饭后他们常常一起去旅店玩斯卡特，大口灌酒。贝克尔夫人原是他家雇的女工。他们把她从孤儿院领出来，贝克尔在前妻死后不久就娶了她。她比丈夫小了好多岁，长得还算标致，她成熟丰满，双颊绯红，头发漂亮，有一副肉欲饥渴的神态。科斯蒂不久便断定在这里有所可为。我叫他别犯傻。我们的工作不错，我们不想失去它。他只是嘲笑我；他说贝克尔满足不了妻子，那女人求之不得。我知道，呼吁他的良知也是白搭，但我嘱咐他要小心行事；贝克尔也许看不出他在打什么主意，但还有他的儿媳呢，什么可都躲不过她的眼睛。

“他的儿媳叫埃丽，是个矮壮的年轻女子，远不到三十岁，黑眼珠，黑头发，蜡黄色的方脸，一副愠怒的神气。她仍然在为阵亡于凡尔登的丈夫穿孝。她很虔诚，星期天早晨步行去村子里做早弥撒，下午又去参加晚祷。她有三个孩子，其中一个是在她丈夫死后出生的。她在吃饭时除了训斥孩子外，从不讲话。她在农场干点活儿，但大部分时间是在照看孩子，晚上一个人坐在客厅看小说，让门开着，以便哪个孩子哭的时候能听见。这两个女人互相憎恨。埃丽看不起贝克尔夫人，因为她是个弃儿，还当过用人，埃丽还痛恨她是一家的女主人，居于发号施令的地位。

“埃丽是一个富裕农场主的女儿，出嫁时从娘家带来很多嫁妆。她上的可不是村里的学校，而是去最近的城镇茨温根堡上了一所女子高中，受过很好的教育。可怜的贝克尔夫人来农场时才十四岁，如果她能读会写的话，对她来说已经很不错了。这是两个女人不和的另一个原因。埃丽一有机会就显摆自己的知识，贝克尔夫人气得双颊通红，质问这对农夫的老婆有什么用。接着埃丽就会注视着她那用钢链系着戴在手腕上的她丈夫的身份牌，阴沉的脸上显出愤愤的神情，说道：‘我可不是农夫的老婆。只是农夫的寡妇。只是一位为国捐躯的英雄的寡妇！’

“可怜的老贝克尔不得不停下手里的活计来维护她们之间的和平。”

“可是他们把你当成什么人？”我打断了莱雷的话。

“噢，他们以为我是美军的逃兵，不能回美国了，不然得坐牢。他们就是这样来解释我为什么不愿去旅店跟贝克尔和科斯蒂一块儿喝酒的。他们认为我不想引人注目，要避免村子里的警察盘问。埃丽发现我在学德语，便把她上学时的旧课本拿出来，说要教我。于是晚饭后她和我走到客厅，留下贝克尔夫人在厨房。我大声读给她听，她纠正我的发音，并试图帮我理解我不明其义的单词。我猜她这么做主要不是为了帮我，而是为了要压过贝克尔夫人一头。

“这段时间，科斯蒂一直想把贝克尔夫人弄到手，却一无所获。她是个知趣的快活女人，很乐意跟科斯蒂开玩笑逗乐，而科斯蒂对女人也自有一套。我猜她心里明白科斯蒂想干什么，我敢说她还为此感到高兴，可是当科斯蒂开始捏她时，她就叫科斯蒂把手放老实些，还扇了他一个耳光。我敢打赌，那耳光扇得不轻。”

莱雷迟疑了一会儿，有点儿羞怯地笑了。

“我从来不是那种自以为有女人缘的人，但我突然发现，嗯，贝克尔夫人爱上我了。这使我相当不安。首先，她比我大得多，其次，老贝克尔一直待我们不错。她在桌上分菜时，我不能不留意到，她分给我的比分给别人的多，并且我觉得，她在寻找机会和我单独在一起。她会以那样一种姿态冲我发笑，我觉得你会称之为挑逗。她问我有没有女朋友，并说像我这样的小伙子在那样的地方没有女朋友肯定会感到难受。这种事情你懂的。我只有三件衬衫，都穿得相当破旧了。有一次，她说我穿这种破烂货是不体面的，如果我拿给她，她会给我补补。埃丽听到了她的话，下一次我们独处时，她说如果我有什么东西破了，她会为我缝补。我说破一点儿没关系。可是过了一两天，我发现我的袜子织补好了，我的衬衫钉了补丁，都放回了干草仓里我们搁东西的长凳上；但我不知是她们两人当中哪一位做的。当然我没有把贝克尔夫人的话当真；她是个天性善良的长者，我想这也许只是她本人的母性表现；但是后来有一天科斯蒂对我说：‘听着，她需要的不是我，而是你。我一直没有机会。’

“‘别瞎说！’我对他说，‘她那把年纪可以当我的妈了。’

“‘那有什么关系？上吧，小伙子，我不会挡道。她不再年轻了，但她是个漂亮女人。’

“‘嘿！闭嘴！’

“‘干吗犹豫呢？千万不要因为我这样！我是个通情达理的人，天涯何处无芳草。我不怪她。你年轻嘛。我也年轻过。Jcunesse ne dure qu'un moment.’

“我不太高兴科斯蒂如此确信我不愿相信的事情。我不太懂得如何应付这种局面，接着我想起了各种各样一直没有引起我注意的情况。埃丽所讲的话，我先前不曾十分留意。但现在我明白了那些话的意思，我断定她也知道了正在发生的事情。当我和贝克尔夫人碰巧单独在一起时，她会突然走进厨房。我得到的印象是她在监视我们。我不喜欢这样。我认为她是想抓住我们。我知道她恨贝克尔夫人，只要她有半点机会，她就会制造麻烦。我当然知道她抓不到我们，可她不是善茬，我不知道她会编出什么谎言，灌进老贝克尔的耳朵里。我不知道该怎么办，只能装得傻乎乎的，看不出女主人在打什么主意。我在农场很快活，也享受那里的工作，在庄稼收完之前我不想走。”

我禁不住笑了。我想象得到莱雷当时的模样：穿着缀了补丁的衬衣和短裤，脸和脖子被莱茵河谷灼热的阳光晒成了褐色，身体细长轻盈，黝黑的双眼嵌在深深的眼窝里。我完全相信，看到他这副样子，那位身居主妇地位的贝克尔夫人，那个白皮肤、金发碧眼、胸脯饱满的女人，一定会春心荡漾。

“那么，发生了什么事情？”我问道。

“嗯，夏季一天天过去。我们在那里精力充沛地干活儿。我们割草，堆草垛。接着樱桃熟了，科斯蒂和我爬上梯子摘樱桃，那两个女人把樱桃装到大筐子里，老贝克尔把它们运到茨温根堡去卖。接着我们割黑麦。当然牲口总得由我们照料。我们起早贪黑地干活儿。我想贝克尔夫人已经对我不再抱有希望而放弃我了；我则对她敬而远之。我太瞌睡了，晚上读不了多少德语，晚餐后不久马上抽身去干草棚，倒头便睡。大部分夜晚贝克尔和科斯蒂都去村子里的旅舍，可我在科斯蒂回来时已经睡熟了。干草棚很热，我是裸睡的。

“一天夜里我被弄醒了。起初我没弄清楚是怎么回事；我只是处于半醒状态。我感到一只热乎乎的手捂着我的嘴，我意识到有人和我躺在同一张床上，我把那只手挪开，这时一张嘴贴到了我的嘴上，两只胳膊搂住我，我感到贝克尔夫人肥大的胸脯压着我的身体。

“‘别吭声，’她耳语道，‘别吭声。’

“她紧紧压着我，她用热乎乎的丰唇亲我的脸，双手抚摸我的全身，两条腿和我的腿缠在一起。”

莱雷停顿下来。我咯咯发笑，说：“你怎么办？”

莱雷对我抗议地一笑。他甚至有点儿脸红。

“我还能怎么办？我能听见邻床科斯蒂在熟睡中发出粗重的呼吸。约瑟夫的处境在我看来总是有点儿可笑。我才二十三岁呀。

我可不能大吵大闹，一脚把她踢走。我不想伤害她的感情。我干了她希望我干的事情。

“然后她溜下床，踮着脚走出了干草棚。可以告诉你，我如释重负地叹了口气。我吓坏了，你懂的。我说：‘天哪，好险！’我想贝克尔很可能是醉醺醺地回到家里，睡得昏迷不醒了，可他们睡的是同一张床啊，也许他已经醒来了，看到妻子没在身边。还有埃丽。她总是说她睡不好觉。如果她没睡着，她会听见贝克尔夫人下楼梯，走出了屋子。接着，我突然想起一件事情。当贝克尔夫人和我滚床单时，我感到有片金属物件碰到我的皮肤。我当时没有注意，你知道在那种情况下人们不会留心别的，我一直没有想到问问自己那究竟是个什么东西。现在那东西闪现在我的脑子里。我坐在床边想着并担忧着这一切的后果，我突然一惊，跳了起来。那片金属是埃丽戴在手腕上的她丈夫的身份牌，刚才在我床上的不是贝克尔夫人，而是埃丽！”

我大笑起来。我笑得停不下来。

“也许你觉得滑稽，”莱雷说，“我可不觉得滑稽。”

“喂，现在你回想起来，不觉得这件事有那么一点儿滑稽的味道吗？”

莱雷的双唇浮现出勉强的笑容，说：“也许吧。但这是一种尴尬的处境。我不知道事情会怎样发展。我不喜欢埃丽。我觉得她是个最令人讨厌的女性。”

“那你怎么会把一个人错当成另一个人呢？”

“当时一片漆黑，她除了叫我别吭声外，什么也没说。她们两人都是健壮的大块头女人。我认为贝克尔夫人看上了我。我从来没想到埃丽会对我有想法。她一直在怀念丈夫。我点着一支烟，考虑这种处境，越想越烦。我觉得，最好的办法是一走了之。

“我常常咒骂科斯蒂，因为他那么难被叫醒。我们在矿上时，为了叫醒他及时去上班，我往往得把他往死里摇。但现在我却感谢他睡得那么死。我点亮提灯，穿好衣服，把东西塞进背包，我的东西不多，还不到一分钟就收拾好了，然后把手臂穿入背带。我光穿着袜子，走出干草棚，到了楼梯脚才把鞋子穿上。我吹灭提灯。这是一个漆黑的夜晚，没有月亮，但我知道如何走上大路，于是转向村子的方向。我走得很快，想趁人们没有起床走动之前穿过村子。到茨温根堡只有十二英里，我到那里的时候，人们才忙碌起来。我永远不会忘记那一趟出走。路上除了我的脚步声，没有一点儿声响，时不时听到一家农场的公鸡打鸣。当天还没亮但已不太黑时，最初的蒙蒙灰光出现了，然后曙光初至，然后是太阳东升，小鸟一起开始歌唱，葱翠的绿色原野，草地和树林，田野上淡金色的小麦，沐浴在晨曦的冷光之中。我在茨温根堡喝了一杯咖啡，吃了一块面包，然后去邮局，给美国运通公司发电报，叫他们把我的衣服和书籍寄到波恩。”

“为什么是波恩？”我打断他的话。

“我们在沿莱茵河跋涉的途中停留在波恩时，我爱上了它。我喜欢它那屋顶和河流在阳光下闪亮的样子，喜欢它狭窄的街道，喜欢它的别墅、花园、栗树成荫的大道和大学里的洛可可式建筑。我当时心头一亮：在那里住上一阵倒是不错。但我想，我到那里时，最好以体面的外表出现。我的样子像个流浪汉，我想，要是我去一家公寓租房，人家会不大信任我，于是我乘火车到法兰克福，给自己买了个手提包和几件衣服。我断断续续在波恩住了一年。”

“你的经历使你有了收获吗？我指的是在煤矿、在农场的经历。”

“有。”莱雷点头笑着说。

但他没有告诉我收获是什么，那时我已很了解他，知道他想告诉你，他就会告诉你，当他不想告诉你时，他会讲个冷笑话把话题岔开，你再问也是白搭。我必须提醒读者，他对我讲述这一切，是在事情发生十年以后。直到那时我再次见到他之前，我根本不知他身在何处，他在干些什么。就我所知，他可能不在人世了。要不是因为埃略特和我的友谊，我早就忘记了莱雷的存在，只是因为埃略特经常告诉我伊莎贝尔的生活轨迹，才使我想起莱雷。

三

伊莎贝尔早在终止跟莱雷的婚约之后那一年的 6 月就嫁给了格雷・马图林。尽管埃略特极不愿意在巴黎社交季节的高潮时离开，因为他肯定会错过很多盛大的聚会，但他的家族感情太强烈，不允许他疏忽自己心目中的社会责任。伊莎贝尔的两个哥哥工作的地方太远，无法离开，所以只好由他做一次不愉快的旅行到芝加哥把外甥女嫁出去。他记得法国贵族连上断头台时都身着华服，于是特地去了一趟伦敦，为自己买了一件新的晨礼服、一件浅灰而略带粉红色的双排扣马甲和一顶大礼帽。他回到巴黎后，邀我去他家，把新衣帽穿戴起来给我看。他有些烦恼，因为平时戴在领带上的灰色珍珠，现在配到他为适合婚礼而购买的浅灰色领带上一点儿也不显眼。我建议他改用翡翠钻石的扣针。

“如果我是宾客，可以用扣针，”他说，“但处在这个特殊位置上，我觉得应该以珍珠为标志。”

他对这桩婚事非常高兴，因为这婚事完全符合他那一套门当户对的观念。他谈起这桩婚事的时候，就用上了一位守寡的公爵夫人就拉罗斯福哥家族的后人娶蒙莫朗西家的女儿发表自己的看法时所说的恭维话。他不惜重金，打算把纳梯尔笔下法兰西王族一位公主的肖像画拿去做结婚礼物，作为他感到满意的明显标志。

亨利・马图林在阿斯特街为这对年轻人买了一幢房子，使他们靠近布莱德雷夫人的住所，又离自己在滨湖路的大豪宅不是太远。说也凑巧，买房时，格雷戈利·布拉巴森正好在芝加哥，房子的装修就委托给他了，而我怀疑这个巧合是在他与埃略特巧妙合谋下发生的。当埃略特回到欧洲，放弃了巴黎的社交季节而直接来到伦敦的时候，他带来了装修后的室内照片。格雷戈利·布拉巴森大展拳脚。他把客厅完全弄成乔治二世时代的风格，非常气派。对于格雷的巢穴即书房的布置，他受到了慕尼黑阿马连堡宫一个房间的启发，除去其中没有地方放书以外，可以说是完美无缺的。除了那两张成对的单人床，拜访蓬巴杜夫人的路易十五会在格雷戈利为这对年轻美国人准备的卧室里感到像在自己家里一样，不过伊莎贝尔的浴室会使他大开眼界；它全是玻璃的，四壁、天花板和浴池全是玻璃，墙壁上有银色的鱼儿成群结队地在光彩夺目的水生植物之间漫游。

“当然那只是一所小房子，”埃略特说，“不过亨利告诉我，装修花了他十万美元。对有些人来说这是一笔财富呢。”

婚礼办得很豪华，达到了圣公会教堂所能提供的最高标准。

“不像巴黎圣母院的婚礼，”埃略特得意扬扬地说，“但对于新教徒的婚礼而言，它并不缺乏品位。”

媒体的报道做得非常漂亮，埃略特漫不经意地把剪报扔给我。他给我看了伊莎贝尔和格雷的结婚照片，新娘穿着婚纱，健壮而漂亮；格雷魁伟而有好身材，穿着正装有点儿不自然。有一组照片是这对年轻夫妇和伴娘的合影，另有一组是两个新人和布莱德雷夫人及埃略特的合影，布莱德雷夫人身着豪服，埃略特手持新礼帽，显出他独特的魅力。我问布莱德雷夫人身体可好。

“她的体重减少了很多，我觉得她脸色不好看，不过她还是相当好的。当然这整件事情使她绷得很紧，但现在全结束了，她能休养了。”

一年后伊莎贝尔生了一个女儿，按照当时的时尚给她取名为乔安；两年后她又生了一个女儿，又按照当时的时尚给她取名为普莉西拉。

亨利·马图林的一个合伙人去世了，另两个受不住压力很快退休了，于是他开始独自拥有了他一贯行使专横控制权的商号。他实现了怀抱已久的野心，让格雷做了他的合伙人。商号空前兴旺起来。

“他们赚钱易如反掌，老伙计。”埃略特告诉我，“嗨，格雷才二十五岁，一年就挣五万美元，而那还只是开始。美国的资源是取之不竭的。这不是暴发，这是一个伟大国家的自然发展。”

埃略特胸中充满了一种不寻常的爱国豪情。

“亨利·马图林不会永远活着，高血压，你懂的。格雷到四十岁的时候，就会有两千万美元的身家。了不起呀，老伙计，了不起！”

埃略特和妹妹保持着相当有规律的通信，随着岁月流逝，他不时地把妹妹告诉他的事情转告给我。格雷和伊莎贝尔很幸福，两个小孩很可爱。他们的生活方式，埃略特很高兴地承认，是非常恰当的；他们非常大方地热情款待客人，也受到非常大方的招待；他得意地告诉我，伊莎贝尔和格雷一连三个月不曾有一次是夫妻单独吃饭。他们快乐的旋风由于马图林夫人的去世而中断了。那位面色白皙、出身名门的夫人，亨利·马图林为了她的门第而娶了她，当时亨利·马图林想在父亲作为乡巴佬来到的这座城市里为自己打下一块地盘；为了纪念马图林太太，在一年的时间里这对年轻夫妇请客再也没有超过六个人。

“我老是说八是完美的数字，”埃略特说，他决定要看事物的光明面，“八个人足够相互亲密了，可以在一起交谈，而且人数够多，给人的印象像一次聚会。”

格雷对妻子非常慷慨。他们的第一个孩子出生时，他送给妻子一只方钻戒指，在妻子生第二个孩子时，送给她一件紫貂大衣。由于太忙，他很少离开芝加哥，但只要能够休假，他们就会到亨利·马图林在马文的豪宅里度过。亨利宠爱儿子，对他的要求从不拒绝。有一年圣诞节，把南卡罗来纳的一个种植场送给了他，让他在冬季可以打两个星期野鸭。

“我们的商业大王肯定可以跟意大利文艺复兴时期靠经商致富的那些伟大的艺术赞助人相提并论。例如美第奇家族，法兰西的两个国王并不认为娶这个显赫家族的女儿有失身份，而我预见到有一天，欧洲那些头戴王冠的人会向我们的美元公主求婚。雪莱是怎么说的？‘世界的伟大时代重新开始了，黄金岁月回来了。’”

亨利·马图林多年以来一直照料布莱德雷夫人和埃略特的投资，这两兄妹对他的聪明有一种理由很充分的信任。他也没有辜负他们的信任。他从不鼓励投机，而是把他们的钱投入可靠的证券，但是随着证券大幅的升值，他们发现自己那笔比较起来不算多的财产增加了很多，这使他们又惊又喜。埃略特告诉我，他连一个指头都没动，到 1926 年，他的财产已接近 1918 年的两倍。他已经六十五岁，头发灰白，满脸皱纹，眼睛下面垂着眼袋，但他不服老；他还和以往那样身材细长，腰杆笔直；他的生活习惯总是节制有度，并一直注意仪表。只要他还能让伦敦最好的裁缝给他做衣服，让他自己的专用理发师为他做头发刮脸，让一名按摩师每天早晨来使他那优美的躯体保持理想状态，他就不肯屈服于岁月的摧残。他早已忘记他曾降低身份从事商业，他倾向于暗示别人，他年轻时曾在外交部门供职，但他不会说得很直接，因为他还没有傻到去撒一个可能被揭穿的谎。我必须承认，如果我需要画一幅大使的肖像，我会毫不犹豫地选择埃略特做模特儿。

然而世事无常。那些还活在世上的曾经为埃略特开拓前程的显赫的夫人，年事已经很高。失去了老爷的英国贵族夫人，被迫把她们的宅邸交给女婿，隐退到切尔滕纳姆的别墅，或摄政公园内较小的住宅。斯塔福德宫变成了博物馆，寇森宫成了一个机构的办事处，德文郡宫在出售。埃略特在考斯停留时惯常乘坐的游艇已经转到了别人手里。现在占据舞台的风云人物已经用不上埃略特这样上了岁数的人。他们觉得他讨厌可笑。他们仍然愿意来参加他在克拉里治饭店举办的讲究的午餐聚会，但埃略特相当机智，知道他们来是为了相互碰面，而不是来看他。以前他的写字台上总是堆满请柬，但现在他不能再对邀请挑三拣四。他不愿让别人知道他有多少次要忍受独自躲在自己的套间里进餐的羞辱，但实际上往往他只能如此。英国的上流妇女，当丑闻使得社交之门向她们关闭时，会养成对艺术的爱好，让自己置身于画家、作家和音乐家的环绕之中。可是埃略特太骄傲，不肯如此辱没自己。

“遗产税和战争奸商毁掉了英国社会，”他对我说，“人们似乎不再介意和谁结交。伦敦仍然有它的裁缝，有它的鞋匠，有它的帽商，我相信他们在我去世前不会消失，但是除了他们，一切都完了。老伙计，你知道圣厄兹饭店雇用妇女招待进餐的客人吗？”

他是在我们参加一次午餐聚会之后步行离开卡尔顿·豪斯·特雷斯街时说这番话的。那次聚会上发生了一件不幸的事情。我们高贵的主人收集了一些名画，一个名叫保罗·巴顿的美国年轻人在场，表示想看看那些画。

“你们有一幅提香的画，对吧？”

“是的。它现在在美国。当时有个犹太老头愿意出一大笔钱买下它，我们手头紧得要命，我的总管就把它卖了。”

我注意到埃略特气得火冒三丈，恶狠狠地看了那位快活的侯爵一眼。我猜想，买走那幅画的就是埃略特本人。他听到他自己，一个出生在弗吉尼亚，祖上曾在《独立宣言》上签名的人，被人如此描述，自然怒火中烧。他一辈子都没当众受过这么大的侮辱。

更令他气愤的是，那个保罗・巴顿本来就是他刻骨憎恶的对象。保罗・巴顿是个战后不久在伦敦露面的年轻人，二十三岁，金发碧眼，非常帅气，讨人喜欢，舞姿优美，并且是个大款。他带了一封介绍信来见埃略特。埃略特天生是个好心肠，把他介绍给几个朋友认识。他不满足于此，还就如何待人接物对他做了一些宝贵的暗示。他挖掘自己过去的经验，向他表明，只要向老太太们献些小殷勤，当要人们讲话时，不管多么单调沉闷，都装作喜欢听，一个外地人就有可能在社会上进步。

但是保罗・巴顿进入的世界，和埃略特那代人靠顽强的毅力渗透进去的世界，是不一样的。这是一个只顾自己享乐的世界。保罗・巴顿兴致勃勃，外表惹人喜欢，举止迷人，在几个星期里就取得了埃略特经过多年顽强的拼搏才取得的成绩。很快他就不再需要埃略特的帮助了，而且对这个事实很少加以掩饰。当他们见面时，他对埃略特很亲切，可是没有礼貌，深深地得罪了这个比他年长的人。埃略特请人参加聚会，并不是因为喜欢他们，而是因为他们有利于聚会的顺利进行。既然保罗・巴顿的人缘不错，埃略特继续不时地邀请他参加每周一次的午餐会；可是这位成功的年轻人的约会太多了，有两次他在最后关头放了埃略特的鸽子。埃略特本人在过去也经常这么干，他很明白这是因为保罗・巴顿接到了更诱人的邀请。

“我并不要求你相信，”埃略特气呼呼地对我说，“可这是千真万确的，现在当我看见他时，他把我看成受惠于他的人。我！提香！提香！”他语无伦次地说，“就是见到提香的画，他也会认不出！”

从未见过埃略特这么愤怒，我猜想他之所以发火，是因为他相信，保罗・巴顿打听那幅画是不怀好意的，保罗・巴顿不知怎么得知了埃略特买下了那幅画，于是利用那位贵族老爷的回答，编造一个滑稽故事来阴损埃略特。

“他完全是个卑鄙下流的势利小人，如果世界上有什么东西叫我憎恶鄙视的话，那就是势利眼！要不是我，他什么都不是！你相不相信，他父亲是做办公室家具的。办公室家具！”他把令人难堪的鄙视放进最后那五个字，“当我告诉大家，他在美国根本算不了什么，他的家世低微到了极点，他们却似乎不在意。记住我的话，老伙计，英国社交界已经和绝种的渡渡鸟一样死翘翘了。”

埃略特也不觉得法国好得了多少。在那里，他年轻时的那些贵妇人，如果还活着的话，都沉迷于桥牌（他讨厌的一种游戏）、敬上帝和抱孙子了。制造商、阿根廷人、智利人、和丈夫分居或者离了婚的美国女人，居住在贵族的庄严宅邸，竭尽豪华之能事来款待客人，可是在他们的聚会上，埃略特不得不尴尬地会见以庸俗腔调讲法语的政客，吃相难看至极的记者，甚至戏子。王孙公子毫不知耻地去娶商店老板的女儿。巴黎的确是快活的，但这是多么劣质的快活！年轻人献身于疯狂地追求快乐中，以为最有趣的事情莫过于在一家家乌烟瘴气的小夜总会，喝一百法郎一瓶的香槟，和市区下等社会的乌合之众挤在一起跳舞，直到早晨5点钟方才罢休。烟气、热气和嘈杂声令埃略特头痛。这不再是三十年前他视为精神家园的那个巴黎。这不再是善良的美国人在死后要去的那个巴黎了。[1]

四

不过埃略特具有一种鉴别力。一个内部消息使他猜到里维埃

[1] 典出王尔德嘲弄美国人的名言：“善良的美国人死后都去了巴黎，邪恶的美国人死后就留在了美国。”因为当时美国人都很羡慕巴黎的生活。

拉很快就要再次成为上流社会的度假胜地。他对这段海岸很熟悉，因为以往当他应教皇法庭的召唤前去履职以后，他经常在从罗马返回的途中住进蒙特卡洛的巴黎饭店，在这里逗留几天，或者在戛纳他某个朋友的别墅里住上几天。但那是在冬季，而近来他听到谣传，说那地方将成为夏季度假胜地。那些大饭店仍旧在营业；它们的夏季旅客被刊载在巴黎《信使报》社会栏的名单上。埃略特读到那些熟悉的名字就会感到快慰。

"这世道我已经厌倦了，"他说，"如今我已到了享受自然之美的年纪。"

这句话可能显得很晦涩。其实不然。埃略特一直认为大自然是社交生活的障碍，他无法忍受那些眼前明明有摄政时代的抽斗柜或华托的绘画，却还要不厌其烦地跑去观赏湖光山色的人。他在这时已有很大一笔钱可花。亨利·马图林受到儿子的怂恿，又因为看到证券交易所的朋友一夜之间暴富而恼火，终于屈服于潮流，一点点儿地放弃了其一贯的保守，认为自己没有什么理由不去搭乘那趟快车。他写信给埃略特，说他一如既往地反对赌博，但这不是赌博，这是在确认自己的信念，对国家资源取之不尽的信念。他的乐观主义是以常识为基础的，他看不到有什么力量能阻止美国的前进。他在信尾说，他以保证金形式为亲爱的路易莎·布莱德雷买了大量可靠的证券，并且很高兴地通知埃略特，路易莎现在赚了两万美元。最后，他又说，如果埃略特想赚点小钱，又愿意允许他根据自己的判断行事，他深信自己不会使埃略特失望。埃略特喜欢使用陈词滥调，他说自己可以抵制任何东西，却抵制不了诱惑。结果是，从那时起，当《信使报》和早饭一起给他送来时，他一反多年的习惯，不再先看社会新闻，而是先看股票市场的行情。亨利·马图林代他做的交易非常成功，现在埃略特发现自己什么也没干就赚了整整五万美元。

他决定用赚来的钱在里维埃拉海岸买一幢房子。他选中了昂蒂布作为遁世之所，它在戛纳和蒙特卡洛之间占有一种战略地位，从这里可以很方便地抵达那两个地方；但谁也说不准，究竟是天意，还是他自己可靠的本能，使他选中了一个很快将成为时尚中心的地点。住在一所带花园的别墅里，带有郊区人的俗气，不符合他那挑剔的口味，所以他在老市区买了两所面海的房子，打通成一所，装了中央暖气、浴室以及美国推销强加于一个顽固派的卫生设施。那时正时兴酸洗，所以他用经过适当酸洗的古老的普罗旺斯家具和现代织品装饰屋子，审慎地屈服于现代化。他仍然不愿接受某些被误导的狂热分子正在大肆鼓吹的毕加索和布拉克这样的画家，他说："可怕，老伙计，太可怕了！"对于印象画派的画作他总算觉得自己可以兼收并蓄一下，所以他的墙上挂了一些非常好看的画。我记得有一幅莫奈画的河上行舟，一幅毕沙罗画的塞纳河码头和桥，一幅高更画的塔希提风景，一幅雷诺阿的魅力之作，画的是一个少女的侧面像，一头金色的长发披在她的背上。埃略特的宅子布置停当以后，真是焕然一新，赏心悦目，超凡脱俗而又朴素无华，而这种朴素你知道是要付出很大代价才能获得的。

接着埃略特一生中最辉煌灿烂的时期开始了。他把他那位优秀的大厨从巴黎带过来了，很快人们就公认他家的菜肴在里维埃拉首屈一指。他让管家和男仆身着白色制服，肩饰金带。他提供豪华的招待，但从不逾越大雅之限。地中海沿岸散布着来自欧洲各国的王室贵族：有些是因为这儿的气候而流连不舍，有些是在流亡，有些是因为不光彩的过去或不当的婚姻使得他们居住在国外更为方便。这些人里面有俄国的罗曼诺夫皇族，奥地利的哈普斯堡皇族，西班牙的波旁皇族，两个西西里皇族和帕尔马皇族；有温莎王室的王子和布拉干萨王室的亲王；有瑞典和希腊的世子；

埃略特款待他们。还有来自奥地利、意大利、西班牙、俄罗斯和比利时并非王室血统的王子和公主，公爵与公爵夫人，侯爵与侯爵夫人，埃略特也款待他们。冬季，瑞典国王和丹麦国王在这里的海滨逗留，西班牙的阿方索也不时匆匆到访，埃略特也款待他们。我历来崇拜他向这些高贵人物鞠躬时的不卑不亢的优雅，他在设法维护一个国家的公民应有的独立的姿态，因为那个国家声称，人人都是生而平等。

在游历过几年之后，我在费拉角买了一所房子，因而常常见到埃略特。承蒙他看得起，我的地位已大大提高，有时他举办最高档的宴会也请我参加。

“来吧，给我面子，老伙计。”他会说，“和你一样，我当然也知道那些王亲贵族总是把聚会弄得没意思。可是其他人想会会他们，我想我们有义务关注一下那些可怜虫的需求。不过天晓得，他们根本不配。他们是世上最忘恩负义的人；他们利用你，当不再用你的时候，就把你当作破衬衣扔到一边；他们接受你数不清的好处，但是当中没有一个人会跨过马路做一丁点儿事情来报答你。”

埃略特下了一番功夫，跟地方当局搞好关系，地区行政长官和教区主教，在其代理监督陪同下，常常光顾埃略特的宴会。主教大人在进入教会前当过骑兵军官，大战期间指挥过一个团。他红光满面，身体略胖，爱用兵营里那种粗放的语言讲话，他那位一本正经面色枯槁的代理监督总是如坐针毡，生怕他讲出有失身份的话。他带着不以为然的微笑听着自己的上司讲他得意的故事。可是主教大人以突出的能力管理着教区，他在饭桌上讲的俏皮话逗人发笑，他在讲坛上的雄辩同样感人。他称赞埃略特对教会的虔诚慷慨，他喜欢埃略特待人和气，提供美食；这两人成了至交。埃略特于是自诩自己在两界左右逢源，如果我能冒昧直言的话，他是在上帝与财神爷之间做了非常令人满意的工作安排。

埃略特心系家族，急于向妹妹展示新居；他过去总觉得妹妹对他的赞许中有一定的保留，想让妹妹看看他现在的生活方式，以及和他对酌交谈的朋友。这对妹妹的保留是个明确的回答。她将不得不承认他成功了。他写信请妹妹带格雷和伊莎贝尔一起来，不是跟他一起住，因为他没有多余的房间，而是作为客人住在附近的角地饭店。布莱德雷夫人回信说，她旅行的日子一去不返了，她的健康欠佳，认为自己最好待在家里；格雷无论如何都不能离开芝加哥；生意正兴隆啊，他在赚大钱，只能原地不动。埃略特对妹妹感情很深，妹妹的回信令他不安。他写信给伊莎贝尔。外甥女以电报回复，说母亲身体很不好，每星期得卧床一天，但并非危在旦夕，只要注意，还有希望活很久；格雷倒是需要休息，有他父亲在那里关照生意，没有理由不让他休假；所以她和格雷会来，不是在当年夏天，而是在第二年夏天。

1929 年 10 月 23 日，纽约市场崩溃了。

那时我在伦敦，一开始我们在英国没有意识到形势多么严峻，也不了解其结果会是多么凄惨。就我个人而言，尽管我很懊恼损失了相当大的一笔钱，但失去的大部分是账面上的利润，当尘埃落定之后，我发现自己的现金损失不多。我知道埃略特一直在大赌特赌，担心他遭到沉重打击。可是直到我们两人都回到里维埃拉过圣诞节，我才见到他。当时他告诉我，亨利·马图林去世了，格雷破产了。

我不大懂生意上的事情，我敢说我在这里转述从埃略特那里听来的事情，会显得有些混乱。就我能够理解的程度而言，落在这家商号头上的大灾难，部分是由于亨利·马图林刚愎自用，部分是由于格雷办事冒失。亨利·马图林起初不相信这场灾变会很严重，认为这是纽约的经纪人在耍把戏，欺骗外省的同行，他一咬牙，倾其所有，支持市场。他愤恨芝加哥的那些经纪人听任自己被纽约的那些恶棍吓跑。他一直以一件事情而自豪，即他的那些较小的客户，有固定收入的寡妇，退休的军官等等，从来没有因为听从他的忠告而丢失过一分钱。而现在，他不让客户亏损，从自己腰包里掏钱来填补他们的亏空。他说他准备破产，他可以再创一份家业，但若让那些信任他的小人物输光一切，他就再也抬不起头来。他以为自己很大方；他只是自负而已。他那份大家业冰消雪化，一天夜里他犯了心脏病。他已是六十多岁的人了，一直艰辛工作，过度玩乐，大吃大喝；在痛苦中挣扎几小时后，他死于心肌梗死。

留下了格雷一个人来应付局面。格雷一直在暗地里大做投机生意，没有其父的知识，就个人而言处境已非常艰难。他试图摆脱困境的努力失败了，各家银行不肯借钱给他；交易所里的长者告诉他只有乖乖认输。其余的事情我就不清楚了。他无力偿还债务，我听说他被宣布破产了。他已经抵押了自己的房子；他父亲在滨湖路上的房子和在马文的房子卖掉了，价钱过得去。伊莎贝尔卖掉了珠宝。他们剩下的只有南卡罗来纳的种植场，它归在伊莎贝尔名下，而且找不到买主。格雷完蛋了。

“你怎么样呢，埃略特？”我问道。

“噢，我不抱怨，”埃略特轻松地回答，“上帝不会让大风吹到剪了毛的羊。”

我没有进一步问他，他的钱财之事与我无关，但不论损失多少，我估计他和我们大家一样遭了罪。

经济衰退一开始对里维埃拉打击不重。我听说有两三个人输得惨重，许多别墅冬季一直关着，几幢别墅被拿出来出售。饭店里顾客稀少，蒙特卡洛的赌场抱怨本季生意萧条。在两年时间里人们手头拮据。当时一个房地产经纪人告诉我，从土伦到意大利边界的那段海岸上，有大大小小四万八千份产业要出售。赌场的股票一落千丈。大饭店降价吸引顾客，也是徒劳无功。唯一可见的外国人是那些穷得无法再穷的穷人，他们不花钱，因为他们没钱可花。店铺老板个个都很绝望。不过埃略特没有像许多人那样裁减仆佣，也没有减少他们的工资；他继续给王公贵族提供讲究的食物和精挑细选的葡萄酒。他给自己买了一辆从美国进口的大型新轿车，为这车付了一大笔关税。主教组织的为失业家庭提供免费餐的慈善之举，他都慷慨捐款。事实上，他过的日子好像从未发生过危机，好像半个世界未曾被危机所动摇。

我无意中发现了其中的原因：埃略特这时除了一年中花两个星期去英国买衣服外，已不再去英国了，但在秋季的三个月里，还有 5 月和 6 月，他仍然会把自己的那套人马搬到他在巴黎的公寓，因为在此期间他的朋友都离开了里维埃拉；他喜欢那里的夏天，部分是因为有海水浴，但我认为主要是因为炎热的天气使他有机会纵情于他的礼仪感总是迫使他去回避的穿着乐趣。那时候，他露面时会穿着颜色醒目的裤子，红的、蓝的、绿的或黄的，搭配色调对比鲜明的汗衫，淡紫色的、紫罗兰色的、深褐色的或五颜六色的。他会接受自己的穿着召唤来的恭维，做出自嘲式的优雅姿态，就像女演员在别人称赞她把新角色演得极为出色的时候做出的反应一样。

我在春季返回费拉角的途中，碰巧在巴黎停留了一天，邀请埃略特共进午餐。我们在里茨酒吧会面，那里已不再挤满了从美国来尽情享乐的美国大学男生，倒是像一个失败剧本第一晚上演之后的剧场一样空寂。我们先喝鸡尾酒，这是大西洋彼岸的习惯，埃略特终于接受了。然后我们点了午餐。饭后他提议去逛古玩店，不过我告诉他我没钱买东西，但很高兴陪他去逛逛。我们走过旺多姆广场，他问我是否介意到夏尔维商店去看看；他定做了一些东西，想看看是否做好了。看来他定做了几件内衣内裤，并且把自己姓名的首字母绣在上面了。内衣还没送来，但内裤已经到了，店员问埃略特要不要看看。

他说："我看看。"当店员去取内裤时，埃略特又对我说："我是按照我自己提出的式样定做的。"

内裤取来了，在我看来，它们除了是丝绸的以外，和我常在马西商店为自己买的内裤完全一样；但有件事引起了我的注意：在互相缠绕的 E.T.[1] 两个字母的上方绣了一顶伯爵冠。我没有吭声。

"好极了，好极了！"埃略特说，"好吧，内衣做好之后，一起给我送去。"

我们离开了服装店，埃略特一边走，一边笑着转向我说："你注意到那顶伯爵冠了吗？实话对你说，当请你进夏尔维商店时，我都把它忘掉了。我还没有找到机会告诉你：教皇陛下仁慈地为我恢复了我祖上的爵位。"

"你的什么？"我说此话时，吃惊得忘掉了礼貌。

埃略特不满地扬起了眉毛，说道："你还不知道吗？从母系论，我是洛里亚伯爵的后代。洛里亚伯爵是跟随菲力普二世到英国来的，有幸娶了玛丽女王的一位宫女。"

"人人都知道的血腥玛丽？"

"那个绰号，我认为，是异教徒对她的称呼。"埃略特生硬地回答，"我想我从来没有告诉过你，1929 年的 9 月我是在罗马度过的。我认为不得不去罗马真是没意思，因为当时罗马显然什么都没有。幸运的是，我的责任感压倒了我寻求世俗快乐的欲望。我在梵蒂冈的朋友告诉我快要崩盘了，极力劝我卖掉我所有的美国证券。天主教会有两千年的智慧做背景，我一刻也没有犹豫。

[1] E.T. 是埃略特·坦普尔顿的英文名字的缩写。

我发电报给亨利·马图林，叫他卖掉所有的证券，购进金子，我还给路易莎拍电报，叫她如法炮制。亨利回电，问我是不是疯了，说他会按兵不动，直到我确认给他的指令。我立即以断然的语气给他发报，叫他照办，并在办妥后回电通知我。可怜的路易莎不听我的劝告，因而吃了苦头。”

“所以当崩盘发生时，你是处在极为有利的地位？”

“美式英语中有个单词，老伙计，我看你是没机会使用了，但它非常准确的表述了我的处境。我一无所失；事实上我做的事情，你可能会称之为大赚了一笔。过了一段时间，我能够只以原价的一小部分买回我的证券，由于我把这一切归功于一种因素，我只能称之为上帝的直接介入，所以我认为，只有做些事情来报答上帝才是理所应当的。”

“噢，你是怎样着手报答上帝的呢？”

“是这样，你知道，意大利的领袖在庞廷沼地上开垦了大片土地，有人向我指出，教皇陛下非常关心那里的移民没有地方做礼拜。于是，长话短说，我建了一座罗马风格的小教堂，完全仿照我在普罗旺斯看到的一座教堂，细节上一点儿也没走样，简直像一块宝石，不过这是我自己说的。它是献给圣马丁的，因为我非常幸运地发现了一扇旧的彩色玻璃窗，上面画着圣马丁正在把他的斗篷裁成两半，把一半送给一名赤身的乞丐。由于这象征意义显得非常恰当，我买下了那扇窗，将它安放在祭坛上方。”

我没有打断埃略特问一下他，那位圣徒做了一件广为传播的好事，而他自己靠把握时机卖掉证券赚到一大笔钱，从中拿出一部分，如同支付中介佣金一样，付给一个权势更大的人，他在这两件事情之间究竟看到了什么关联？不过对于一个像我这样乏味的人来说，象征意义往往是晦涩的。他继续说下去：

“当我荣幸地向教皇出示那些照片时，他非常亲切地告诉我，他一眼就能看出我是个志趣高尚的人，他还说，很高兴看到在这个堕落的时代会有人把对教会的虔诚和如此罕见的艺术天赋集于一身。多么值得纪念的经历，老伙计，多么值得纪念的经历！不过，没过多久，有人通知我，教皇已经仁慈地给我封了爵位，那时我比谁都感到惊讶。作为一个美国公民，我觉得不用这个头衔更为恰当，当然是在梵蒂冈的时候。所以我禁止我的约瑟夫称呼我为伯爵先生，相信你会尊重我的秘密。我不希望这件事广为流传，但不愿让教皇陛下认为我不看重他给我的荣誉，纯粹是出于对他的尊敬，我把伯爵冠绣在了贴身内衣上。不介意告诉你，把自己的爵位隐藏在一位美国绅士所穿的朴素的条纹衣服下，为此我感到有点儿小自豪。”

我们分手了。埃略特告诉我，他将在 6 月底到里维埃拉。他没有那么做。他刚刚安排好把用人从巴黎迁到里维埃拉，打算乘坐自己的轿车悠然而来，以便他到达时一切都已秩序井然，但这时接到了伊莎贝尔的电报，说她母亲的病情突然恶化了。埃略特不仅喜欢妹妹，而且跟我说过的一样，他有强烈的家族情感。他登上了驶离瑟堡的第一班轮船，从纽约前往芝加哥。他写信告诉我：布莱德雷夫人病得很厉害，瘦成那个样子，使他吃了一惊。他妹妹也许还能撑几个星期，甚至几个月，但不管怎样，他觉得留在妹妹身边直到最后一刻，是他悲哀的责任。他说他发现那里的酷热比自己预料的好受一些，但是缺乏投缘的社交，之所以能够忍受，是因为在这种时候他没有心情去搞社交。他说自己的同胞应对经济萧条的方式令他感到失望；他原希望他们会以更平静的态度对待自己的不幸。我懂得，最容易办到的事情莫过于以坚毅的精神去忍受降临在别人身上的灾难，我想，埃略特现在比他一生中任何时候都要富有，或许没有资格苛求于人。他在信的末尾让我问候他的几位朋友，嘱咐我千万不要忘记向我遇见的每一个人解释他的房子为什么在夏天还必须关着。

一个多月后，我收到了他的另一封信，告诉我，布莱德雷夫人去世了。他写得真挚感人。埃略特尽管有势利眼，有可笑的矫情，但他仍然是一个善良、有情义、正直的人，如果不是早就知道这一点，那么我绝不会料到，他会表现得这么得体、真实和单纯。信中他告诉我，布莱德雷夫人身后的事情显得有点儿乱。她的大儿子是外交官，在大使离开期间，由他在东京担任代办，当然无法离开职守。她的二儿子坦普尔顿，在我最初认识布莱德雷这家人时，他是待在菲律宾，没过多久就被召回华盛顿，在国务院担任要职。他在母亲病危时，带着妻子来到芝加哥，可是丧礼过后必须马上返回首都。在这种情况下，埃略特觉得自己必须留在美国，直到事情完全办妥。布莱德雷夫人已经把财产平分给三个孩子，但看起来她在 1929 年经济危机中损失惨重。幸好他们为马文的那座农场找到了一个买家。埃略特在他的信中称之为“亲爱的路易莎的庄园”。

“一个家族要离开祖屋永远是令人心碎的，”他写道，“不过近年来看到许多英国朋友被迫接受这样的命运，所以我觉得我的两个外甥和伊莎贝尔必须以同样的勇气和无奈接受不可避免的命运。地位高则责任重嘛。”

在处理布莱德雷夫人的芝加哥房产时，他们也很幸运。此处早就在推行一个计划，要拆掉包括布莱德雷夫人所住房产在内的那排房子，以一大片公寓楼取而代之。但是，布莱德雷夫人非常顽固，坚决要死在她生活过的房子里，这就一直阻碍了计划的进行。但是她刚一咽气，那项计划的发起人便来出价买房，而这边很快就同意了。但即便如此，也只留下很少的财产供伊莎贝尔维持生活。

在经济崩溃以后，格雷想找份工作，即便在那些平安度过危机的经纪人的事务所当个文书也行，但他找不到。他请求老朋友给他工作干，无论怎样低下，无论报酬多么少，他都会干，但还是没有求到。为了避开最后把他压垮的灾难而付出的疯狂努力，焦虑的重担，以及羞辱，致使他精神崩溃，他开始剧烈头痛，痛得他二十四个小时丧失行为能力，而当头痛过后，他浑身软得像一块湿抹布。在伊莎贝尔看来，他们最好带着孩子到南卡罗来纳的种植场去，直到格雷恢复健康为止。种植场年景好的时候，每年光水稻作物就能赚十万美元，但它长久以来只是一片荒芜的沼泽和橡胶树林，只对那些要打野鸭的运动家有用，他们找不到买家来买它。自从危机爆发以来，他们就断断续续地住在那里，现在打算回到那里去，直到情况好转，格雷能够找到工作为止。

“我不能容许他们这么做，”埃略特写道，“哎呀，老伙计，他们活得像猪似的。伊莎贝尔没有女佣，孩子没有家庭教师，只有两个有色人种的妇女照看他们。所以我提出把自己在巴黎的那套房子给他们住，等到这个怪诞国家的情形发生改变之后再说。我会给他们配备一班用人，其实我的厨房女佣是个很好的厨子，所以会把她留给他们，我可以很容易地找个人来代替她。我会做出安排，账单由我来付，那么伊莎贝尔就能把她那点小小的收入用于为自己买衣，支付一家人的娱乐费用。当然这意味着我将要在里维埃拉度过更多的时间，因此希望见你的次数能比过去多得多，老伙计。伦敦和巴黎现在成了那个样子，我住在里维埃拉的确觉得更加自在。只剩下这么一个地方了，我在那里可以遇到和我讲同样语言的人。我敢说我会时常去巴黎住几天，但这么做的时候，我也丝毫不想挤在里茨饭店那种肮脏的地方。很高兴告诉你，经过长时间劝说，终于说服了格雷和伊莎贝尔接受我的愿望，在做好必要的安排之后，我会马上把他们带过来。家具和图画（质量很差，老伙计，其真实性非常可疑）下下个礼拜会卖掉，与此同时，我觉得他们在那所房子里一直住到最后一刻，对他们而言是痛苦的，我已经让他们搬来德雷克，跟我住在一起。当我们到巴黎时，我会把他们安顿好，然后就来里维埃拉。别忘了代我向你的王室邻居问好。”

谁能否认埃略特，那个极端势利的小人，同时又是一个最善良、最体贴、最慷慨的人呢？

第四章

一

埃略特把马图林一家安置在左岸他那所宽敞的公寓里之后，在年底回到了里维埃拉。他的这所住宅是为了适应自己的方便而设计的，没有为一个四口之家留下余地，所以即使他愿意，也没法让马图林一家跟自己一起住在这里。我觉得他并不为此感到遗憾。他很清楚，自己只身一人要比带着外甥女和外甥女婿更受人欢迎，而如果总是要顾及两个在家长住的客人，那就很难有希望举办自己那些招待显贵客人的小型聚会了（这是他费尽心机要办的事情）。

"让他们在巴黎定居下来，去习惯文明的生活，比住在这里好得多。何况那两个小女孩长大了，也该上学了，我在离我的公寓不远处找到了一所学校，别人向我担保说，那可是上上之选。"

这样一来，直到第二年春天我才见到伊莎贝尔。当时由于某项工作需要，得在巴黎住上几周，于是我去了巴黎，在紧贴旺多姆广场的一家饭店租了两间房。这是我常住的饭店，不仅是因为它处于方便的地段，同时也因为它有一种氛围。这是一座很大的老房子，围着一个大院落，用它开旅馆已将近二百年了。里面的浴室一点儿也不奢华，管道设备谈不上令人满意；卧室里摆着漆成白色的铁床，铺着老式的白床单，还有巨大的玻璃衣柜，式样都很寒碜；但会客室里的家具却是古色古香的。沙发和扶手椅都是拿破仑三世统治时期讲究奢华的产物，虽然谈不上舒适，却有流光溢彩的魅力。在那个房间里，我是住在法国小说家笔下的历史之中。当望着挂在玻璃箱内的帝国时钟时，我想象着一位满头卷发、身穿荷叶边连衣裙的美丽妇人，当她等待拉斯蒂格纳克来访时，可能就曾注视着这架时钟上分针的移动，而这个拉斯蒂格纳克，是巴尔扎克在一部又一部小说中描写的出身高贵的冒险家，巴尔扎克从他低微的起步写到其终极的辉煌，包括了其生平的主要事迹。皮安训医生可能曾经到过那个房间，为一位从外省来到巴黎找律师打官司并且因患微恙而叫来大夫的贵族寡妇探脉观舌，而这位内科大夫对巴尔扎克而言就是现实中的人物，因此他在奄奄一息的时候说：“只有皮安训能治好我的病。”在那张书桌旁，可能曾有一个害相思病的女人，穿着衬裙，头发中分，给她那负心的恋人写了一封激情洋溢的情书，或者曾有一位脾气急躁的老绅士，身穿绿色的双排扣长礼服，颈戴硬领，给他那挥霍无度的儿子写了一封愤怒的家书。

我在到达的第二天就打电话给伊莎贝尔，问她，如果我在5点钟过去，她能不能请我喝杯茶。我已经十年没见她了。当古板的管家把我引进客厅时，她正在看一本法文小说。她起身握住我的双手，以热情而又迷人的微笑欢迎我。我跟她见面总共不超过十二次，只有两次没别人在场，但她使我立即感到我们并非泛泛之交，而是老朋友。过去的十年缩小了一度隔在这位小姑娘和我这个中年人之间的鸿沟，我不再感觉到我们之间年龄的悬殊。她以一个世故女人的微妙的奉承对待我，好像我是她的同代人。还不到五分钟，我们便坦率而无拘无束地聊起来，仿佛我们是习惯于不间断会面的玩伴。她已经学会了自在、沉着与自信。

可是最先引起我注意的是她外表上的变化。我记忆中的她，是一个漂亮活泼的女孩，有发胖的倾向；我不知道，究竟是她意识到了这一点，所以采取了壮士断腕的措施来减肥，还是因为她经历了一场少见却很幸运的生育事故，但无论如何，出乎所有人的意料，她现在变得十分苗条了。当下的时尚强调苗条。反正，时下的妇女都很希望自己有副苗条的身材。伊莎贝尔一身黑衣，第一眼我就注意到她的丝绸连衣裙出自巴黎一名最优秀的裁缝之手，既不过于便宜，也不过于昂贵。她以漫不经心的自信穿着这条连衣裙，这种态度是一个把衣着华贵当成第二天性的女人所有的。十年以前，尽管有埃略特替她出主意，她的连衣裙还是装饰过度，她穿起来好像也不很自在，而玛丽·路易丝·德·弗洛里蒙现在就不能说她有失高雅了。她那染成玫瑰色的指甲尖都有了品位。她的容貌已变得清秀起来，我忽然觉得她的鼻子比我见过的女人都更美更直。她的前额和淡褐色的眼睛下方没有一道皱纹，尽管她的皮肤已失去年少时的鲜亮，但仍然非常细腻；这在如今显然有护肤液、乳霜和按摩的功劳，这些东西给了它一种柔软透明的格外迷人的光滑。她那消瘦的脸颊上抹了极薄的一层胭脂，她的嘴唇也适度地涂上了口红。她那一头光滑的棕发遵循当时的时尚剪短了，烫出了波浪。她没戴戒指，我记得埃略特对我说过，她把首饰都卖掉了。她的双手虽不显小，但样子好看。在那个时期，女人白天会穿短连衣裙，我看到她那穿着香槟色袜子的两腿形状很好，又长又细。双腿是许多漂亮女人的致命伤；伊莎贝尔的双腿，在她未嫁时是她最不幸的特点，现在却是罕见的优点。事实上，她从一个因健康红润、精神饱满、光艳夺目而获得魅力的女孩，变成了一个美丽的妇人。她的美丽在某种程度上要归功于艺术、训练和禁欲，这似乎是无关紧要的。总之，其结果是皆大欢喜。或许她优雅的仪态，大方的举止，着实花了一番苦心，但看上去却是那么自然。我觉得，在巴黎的这四个月像给一幅经过多年创作的自觉艺术的作品添加了收官的几笔，使它尽善尽美了。埃略特即便在最苛求挑剔的心境中，也不得不夸赞伊莎贝尔；而我，作为一个不难取悦的人，则觉得她美丽无比。

格雷去蒙特丰泰因打高尔夫了，不过伊莎贝尔告诉我他很快就会回来。

“而且你一定得见见我的两个小女孩。她们去杜勒里斯公园了，但应该很快就会回来。她们很乖。”

我们东拉西扯。她喜欢巴黎的生活，而且他们在埃略特的公寓住得很舒服。埃略特在离开他们之前，让他们认识了他认为他们会喜欢的那些朋友，因此他们已经有了一个愉快的熟人圈子。埃略特责成他们像他惯常所做的那样，广为交际。

“你要知道，我们生活得就像富人一样，其实却是穷光蛋，想到这里，我就会笑死。”

“有那么严重吗？”

她咯咯笑了，这时我记起了十年前她那令我觉得非常愉悦的轻松快活的笑声。

“格雷一文不名，而我的收入几乎和莱雷当年要我嫁给他时他的收入相当。当时我不愿嫁给他，是因为我认为我们不可能靠那点收入过日子，而现在我还有了两个孩子。这有点儿滑稽，你说是不是？”

“我很高兴你能把它当笑话看。”

“你有莱雷的消息吗？”

“我？没有。自从你们上一次在巴黎的时候起，我就一直没有见过他。他过去的熟人当中，有几个我也还算认识，我确实向他们打听过莱雷的情况，但那是好多年前的事情了。好像没人了解他的情况。他简直是人间蒸发了。”

“我们认识莱雷在芝加哥开有账户的那家银行的经理，他告诉我们，他会时不时地收到从某个稀奇古怪的地方寄来的汇票。中国，缅甸，印度。莱雷似乎在到处游历。”

我毫不犹豫地把到了舌尖上的问题说了出来。毕竟，如果你想了解什么事情，最好的办法就是提问。

“你现在是否希望当初嫁给了他？”

伊莎贝尔露出了动人的一笑，说：“我和格雷在一起很幸福呢。他是个极好的丈夫。要知道，在经济崩溃之前，我们一起有过一段美妙的时光。我们喜欢同样的人，我们喜欢干同样的事情。他非常体贴。被人宠爱是很美好的感觉；现在他还跟新婚时一样深爱着我。他认为我是世上最出色的女孩。你无法想象他对我是多么温柔体贴。他对我的慷慨简直到了可笑的程度；要知道，他觉得给我任何东西都不过分。你知不知道，我们结婚这么多年以来，他从来没有对我说过一句冷话或粗话。啊，我一直非常幸运！”

我问自己，她是否认为自己已经回答了我的问题？我换了个话题，说：“给我讲讲你的两个小女孩吧。”

我说这话时，门铃响了。

“她们回来了。你自己瞧吧。”

不一会儿，她们进来了，后面跟着一位保育员。伊莎贝尔先给我介绍大女儿乔安，然后介绍小女儿普莉西拉。她们依次和我握手时都礼貌地微微屈膝行礼。她们一个八岁，一个六岁。按其年龄论，她们都是高个子；伊莎贝尔当然是高个子，而格雷，在我记忆里是个大块头。但她们的漂亮，只是和所有的孩子一样。她们看上去很虚弱。她们有和父亲一样的黑发，和母亲一样的淡褐色眼睛。陌生人在场没有令她们胆怯，她们热切地给母亲讲述她们在花园里干了什么。她们把渴望的目光投向伊莎贝尔的厨子为下午茶准备的美食，不过，我们都还没有动过。当伊莎贝尔允许她们吃一块点心时，她们又陷入了小小的苦恼，不知选择哪一块为好。看到她们对自己母亲流露出的特别明显的爱意是令人愉快的，母女三人聚在一起，构成了一幅动人的画面。当吃完各自挑选的小块糕点后，伊莎贝尔打发她们离开，无须一句哄劝她们就走开了。我得到的印象是，她把两个女儿教育得很听话。

当两个女孩离开后，我说了些人们通常会对一个母亲就其孩子所讲的话，伊莎贝尔显然很高兴听到这些恭维话，但是，有点儿不放在心上。我问她格雷是否喜欢巴黎。

“还好吧。埃略特舅舅给我们留下了一辆轿车，所以他几乎每天都能去打高尔夫，他还加入了旅行者俱乐部，在那里打桥牌。当然，埃略特舅舅为我们支付在这幢公寓里的费用，真是天赐的好运。格雷人完全垮了，而且现在还会犯可怕的头痛病；即使能得到一份工作，其实也不适合他去干；这自然使他很心焦。他想工作，觉得自己应该工作，而别人不需要他，这使他感到羞辱。要知道，他觉得一个男人就应该工作，如果不能工作，那还不如死掉的好。他感觉自己是个多余的人，这使他无法忍受。之所以能把他劝到这里来，就是因为我告诉他，休息和换一下环境会使他恢复正常。可是我知道，在重新回去工作之前，他是快活不起来的。”

“恐怕最近这两年半你们的日子很不好过。”

“唉，要知道，当经济危机刚来时，我简直无法相信会有这事。我根本无法想象我们会破产。别人会破产，我能理解，但是我们会破产——嗨，这好像是不可能的！我一直想着最后一刻会发生什么事情，使我们得救。后来，当最后的打击到来时，我觉得再也没有活头了，觉得无法面对将来；未来太黑暗了。有两个星期，我极度痛苦。老天，太可怕了！我要失去一切，知道不会再有一点儿乐趣了，一切我喜欢的事情都没有我的份儿。后来，在两周时间结束时，我说道：‘噢，去他妈的，我不会再想它了。’我向你保证，我再没有想过。我对什么都不惋惜。一切都在的时候，我有过很多乐趣，如今不在了，就让它去吧。”

“看起来，一个子儿都不花，就能住在时尚地区的一幢豪华公寓里，有个能干的管家和一个出色的厨子，还能用香奈儿的连衣裙裹住一把憔悴的骨头，要忍受破产的痛苦，就会容易多了。你说对吧？”

“是朗万连衣裙。”她咯咯地笑了，“我看你在十年中没有多大变化。你是个愤世嫉俗的刻薄鬼，所以我说出来你也不会相信，如果不是为了格雷和两个孩子着想，我真不知道自己会不会接受埃略特舅舅的这番好意。靠我一年二千八百美元的收入，我们完全可以住在那个种植场凑合着过下去，我们会种稻子、黑麦、玉米和养猪。毕竟我是在伊利诺伊州的一个农场里出生并长大的。”

“不妨这么说吧。”我笑着说。我知道，其实她是出生在纽约一家收费昂贵的诊所里。

这时格雷进来了。的确，只是在十二年前见过他两三次，但我见过他跟新娘在一起的照片（埃略特把它嵌在一个豪华的相框里，跟瑞典国王、西班牙女王和吉斯公爵的签名照一起摆在他的钢琴上），他的样子我记得很清楚。见到他，我吓了一跳。他鬓角以上的头发已经很少了，头上还有一块秃顶，脸浮肿发红，而且有了双下巴。多年的优裕生活与大喝痛饮，使他增加了不少体重，多亏身材高大，使他不至于到严重肥胖的程度。不过最引起我注意的是他的眼神。我记得很清楚，在他前程无量、无忧无虑的时候，那双爱尔兰人特有的蓝色眼睛里充满了信任和真诚；现在我似乎在那双眼睛里看到了一种无名的沮丧，即便并不知道发生了什么事情，我也能猜想到是什么摧毁了他对自己和对世界秩序的信心。我感觉他有点儿自卑，好像自己做了错事，尽管是无意的，但也感到难为情。很明显，他垮了。他愉快而热情地向我表示欢迎，好像确实很高兴见到我，就像我是他的一位老友，但我感觉得到，他那溢于言表的热情只是一种惯常的客套，并不是发自内心的。

酒送进来了，他给我们调了一种鸡尾酒。他刚打了两场高尔夫球，非常满意自己的成绩。他讲述着自己往一个洞里进球时克服了多少困难，对细节讲得有些啰唆，而伊莎贝尔好像听得津津有味。几分钟后，我约好了请他们吃饭看戏的时间，便告辞了。

二

我养成了一个习惯，每周去看望伊莎贝尔三四次，都是在下午完成一天的工作之后。那个时间，她一般是独自在家，乐意跟我闲聊。埃略特介绍给她的那些人比她的年龄大很多，我发现她很少有与她年纪相仿的朋友。我自己的朋友在晚饭之前大都很忙，而我发现跟伊莎贝尔聊天，比去会所和动辄喜欢抱怨的法国人打桥牌更为有趣，那些法国人不大欢迎一个生人插进来。伊莎贝尔把我当作同龄人是一种可爱的待客之道，使得我们的交谈无拘无束，我们讲笑话，大笑，互相打趣，一会儿谈我们自己，一会儿谈我们共同的熟人，一会儿谈书论画，于是时间打发得非常愉快。我性格中的一个缺点是，我对人们的丑陋怎么也不会习以为常；不论我的某个朋友脾气多么可爱，多年的密切交往也不能令我看惯他那口丑牙或那只歪鼻；相反，我绝不会厌烦他的漂亮之处，在交往了二十年之后，我还会乐于看见他那好看的眉毛或线条柔和的颧骨。所以我每次见到伊莎贝尔，看见她那圆润的鸭蛋脸，她那奶油般细腻的皮肤，她那明亮而又热情的淡褐色眼睛，总是会再次微微陶醉于快感。

接着发生了一件完全料想不到的事情。

三

所有大城市都有一些对外封闭的团体，互不往来，它们是一个大世界里的许多小世界，团体内的成员相互依赖为伴，好像他们居住在由无法通航的海峡所隔离的海岛上。根据我的经验，这种现象在巴黎比任何城市都要明显。这里的上流社会很少容许局外人插足其中，政客生活在他们自己腐败的圈子里，大大小小的资产阶级互相交往，作家跟作家聚会（在安德烈·纪德的日记里，可以明显地看到，除去跟自己职业相同的人外，他很少与别人有密切的交往），画家和画家对酌，音乐家和音乐家共饮。同样的情形在伦敦也存在，但不如在巴黎显著；这里“物以类聚、人以群分”的现象少得多，而且有这么十几家人家的宴会席上，你可以同时遇见公爵夫人、女演员、画家、议员、律师、裁缝和作家。

我的生活经历，使我在不同的时间里，在巴黎差不多所有的这些小世界里，都待过一段短暂的时间，甚至（通过埃略特）进入过圣日耳曼街这个封闭的世界；但我最喜欢的是以蒙帕纳斯大街为干线的那个小社会，它胜过以现名为福煦大道的那条路为中心的那个拘谨的圈子，胜过惠顾拉律饭店和巴黎咖啡馆的那帮四海为家的船员，也胜过蒙马特尔那群喧闹肮脏的寻欢作乐的人。我年轻时曾在利翁·德·贝尔福附近一套小公寓房里住过一年，是在第五层，从那里可以一眼望尽公墓。蒙帕纳斯现在对我来说仍然有外省城镇静谧的氛围，那是它当时的特点。当我穿过幽暗狭窄的奥德萨路时，我痛苦地记起了我们常常邂逅并一起进餐的那家寒酸的餐馆，我们当中有油画家、插图画家和雕刻家，除了阿诺德·本涅特偶尔出现以外，我是唯一的作家；我们在那儿坐到很晚，兴奋地、荒谬地、愤怒地讨论绘画与文学。沿着那条林荫大道散步，看着那些和我当年一样年轻的人，为我自己构思有关他们的故事，对我而言仍然是一件令人愉快的事情。当没有更好的事情可做时，我便乘出租车去古老的圆顶咖啡馆坐一坐。这里已是今非昔比，不再是清一色放荡不羁文化人的天下；附近的小商贩常来这里，塞纳河对岸的外地人也来这里，企图看一看那个已经不复存在的世界。

大学生仍然到这里来，当然还有画家和作家，但其中大多数是外国人；当你坐在那里时，你会听到周围讲俄语、西班牙语、德语和英语的人，和讲法语的人一样多。但我觉得他们谈的事情和我们四十年前谈的大致一样，只是他们现在谈的是毕加索而不是莫奈，是安德烈·布雷东而不是纪尧姆·阿波里耐。我真向往他们啊。

来到巴黎两个星期以后，有一天晚上，我坐在圆顶咖啡馆，由于露台上挤满了人，我不得不在前排找了一张桌子坐下。天气晴朗而暖和，法国梧桐新叶初长，空气中散发着巴黎所特有的那种悠闲爽快、自由自在的气息。我感到安详自若，但并非昏昏欲睡，倒还有点儿兴奋。突然一个人走过我身边，停下，咧着嘴冲我直笑，露出一口洁白的牙齿。他说："你好！"我茫然地看着他。他又高又瘦，没戴帽子，一头蓬松的深棕色头发，早就该剪了；他的上唇和下巴被浓密的棕色胡须遮住了；额头和脖子晒得很黑；他身穿一件领口磨损了的衬衣，没打领带，棕色的上衣也已磨得露了线，下身穿一条破旧的灰色宽腿裤。他像个流浪汉，我完全肯定自己从未见过他。我估计他是个失败者，在巴黎堕落了，猜想他会编出一段命运不济的故事，骗取我的几个法郎去吃顿饭、租张床。他站在我的面前，两手插在口袋里，露出洁白的牙，深色的眼睛里显出顽皮的神色。

他说："你不记得我了？"

"我这辈子都没见过你。"

我已准备给他二十法郎，但我不允许他冒充和我相互认识。

"莱雷。"他说。

"老天爷！快坐下！"他嘿嘿地笑着走向前来，在我桌旁的那个空位上坐下。"喝点什么吧。"我招呼侍者过来，"你长了这满脸胡子，叫我怎么能认出你来？"

侍者来了，莱雷点了一杯橘子水。现在我看着他，便记起他两眼的特点是眼珠与瞳孔一样黑，因此色彩既强烈又不透明。

"你到巴黎多久了？"我问。

"一个月。"

"打算住下去吗？"

"住一阵。"

我问这些问题时，脑子飞快地运转。我留意到他裤腿的翻边已经破了，上衣的两肘部位穿了洞。他显得和我在东方码头上见到的流浪汉一样贫穷。在那些日子里，人们很容易联想到经济萧条，我猜想是不是 1929 年的经济危机使他一无所有了。想到这里，我很不好受，可是，我不喜欢旁敲侧击，便直接问他。

"你潦倒了吗？"

"不，我很好。你怎么会这样想？"

"瞧，你看起来好像吃不上一顿饱饭，身上穿的那些东西只能扔到垃圾桶里去。"

"有这么糟糕吗？这我可没想到。其实我一直想给自己买些零碎的东西，却好像总是闲不下来去置办。"

我认为他是不好意思，或者是出于自尊，但我看不出自己有什么理由要忍受这种胡说八道。

"别傻了，莱雷。我不是百万富翁，可我并不穷。你要是没钱用，我可以借给你几千法郎，那不会让我破产。”

他大笑起来，说道：“非常感谢你，可我并不缺钱。我的钱花不完。”

“尽管发生了经济危机？”

“噢，那对我没有影响。我的钱都买了政府公债。不知道那些债券是否已经贬值，我没打听过，只知道山姆大叔仍像老派的体面人一样继续按支票如数付款。其实我在过去几年极少花钱，一定攒了不少。”

“那你是从哪里来的？”

“印度。”

“噢，我听说你到过那里。伊莎贝尔告诉我的。听说她认识你在芝加哥存款的那家银行的经理。”

“伊莎贝尔？你最后一次见到她是什么时候？”

“昨天呀。”

“她不会是在巴黎吧？”

“就在巴黎。她住在埃略特·坦普尔顿的公寓里。”

“太好了！我真想去看她。”

虽然在我们说这些话时，我密切地观察他的眼睛，但只看到一种自然流露出的惊讶和高兴，没有觉察出什么更复杂的感情。

“格雷也在那里呢。他们结婚你知道吧？”

“知道，鲍勃叔叔——尼尔森博士，我的监护人，写信告诉我了，可他在几年前去世了。”

我突然想到，这样一来，他和芝加哥以及那里的朋友之间的仅有的联系就断了，大概对那里发生的事情一无所知。我告诉他伊莎贝尔生了两个女儿，亨利·马图林和路易莎·布莱德雷去世了，告诉他格雷破产了和埃略特的慷慨相助。

“埃略特也在这里？”

“不在。”

四十年来，埃略特第一次没在巴黎过春天。尽管他看上去比实际年轻，但毕竟是已经七十岁的人了，和这个年纪的人常有的情况一样，有些时候总会感到疲惫和不适。他逐渐地放弃了各种运动，只剩下散步。他担心自己的健康状况，他的医生每星期来看他两次，在两个屁股上轮流打针，皮下注射一种当时流行的针剂。每次吃饭时，不论在家里还是在外边，他总要从衣袋里掏出一个小金盒，从里面取出一片药，如同举行宗教仪式一般，先吸一口气，再把药咽下去。他的医生曾建议他去蒙特卡提尼疗养，那是意大利北部的一个矿泉疗养地。后来他提出去威尼斯找一个在设计上适合他那罗马式教堂的圣洗池。他对巴黎的兴趣已经大不如以前了，因为觉得巴黎的社交生活一年不如一年。他不喜欢老年人，如果应邀赴宴时见到的都是和他年纪相仿的人，他就会生气，而年轻人他又觉得乏味。装修他建造的那座教堂现在成了他生活中的主要兴趣。在这里，他能充分发挥自己根深蒂固的热情去购买艺术品，而且确信这么做是为了上帝的荣光。他已在罗马物色到一座用蜂蜜色石头砌成的早期祭坛，又在佛罗伦萨花了半年时间的讨价还价，买下锡耶尼斯画派的三幅套画，放在祭坛之上。

接着莱雷又问我格雷是否喜欢巴黎。

“恐怕他在这里会有点儿失落感。”

我试图向他解释格雷给我的印象。他听我讲的时候，眼睛盯着我的脸，陷入沉思，那种一动不动的凝视，使我不知为何会觉得他不是用耳朵听我讲话，而是用内在的某种更敏感的听觉器官倾听。这很古怪，而且令人不很舒服。

“不过你会亲眼见到的。”我说。

“是的，我很想见他们。我想我会从电话簿里找到住址。”

"不过，如果你不想把他们吓得灵魂出窍，不想把孩子吓得大哭大叫，我想你最好还是先去剪剪头发，把胡子刮掉。"

他笑着说："我想到了这一点。没必要让我自己引人注目。"

"与此同时你也得买套新衣。"

"我想我的穿着是有点儿破旧了。离开印度时我发现只剩下身上穿的这套衣服了。"

他望着我身上的服装，问我是谁做的。我告诉了他，但又补充说，此人在伦敦，所以对他没多大用处。我们放下这个问题，他又开始谈到格雷和伊莎贝尔。

"我见他们很多次了，"我说，"他们在一起很快活。我还没机会跟格雷单独交谈，反正我敢说他不会跟我谈伊莎贝尔，但我知道他对伊莎贝尔倾注了全部感情。平静时他的脸色有点儿阴沉，眼光疲惫，但当他望着伊莎贝尔的时候，眼里就有一种非常温柔体贴的神情，有点儿令人感动。我觉得在整个困难时期，伊莎贝尔都像巨石一样站在他身边，他永远不会忘记自己欠了伊莎贝尔多大的恩情。你会发现伊莎贝尔变了。"我没有告诉莱雷，伊莎贝尔变得前所未有的漂亮了。我不确定他是否具有这种洞察力，看得出从前那个高大结实的漂亮女孩，已经把自己变成了极为优雅、贤淑而精致的妇人。有些男人认为艺术对女人天性提供的帮助是一种冒犯。"她对格雷很好。她煞费苦心地帮助格雷恢复自信心。"

可是天色渐渐黑下来，我问莱雷愿不愿和我沿着那条大道走一走，并和我共进晚餐。

"不，我想还是不去了，谢谢！"他答道，"我得走了。"

他站起身来，友好地点了点头，走出去上了人行道。

四

第二天我见到了格雷和伊莎贝尔，告诉他们我见到了莱雷。他们和我昨天一样感觉出人意料。

“能见到他太好了！”伊莎贝尔说，“我们要马上给他打电话。”

这时我才记起，当时忘了问他住在什么地方。伊莎贝尔把我好一通埋怨。

“即使我问了他，也很难说他会告诉我，”我笑着为自己辩解，“或许是我的下意识让我没有问他。难道你忘了他从来不喜欢把住址告诉别人吗？这是他的怪癖之一。他可能随时会走进来的。”

“他倒是这样的人，”格雷说，“哪怕是在从前，也总是算不到他会不会在你希望他去的地方。他今天在这里，明天就去了别处。你看见他在一个房间里，想过一会儿去跟他打个招呼，可是当你转过身来时，他已经不见了。”

“他总是要把人气死，”伊莎贝尔说，“这点不承认也不行。我想我们只好等着，等到适合他露面的时候。”

那天他没来，第二天也没来，第三天还没来。伊莎贝尔指责我编故事拿他们开心。我向她担保没说瞎话，并设法解释莱雷为什么还不露面。但他们难以置信。在我内心，我也担心莱雷经过深思熟虑，可能已打定主意不想见格雷和伊莎贝尔，又离开巴黎去什么地方漫游去了。我已经有一种感觉，他不会在任何地方扎根，却总是准备为了他感到恰当的原因而立即出发。

他终于来了。那天下着雨，格雷没去蒙特丰泰因。我们三人在一起，伊莎贝尔和我在喝茶，格雷呷着威士忌和梨酒，这时管家把门打开，莱雷走了进来。伊莎贝尔大叫一声，跳起身来，投入他的怀抱，亲他的双颊。格雷那又胖又红的脸变得更红了，他激动地绞着双手。

“嘿！见到你真高兴，莱雷！”格雷说，他的声音由于激动而哽咽了。

伊莎贝尔咬着嘴唇，我看得出她是在克制自己不哭出来。

“喝一杯，老伙计。”格雷颤声说道。

我被他们看到这位游子时的欣喜而感动了。莱雷发觉自己在他们心目中如此重要，一定很愉快。他高兴地笑了。不过我看得出来，他仍然十分冷静。他注意到了桌上的茶具。

“我喝茶吧。”他说。

“噢，天哪，你别喝茶，”格雷嚷道，“咱们喝一瓶香槟吧。”

“我宁愿喝茶。”莱雷笑着说。

他的镇静在其他人身上产生了可能是他所期望的效果。他们平静下来，但仍然以深情的目光看着他。我并不是暗示莱雷是以无礼的冷漠态度来回应他们自然流露出的感情；相反，他的亲切可爱尽如人意；但我意识到他的态度中有一种东西，我只能将之描述为保持距离，我不知道它意味着什么。

“你为什么不马上来看我们，你这可恨的家伙？”伊莎贝尔假装生气地喊道，“这五天来，我老是把身子探出窗外看你来没来，每次门铃一响，我的心就跳到了嘴里，我还得想尽办法把它咽回去。”

莱雷嘿嘿一笑，说道：“毛姆先生告诉我，我的模样太吓人，你家的用人决不会放我进门。我飞去伦敦买了几件衣服。”

“你没必要那么做，”我笑道，“可以到普兰当商店或贝尔·雅尔丹尼埃商店去买成衣。”

“我想既然要办这件事，最好还是办得漂亮一点儿。我有十年没有买过欧洲服装了。我找到了你的那位裁缝，说我三天内要有一套衣服，他说需要两个星期，于是我们最终达成妥协，改为四天。我一小时前才从伦敦回来。”

他穿了一套蓝色毛哔叽服装，非常适合他那瘦长的身材，里面穿了一件软领白衬衣，打了一条蓝色的丝绸领带，脚穿一双棕色皮鞋。他把头发剪短了，剃掉了脸上的须毛。胡子也刮了。他不仅显得整洁，而且衣着入时。他完全变了样。他很瘦；他的颧骨更突出了，太阳穴更凹陷了，那深陷于眼窝的眼睛比我记忆中的还要大；但尽管如此，他看起来还是很帅；说实话，那张晒得很黑的没有皱纹的脸，使他看上去异常年轻。他比格雷小一岁，两人都是三十出头，但格雷看起来却比实际年龄大了十岁，而莱雷看上去比实际年龄小十岁。格雷的动作由于身躯庞大显得迟缓而有点儿笨拙，但莱雷的动作却轻快而从容。莱雷的神情像个孩子，快乐而自信，但同时又带有一种安详，那是我特别有感触的，而且是在我对少年莱雷的记忆中所没有的。他们的谈话毫无阻碍地滔滔而出，这在拥有那么多共同回忆的老朋友之间是很自然的。随着谈话的进行，由于格雷和伊莎贝尔时而讲出一些芝加哥的消息，加上天南海北的琐碎闲谈，轻快的笑声，我印象中存留的是，在莱雷身上，尽管他的笑声是坦率的，尽管他以明显的愉悦听着伊莎贝尔叽叽喳喳的闲聊，但他的态度中有一种奇怪的超然。我并非觉得他是在表演，他的态度很自然，不可能是演戏，他的真诚是显而易见的；我只是感到他有一种内在的东西，总是奇怪地保持着距离，我不知道究竟是应该称之为意识，称之为情感，还是称之为力量。

两个女孩被带了进来，被介绍给莱雷，她们礼貌地微微屈膝，给莱雷行礼。他伸出手来，以迷人的亲切温柔的眼光看着她们。她们握住他的手，严肃地盯着他。伊莎贝尔欢快地告诉莱雷，说她们的功课都很好，然后给了她们每人一块曲奇饼，叫她们出去，并说：“你们上床后，我会来给你们读十分钟故事书。”

伊莎贝尔在那一刻不想有人打断她见到莱雷的愉悦。两个小女孩走到父亲那里道晚安。看到那个大汉的红脸上闪耀着爱的光辉，把两个孩子搂在怀里亲吻，真是令人陶醉。谁都忍不住要看着他自豪地宠爱两个女儿，当她们走开之后，他转向莱雷，嘴上挂着甜蜜温和的笑容，说道："她们还不错吧？"

伊莎贝尔投给他深情的一瞥，说道："如果我由着格雷，他会把她们惯坏的。那头大兽会给孩子们喂鱼子酱和鹅肝饼，却让我挨饿。"

格雷笑吟吟地看着她，说："你撒谎，你心知肚明，我对你崇拜得五体投地。"

伊莎贝尔眼里又回报以笑意。她知道格雷崇拜她，并为此而高兴。真是幸福的一对！

伊莎贝尔坚持要我们留下来进餐。我认为他们三个人宁愿在无人打扰的情况下一起吃饭，便找借口要走，但伊莎贝尔充耳不闻。

"我会让玛丽往汤里再加一根胡萝卜，就够四个人吃了。做了一只鸡，你和格雷可以吃鸡腿，莱雷和我吃鸡翅。玛丽可以把蛋奶酥做得足够大，够我们所有的人吃。"

格雷似乎也想要我留下来，于是我就恭敬不如从命了。

在我们等待吃饭的时间里，伊莎贝尔把我已经对莱雷简单描述过的他们的遭遇，又从头到尾给他讲了一遍。尽管她尽可能快活地讲述那段可悲的故事，格雷的脸上还是显出了郁闷的阴沉。伊莎贝尔设法让他振作起来。

"反正现在都已经过去啦。我们站稳了脚跟，我们还有前途。情况一旦好转，格雷会找份极好的工作，赚他几百万！"

鸡尾酒送来了，两杯酒下肚，让那可怜的家伙提起了精神。我看到莱雷虽然取了一杯酒，却几乎没碰。格雷不善于观察，又递给他一杯，他拒绝了。我们洗了手，坐下吃饭。格雷叫人上一瓶香槟，可是当管家要给莱雷斟酒时，莱雷对管家说他不要酒。

“噢，你一定要喝一点儿！”伊莎贝尔嚷道，“这是埃略特舅舅最好的酒，他只让非常特殊的客人喝这种酒。”

“实话对你说，我宁愿喝水。在东方住了那么长时间之后，喝到安全的水真是一种享受。”

“今天是个好日子嘛。”

“那好，我喝一杯。”

正餐做得很好，但伊莎贝尔和我都留意到莱雷吃得很少。我想伊莎贝尔觉察到了话都是她自己在说，莱雷只能听，没机会插嘴，所以现在她开始询问莱雷，他在他俩分手之后的十年里都干了些什么。莱雷以他热诚的坦率回答问题，却说得那么含糊，并没有告诉我们多少内容。

“噢，你们知道，我一直到处游荡。我在德国待了一年，也在西班牙和意大利待过一段时间，我还在东方漫游过一阵。”

“你这次是从什么地方回来的？”

“印度。”

“你在那里待了多久？”

“五年。”

“你过得有意思吗？”格雷问，“打过老虎吗？”

“没有。”莱雷笑着回答。

“那么五年时间你一个人究竟在印度干什么呢？”伊莎贝尔说。

“到处玩嘛。”莱雷回答时，嘴上浮出善意的嘲笑。

“绳技魔术怎么样？”格雷问，“你见过吗？”

“没有，我没见过。”

“那你看过什么？”

“看过很多。”

这时我向他提出一个问题：“瑜伽修士真的获得了在我们看

来是超自然的力量吗？”

“我不知道。我只能告诉你印度人都相信这一点。不过大智者并不重视这种力量；他们认为这可能会妨碍修行。我记得有位智者告诉我，一名瑜伽修士来到河边，交不起过河的渡船费，渡船夫不让他免费坐船，于是他走到水上，从水面上走过河去了。给我讲这件事的那位瑜伽修士颇为轻蔑地耸耸肩膀说：‘像这样的奇迹，最多就值乘船过河的那一便士价钱。’”

“可你认为那个瑜伽修士真的在水面上行走了吗？”格雷问道。

“对我讲这件事的那位瑜伽修士对此深信不疑。”

听莱雷讲话令人愉快，因为他的声音非常悦耳，轻快、浑厚但不低沉，语调的变化异乎寻常。我们吃过饭，回到客厅喝咖啡。我没有去过印度，急于再听一些关于印度的事情。

“你接触过作家和思想家吗？”我问道。

“我注意到你把两者区别开了。”伊莎贝尔取笑我。

“我是特地去接触他们的。”莱雷回答。

“你跟他们怎样交流？讲英语？”

“那些最有趣的人，如果肯讲英语的话，那也讲得不怎么好，理解力就更差了。我学了印度斯坦语，去南方时我又学了泰米尔语，足够和那里的人很好地相处了。”

“你现在懂多少种语言，莱雷？”

“噢，我不知道。半打左右吧。”

“我想多了解一点儿瑜伽修士的情况，”伊莎贝尔说，“你有没有跟他们当中的某个人混得很熟？”

“有啊，我尽可能地熟悉了那些大部分时间都在太虚中度过的人。”莱雷笑着说，“我在一位瑜伽修士的阿什拉玛住过两年。”

“两年？阿什拉玛是什么？”

“嗯，我想你会把它叫作修道院。有些圣人独居于寺庙、森林里或喜马拉雅山的山坡上。另有一些人招引徒弟。有慈善者想积功德，修建或大或小的房子，供他钦佩其虔诚的一名瑜伽修士居住，而徒弟就跟修士住在一起，睡在阳台上，如果树底下搭建了户外厨房，也可以睡在厨房里。我在院子里搭了间小茅屋，刚好能放下我的行军床，外加一把椅子和一张桌子，还有一个书架。”

“这是什么地方？”我询问。

“在特拉凡哥尔，一个山清水秀、峡谷幽深的美丽乡野。山上有老虎、豹子、大象和野牛，不过那座阿什拉玛是在环礁湖边，周围长满了椰子树和槟榔树。它离最近的镇子也有三四英里远，但是人们往往会从镇上来到这里，有的人甚至来自更远的地方，有的步行，有的坐水牛车，当瑜伽修士讲道时，镇上的人以及更远处的人步行或者坐犊车来听瑜伽讲座，跟瑜伽修士点头招呼，或者索性坐在他的脚边，沐浴着晚香玉散发到空气里的芬芳，相互分享他身上辐射出来的宁谧与幸福。”

格雷在椅子上不安地扭动着。我猜想是谈话的内容使他感到不大好受。

“喝一杯吧？”他对我说。

“不喝，谢谢。”

“哎呀，我要喝一杯。你呢，伊莎贝尔？”

他从椅子里抬起他那沉重的身躯，走向放着威士忌、梨酒和玻璃杯的桌边。

“那里还有别的白种人吗？”

“没有。我是仅有的一个。”

“在那里待两年你怎么受得了？”伊莎贝尔嚷道。

“两年一眨眼就过去了。我过去有些日子过得似乎比那两年都长很多。”

“那么长的时间，你一个人干些什么？”

“我读书。我长途跋涉。我在湖上划小船外出。我冥想。冥想是很艰苦的工作；冥想两三个小时以后，你会精疲力竭，好像驾车走了五百英里，你想要的只是休息。”

伊莎贝尔眉头微锁。她迷惑不解，我想她可能还有点儿害怕。我认为她开始意识到，几个小时前走进这个房间的这个莱雷，尽管外表没变，而且看上去和以前一样爽朗和友好，但已经不是她过去所认识的那个莱雷了。过去的那个莱雷那么率直，那么悠闲，那么欢快，虽然不大听她的话，却讨人喜欢。伊莎贝尔过去失去过他，这一次和他重逢，仍把他当作过去的莱雷，伊莎贝尔有一种感觉，不管环境怎样改变，他仍然是属于自己的；而现在，仿佛她是在捕捉手上的一缕阳光，她一抓，阳光便从指缝里溜掉了，她感到有点儿沮丧。那天晚上我老是看着伊莎贝尔，这对我来说总是一件愉快的事情。我看到她的目光落在莱雷那修剪整齐的头上，盯着那对紧贴头颅的小耳，她的双眼充满了疼爱。我还看到，当她的目光停留于莱雷低陷的太阳穴和清瘦的双颊时，她的眼神发生了怎样的变化。她朝莱雷瘦长的双手投去一瞥，那双手尽管干瘦，却是强劲而刚健。接着她的目光凝注于莱雷灵巧而好看的嘴唇，它们丰满而不性感。她又凝视莱雷沉静的眉毛和轮廓鲜明的鼻子。莱雷身穿的新衣，不如埃略特那样笔挺高雅，而是散漫洒脱，好像他已穿了一年，而且天天都穿。我感到莱雷唤起了伊莎贝尔身上的母性本能，我在伊莎贝尔跟自己两个孩子的关系中未曾感到这种母性。她是个有阅历的女人，而莱雷还是个男孩；我从她的神态里读出了一个母亲为已经长大成人的儿子感到的自豪，因为她的儿子言谈聪颖，而别人在倾听，把他的话当成明智之言。我认为他讲话的意义并未渗入伊莎贝尔的意识。

不过我的问题还没问完。

“你那位瑜伽修士是个什么样的人？”

“你是说长相吗？嗯，他个子不高，不瘦也不胖，皮肤是浅棕色，没留胡须，一头短发。他从来是什么也不穿，只围一条缠腰布，但收拾得和布鲁克斯兄弟广告里的年轻人一样整洁，并且经过了精心的打扮。”

“他身上有什么东西格外吸引你呢？”

莱雷足足看了我一分钟才回答。他那深陷于眼窝的双眼好像刺进我灵魂的深处。

“圣洁。”

他的回答使我有点儿不安。在那个房间里，在那个家具精美、墙上挂着可爱绘画的房间里，这两个字就像从楼上浴盆溢出来的水，渗过天花板，啪嗒一声滴下来。

“我们都读过圣人的事迹，圣弗朗西斯，圣十字约翰，但那是几百年以前的事情。我从没想到现在还能见到在世的圣人。从我第一次见到他起，我就深信不疑他是个圣人。这是一段绝妙的经历。”

“这段经历给了你什么？”

“平静。”他微笑着脱口而出。接着,突然之间,他站起身来说：“我得走了。”

“噢，别急着走，莱雷，”伊莎贝尔嚷道，“还早得很呢。”

“晚安。”莱雷仍然笑着说，没有理会她的劝告。他吻了伊莎贝尔的面颊，“一两天内我会再来看你们。”

“你住在哪里？我会给你打电话。”

“噢，别找那份麻烦了。你知道在巴黎打通一个电话有多难，而且我们的电话机老是出毛病。”

我暗自发笑，莱雷如此摆脱说出地址的要求做得真是漂亮。对自己的住址保密，这是他的古怪习惯。我提议他们后天晚上都和我一起在布伦园林共进正餐。在那温暖的春天里，坐在户外树荫下吃饭，是非常惬意的，而且格雷可以开车把我们载到那里。我和莱雷一起离开，我愿意跟他一起步行一段，可是我们一到街上，他就跟我握手，匆匆走开了。我上了一辆出租车。

五

我们原定在那套公寓会齐，出发前先喝一杯鸡尾酒。我比莱雷先到。我准备带他们去一家非常漂亮的餐馆，希望伊莎贝尔为了应景而打扮一番。由于所有的女人都会精心打扮，我相信她不会愿意落在下风。但她却穿了一件朴素的羊毛连衣裙。

“格雷又犯头痛了，”她说，“他正痛着呢。我不可能离开他。我已告诉厨子，她给孩子们吃过晚饭就可以出去了，我得亲自给格雷做点东西，设法劝他吃下去。你和莱雷两个人去吧。”

“格雷躺在床上吗？”

“没有，他犯头痛时从来不躺到床上。天知道，那是他唯一应该待的地方，可他就是不肯。他在书房呢。”

这是一个棕色与金色两色嵌板交替镶在壁上的小房间，是埃略特仿照一座古老别墅布置的。这里的图书被锁在镀金的格子门内，想要阅读它们的人可望而不可即，不过这样或许也好，因为其中绝大部分都是 18 世纪的插图色情书籍。不过这些书用了当代的仿摩洛哥羊皮革做封面，效果非常漂亮。伊莎贝尔把我领进去。格雷弓背坐在一张大皮椅上，身旁的地板上散布着一些图画纸。他闭着两眼，平时通红的面孔现在变得灰白。显然他处于极度的痛苦之中。他想起身，但我制止了他。

“你给他吃过阿司匹林吗？”我问伊莎贝尔。

“那从没起过作用。我有个美国方子，但也没有效果。”

“噢，别担心，亲爱的，”格雷说，“我明天就会没事了。”他试图微笑，对我说道：“很抱歉我成了大家的累赘，你们都去布伦园林吧。”

“我连做梦都不会这样想，”伊莎贝尔说，“难道你认为我会在明知你受着这么大折磨的时候自己去寻开心吗？”

“可怜的女人，我想她是爱我的。”格雷说着，闭上眼睛。

接着，他的脸突然扭曲了，你几乎可以看见那刺穿他头颅的撕裂般的痛楚。门轻轻地开了，莱雷走进来。伊莎贝尔告诉他发生了什么状况。

“噢，我很难过。”莱雷说着，怜悯地看了格雷一眼，“有谁能做点什么解除他的痛苦吗？”

“毫无办法。”格雷说，仍然闭着眼睛，“你们只能为我做一件事，就是留下我一个人在这里，出去过你们的好时光。”

我本人认为这是唯一合乎情理的办法，但我觉得伊莎贝尔会觉得良心上过不去。

“让我看看能不能对你有所帮助，行吗？”莱雷问道。

“谁也无法帮助我，”格雷不耐烦地说，“这简直是在要我的命！有时我希望上帝让我痛死。”

“我刚才说也许我能帮助你，是我说错了。我的意思是，或许我能帮助你来救助你自己。”

格雷慢慢睁开眼睛，望着莱雷，问道：“你怎么能够做到？”

莱雷从衣袋里掏出一枚貌似银币的东西，将它放到格雷手里，说道：“弯曲手指，把它紧紧握住，手心向下。不要抵制我。别使劲，只要把硬币握在拳头里就行了。在我数到二十之前，你的手就会张开，硬币就会从手上掉下来。”

格雷按照吩咐做了。莱雷坐在写字台后面，开始数数。伊莎贝尔和我还是站着。一，二，三，四。直到他数到十五，格雷的手还是没有动静，接着似乎有点儿颤抖，而我不能说看到了，只能说有一种印象，感到那些握着的指头正在松开。大拇指从拳头上移开了。我分明看见指头都在抖动。当莱雷数到十九时，硬币从格雷手里掉下了，滚到我的脚边。我捡起来察看。它沉甸甸的，奇形怪状，其一面明显凸起，是一个年轻人的头像，我认出那是亚历山大大帝。格雷困惑地盯着自己的手。

“我没有让那硬币掉落，”他说，“是它自己掉落的。”

他还是坐着，右臂搭在皮椅的扶手上。

“你坐在这张椅子上很舒服吗？”莱雷问道。

“我头痛厉害的时候，坐在这里算是最舒服的了。”

“那就让自己彻底放松。别紧张。不要动。不要抵制。我数到二十之前，你的右臂就会从椅子的扶手上抬起，一直抬到脑袋上方。一，二，三，四。”

莱雷用银铃般悦耳的声音缓慢地数着数字，当他数到九的时候，我们看到格雷的手从他搭手的皮面上抬起了，开始只是可以感觉到，然后抬到了皮面之上一英寸左右。它停了一秒。

“十，十一，十二。”

手臂有了轻微的颤动，接着整条手臂开始缓缓地抬起。它完全离开了椅子。伊莎贝尔有点儿害怕，抓住我的手。这是一种奇妙的印象。它不像有意识的动作。我从来没有见到一个人梦游，不过我能想象出，梦游的人走动起来就像格雷手臂移动的方式一样奇怪。看起来意志并非原动力。我觉得，要是有意识地去抬起那条手臂，很难抬得那么缓慢那么平稳。它使你觉得有一种无关于思想的下意识的力量在抬起那条手臂。它跟活塞在气缸里往复运动属于同一种类型。

“十五，十六，十七。”

这些数字缓慢、缓慢、缓慢地说出来，就像水滴从一个关不紧的水龙头跌落。格雷的手臂抬高、抬高，直到抬至他的头顶以上，当莱雷数到二十的时候，它因自己的重量而落到了椅子的扶手上。

“我没有抬起手臂，”格雷说，“它那样抬起，由不得我。它是自己抬起来的。”

莱雷微微一笑，说：“这没什么作用。我觉得这样可以使你信任我。那枚希腊硬币在哪里？”

我把硬币交给他。他说：“把它握在手里。”格雷把硬币拿在手里。莱雷看了看自己的表，“现在是8点13分。在六十秒钟内，你的眼皮会变得很沉，你会不由自主地闭上眼，接着就会入睡。你会睡上六分钟。你会在8点20分醒来，那时你的头就不再痛了。”

伊莎贝尔和我都没说话。我们的眼睛望着莱雷。莱雷没有再说什么，他凝视着格雷，但又似乎不是在看他；他似乎要把格雷看穿看透。在这沉默中有某种怪异的东西笼罩着我们，宛如傍晚花园里花儿的沉寂。突然我感到伊莎贝尔握紧了我的手。我注视着格雷。他的两眼闭上了。他的呼吸从容而均匀；他睡着了。我们好像永无止境地站在那里。我极想抽烟，但又不愿去点烟。莱雷一动也不动。他的眼睛所看的地方，我不知究竟有多远。若不是他的两眼睁着，你会以为他处于昏迷状态。突然他好像放松下来；两眼恢复了正常的眼神，他看了看手表。这时格雷睁开了眼睛，说道：“天哪！我肯定是不知不觉睡着了。”接着他站起身来。我看出他的面色已不再苍白得可怕，“我的头不痛了。”

“那就好，”莱雷说，“抽支烟吧，然后我们一起出去吃饭。”

“这是个奇迹！我感觉好极了。你是怎么办到的？”

“不是我办到的。是你自己办到的。”

伊莎贝尔去换衣服，格雷和我趁机喝了一杯鸡尾酒。尽管莱雷很明显不愿谈此话题，格雷却坚持要谈刚才发生的事情。他完全不明白那是怎么回事。

“要知道，起初我不相信你有什么本领，”他说，“我顺从你是因为我觉得争论起来怪心烦的。”

他继续讲述自己头痛发作的情形，他忍受的痛苦，以及头痛过后的虚弱。他无法理解刚才醒来时为什么会感到跟平时一样精力充沛。伊莎贝尔回来了。她穿了一身我以前没见过的连衣裙；裙裾拖到了地面，是用一种可能是叫作罗马坎平绉的布料做的白色紧身衣，加上一袭向外蓬开的黑色薄纱裙，我不由得想到她肯定会给我们一行增光。

在马德里堡，我们都很快活，兴致高昂。莱雷讲些逗趣的荒唐话，逗得我们哈哈大笑。我以前从未听过他这么讲话。我觉得他这么做，是想分散我们的注意力，不去深究他适才展现出的超凡能力。可是伊莎贝尔是个有决断的女人。她准备在无伤大雅的情况下陪莱雷玩到底，但她心里并没有忘记要满足自己好奇心的愿望。吃完正餐，大家喝着咖啡和餐后甜酒，伊莎贝尔大约认为，一顿美餐，一杯美酒，加上友好的交谈，应该已经削弱了莱雷的防线，于是她那双明亮的眼睛目不转睛地注视着莱雷，说道：“现在给我们讲讲你是怎样治好格雷的头痛的吧。”

“你亲眼见到了呀。”莱雷笑答。

“那种事情你是在印度学会的吗？”

“是的。”

“他吃够苦头了。你觉得你能给他除根吗？”

“我不知道。也许能吧。”

“那就会改变他的一生。如果像这样一病四十八小时，他就没有指望去维持一份体面的工作。在重新工作之前，他是绝不会快活的。”

“要知道，我不能创造奇迹。”

“可这就是个奇迹。我亲眼见到的。”

“不，这不是奇迹。我只不过往格雷老兄的脑袋里灌输了一个想法，其余是他自己做的。”他转向格雷说：“明天你会干什么？”

“打高尔夫。”

“我会在6点钟到你家，和你谈一谈。”接着，他给伊莎贝尔一个迷人的微笑，“我有十年没跟你跳舞了，伊莎贝尔。你想不想看看我是否还会跳舞？”

六

此后我们经常见到莱雷。接下去的一个星期，他每天都来那套公寓，和格雷一起在书房里关上门待上半个小时。根据他自己笑着说出来的话，看来他是在“说服”格雷不要再犯这种令人痛不欲生的头痛，而格雷则对他怀着童稚般的信任。根据格雷说出来的一鳞半爪，我猜想莱雷还在恢复他那被摧毁掉的自信心。大约十天后，格雷又犯了一次头痛，碰巧那天莱雷要到晚上才会过来。这次头痛不是很厉害，但格雷现在非常信服莱雷的古怪能力，认为只要能把莱雷找来，几分钟内就能把他治好。可是他们不知道莱雷住在什么地方，伊莎贝尔打电话问我，我也不知道。当莱雷终于到来时，他解除了格雷的痛苦，格雷询问他的住址，以便在需要的时候能马上把他叫来。莱雷笑着说：“打电话给美国运通公司，给他们留个话。我每天上午都给他们打电话。”

伊莎贝尔后来问我为什么莱雷要对自己的住址保密。莱雷以前也不肯透露住址，后来发现他的住处一点儿也不神秘，他是住在拉丁区的一家三等旅馆里。

“我猜不出来。”我回答说，“我只能说这种做法很怪，可能没什么原因吧。也许某种怪异的本能促使他把自己灵魂的一些隐私带回他的住所了。”

“老天！你究竟在说些什么？”伊莎贝尔性急地嚷道。

“你没感觉到吗？他跟我们在一起的时候，那么随和、友好、亲切，但你会觉得他身上有某种超脱的东西，好像他并没有暴露自己的一切，而是把某种东西留在灵魂深处。我不知道是什么使他超然离群，是紧张，是秘密，是抱负，还是知识？”

“我从小就认识莱雷。”伊莎贝尔不耐烦地说。

“有时候我觉得他像一个伟大的演员，在一出无聊的戏剧里成功地扮演一个角色，就像埃琳诺拉·杜丝在《女店主》里面一样。”

伊莎贝尔对此沉思了片刻，然后说道：“我想我明白了你的意思。大家玩得很高兴，你觉得他是我们当中的一员，即和其他人一样，接着你突然感觉到他在逃离你，就像一个你想要抓在手里的烟圈。你觉得什么东西能使他变得这么古怪呢？”

“或许是一种普通不过的东西，只是我们未加注意罢了。”

“例如？”

“嗯，例如上帝。”

伊莎贝尔皱起眉头说：“我希望你不要给我讲那些东西。这使我胃里面感到难受。”

“或者是你内心深处有点儿痛苦吧？”

伊莎贝尔长时间看着我，好像在努力读懂我的想法。她从身边的桌上取了一支香烟，点燃，仰靠在椅子上。她注视着青烟盘旋到空中。

“你是否要我走？”我问道。

“不。”

我沉默了片刻，望着她，满怀兴致地端详她那端正的鼻子和线条精致的下颚。

“你很爱莱雷吗？”

“上帝诅咒你！我这一生从没爱过第二个人。”

“那你为什么嫁给格雷？”

“我总得嫁人啊。他对我着迷，妈妈要我嫁给他。人人都说我甩掉莱雷是件好事。我很喜欢格雷；现在我还是很喜欢他。你不知道他多么温柔。世界上没人能够像他那样仁厚体贴。他看上去好像脾气很坏，对吧？他对我却总是那么温柔。我们有钱的时候，他希望我需要东西，这样他就能享受把东西给我的快乐了。有一次我说要是我们能有一艘游艇坐着它周游世界就好玩了，如果没有经济危机，他肯定已经买下一艘游艇了。”

“听起来他是好得几乎不像真人了。”我嘟囔道。

“我们有过一段极好的时光。我将永远为此而感激他。他使我非常幸福。”

我看着伊莎贝尔，但没说话。

“我想我并没有真正爱上他，但你没有爱情也能过得很好呀。在我心底，我渴望得到莱雷，但只要我没看见他，这种渴望就不会真正烦到我。你还记得你对我说过一句话吗？有三千英里的大洋相隔，爱情的剧痛就会变得完全可以忍受了。当时我觉得这话玩世不恭，但它肯定是正确的。”

“如果见到莱雷就痛苦，你是否认为还是不见他为好？”

“但这是极乐般的痛苦。况且你也知道他是怎么个人。不定哪一天他就会像影子一样在阳光照射下消失掉，我们又有好多年见不到他。”

“你从来没有想过跟格雷离婚吗？”

“我没有理由跟他离婚。”

“那也不会妨碍你们国家的女人在想跟丈夫离婚的时候就离婚。”

她大笑起来，说：“你认为她们为什么要那么做？”

“你不知道吗？因为美国女人希望在丈夫身上看到英国女人只希望在管家身上看到的那种完美。”

伊莎贝尔高傲地把头一昂，我惊讶她的脖子竟然没有抽筋。

“由于格雷不善于表达，你就认为他一无是处？”

“这你就弄错了，”我迅速打断她的话，“我觉得格雷身上有些东西很令人感动。他有极高的爱情天赋。当他望着你的时候，只要看一眼他的脸，就会看出他是多么深切、多么专一地爱着你。他比你更爱你们的孩子。”

“我猜你这话的意思是我不是个好母亲。”

“相反，我认为你是个出色的母亲。你使孩子们健康而快乐。你注意她们的饮食，关照她们的肠胃发挥正常的功能。你教她们懂规矩，你给她们念书，让她们做祷告。她们生病时你会马上请大夫，并细心地护理她们。可你不像格雷那样把全部身心用在她们身上。”

“没必要那么做嘛。我是人，我也把她们当人来对待。做母亲的如果把孩子当成生命中唯一的寄托，只会对孩子有害。”

“我认为你完全正确。”

“其实她们仍然崇拜我。”

“我看出来了。你是她们理想中一切高雅、漂亮、奇妙的完美化身。不过她们和你在一起的时候，不如在格雷身边那么舒适自在。她们崇拜你，这一点儿不假，可是她们爱格雷。”

“他确实非常可爱嘛。”

我喜欢伊莎贝尔这么说。她最令人感到可亲的特点之一，就是她从来不会因为赤裸的事实而生气。

“经济崩溃之后，格雷彻底垮了。他一连几个星期在办公室里待到半夜。我总是忧心忡忡地坐在家里，担心他对自己的脑袋开枪，因为他羞愧已极。要知道，格雷和他父亲，他们父子为自家的公司感到那么自豪，为他们自己的诚实无欺、料事如神而感到自豪。我们失去了所有的钱倒还不那么要紧，他跨不过去的那道坎，是所有那些信任他的人失去了财产。他觉得自己当初应该有更多的先见之明。我无法让他明白那不是他的错。”

伊莎贝尔从提包里取出口红涂抹嘴唇，继续说道：“不过那还不是我想告诉你的。我们剩下的唯一财产是那个种植场，而我觉得格雷的唯一机会就是离开，于是我们把两个孩子托付给妈妈，去了种植场。他以前一向喜欢那地方，但我们两人从未单独去过；我们总是带着一大帮人，玩得痛快极了。格雷的枪法好，但那一次他没有心情打猎。他常常独自划船去沼泽，一去就是好几个小时，在那里观鸟。他沿着水渠来回游荡，两旁是浅色的菖蒲，头上只有一片蓝天。有些天，渠水和地中海一样蔚蓝。他回来的时候不大说话。他会说感觉好极了。但我看得出他真正的感受。我知道他的心被那里的美丽、广阔和宁谧所打动。日落前有一刻，夕阳照在沼泽上，十分可爱。他常常伫立观景，心中充满极乐。他长时间地骑马，漫游在那些荒寂神秘的树林；它们很像梅特林克戏剧里的树林，那么阴森，那么寂静，几乎有些可怕；春天里有一段时间，不会超过两个星期吧，水木开花了，产胶的树嫩叶初绽，新鲜的嫩绿衬着灰色的西班牙苔藓，像一首欢乐的歌；地面覆盖着大朵的白色的百合花和野杜鹃花。格雷无法说出这对他意味着什么，但这意味着整个世界。他沉醉于美好的景色。噢，我知道我形容得不好，但我可以告诉你，看到那个大块头的男人因为一种那么纯洁那么美好的感情而振作起来，我感动得要哭了。如果天上真有上帝，那么格雷当时离他已经很近了！”

伊莎贝尔说着这些话时有点儿动情了，她拿起一块小手绢，小心地擦掉在她眼角闪光的泪花。

“你不会是夸张吧？”我笑着说，“我觉得你是把期望格雷具有的思想和感情加到了他身上。”

“如果他身上没有那些思想和感情，我怎么会看得到？你知道我是个什么样的人。只有当我感到我的脚下踩着人行道的水泥地，只有当我看到沿街都有玻璃橱窗，展示着帽子、皮衣、钻石手镯和镶金化妆用品盒的时候，我才会真正感到快活。”

我哈哈大笑，接着我们沉默了片刻。然后她又回到了我们原来的话题。

“我永远不会跟格雷离婚。我们一起经历过太多。他完全依赖我。这使我有些得意，你懂的，而且给了我一种责任感。此外——”

“此外什么？”

她瞟我一眼，眼里闪着顽皮的光。我觉得她不大确定我会不会猜到她想说的是什么。

“他在床上很出色。我们结婚十年了，他还跟当初一样是个热情奔放的情人。你不是在一个剧本里说过，没有一个男人对同一个女人的需要会超过五年吗？哼！你并不明白自己在讲些什么。格雷要我的次数，跟我们刚结婚时一样多。他这么做使我非常幸福。尽管我在你眼里并不怎么样，其实我是个非常性感的女人！”

“你大错特错了，这正是我的感觉。”

“嗯，这可不是个令人不感兴趣的特点，对吧？”

“相反。”我探究地看着她，“你后悔十年前没有嫁给莱雷吗？”

“不后悔。嫁给他会是疯狂之举。不过，当然，如果我那时能和现在一样懂事，我会跟他私奔，跟他同居三个月，然后我会把他永远赶出我的生活。”

“我想多亏你没有做这样的实验；不然你会发现你被无法挣脱的纽带绑在他身上了。”

“不见得吧。那只是肉体上的吸引。你知道，克服欲望的最好办法往往是去满足它。”

“你有没有想到过你是个占有欲很强的女人？你告诉我格雷有很深的诗情秉性，你还告诉我他是个热烈的情人；我深信这两者对你都很重要；但你还没有告诉我，有件事情比这两者加在一起对你还要重要得多，那就是你觉得你把他牢牢握在你那美丽却不算太小的手中了。莱雷却总是从你手里溜走。你还记得济慈的那首颂诗吗？‘勇敢的情郎啊，即使你已接近目标，也万万不可亲吻。’”

“你常常自以为懂得很多，其实差得远。”她有点儿刻薄地说，“女人要想掌握住男人，只有一个办法，这你是知道的。让我来告诉你：关键不是女人第一次跟他上床，而是第二次。如果女人在那时掌握了他，那就永远掌握了他。”

“你确实获得了最特别的情报。”

“我四处转悠，睁大眼睛，竖起耳朵。”

“我可以打听一下你是怎么得到这个情报的吗？”

她给了我最戏谑的一笑，说道：“从我在服装展览会上结交的一个女人那里听来的。售货员告诉我，那个女人是巴黎最聪明的包养情妇，于是我下定决心要去认识她。她叫阿德里安娜·德·特鲁瓦耶。听说过吗？”

“从来没有。”

“你的教养漏洞太大！她四十五岁，甚至不漂亮，但是比埃略特舅舅的任何一位公爵夫人都要显得高贵许多。我在她身边坐下，上演美国小姑娘冲动的行为。我告诉她，我必须跟她说说话，因为我有生以来没见过像她那么迷人的女人。我告诉她，她有希腊石雕的那种完美。”

“你真有胆量！”

“起初她态度有点儿生硬冷淡，但我继续天真单纯地说下去，她就软化了。于是我们亲密地聊了一阵。展览结束时，我问她愿不愿意哪一天和我一起到里茨饭店共进午餐。我告诉她我一向仰慕她那惊人的高雅。”

“你以前见过她吗？”

“从来没有。她不肯和我共进午餐，说巴黎人舌头太毒，会使我受到连累，但很高兴收到我的邀请，当看到我的嘴唇因为失望而颤抖时，她问我是否愿意到她家里跟她共进午餐。她看到我因她的好意而高兴得要崩溃时，便拍拍我的手背。”

“你去了吗？”

“我当然去了。她在富什大街旁边有一所昂贵的小宅子，一名长得很像乔治·华盛顿的管家伺候我们。我一直逗留到 4 点钟。我们披散头发，脱掉胸衣，进行了一次十足女孩子之间的闲聊。那天下午我学到的东西足够写本书了。”

“你干吗不写？这正是适合《妇女家庭》杂志的东西。”

“你傻呀。”她哈哈大笑。

我沉默了片刻。我追寻自己的思路。过了一会儿，我说：“我怀疑莱雷是否真的爱过你。”

伊莎贝尔坐直了身子。她的脸色有点儿变，两眼显出愤怒的神色。

“你说什么？他当然爱过我！你认为一个女孩连男人爱她都不知道吗？”

“噢，我敢说他只是勉强爱你而已。他跟别的女孩子都不如跟你熟。你们从小就在一起玩耍。他期待自己跟你相爱。他有正常的性本能。你们结婚似乎是非常自然的事情。除了你们住在同一屋顶之下并且一起上床之外，你们的关系不会有任何特别的不同。”

伊莎贝尔平静了一些，等着我往下讲。我明白女人总是爱听别人谈论爱情，于是继续往下说：“道学先生想让我们相信性本能和爱情没有多大关系。他们常把性本能说成一种附带现象。”

“那又是个什么东西？”

“嗯，有心理学家认为，意识是伴随大脑活动的过程出现并由大脑活动所决定，但它本身却不对大脑活动过程产生影响。这就像树在水中的倒影；没有树它就不能存在，但它对树不会有任何影响。我认为没有激情也能有爱的说法完全是胡说八道；当人们说激情消逝之后爱情仍可持续的时候，他们说的其实是另外的东西，如喜爱、友情、趣味相投和习惯。尤其是习惯。两个人可能由于习惯而继续发生性行为，正如一到他们平时吃饭的钟点就会感到饥饿一样。没有爱情当然也能有情欲。情欲不是激情。情欲是性本能的自然结果，并不比人类这种动物的其他机能更加重要。因此，只有傻女人才会在丈夫机缘巧合偶尔拈花惹草的时候去小题大做。”

“那只适用于男人吗？”

我笑着回答：“如果你一定要问，我得承认，吃雄鹅和吃雌鹅都是用一样的酱。唯一不同的是，对男人而言那种苟且之事没有情感上的意义，而对女人就有情感意义了。”

“要看是什么女人。”

我不想让自己的话被这样打断，接着说：“如果爱情不是激情，那就不是爱情，而是别的什么东西；激情不会由于得到满足而增长，而是越受阻越强烈。当济慈叫他那把希腊大茶壶上的情郎不要悲伤的时候，你认为他是什么意思？‘你会永远爱慕，她会永远美丽！’为什么？因为她是没法得到的，不管情郎怎样疯狂地追求，她仍然能够避开。因为他俩都被监禁在那块我怀疑是一件中等艺术作品的大理石上了。你对莱雷的爱，和他对你的爱，就和保罗与佛朗塞斯卡之间或罗密欧与朱丽叶之间的爱情一样单纯自然。幸好你们的爱情没有遇到不幸的结局。你嫁给了富人，而莱雷满世界地遨游，想发现女妖们唱的是什么歌。激情没有进入你们的爱情。”

“你怎么知道？”

“激情是不计代价的。帕斯卡说，心灵自有理智所不看重的道理。如果我理解得不错的话,他的意思是:当激情抓住你的心时，它就会编造出理由，证明为爱情失去整个世界也是值得的，它的借口不但貌似有理，还能令人信服。它会使你相信，荣誉值得牺牲，羞耻也是可以付出的低廉代价。激情是毁灭性的。它毁灭了安东尼和克娄巴特拉，毁灭了特里斯坦和爱索德，毁灭了巴涅尔和基蒂·奥谢。爱情如果不毁人，它就死亡了。也许那时你会面对着孤独，知道你已经让自己蒙受了羞耻，忍受着妒忌的可怕剧痛，吞下各种苦涩的屈辱，也明白你已耗尽所有的柔情，把你灵魂的财富全部倾倒给了一个乏味的可怜虫，一个傻瓜，一个供你寄存梦幻的挂钩，他的价值还不如一块口香糖。”

在我结束这番高谈阔论之前，我就清楚地看出伊莎贝尔根本没有在听我讲话，而是沉浸在她自己的思考里。但她接下来说的话令我大吃一惊。

“你认为莱雷还是个童男吗？”

“亲爱的，他已经三十二岁了！”

“我肯定他是。”

“你凭什么肯定？”

“那是女人凭直觉就会知道的事情。”

“我认识一个年轻人，他有几年运气好极了，让一个又一个美女相信了他从未有过女人。他说这办法很灵。”

“我才不管你怎么说呢。我相信自己的直觉。”

天色渐晚，格雷和伊莎贝尔要跟朋友一起进餐，伊莎贝尔要换衣服。我闲着没事，于是在这个令人惬意的春天傍晚，顺着拉斯帕伊街散步。我从来不怎么相信女人的直觉；她们的直觉和她们的愿望过于吻合，使我觉得不可信；当我想起自己在跟伊莎贝尔这番长谈的尾声中说的那些话，不禁笑了起来。这使我想起了苏珊·鲁维埃，想到我已经好几天没见她了。我不知道她是否有空。如果有空，她也许会愿意和我一起吃晚饭并看场电影。我叫住了一辆慢慢行驶的出租车，把她那幢公寓的地址给了司机。

七

我在本书的开头就提到过苏珊·鲁维埃。我认识她已有十到十二年，在我此刻讲到她的时候，她肯定离四十岁已经不远了。她不美；其实还有点儿丑。她在法国女人当中算是高个子，身子短，长腿长胳膊，举止笨拙，好像不知如何处置四肢的长度。她的发色随着她兴之所至而改变，但最常见的是染成红棕色。她长着一张小四方脸，颧骨很高，搽了鲜艳的胭脂。一张大嘴涂着浓浓的口红。这些听起来没一样能吸引人，实际上她却很有魅力；她的皮肤确实很好，牙齿白而结实，两只蓝色的大眼睛活泼有神。这是她五官中最好的部分，她涂画眼皮和睫毛，将双眼美化到极致。有一副精明、活泼、友好的表情，她把极为温和的脾气跟适度的刚性糅合在一起。她在过去的生活中需要刚健。她的母亲，一名政府小官员的遗孀，在丈夫死后回到她在昂儒的家乡，靠养老金度日，当苏珊十五岁时，母亲叫她到邻镇跟一个女裁缝学手艺。那镇子离家不远，她星期天可以回家。十七岁那年，她有两个星期的假期，其间她被一个来村子里消夏画风景的画家诱奸了。她心里已经很清楚，自己一文不名，结婚的机会是渺茫的。当那位画家在夏末提议带她去巴黎时，她欣然答应了。画家带着她住在蒙马特尔一间养兔场一般杂乱的画室里，她在画家陪伴下度过了非常快活的一年。

末了，画家告诉她，他没卖掉一幅画，享受不起供养情妇的奢侈。她早已料到会有这一天，听了此话并不惊慌。画家问她是否想回老家，她说不愿回去。于是画家告诉她，同一街区的另一名画家会乐意收留她。画家说的那个男人曾经挑逗过苏珊两三次，尽管苏珊断然拒绝了，但态度非常温和，所以对方并没生气。她并不讨厌那人，于是心平气和地接受了这个提议。搬家很方便，她无须破费叫出租车来搬运行李。她的第二任情人比第一任年纪大得多，但样子还凑合。他把苏珊画成各种能够想象得到的姿势，有穿衣的，也有裸体的；她跟第二任过了两年幸福日子。一想到这位情人以她为模特儿，画出了他的第一幅真正成功的作品，苏珊就会感到自豪。她给我看过她从刊载那幅画的画报上剪下来的复制品。原作已被美国一家画廊买走了。那是一幅裸体画，真人大小，她躺着，姿势类似马奈的《奥林匹斯》。这位画家有些眼力，看出苏珊的身材比例时髦而有趣，把她瘦削的身躯画得更加苗条，延长她的长胳膊长腿，强调她那高高的颧骨，夸张她那两只蓝色的大眼。从复制品上自然无法看出是怎样着色的，但我能感觉出设计的优雅。这幅画给画家带来了足够的名声，使他娶到了一名钦佩他的有钱寡妇，而苏珊，非常明白一个男人必须考虑自己的未来，没有怨言地接受了他们亲密关系的断绝。

因为这时她已懂得了自己的价值。她喜欢艺术生活，摆姿势令她开心，而在一天的工作结束后，去咖啡馆跟画家及其妻子和情妇坐在一起，听他们谈论艺术，辱骂画商，讲下流故事，是很愉快的事情。这一次她事先预见到了分手的到来，已经有了自己的计划。她挑选了一个她觉得有才干的还没养情妇的年轻人。她选了一个机会，趁那小伙子一个人在咖啡馆的时候，向他说明了情况，接着开门见山地提出他们应该同居。

“我今年二十岁，很会管家。我会给你节省这方面的开销，还会省下你雇模特儿的钱。瞧你的衬衫，简直丢人，你那画室也是一团糟。你需要有个女人照顾你。”

那小伙子知道她是个好样的，觉得她的提议很有趣。她看出对方有意接受她的提议。

“总之试试没什么害处，”她说，“即使结果不好，我们双方都不会比现在更差。”

小伙子是个立体派画家，用正方块和长方块给她画肖像。他把苏珊画成一只眼，没嘴。他用黑色、棕色和灰色把她画成几何图形的组合。他把苏珊画在一个十字形的线条图案里，透过它你能隐约看出一张人脸。苏珊跟这位年轻画家同居了一年半，然后自动离开了。

“为什么？”我问苏珊，“你不喜欢他吗？”

“喜欢，他是个好小伙。我觉得他不会有什么进步。他在重复自己。”

她毫不费力地找到了继任的情人。她仍然钟情于艺术家。

“过去我一直从事绘画，”她说，“我跟一个雕塑家同居过六个月，但不知为什么，我觉得没一点儿意思。”

她一想到自己从来不曾在跟情人分手的时候闹得不愉快，心里就很高兴。她不仅是个好模特儿，而且是个好主妇。她喜欢整理她有缘住过一阵的工作室，并以保持工作室的井井有条而自豪。她是个好厨子，能以最少的花费做出一顿可口的饭菜。她给情人补袜子，给他们的衬衫钉扣子。

“我永远不明白为什么一个男人成了艺术家就不能够收拾得干净整齐。”

她只有过一次失败。那次的对象是个年轻的英国人，比苏珊以往结识的人都更有钱，他还有一辆小汽车。

“可是没有维持多久，”苏珊说，“他总是喝醉，那时候就非常令人讨厌了。如果他是个好画家，我也不会介意。可是，天哪！他画得怪里怪气的。我对他说我要离开他，他哭了起来，说他爱我。

“‘我可怜的朋友，’我对他说，‘你爱不爱我一点儿也不重要。重要的是你没有才气。回国去开个杂货铺吧。你只能干那一行。’”

“他听了之后怎么说？”我问道。

“他勃然大怒，叫我滚出去。可我给他提的是好建议，你懂的。我希望他接受我的提议。他人不坏；只是画得蹩脚而已。”

常识和良好的本性对一个风尘女子而言，会起很大的作用，使她的人生之旅不太艰辛，但是苏珊所干的这一行和其他所有行业一样都是有起有落的。例如她碰到过一个斯堪的纳维亚人。她很不明智地爱上了此人。

“他是个天神，亲爱的，”苏珊对我说，“他那么高大，有埃菲尔铁塔那么高，肩膀宽厚，胸肌发达，而腰部那么细，你用两只手就差不多可以掐拢了，腹部扁平，和我的手掌一样平，肌肉就和职业运动员的一般。他有一头波纹状的金发，皮肤如同蜂蜜一般滑腻。而且他画得不错。我喜欢他的毛笔画，豪迈潇洒，色彩富丽活泼。”

她打定主意要和这人生孩子。对方不愿意，但她告诉他，她自己会负责抚养。

“孩子生下之后，他非常喜欢。啊，多么可爱的孩子，玫瑰色的皮肤，金发碧眼，像她爸爸。是个女孩。”

苏珊和这人同居了三年。

“他有点儿笨，有时令人厌烦，但他很温柔，又那么帅，所以我其实并不在乎。”

后来那人收到一封来自瑞典的电报，说他父亲垂危，要他马上回家。他许诺要回来，但苏珊预感到他会一去不返。他把自己身边的钱全部留给了苏珊。他走后一个月没有音信，接着苏珊收到他的一封信，说他父亲已经去世，留下一堆乱糟糟的事情，他觉得有义务留在母亲身边，转行经营木材生意。他随信寄来了一万法郎的支票。苏珊不是向绝望让步的女人。她很快便断定孩子是个拖累，于是把那小女孩带到她母亲那里，把孩子留下，交给母亲照管，还留下了那一万法郎。

“真是叫人心碎，我非常喜欢那个孩子，但在生活中你得现实一点儿。”

“后来怎样了？”我问。

“噢，我继续向前走。我找到了一个朋友。”

但接着苏珊得了伤寒。她总是把那场病说成“我的伤寒”，如同一个百万富翁爱说“我在棕榈滩的庄园”或“我的松鸡沼地”一样。伤寒差点要了她的命，她在医院里躺了三个月。她出院时只剩下皮包骨头，虚弱得像只老鼠，神经脆弱，什么也干不了，哭个不停。那时她对谁都没有多大用处，她的身体弱得做不了模特儿，而且她已囊中羞涩。

“唉呀呀！”她说，“我真是过了一段苦日子。幸亏我有一些好朋友。不过你知道艺术家境况如何，他们怎么也难以维持收支的平衡。我从来都不是个漂亮女人，虽然肯定也有可取之处，但我再也不是二十岁的小姑娘了。接着我遇到了跟我同居过的那个立体派画家；我们分手以后，他结过婚又离了婚，他放弃了立体主义，变成了超现实主义画家。他认为他用得上我，还说他感到寂寞;他说他会供我食宿。我向你保证，我很高兴接受他的提议。”

苏珊和他同居，直到遇见她那位制造商。那制造商是因一个偶然的机会由一位朋友领到画室来的，他有可能会买下这位前立体主义画家的一幅画，苏珊急于促成一笔生意，使尽全身解数去讨对方的欢心。制造商下不了决心凭一时冲动来买画，但说他愿意再来看看那些画。两星期后他真的来了，这一次苏珊得到的印象是，他是来看自己的，而不是来看艺术作品。制造商离开时还是没有买画，却以过头的热情紧握苏珊的手。第二天，先前领制造商来画室的那位朋友在苏珊去市场购买当天食品的路上拦住了她，对她说那位制造商看上了她，想知道她是否愿意在制造商下次来巴黎时一起吃顿饭，因为制造商有个建议想对她说。

“你想，他看上了我哪一点？”苏珊问道。

“他是当代艺术的业余爱好者。他看过你的肖像画。你激起了他的好奇心。他是个外省人，又是个商人。对他来说你代表着巴黎、艺术和浪漫，代表着他在里尔错过了的一切。”

“他有钱吗？”苏珊问道，她一贯保持着头脑清醒。

“很有钱。”

“那好，我会陪他吃饭。不妨听听他要说些什么。”

制造商把苏珊领到了马克西姆饭店，那饭店给她留下了很深的印象；她穿得淡雅朴素，当环顾周围的妇女时，她感到自己肯定会被当成一个值得尊敬的已婚女子。制造商要了一瓶香槟，这使苏珊相信他是个绅士。当他们喝咖啡时，制造商向苏珊提出了他的建议。苏珊觉得这个建议非常好。制造商对她说，他每两个星期定期来巴黎参加一次董事会议，晚上一个人吃饭很无聊，如果觉得需要女人做伴就得去妓院。他是已婚男人，有两个孩子，他认为像他这种地位的男人逛妓院是不合规矩的安排。他们共同的朋友把苏珊的所有情况都告诉了他，他知道苏珊是个稳重的女子。他已不再年轻，不愿跟轻佻的女孩纠缠。他也算得上现代派画作的收藏家，苏珊和这个画派的关系正合他意。接着他谈到实质问题。他打算给苏珊租一所公寓，配上家具，每月给她提供二千法郎的收入。他希望得到的回报是苏珊每两周有一个晚上和他做伴。苏珊一辈子也不曾有过每月二千法郎的开销，她很快地盘算出，靠这么一笔钱，不仅她的生活与穿着能够达到世界进步明确提出的标准，还可以供养她的女儿，并且未雨绸缪搞点积蓄。但她犹豫了片刻。用她的话说，她一直是在“从事绘画”，她心里无疑认为，给一个商人当情妇，是降低了身份。

“你同意不同意都没关系。”商人说。

苏珊并不反感这位制造商，而此人别在扣眼上的荣誉军团的玫瑰花饰表明他是个有名望的人。她笑着回答：“我同意。”

八

尽管苏珊一直住在蒙马特尔，但她认为有必要和过去的生活决裂，于是在蒙帕纳斯紧贴大街的一幢楼里租了一套公寓。公寓有两间房，外加一间小厨房和一间浴室；它在六楼，但有电梯。对苏珊而言，浴室和电梯不仅代表奢华，而且代表品位，尽管那电梯只能容下两个人，速度慢得像蜗牛，而你下楼时还得靠步行。

在他们结合的头几个月，那个名叫阿希尔·戈万先生的制造商，在他每两周一次来到巴黎的时候，下榻在一家饭店，当他和苏珊一起度过当晚为其色情爱好所需要的那个部分之后，他便回到下榻的饭店独自睡觉，直到他该起床去赶火车回到他的生意事务和有节制的天伦之乐当中的时候；可是后来苏珊向他指出，他是在瞎扔钱，如果他就在那套公寓里一直住到早晨，那是既省钱又舒服。他不得不承认苏珊讲得有理。苏珊体贴他的舒适，使他颇为受用。的确，在寒冷的冬夜走到大街上去找出租车，一点儿也不好玩。他赞赏苏珊不愿让他白糟蹋钱的心情。不仅为自己省钱还替情人省钱的女人，才是好女人。

阿希尔先生有种种理由感到称心如意。他们一般会在蒙帕纳斯找一家较好的餐馆吃饭，但苏珊也会不时地在公寓为他做饭。

苏珊给阿希尔先生提供的美味很对他的胃口。在天气暖和的晚上，阿希尔先生会穿衬衣吃饭，体味到放肆和放荡的妙趣。他总爱买画，但是苏珊不让他去买自己不赞成买的画，阿希尔先生很快就发现应该信任苏珊的鉴赏能力。苏珊不和画商来往，而是直接把他领到画家的工作室，使他比在其他地方买画时节省了一半的钱。他知道苏珊在攒钱，当苏珊告诉他，自己每年都在故乡的村子里买一点儿地时，他因自豪而感到一阵激动。他知道拥有土地的欲望植根于每个法国血统的人心中，由于苏珊拥有这种欲望，他更加深了对苏珊的尊敬。

就苏珊这方面来说，她也心满意足。她对阿希尔先生既不忠实又不背叛；也就是说，她坚持不跟另外的男人发生长久的关系，但是如果遇到她中意的男人，她也不反对跟那人上床。但为了脸面她必须坚持的是，不能让那人整夜留宿。她觉得为了那个把她的生活安顿得如此稳妥而体面的有钱有势的男人，她有责任这么做。

我认识苏珊，是在她跟一位碰巧和我熟悉的画家同居的时候。我经常坐在那位画家的工作室，而苏珊则在那里摆姿势。我总是不时地看到她，每次相隔的时间没有一定，但一直跟她没什么交往，直到她搬到蒙帕纳斯之后才熟悉起来。事情是这样的，阿希尔先生，苏珊提到他时总是这么称呼他，而且也是这么当面招呼他，他读过我的一两本著作的法译本，一天晚上他请我跟他俩在一家餐馆共同进餐。他是个小个子男人，比苏珊矮了半个脑袋，一头铁灰色的头发，留着整齐的花白胡须。他有些发胖，挺着个壶形肚，但凸得不厉害，仅仅是让他显得更加神气而已。他的步态就是矮胖男人那种趾高气扬的样子，很明显他并无自我菲薄之感。他招待我吃了一顿丰盛的正餐，人也很有礼貌。他告诉我，他很高兴我是苏珊的朋友，他一眼就能看出我是个正派的人，他很高兴我能欣赏苏珊。唉，他事务缠身，离不开里尔，这可怜的女孩总是孤单一人；得知苏珊和一个受过教育的人来往，他感到欣慰。他是个商人，但他一向钦佩艺术家。

“啊，亲爱的先生！艺术和文学一向是法兰西的一对光荣的孪生子。当然还有军事上的英勇。而我，一个羊毛织品的制造商，毫不犹豫地说，我把画家与作家看得和将军与政治家同等重要！”

没人能把话说得比这更漂亮。

苏珊不同意雇使女干家务活，一方面是为了节约，另方面是因为（她自己最清楚的理由）她不愿意别人插手纯属她自己而与别人无关的事情。她打理那套小型的公寓，按照当时最时髦的风格进行布置，保持干净和整齐，缝制自己的所有内衣。即使这样，由于她不再去做模特儿，她仍然觉得时间难以打发，因为她是个勤劳的女人；不久她产生了一个想法，既然她给那么多画家当过模特儿，现在她为什么不能也去绘画呢？她买来油画布、油画笔和颜料，即可着手工作。有时为了带她出来吃正餐，我会去得早一些，发现她穿着罩衫在忙于作画。正如子宫里的胚胎简单地重演物种进化的过程一样，苏珊也在重演她所有情人的风格。她画的风景画很像与她同居过的那位风景画家所作，她画抽象画的风格就像那位立体派画家，借助风景明信片，她画的抛锚的帆船如同出自那个斯堪的纳维亚人的手笔。她不会画，但她的色彩感还不错，所以即使她的画不算很好，但她从绘画过程中得到了很大的乐趣。

阿希尔先生鼓励苏珊画画。他的情妇可能成为画家，这使他有一种满足感。在他的坚持下，苏珊把一幅油画送到秋季沙龙。当那幅画挂出来时，他俩都感到非常自豪。他给了苏珊一点儿忠告。

“别试着像男人一样画画，亲爱的，”他说，“要像女人一样画。别求刚劲有力；画得迷人就行。而且要诚实。在做生意方面，投机取巧有时能成功，但在艺术上，诚实不但是最上策，而且是唯一的策略。”

在我此刻讲述的那个时期，他俩的这种关系已经相互契合地延续了五年。

“显然他并不能令我激动，”苏珊说，“但他很聪明，并且有地位。我的年纪不小了，我必须为自己的境遇着想。”

苏珊有同情心，能体谅人，阿希尔先生对她的判断力高度赞赏。当他跟苏珊谈论自己的生意或家事的时候，苏珊愿意倾听。听说他的女儿考试不及格，苏珊安慰他；听说他的儿子跟一个有钱的姑娘订了婚，苏珊跟他一起欢喜。他本人娶的就是一位同行的独生女儿，两家原本是竞争对手的公司合并了，成为双方的利润之源。很自然，看到儿子有足够的理智，懂得幸福婚姻最可靠的基础是财政利益的共同体，他会非常满意。他向苏珊透露说，他的野心是要把女儿嫁入贵族豪门。

“她有那么多财产，为什么不可以？”苏珊说。

阿希尔先生帮助苏珊把她的女儿送进了一家女修道院，女孩子在那里将会接受良好的教育。他许诺，等那女孩到了合适的年龄，他会出钱使之得到相应的培训，以学到谋生的本领，当个打字员或速记员。

“她长大后会是个美人，”苏珊告诉我，“不过让她受点教育，学会摆弄打字机，显然对她不会有什么害处。她还小，现在还说不准，但也可能她没有那种气质。”

苏珊很圆滑。她让我运用智慧推测她的意思。我推测得完全正确。

九

我在非常意外地邂逅莱雷之后，过了大约一个星期，一天夜里，我和苏珊一起吃了饭，看了电影，后来坐在蒙帕纳斯大街上的精选酒店喝啤酒，这时莱雷走了进来。苏珊倒吸一口气，喊出他的名字，令我大吃一惊。莱雷走到桌前，吻她，然后跟我握手。我看得出来，苏珊几乎不相信自己的眼睛。

“我可以坐下吗？”莱雷说，“我还没吃晚饭，打算来吃点东西。”

“噢，可是看到你真是太好了，亲爱的！”苏珊说着，眼里闪着光芒，“你是从哪里蹦出来的？为什么这么多年不露一下面？天哪，看你瘦成这样子！我还以为你已经死了呢。”

“哦，我没死。”莱雷回答，眼里闪着光，“奥黛特好吗？”

奥黛特，那是苏珊女儿的名字。

“噢，她长成大女孩了。而且漂亮。她还记得你。”

“你从来没告诉我你认识莱雷。”我对苏珊说。

“我为什么要说呢？我根本没想到你认识他。我们是老朋友啦。”

莱雷给自己要了鸡蛋和熏肉。苏珊给莱雷讲了女儿的所有情况，接着讲了她自己的情况。苏珊讲述时，莱雷露出笑吟吟的迷人的表情听着。苏珊告诉莱雷，她的生活有了着落，她在画画。苏珊转向我说：“我在进步，你说对吧？我不冒充天才，但我的才能并不比我所认识的许多画家差。”

“你的画卖出去过吗？”莱雷问道。

“我不必卖，”苏珊轻快地回答，“我有私人收入。”

“走运的姑娘。”

“不，不是走运，是聪明。你一定要来看看我的画。”

苏珊在一张纸上写下自己的地址，要莱雷答应去看她。苏珊很兴奋，继续唠叨，话说起来没完没了。后来莱雷要为自己买单。

“你不是要走吧？”苏珊嚷道。

“是要走。”莱雷笑道。

他付了饭钱，挥挥手，离开我们。我哈哈大笑。他的做法一直令我感到有趣，这一刻还和你在一起，下一刻就不加解释地走了。他走得那么突然，几乎像消失在空气中一样。

“他为什么这么快就走？”苏珊懊恼地说。

“也许有个女孩在等他。”我开玩笑说。

“谁都会这么想。”苏珊从手提包里取出粉盒，往脸上搽了粉，“我会可怜任何一个爱上他的女人。唉，我的天哪！”

“你为什么这样说？”

苏珊望了我有一分钟之久，我很少见到她这么严肃。

“我自己曾经差一点儿爱上他。你还不如爱上水中花镜中月。我算是幸免了。即便现在，想起那件事，我还因为自己所冒的风险不寒而栗。”

让谨小慎微见鬼去吧。谁都会想知道这一切究竟是怎么回事。我暗自庆幸，苏珊是个完全不懂得含蓄的人。

“你究竟是怎么认识他的？”我问道。

“噢，那是多年以前。六年？七年？我忘了。奥黛特那时才五岁。我跟马塞尔同居时，莱雷认识了马塞尔。他常来画室坐坐，而我在当模特儿。他有时会领我们出去吃晚饭。你永远说不准他什么时候会来。有时一连几个星期不来，有时一连两三天都来。马塞尔总是喜欢他来坐坐；他说有莱雷在一旁，他会画得好些。后来我得了伤寒症，出院后过了一段苦日子。”苏珊耸耸肩，“不过这一切我都跟你说过了。嗯，有一天我转了各家画室，想找工作，没人要我，我没吃东西，只喝了一杯牛奶，吃了个羊角面包，我不知如何才能付得起房钱，我在克利希大街偶然碰到了莱雷。他停下脚步，问我怎么样，我给他讲了我得伤寒症的经过，接着他对我说：‘你看起来好像需要饱餐一顿。’他的声音和眼神里有一种东西令我心碎；我哭了起来。

“我们就站在玛丽埃特大娘餐馆门前，他搀着我，让我在桌边坐下。我饿极了，简直吃得下一只旧皮靴，可是当煎蛋卷端上来时，我觉得什么也吃不下了。他逼着我吃了一点儿，给了我一杯勃艮第葡萄酒。那时我觉得好了一些，吃了点芦笋。我把我的麻烦全部告诉了他。我身体太弱，摆不了姿势。我皮包骨头，样子可怕；我没指望能找到男人。我问他可不可以借钱给我，让我回老家。至少那里还有我的小女孩。他问我是否想回去，我说当然不想。妈妈不要我，物价这么高，她那点退休金还不够维持生活，我给奥黛特寄去的钱都花光了，不过要是我出现在她家门口，她也不大可能把我拒之门外，她会看出我病成了什么样子。莱雷久久地看着我，我以为他会说不能借钱给我。接着他说：‘你愿不愿意让我把你带去我在乡下知道的一个小地方，把你和孩子一起领去？我正想度个假期呢。’

“我简直不相信自己的耳朵。我和他认识很长时间了，他从来没有挑逗过我。

“‘就我现在这样子？’我说，我禁不住笑了，‘可怜的朋友，’我说，‘眼下我对任何男人都没用啊。’

“他对我微笑。你留意到他有多么美妙的笑容吗？他的笑甜如蜜糖。

“‘别傻，’他说，‘我可没往那方面想。’

“这时我大哭起来，哭得讲不出话来。他给我钱把孩子接来，我们三人一起去了乡下。啊！真是美极了，他领我们去的那个地方！”

苏珊把那地方给我描绘了一番。它距离一个小镇三英里，小镇的名字我忘了。他们乘一辆轿车到了那里的旅馆。那是建在河岸的一所房子，看样子好像要倒似的，前边有片草地，一直延伸到水边。草地上有法国梧桐，他们在树荫下吃饭。夏季有画家到那里画画，但那时还不到时候，整个旅馆就住着他们三人。那里的食物是有名的，星期天总有人从各处开车来吃午餐，大快朵颐，但在平日很少有人来打扰他们的平静。经过休息，加上好饭好酒，苏珊逐渐恢复了健康，幸福地跟孩子待在一起。

“莱雷对奥黛特很好，奥黛特也喜欢他。我不得不阻止奥黛特缠着莱雷，但不管奥黛特怎样纠缠，莱雷似乎从来都不介意。他们在一起就像两个孩子，常常使我发笑。”

“你们三个人干些什么呢？”我问道。

“噢，总有事情可做。我们常去划船、钓鱼，有时我们说服老板，让他把雪铁龙轿车借给我们开进城，莱雷喜欢那个小镇，喜欢那些老宅子和那座广场。镇上很安静，你走在鹅卵石路上的脚步声是你听到的唯一声响。那里有路易十四风格的镇公所和一座古老的教堂，城边上是勒诺特尔建筑的带有花园的城堡。当你坐在广场上的咖啡馆里时，你感觉自己往回走了三百年，停在道旁的雪铁龙似乎根本不属于这个世界。”

就是在这样的一次出游之后，莱雷把我在本书开头讲述的那位年轻飞行员的故事讲给苏珊听了。

“我想知道他为什么要告诉你。”我说。

“我也不知道。战争期间那座镇子上有一所医院，公墓里插着一排排小十字架。我们去看公墓。我们没待多久，我感到毛骨悚然——那些可怜的孩子都躺在那里。在回家的路上莱雷沉默不语。他平时吃得不多，但那天的正餐他几乎什么都没碰。我记得很清楚，那是一个美丽的繁星之夜，我们坐在河岸上，白杨衬着黑暗，景色很美，莱雷抽着烟斗。突然，他语无伦次地给我讲了他那位朋友的事情，以及那位朋友怎样为了救他而死去。”苏珊喝了一大口啤酒，“他是个怪人。我永远无法了解他。他老是喜欢读书给我听。有时在白天，趁我给小家伙缝衣的时候，有时在晚上，在我把孩子抱上床以后。”

“他读些什么？”

“噢，什么都有。赛维尼夫人的《书简集》和圣西蒙著作的片段。你想想，我这人除了看看报纸、偶尔看本小说以外，什么都没读过。我在画室的时候，听到他们谈论一部小说，我是因为不想让大家认为我是傻瓜，才会去读那部小说。我没想到读书会这么有趣。那些老作家可不像有人想象的那么笨。”

“谁会这么想象？”我轻笑一声。

“后来他让我跟他一起读书。我们读了《费德拉》和《贝勒奈西》。他读男角色，我读女角色。你没法想象那是多么有趣！”她天真地补充说，“读到动人的章节时我哭了起来，他往往用非常怪异的眼光望着我。当然那只是因为我身体还没有复原的缘故。要知道，我还留着那些书。直到现在，我去读他给我读过的赛维尼夫人的那些书信，还是会听到他那可爱的声音，看到那条静静流淌的河流，还有对岸的杨树。有时我会读不下去，它令我感到那么心痛。我现在明白了，那几个星期是我一辈子最幸福的日子。那个人，他是甜蜜的天使。”

苏珊觉得自己越来越伤感，怕我笑她（她想错了）。她耸耸肩，笑了。

“你知道，我早已下定决心，当我到了循规蹈矩的年龄，到了男人都不愿意再和我睡觉的时候，我会跟教会讲和，忏悔我的罪恶。但是我和莱雷一起犯的罪恶，世界上任何东西都不能引诱我去忏悔。不能，不能，不能！”

“可是根据你刚才所说的情况，我看不出你们有什么要忏悔的。”

“我告诉你的还不到事情的一半呢。你是知道的，我天生一副好体质，又整天待在户外，吃得好，睡得好，无忧无虑，三四个星期后，我就和过去一样健康了。我的气色好看了，两颊有了颜色，头发恢复了光泽。我觉得自己才二十岁。莱雷每天上午在河里游泳，我常常看着他游。他有一副漂亮的身躯，不像我那个斯堪的纳维亚人有一副运动员的身材，而是既强壮又无比优雅。

“在我身体很弱时，他一直非常耐心，可是既然我完全好了，我看不出有什么理由让他再等下去。我给过他一两次暗示，表示我什么都可以干了，可他好像没听懂。当然你们盎格鲁－撒克逊人是怪胎，你们无情，同时又感情用事；无可否认，你们不是好情人。我对自己说：‘或许这是他的世故，他为我做了这么多，他让我跟孩子一起住在这里，也许他不忍心要我报答他的恩情。’于是一天夜里，在我们要去睡觉时，我对他说：‘今晚你要我去你的房间吗？’”

我笑着说：“你问得有点儿直接，对吧？”

“嗯，我不能让他到我的房间来，因为奥黛特睡在那里。”她耿直地说，“他用他那双体贴的眼睛望了我一会儿，然后笑着说：‘你想来吗？’

“‘你觉得呢？你的身体那么好看。’

“‘好吧，那你就来吧。’

“我走上楼，脱掉衣服，沿着走廊溜进他的房间。他躺在床上看书，抽着烟斗。他放下烟斗和书，挪到里边，给我腾出位置。”

苏珊沉默了一阵，我也不便向她提问。但过了一会儿，她继续往下说：“他是个奇怪的情人。非常甜蜜、亲热，甚至温柔，刚健而不激昂，如果你能理解我的意思，并且绝对没有恶习。他做爱像一个血气方刚的中学男生。颇为好玩，颇为感人。当我离开他时，我觉得不是他应该感谢我，而是我应该感谢他。当我把门关上时，我看见他又拿起了书，从他刚才停下来的那个地方继续往下读。”

我笑了起来。

“我很高兴这能逗你发笑。”苏珊板着脸说。但她并非没有幽默感。她咯咯地笑了。“我很快发现，如果我等待邀请，我会永远白等，于是我在自己有意的时候，就径直走进他的房间，躺到床上。他总是对我很好。一句话，他有自然的人类本能，但他像一个专心致志的人，他忘了吃饭，但你把美餐摆到他面前，他会吃得很香。一个男人爱我时我会知道，如果我认为莱雷爱我，那我就是个傻瓜，但我以为他会习惯我。人在生活中总得现实一点儿，我对自己说，如果回到巴黎以后，莱雷领着我跟他一起过日子，那会令我称心如意。我知道他会让我把孩子带在身边，我很想这么做。我的本能告诉我，如果我爱上了他，我就是个傻子，你知道女人是非常不幸的，往往在她们陷入爱情时，她们就不再可爱了，于是我下决心保持警惕。”

苏珊吸入一口香烟，从鼻孔喷出来。夜色已深，许多桌子现在都空了，但还有一些人围在吧台周围。

“一天早晨，吃过早饭，我坐在河边缝衣，奥黛特在玩莱雷给她买的积木，这时莱雷走到我身边。

“‘我来对你说再见了。’他说。

“‘你要到什么地方去吗？’我吃惊地问。

“‘是的。’

“‘不会一去不返吧？’我说。

“‘现在你完全好了。这点钱够你过完夏天，也够你回到巴黎后重新开始了。’

“我心慌意乱了一阵，慌得不知该说些什么。他站在我面前，以他特有的坦诚的表情对我笑着。

“‘是不是我惹你生气了？’我问他。

“‘没有。千万别这样想。我有工作要做。我们在这里度过了一段愉快的时光。奥黛特，来，跟叔叔说再见。’

“奥黛特还小，不懂事。莱雷把她抱起来，亲她；接着他吻了我，便走回旅馆；一分钟后我听见轿车开走了。我看了看手中的钞票。一万二千法郎。事情发生得太快，我来不及反应。‘见鬼！’我自言自语。至少有件事是值得我庆幸的，我没让自己爱上他。但我摸不着头脑。”

我不禁笑了起来，说道：“要知道，有段时间我只是实话实说，就为自己赚来讲话诙谐的小名声。大多数人都很诧异，竟然会有人认为我很风趣。”

“我看不出两者有什么关系。”

“哎呀，我认为，莱雷是我遇到过的唯一无私的人。这使他的行为显得古怪。我们还没有习惯会有人纯粹为了热爱他们并不相信的上帝而做事。”

苏珊盯着我，说道：“可怜的朋友，你喝高了。”

第五章

一

我在巴黎敷衍着自己的工作。春季气候非常宜人，爱丽舍宫的栗树开花了，街道上春光明媚。空气中有一种愉悦，轻快短暂的愉悦，世俗而不粗劣，它使你步履更有弹性，使你智力更加活跃。我很高兴有不同的朋友做伴，我的心充满对往日的亲切回忆，我至少在精神上好像重新焕发了青春。我认为，让工作来干扰我也许再也无缘如此充分享受的转瞬即逝的快乐，是很愚蠢的做法。

伊莎贝尔、格雷、莱雷和我前往距离不远的名胜做短途旅行。我们去了尚蒂伊和凡尔赛，去了圣日耳曼和枫丹白露。每到一处，我们都要吃一顿丰盛美味的午餐。格雷吃饭主要是满足他那巨大的身躯，往往会喝得过头了一点儿。他的健康好转了，不知是由于莱雷的治疗，还是仅仅归功于时间的疗效。他不再犯酷烈的头痛病，他的两眼里没有了我来巴黎初次见到他时所有的那种非常凄惨的迷乱神情。他很少讲话，只是不时地讲个啰唆冗长的故事，但是，伊莎贝尔和我胡说八道时，他会大声狂笑。他很开心。他虽然并不风趣，但脾气很好，别人非常容易取悦于他，所以不可能不喜欢他。他这种男人，你不会想和他一起度过一个寂寞的夜晚，但你会愉快地盼着跟他共处六个月。

他对伊莎贝尔的爱使别人看了觉得快乐；他崇拜妻子的美丽，认为妻子是世界上最美好、最迷人的女人；他的忠诚，他对莱雷狗一般的忠诚是感人的。莱雷好像也很开心；我觉得他把这段时间视为一个假期，他放下心里的所有计划来休假，从容不迫地尽情享受。他的话也不多，但这并不重要，他的陪伴就是充分的交谈；他是那么安闲，那么欢快，于是你不会在他所给予的以外对他别有所求，而我心里非常明白，我们在一起的这些日子过得这么痛快，就是因为有他和我们在一起。尽管他没有说过一个才华横溢的警句，但没有他，我们会感到无聊。

在这样一次游览的返程中，我见证了一个令我有点儿惊吓的场景。我们游过了沙特尔，在返回巴黎的路上。格雷在开车，莱雷坐在他旁边；伊莎贝尔和我坐在后排。我们经过一整天的游玩后都累了。莱雷坐在前座，一条胳膊搭在座椅顶部。这种姿势将他的衬衫袖口拉了上去，露出了他那细长而强健的手腕，而他那棕色胳膊的下部轻柔地覆盖着一层绒毛。阳光金灿灿地照在绒毛上。伊莎贝尔凝固的静止中有某种东西吸引了我的注意，我朝她瞥了一眼。她是那么安静，你会以为她在接受催眠术。她的呼吸加快了。她的眼睛凝视着莱雷刚劲的手腕，凝视着那手腕上金色的绒毛，以及那只细长却有力的手，我从未在一个人的脸上看到过我当时在她脸上看到的那种饥渴的色欲。那是一副欲望强烈的面具。我简直难以相信她那姣好的面容会显出如此不加掩饰的淫荡的表情。那是动物的表情，而不是人类的。美丽从她的脸上剥落了；她的表情令人恶心又叫人害怕。我厌恶地想起了发情的母狗。她忘掉了我的存在；她忘掉了一切，她的意识里只有那只手，那么不经意地搭在椅背上，给她充注了疯狂的欲望。接着，一阵痉挛在她脸上掠过，她浑身一颤，闭上眼睛，倒向车内的角落。

"给我一支烟。"她以我很难认出的声音说，那声音非常沙哑。

我从烟盒里取出一支烟，帮她点燃。她贪婪地抽着烟。在剩下的车程里，她望着窗外，一语不发。

当我们到达他们的住处时，格雷请莱雷开车把我送回下榻的饭店，然后把车开回车库。莱雷坐到司机座上，我坐在他旁边。当格雷和伊莎贝尔跨过人行道时，伊莎贝尔挽住格雷的臂膀，依偎着他，看了他一眼，那眼神我看不见，但我能猜到它的含意。我猜那天晚上格雷会有一位激情奔放的同床者，但他绝不会知道同床者的热情来源于怎样的内疚。

6 月就快过完了，我得回里维埃拉去。埃略特有朋友要去美国，把他们在迪纳尔的别墅借给马图林一家住。所以等到两个孩子的学校放假，他们就会带着孩子到那里去。莱雷留在巴黎工作，但他给自己买了一辆二手的雪铁龙，许诺在 8 月份和他们一起度过几天。在我待在巴黎的最后一晚，我请他们三人和我共进晚餐。就在那天夜里，我们遇到了索菲·麦克唐纳。

二

伊莎贝尔一直有逛一逛下流场所的愿望，由于我对那些地方有几分熟悉，她请我为他们当向导。我不大喜欢这种想法，因为在巴黎的那种地方，人们会以令人很不愉快的明显的非难来对待来自另一世界的观光客。但是伊莎贝尔坚持要去。我警告她说，去了会很无聊，并请求她穿得朴素一些。我们吃完正餐已经很晚了，去女神游乐厅转了一小时，然后出发。我先领他们去了巴黎圣母院附近的一间地下室。那里是流氓及其姘妇常去的地方，而我认识那里的老板，他给我们在一张坐着几名下流人士的长桌旁腾出地方，但我给那些人都要了酒，并为相互的健康干杯。地下室很热，烟雾弥漫，很脏。接着我领他们去了斯芬克斯，那里的女人穿着漂亮俗气的花哨晚礼服，里面什么也没穿，乳房、乳头什么的暴露无遗。她们并排坐在两条凳子上，面面相对，当乐队开始演奏时，便无精打采地一起跳舞，眼睛张望着舞厅四周坐在大理石面板桌子旁的男人。我们要了一瓶暖香槟。有些女人从我们身边经过时，朝伊莎贝尔丢眼色，我想伊莎贝尔未必知道那是什么意思。

接着我们继续前往拉普街。这是一条幽暗狭窄的街道，刚走进去，你就会得到一种淫秽肉欲的印象。我们走进一家咖啡馆，那里也有一个这类地方通常会有的年轻男子，脸色苍白，一副沉迷于酒色的样子，弹着钢琴，而另一个男人，又老又困倦，刺耳地拉着小提琴，还有一个人用萨克斯管吹出不着调的声音。这地方很挤，看上去似乎没有一张空桌，但老板看出我们是有钱的顾客，粗鲁地将一对男女赶开，要他们坐到一张已经有人的桌子边，把我们安顿下来。被赶走的那两个人心有不甘，针对我们讲了一些难听的话。很多人在跳舞，其中有帽子上飘着红绒球的水手，有大部分都头戴帽子、颈系围巾的男人，有成年女人和年轻女孩，画了眉眼，头上没戴东西，穿着短裙和彩色衬衫。男人和眼睛化了妆的矮胖男孩跳舞；憔悴的、其貌不扬的女人跟染过头发的胖女人跳舞；男人跟女人跳舞。室内弥漫着烟雾、酒精和汗臭的气味。音乐没完没了地响着，那一群讨厌的乌合之众围着房间打转，汗水在他们脸上闪光，脸上有一种阴沉的紧张表情，看上去有些可怕。其中有几个面目凶狠的彪形大汉，但大多数人显得弱小而营养不良。我观察那三个演奏者。他们好像机器人，演奏得那么机械，我问自己，有没有这样一种可能，曾几何时，在他们的事业刚起步的时候，他们认为自己可以成为人们从远方赶来听他们演奏并为他们喝彩的音乐家。哪怕你小提琴拉得蹩脚，你也一定曾拜师学艺，经常练习，难道那位小提琴手费了那么多力气，就只是为了在这发臭的污秽之地演奏狐步舞曲，直到凌晨时分吗？音乐停下了，钢琴师用一方脏手帕擦擦脸。跳舞的人有的无精打采地走着，有的躲躲闪闪地走着，有的扭动身子走着，回到各自的桌边。忽然我们听到一个美国人的声音。

"我的老天！"

一个女人从房间对面一张桌子边站了起来。和她一起的那个男人试图制止她，但她把男伴推到一边，摇摇晃晃地向这边走来。她已酩酊大醉。她走到我们桌边，站在我们面前，身子微微晃动，傻乎乎地咧嘴笑着。她似乎觉得看到我们是很有趣的事情。我看了看几位同伴。伊莎贝尔茫然地盯着她，格雷脸色阴沉地皱着眉头，莱雷端详着这个女人，好像不相信自己的眼睛。

"你们好！"女人说。

"索菲。"伊莎贝尔说。

"你们还以为我是谁？"索菲咯咯地笑着。她抓住从身边经过的侍者，吩咐道："文森特，给我拿把椅子来。"

"你自己去拿。"侍者说着，从她手中挣脱了。

"畜生！"索菲用法语嚷道，啐了侍者一口。

"别介意，索菲！"坐在我们旁边的一个身穿衬衫、满头油亮的大胖子用法语说，"这里有把椅子。"

"没想到会跟你们这样会面。"索菲说，身子仍然晃动着，"你好，莱雷。你好，格雷。"她坐到刚才说话的那个男人摆到她身后的椅子上，"我们大家都喝一杯。老板！"她尖叫道。

我已经留意到老板在看着我们，现在他走过来，问道："你认识这些人，索菲？"他用亲热的第二人称单数称呼索菲。

"别多嘴！"索菲用法语说，醉醺醺地大笑，"他们是我小时候的朋友。我要给他们买一瓶香槟。别给我们拿马尿一样的酒。要拿些咽下去不会呕吐的东西。"

“你醉了，可怜的索菲。”老板说。

“滚你的！”

老板走开了，很高兴卖出了一瓶香槟，因为我们为保险起见一直喝着白兰地和苏打水。索菲目光呆滞地盯了我一阵。

“你们的这位朋友是谁，伊莎贝尔？”

伊莎贝尔把我的名字告诉她。

“哦？我记起来了,你来过芝加哥的。有点儿自命不凡,对吧？”

“也许。”我笑了。

我不记得她了，但那不足为奇，因为我已有十多年没去过芝加哥了，而我在上次去芝加哥时遇见过许多人，后来又遇见过许多人。

索菲个子很高，站立时显得更高，因为她非常单瘦。她穿着一件鲜艳但有褶皱和污渍斑点的绿绸衬衫，搭配一条黑色短裙。她的头发剪短了,松散地卷曲着,乱蓬蓬的,染成了明亮的红褐色。她浓妆艳抹，令人反感，两颊胭脂一直搽到眼睛，上下眼皮都涂成了深蓝色；眉毛和睫毛涂了厚厚一层睫毛膏，嘴唇用口红抹成了猩红色。她把两手的指甲涂红了，脏兮兮的。她比在场的任何女人都更像荡妇，我怀疑她不仅醉酒了，还用了兴奋剂。但你不能否认她身上有一种淫邪的吸引力；她高傲地偏着头，她的化妆强化了她眼睛的那种吓人的绿色。她因醉酒而变得痴呆，她有一种满不在乎的无耻，我完全可以想象到，那会吸引男人心中的所有低级趣味。她带着讥讽的笑容，把我们环顾一遍。

“我看你们见到我好像不太高兴啊。”她说。

“我听说你在巴黎。”伊莎贝尔漫应道，面带冷笑。

“你本可以给我打电话呀。我的号码在电话簿里。”

“我们到这里并不久。”

格雷来解围了：“你在这里过得好吗，索菲？”

“很好。你破产了，对吧，格雷？”

格雷的脸变得更红了。

“是的。”

“难为你啦。我猜想芝加哥眼下很难熬吧。幸亏我当时出来了。我的老天，那狗杂种干吗不给我们拿点东西来喝？”

“他就会来的。”我说，因为我看见侍者用托盘端着酒杯和酒瓶从桌子之间绕着往这边走来。

我的话把索菲的注意力引向了我。

“我亲爱的婆家人把我踢出了芝加哥，说我败坏了他们家的名——名声。”她狂笑起来，“我是个靠国内汇款生活的侨民。”

香槟来了，倒进了杯子里。她用颤抖的手把酒杯举到嘴边。

“去他妈的自命不凡！”她说。她喝干了杯中酒，朝莱雷看了一眼，“你好像没什么话可以为自己说的，莱雷。”

莱雷一直面无表情地望着她。自从索菲露面以来，莱雷的眼光一直没有从她身上离开。他亲切地笑着说：“我不是爱说话的家伙。”

音乐再次响起，一个男人向我们走来。他是个高个子，身体健壮，生着个鹰钩大鼻，一头闪亮的黑发，嘴唇厚实好色。他的样子像凶神恶煞的萨沃纳罗拉。和场子里的大多数男人一样，他没戴硬领，他的紧身上衣扣得严严实实，显出了腰身。

“来吧，索菲。我们去跳舞。”

“滚开！我忙着呢。你没看见我在陪朋友？”

“我才不管你的朋友呢！”那人用法语说，接着又讲英语：“叫你的朋友见鬼去！你是来跳舞的！”

他抓住了索菲的臂膀，但索菲挣脱了。

“别烦我！瞧你那鸟样！”索菲以突如其来的暴怒叫道，讲的是法语。

“狗屎！”男人用法语说。

“你去吃吧。”索菲用法语回答。

格雷不懂这两人在说什么，但我看到伊莎贝尔以最贞洁的妇女不知为何都会拥有的对于下流词语的了解，完全明白他们对话的意思，她的面孔因为厌恶而皱眉蹙额，变得难看起来。那男人举起臂膀，伸开巴掌，那是一只工人的布满老茧的手，眼看就要扇到索菲脸上，这时格雷从椅子上欠起身来。

“滚开！”格雷大声喊道，他的法语发音非常难听。

那人住了手，恶狠狠地看了格雷一眼。

“当心，可可。”索菲干笑着说，“他会把你揍扁的。”

那人看到格雷人高马大，身体强壮有力，他愠怒地耸耸肩，朝我们丢了一句脏话，开溜了。索菲醉醺醺地傻笑。我们其余的人默不作声。我给她斟了一杯酒。

“你住在巴黎吗，莱雷？”她喝干了酒，问道。

“眼下是。”

跟醉酒的人交谈总是很麻烦，而且无可否认，清醒的人总是落在下风。我们又干巴巴地尴尬地谈了几分钟。接着索菲往后推开了她的椅子。

“如果我再不回到男朋友身边去，他会气疯的。他是头阴狠的野兽，可是老天，他的床上功夫了不得！”她摇摇晃晃站起身来，“再见，伙计们。以后再来。我每晚都在这儿。”

她从跳舞的人中间挤了过去，消失在人群中。看着伊莎贝尔经典表情中那种冰冷的蔑视，我差点笑出声来。我们谁都没有吭声。

“真是个脏地方，”伊莎贝尔突然说，“我们走吧。”

我付了我们自己的饮料钱，为索菲要的香槟付了账，然后我们结队而出。大家都在跳舞，我们出去时没有吱声。时过两点，我想该睡觉了，但格雷说他饿了，于是我提议去蒙马特尔的格拉夫饭店吃点东西。我们在汽车行驶时默然不语。我坐在格雷旁边给他指路。我们到达了那家灯火通明的餐馆。仍然有人坐在露台上。

我们走进餐馆，要了熏猪肉、鸡蛋和啤酒。伊莎贝尔恢复了镇定，至少表面上如此。她祝贺我，或许带有一点儿挖苦的意思，祝贺我熟悉巴黎较不体面的地方。

“是你要求去的。”我说。

“我开心死了。我过了一个极有趣的夜晚。”

“见鬼！”格雷说，“真是臭不可闻！还有索菲。”

伊莎贝尔冷漠地耸耸肩。

“你还记得她吧？”她问我，“你第一次到我家吃晚饭的那天，她就坐在你身边。那时她没有那一头吓人的红头发。她的头发本来是淡淡的米黄色。”

我开始回首往事。我记起了一个很年轻的女孩，有一双蓝得几乎像绿色的眼睛，微微地歪着脑袋，逗人喜爱。她不算漂亮，但是清新天真，既羞怯又无礼，令我觉得有趣。

“我当然记得。我喜欢她的名字。我有个姨妈叫索菲。”

“她嫁给了一个名叫鲍勃·麦克唐纳的小伙子。”

“好小伙子。”格雷说。

“他是我见到过的最帅的男孩之一。我一直不明白他看上了索菲哪一点。我结婚之后索菲就结婚了。她的父母离异了，她母亲嫁给了一个驻中国的标准石油公司职员。她跟着父亲这边的人住在马文，那时我们常常见到她，但她婚后就不大跟我们合伴了。鲍勃·麦克唐纳是个律师，但挣钱不多，他们住在城北一所无电梯的公寓里。但这并不是个中原因。他们不愿见人。我从来没见过一对夫妇对彼此那么狂热。结婚两三年并且有了孩子以后，他们还去看电影，入座以后鲍勃还搂着她的腰，而她把头靠在鲍勃肩上，就像一对恋人。他们在芝加哥成了一个大笑话。”

莱雷倾听伊莎贝尔的讲述，但未予置评。他脸上的表情神妙莫测。

“后来怎样了？”我问道。

“一天夜里他们开着自己那辆小敞篷车回芝加哥，还带着孩子。他们老是把孩子带在身边，因为没有帮手，索菲亲自打理一切，而且他们宠爱孩子。一帮醉鬼开着一辆大轿车，以八十英里的时速跟他们迎头相撞。鲍勃和孩子当场毙命，但索菲只是脑震荡，断了一两根肋骨。人们把鲍勃和孩子死于车祸的消息尽可能拖延着不告诉她，但最后不得不对她讲了。他们说那场景非常可怕。索菲差点疯掉了。她的叫声响彻天地。日日夜夜都得有人看着她，有一次她差点跳出了窗户。我们当然也尽了力，但她好像仇恨我们。她出院之后，他们把她送进一所疗养院，她在那里住了几个月。”

“可怜的人儿。”

“当人们对她放手以后，她就开始喝酒，喝醉了谁叫她上床她都会去。她婆家的人如何受得了！他们是安分守己的好人家，他们讨厌丑闻。起初他们都努力帮她，可是无力回天；如果你请她吃晚饭，她会烂醉如泥地跑来，而且很可能在宴会结束前她已醉得不省人事。后来她和一群不三不四的人混在一起，我们只好扔开她不管。有一次她因酒驾被逮捕了。她跟她在一家地下酒吧勾搭上的意大利人混在一起，结果那人是警察通缉的犯人。”

“可她有钱吗？”我问道。

“有鲍勃的保险金；跟他们撞车的那辆车的车主也有保险，她从车主那里也得到了一笔钱。但这维持不了多久。她花钱就和烂醉的水手一样，两年时间她就破产了。她的祖母不让她回马文。接着她婆家的人说，如果她愿意去国外居住，他们会给她津贴。我想那就是她现在的生活来源。”

"轮子又转回原地了，"我说，"有段时间人们把败家子从我的国家送往美国；现在看来人们是把败家子从你们的国家送到欧洲。"

"我不能不为她难过。"格雷说。

"你不能？"伊莎贝尔冷冷地说，"我能够。那当然是个沉重的打击，而且没人能比我更同情索菲。我们一直互相了解。但是正常人遇到那种事情是会恢复过来的。如果她无法复原，那是因为她根子不好。她天生就不稳重；就连她对鲍勃的爱也是过分了。如果她有个性，她就能活得像个样子。"

"如果这如果那……你是不是太苛刻了，伊莎贝尔？"我嘟囔道。

"我认为不是。我有常识，我看不出有什么理由为索菲伤感。上帝知道，谁都比不上我对格雷和两个孩子的奉献，如果他们死于车祸我会发疯，但迟早我会恢复原状。这是不是你希望我做的，格雷？难道你宁愿我每天夜里变成瞎子，在巴黎跟每个流氓上床吗？"

格雷这时说了一句我第一次听到从他口里说出来的近似幽默的表白。

"我当然更希望你身穿莫林诺服装店做的新装，扑到为了把我火葬而准备的柴堆上，但是由于现在不兴陪葬了，我想你最好还是去学打桥牌。希望你记住，如果少于三墩半至四墩的快速赢墩，就不要一开始就打无主牌。"

如果这时我向伊莎贝尔指出，她对丈夫和孩子的爱尽管足够真挚，却并不热烈，那是不合时宜的。也许她读出了我的心思，因为她语气尖刻地对我说：

"你有什么话要说？"

"我和格雷一样，为那个女孩难过。"

"她不是女孩，她三十岁了！"

“我想，她丈夫和孩子遇难后，对她而言整个世界都完了。我想她并不关心自己会变成什么样子，她听任自己坠入可怕的深渊，喝酒，乱交，来报复对她那么残酷的生活。她本来生活在天堂，当她失去天堂之后，她无法忍受凡人的凡尘，于是在绝望中一头扎进地狱。我能想象，如果她再也无法饮到众神的琼浆玉液，那么她认为去喝洗澡水也是一样。”

“这是你在小说里写的那种事情。那是无稽之谈，你知道那是无稽之谈。索菲在泥坑里打滚，因为她喜欢泥坑。别的女人也有失去丈夫和孩子的。使她变坏的不是失去丈夫和孩子。邪恶不会从善良中产生。邪恶一直在那里。当车祸打破她的防线时，就使她自由地变回了原来的自己。不要在她身上浪费你的怜悯；她现在的状况就是她内心里从来的样子。”

这段时间莱雷一直保持沉默。他似乎在出神，我想他根本没有听到我们在说些什么。伊莎贝尔说完后，接下来是短暂的沉默。然后莱雷开始说话了，但他是用了一种奇怪的平板的声音，好像不是对我们讲话，而是自言自语；他的眼睛似乎望到了遥远模糊的往昔。

“我记得她十四岁时的样子，长发从前额梳向背后，后面打了个蝴蝶结，长了雀斑的脸上显得很严肃。她是个羞怯、心气很高、充满理想的孩子。她阅读她能找到的任何东西，我们常在一起谈论书籍。”

“什么时候？”伊莎贝尔问道，眉头微蹙。

“哦，当你和你母亲出去社交的时候。我常到她祖父家里，我们坐在他们家的一棵大榆树下，给彼此读书。她爱诗，自己还写了好些诗。”

“好多女孩子在那个年纪都写诗。都是些蹩脚的东西。”

“当然那是很久以前的事了，我可能并不很懂诗的好坏。”

"你自己也没超过十六岁。"

"当然那是模仿之作。其中有很多模仿罗伯特·弗罗斯特的地方。但我觉得这对那么年轻的女孩来说是很不简单的。她听觉很灵，有韵律感。她对乡间的鸟语花香有感觉，喜欢空气里第一丝柔和的春意，喜欢雨后热土散发的芬芳。"

"我从来不知道她写诗。"伊莎贝尔说。

"她对此保密，她怕你们大家笑话她。她很腼腆。"

"她现在可不是那样。"

"我从战场回来时，她差不多长大成人了。她读了很多描写工人阶级状况的文章，在芝加哥亲眼看见了工人阶级的一些状况。她理解了卡尔·桑德伯格，奋力写作自由体诗，描写穷人的悲惨和工人阶级所受的剥削。我认为那些诗写得平平，但很真挚，诗中有同情，有抱负。那时候她想成为社会工作者。她的自我牺牲的愿望令人感动。我想她有能力做许多事情。她不笨，也不多愁善感，但给人一种印象，她是一个可爱的纯真女孩，有罕见的高尚心灵。那一年我们经常见面。"

我看得出来，伊莎贝尔听他讲述，越听心里越恼火。莱雷没有想到，他是在用刀子戳进伊莎贝尔心里，他每说一句公正的话，这把刀子就在伤口里搅一下。但是伊莎贝尔说话时，嘴上却挂着笑容。

"她怎么会选择你做她的知己？"

莱雷以他那充满信任的目光望着伊莎贝尔，说道："我不知道。她是个穷女孩，处在你们这些很有钱的人当中，而我不在你们之列。我在那里，只是因为鲍勃叔叔在马文开业。我猜想她觉得那使我们有了共同点。"

莱雷没有亲戚。我们大多数人至少有几个堂表兄弟姐妹，我们可能都不认识他们，但他们至少使我们觉得我们是这个人类家族的一部分。莱雷的父亲是独子，母亲又是独女；他的祖父是个教友派教徒，年纪轻轻的就在海上死去了，他的外祖父既无兄弟又无姐妹。世界上没人会比莱雷更孤单。

“你想到过索菲爱着你吗？”伊莎贝尔问。

“没想过。”莱雷笑着说。

“哼，她爱着你。”

“当莱雷作为一名受过伤的英雄从战场归来时，芝加哥有一半女孩都疯狂地爱着他。”格雷照例爽快地说。

“还不只是爱得发狂。她崇拜你，我可怜的莱雷。你是说你真的不知道吗？”

“我的确不知道，我现在也不信。”

“我想你认为她的心气很高。”

“那个瘦精精的小女孩，头发上扎着蝴蝶结，一本正经，当她读济慈的那首颂诗时，由于诗句太美，她的声音颤抖，眼中含泪，她那副样子如今仍历历在目。我想知道她如今是在何方。”

伊莎贝尔微微一惊，向莱雷投去猜疑探究的一瞥，说道：“天这么晚了，我太累了，不知该怎么办。我们走吧。”

三

第二天晚上我坐蓝色列车抵达里维埃拉，两三天后去昂蒂布看望埃略特，把巴黎的情况告诉了他。他看上去身体很不好。在蒙特卡坦尼的治疗没有收到他预期的效果，随后的奔波使他精疲力竭。他在威尼斯找到了一个洗礼盆，然后前往佛罗伦萨购买他一直在为之谈判的那三幅组画。他急于看到这些东西妥为放置，他又跑去蓬蒂内沼泽，下榻在一家条件很差的客栈，那里的炎热很难忍受。他购置这些宝贝在路上花了很长时间，但他下定决心在达到目的以后才离开，于是继续待在那里。当一切就绪之后，他对效果很满意，他得意地给我看了他拍的那些照片。那座教堂虽小，却很神气，内部富丽有度的装饰证明了埃略特的大雅。

“我在罗马看到一口早期基督教的石棺，很合我的心意，我考虑了很久想买下来，但最后我决定不买了。”

“你要个早期基督教的石棺干什么，埃略特？”

“为了装我自己，老伙计。那棺材设计得非常好，我想它能平衡摆在入口另一边的洗礼盆，但那些早期的基督教徒都是矮墩墩的小个子，他们的棺材我是躺不进去的。我可不想躺在那里面等待最后审判日令死者复苏的号声吹响，因为我的膝盖会像胎儿一样抵着下巴，太不舒服啦。”

我哈哈大笑，但埃略特却是认真的。

“我有个更好的想法。我已经做了所有的安排，虽然遇到一些困难，但那是可以预见到的，我要把自己安葬在圣坛前面的台阶脚下，以便蓬蒂内沼泽的贫穷农民来领受圣餐时，他们将穿着沉重的鞋子从我的骨头上踏过。别出心裁，对吧？只要一块普普通通的石板，刻上我的名字和生死年月。Si monumentum quaeris,circumspice。如果要找他的墓碑，请看四周，你懂的。”

“我的拉丁语程度足以听懂这么一句陈词滥调的语录，埃略特。”我刻薄地说。

“对不起，老伙计。我跟愚钝无知的上流阶级处惯了，一时忘了我是在跟一位作家谈话。”他赢了一分。

“但我想对你说的是这样一件事，”他接着说，“我已在遗嘱里留下了恰当的指令，但我想请你监督它们的执行。我决不能埋在里维埃拉，躺在那一大堆退休上校和法国中产阶级人士当中。”

“我肯定会照你的愿望办理，埃略特，不过我认为对于多年以后才会发生的事情，用不着现在就着手安排。”

“我上岁数了，你知道的，实话对你说，我不会舍不得撒手而去。兰多的那几句诗是怎么说的？我已烤热了双手……”

虽然我的记忆力不强，但那首诗很短，我能背下来。

我与世无争，我不屑与谁角逐。
我既爱自然，亦爱艺术；
我对着生命之火烤热双手；
火熄了，我准备离世。

“正是这样。”埃略特说。

我不禁想到，埃略特只有靠着挖空心思地发挥想象力，才能把这首警言短诗扯到自己身上。

然而埃略特却说：“它确切地表达了我的态度。我唯一能够补充的是，我一直活跃在欧洲最上流的社交界。”

“要把这句话塞进一首四行诗可有点儿麻烦。”

“社交已经死亡。我一度希望美国会取代欧洲，创造出一个为民众所尊敬的贵族阶层，可是经济萧条已经摧毁这种可能性。我那可怜的国家在变成一个彻头彻尾的中产阶级国家。你不会相信，老伙计，上一次我在美国，一个出租车司机居然和我称兄道弟！”

尽管 1929 年的经济崩溃在里维埃拉仍然余震未消，尽管这里的情况今非昔比，但埃略特继续举办派对并去参加聚会。除了罗兹柴尔德家以外，他过去从来不去犹太人家里，但如今最盛大的派对就是这些上帝的选民举办的，而只要有人举办聚会，埃略特就忍不住要去。他游走于这些聚会，跟一个人亲切握手，抓住另一个人的手亲吻，但他怀着一种孤独的游离感，如果一名流亡的贵族，发现自己流落到这么一群人当中，就不免感到有点儿窘迫。不过流亡的王室人员还有许多年可活，而认识一个电影明星似乎就是他们最高的目标。埃略特从来不赞成现代的做法，即把戏剧从业人员当成在社交场合认识的人那样同等对待；可是一个退休的女演员就在他的别墅旁边盖了一座豪华的住宅，而且广延宾客。内阁部长、公爵、显贵的夫人，在她家里一住就是几个星期。埃略特也成了她的常客。

“当然那里是鱼龙混杂，”他告诉我，“但你不必跟你不想理会的人去谈话。她是我的美国同胞，我觉得应该帮帮她。她家的客人看到有人会讲他们自己的语言，一定会感到轻松一些。”

有时候埃略特明显身体很不好，我问他为什么不活得轻松一些。

“老伙计，在我这种年纪可不敢掉队。我在最高级的社交圈子里混了将近五十年，难道你还以为我不懂得，如果你不到处抛头露面，你就会被遗忘？”

我怀疑他是否意识到，他这时是做了一个多么可悲的坦白。我不再忍心取笑埃略特了；他在我眼里似乎成了一个值得深切同情的对象，他活在世上就是为了社交，一个聚会就是他鼻孔的一次呼吸，未被邀请参加一个聚会就是一次冒犯，孑然一身就是耻辱；而现在他是个老人了，他感到极端恐惧。

夏天就这么过去了。埃略特花费整个夏天，从里维埃拉这头急匆匆地跑到另一头，在戛纳进午餐，在蒙特卡洛吃正餐，以他的足智多谋挤出时间参加这里的茶会，又出席那里的鸡尾酒会；不论他觉得多么疲惫，他都会打起精神友善地应酬，聊天逗趣。他有大把的谈资，对于最新丑闻的细枝末节，除了直接当事人之外，他保准是第一个获悉的人。如果你向他暗示他的存在是无关紧要的，他会以毫不掩饰的惊愕的表情盯着你。他会认为你是个粗俗得令人无法忍受的人。

四

秋天来了，埃略特决定去巴黎住一段时间，一方面是为了看看伊莎贝尔、格雷和两个小孩过得怎么样，另一方面是为了他所谓的在首都“露露面”。然后他想去伦敦定做几件新衣服，顺便还看看几位老朋友。我自己的计划是直接去伦敦，但他邀请我和他一起开车去巴黎，由于这是一件惬意的事情，我同意了，而既然要这么做，我看不出我自己有什么理由不能在巴黎至少待上几天。我们在旅途上从容不迫，遇到哪里有好吃的就在哪里停下来；埃略特的肾脏有点儿毛病，不能喝酒，只喝维希矿泉水，但他坚持要为我挑选我要喝的半瓶葡萄酒，而且他性情敦厚，不会因为他无法分享快乐而怨恨我，看到我享受上等美酒时，他真心地感到满意。他非常慷慨，我很难说服他让我支付我自己的那份消费。尽管有点儿厌烦他讲的有关他过去认识的那些显要的故事，但我仍然喜欢这趟旅行。我们驱车经过的大部分乡野，刚刚出现秋天的美景，非常可爱。我们在枫丹白露吃过了午餐，直到下午才驶入巴黎。埃略特在我下榻的那家普通的老式饭店门前把我放下，拐过街角驶往里茨饭店。

我们已经提前通知伊莎贝尔我们要来，所以看到她留给我的一张字条时，我并不感到奇怪。奇怪的是字条的内容：

> 到后即来我家。发生了可怕的事情。别带埃略特舅舅来。看在上帝的面上，尽快赶来。

我跟其他任何人一样感到好奇，但我还得洗个澡，换件干净衬衫；然后我叫了一辆出租车，前往圣纪尧姆街的那所公寓。我被领进了客厅。伊莎贝尔跳了起来。

“这么长时间你去哪里了？我等你几个钟头了！”

时已5点，我还没来得及回答，管家把茶具拿来了。伊莎贝尔紧握着拳头，不耐烦地看着他。我猜不出发生了什么事，我说：“我刚到嘛。我们在枫丹白露吃午餐，花费了一些时间。”

“天哪，他这么慢吞吞的。我快疯了！”伊莎贝尔说。

那管家把盛着茶壶、糖盒和杯子的托盘摆到桌上，把面包、奶油、蛋糕和点心一碟一碟摆在托盘周围，那不慌不忙的动作的确令人气恼。然后他走了出去，把身后的门关上。

“莱雷要娶索菲·麦克唐纳了。”

“她是谁？”

“别这么迟钝！”伊莎贝尔嚷道，两眼冒着怒火，“就是我们在你领我们去的那家下流咖啡馆里碰到的那个醉醺醺的荡妇。天知道你干吗要领我们去那样的地方。格雷感到恶心。”

“哦，你是说你们的那位芝加哥朋友？”我说，没有理会她对我的不公平的指责，“你怎么知道的？”

“我怎么知道？莱雷昨天下午亲自跑来告诉我的。我一听就气疯了。”

“你能不能坐下来，给我倒杯茶，原原本本地给我讲一讲？”

“你自己倒吧。”

她坐在茶桌后面，满腔怒火地看着我给自己倒茶。我找了个舒适的座位，在壁炉边的小沙发上坐下。

“我们最近不常见到他，我的意思是，自从我们从迪纳尔回来以后；他去迪纳尔住过几天，但不肯跟我们住在一起，而是住在一家饭店。他常到海滩上来，跟两个孩子玩耍。她们对他着迷。我们在圣布里亚克打高尔夫。有一天格雷问他是否又见过索菲，莱雷说：‘见过。我见过她好几次。’

“我问他：‘为什么？’

“他说：‘她是老朋友嘛。’

“我说：‘如果我是你，我才不会在她身上浪费时间呢！’

“这时莱雷笑了。你知道他的笑容是什么样的，好像他认为你说的话很滑稽，尽管我的话一点儿也不滑稽。

“‘可你并不是我。’他说。

“我耸耸肩，改变了话题。后来我再也没有想过这件事。你可以想象，当他跑到这里告诉我他们打算结婚的时候，我是多么痛恨！

“‘你不能，莱雷，’我说，‘你不能。’

“‘我会的，’他很平静地说，那口气就好像他在说他会再吃一份土豆，‘而且我要你好好地待她，伊莎贝尔。’

“‘这要求太过分了。’我说，‘你疯了。她坏、坏、坏！’”

“是什么使你这么想？”我打断伊莎贝尔的话。

伊莎贝尔眼光闪烁地望着我，说道：“她从早到晚泡在酒里。她跟向她提出要求的每个恶棍上床。”

“这并不能说明她坏。相当多德高望重的公民会醉酒，并且爱干荒唐事。那些都是坏习惯，就像一个人爱咬指甲一样，但我并不以为他们除此以外还有什么不好的地方。一个人若是撒谎、诈骗和冷酷无情，我才会说他坏。”

“如果你想站在索菲那边，我会杀了你！”

“莱雷是怎么再次见到她的？”

“他在电话簿里找到了索菲的地址。他去看索菲。索菲病了，这并不奇怪，因为她过着那样的生活。莱雷找来一个大夫，还雇了人来照顾她。事情就是这么开始的。他说索菲戒酒了；这该死的傻瓜认为她改邪归正了！”

“你忘了莱雷为格雷所做的事情吗？他治愈了格雷，不是吗？”

“那不同。格雷想被治愈。索菲不想。”

“你如何知道？”

“因为我懂女人。当一个女人像她那样彻底崩溃以后，她就注定完蛋了；她再也无法回头。索菲变成现在这个样子，那是因为她从来就喜欢这样。你觉得她会忠于莱雷吗？当然不会。迟早她会爆发的。这东西流淌在她的血液里。这是她需要的兽性，是令她兴奋的东西，这是她追求的兽性。她会把莱雷领进人间地狱！”

“我认为那是非常可能的，但我不知道你对此有什么办法。莱雷是睁着眼睛钻进去的。”

“我对此无能为力，可是你有能力！”

“我？”

“莱雷喜欢你，他会听你的话。你是唯一对他会产生影响的人。你懂世故。去找他吧，告诉他不要让自己成为大傻瓜。告诉他这会把他毁掉的。”

“他只会对我说这不关我的事，他会过得很好。”

“可是你喜欢他，至少你对他感兴趣。你不能袖手旁观，听任他把自己的生活弄成无可救药的一团糟。”

“格雷是莱雷最早认识的、最亲密的朋友。虽然我认为格雷出面也不会有什么作用，但我觉得格雷是跟莱雷去谈的最佳人选。”

“噢，格雷！”伊莎贝尔不耐烦地说。

“你知道事情的结果也许不会像你想象的那么坏。我认识三个人，一个在西班牙，两个在东方，他们娶了娼妓，把她们变成了很好的妻子。那三个女人感激自己的丈夫，我的意思是，因为丈夫给予她们的安全感，她们当然也懂得如何去取悦男人。”

“你把我烦死了。你认为我牺牲自己，就是为了让莱雷落到一个超级色情狂的手里吗？”

“你如何牺牲了自己？”

“我放弃莱雷只有一个也是唯一的原因，就是不想挡他的道。”

“得了吧，伊莎贝尔。你放弃他是为了一颗方方正正的钻石和一件紫貂皮的上衣。”

这些话刚从我嘴里冒出来，一碟面包和奶油就劈头盖脸地飞向我的脑袋。真是万幸，我抓住了碟子，可是面包片和奶油撒落在地板上。我站起身，把碟子放回桌上。

“如果你打碎了你埃略特舅舅的一个德比王冠牌的碟子，他是不会感谢你的。这些碟子是为第三代多塞特公爵专制的，它们几乎是无价之宝。”

“把面包和奶油捡起来！”伊莎贝尔喝道。

“你自己捡。”我说着，重新坐回沙发上。

她站了起来，气冲冲地拾起散落的碎片。

“亏你还自称为有教养的英国人！”她恶狠狠地嚷道。

“不，我一辈子从没说过这话。”

“滚出去！我再也不要见你。我看见你就生气。”

“我为此感到遗憾，因为看见你总是令我快乐。有人对你说过没有？你的鼻子长得和那不勒斯博物馆里那个普赛克的鼻子一模一样，而那是自古以来处女美的最可爱的表现。你有两条优美的腿，那么修长，那么有型，我一见到它们就会感到吃惊，因为你做姑娘的时候，这两条腿又粗又壮，我想象不出你是如何将它们打理成现在这个样子的。”

“靠铁的意志和上帝的恩惠。”她气恼地说。

“不过你的两手当然是你最动人的特征。它们那么纤细，那么优雅。”

“给我的印象是你认为它们大了一点儿。”

“跟你的身高和体型相比不算大。在你投手摆手之间，我总是为它们的无限风情而赞叹。不论是天生还是人为，你随便做一个手势，都会赋予它美感。它们有时像花，有时像鸟在振翅飞翔。它们比你能够说出的任何语言都更有表达力。它们像埃尔·格列柯的肖像画里的手；其实在我看到你的两手时，我倾向于相信埃略特讲述的那个非常不靠谱的故事了，他说你们有一位祖先是西班牙的大公。”

伊莎贝尔抬头看着我，眼光里含着怒气。

“你在讲些什么？这是我第一次听到。”

于是我给她讲了洛里亚伯爵和玛丽女王的宫女之间的故事，埃略特将自己的血统从母系方面追溯至那位宫女。与此同时，伊莎贝尔得意扬扬地端详着她那修长的手指和修剪整齐的涂了颜色的指甲。

“一个人总得是什么人的后代，”她说。接着她低声地嘿嘿一笑，淘气地看了我一眼，目光里已毫无怨怼，然后说：“你这讨厌鬼！”

只要你对一个女人讲实话，要让她明理是何等容易！

“有些时候我并不是真的讨厌你。”伊莎贝尔说。

她走过来，在我身边的沙发上坐下，把胳膊插到我的胳膊下，俯身过来要吻我。我把脸颊向后躲开。

“我不想让脸上染上口红，”我说，“如果你要亲我，那就亲嘴吧，这是仁慈的上苍给它们安排的功能。”

她咯咯笑着，用手把我的脑袋转向她，用嘴唇在我的嘴上印上了一层薄薄的口红。那滋味绝对谈不上不愉快。

“现在你亲过了，或许你要对我说出你需要什么了吧。”

“忠告。”

“我非常愿意给你出主意，但我认为你肯定不会接受。你只有一件事情能够做，那就是把坏事尽量办好。”

她又上火了，抽出她的胳膊，起身，一屁股坐到壁炉另一边的一张椅子上。

“我不会袖手旁观，听任莱雷毁掉自己。我会不遗余力地防止他娶那个荡妇。”

“你不会成功的。要知道，他已被一种可以在人类胸中激荡的最强有力的感情所左右了。”

“你的意思是说，你认为他爱上了索菲？”

“不，比较之下那是不值一提的。”

“哦？”

“你读过《新约》吗？”

“好像读过吧。”

“你还记得耶稣如何被领入荒野，并被禁食四十天吗？然后，当他饥饿难耐时，魔鬼走来对他说：如果你是上帝的儿子，那就命令这些石头变成面包吧。可是耶稣抵制诱惑。然后魔鬼把他放在寺庙的尖顶上，对他说：如果你是上帝的儿子，那就跳下去吧。因为天使在保护他，会将他托住。可是耶稣再次抵制。然后魔鬼又把他领到一座高山上，向他展示尘世的王国，对他说，如果耶稣肯跪下，崇拜他，他就把那些王国送给耶稣。可是耶稣说：滚开吧，撒旦。善良而单纯的马太说，故事到此就结束了。但故事并未结束。魔鬼诡计多端，他再次来到耶稣跟前，对他说：如果你肯蒙羞受辱，承受鞭打，头戴荆棘之冠，死在十字架上，你就会使人类得救，因为没人会有这么伟大的爱，愿为朋友献出自己的生命。耶稣跪下了。魔鬼笑得肚子都痛了，因为他知道坏人将仗恃着他们有人拯救而做坏事。”

伊莎贝尔愤怒地看着我，说：“你究竟是从哪里听到这种说法的？”

“没有哪里。这是我即兴杜撰的。”

“我认为这是痴人说梦，亵渎基督！”

“我只想向你暗示，自我牺牲是一种那么难以抗拒的激情，和它相比，就连肉欲和饥饿都不值一提。它将它的牺牲品卷入毁灭，对其人格给予最高的认可。对象无关紧要；可以值得，也可以不值。没有一种酒比它更令人陶醉，没有一份爱情比它更能毁人，没有一种恶习比它更不可抗拒。当他牺牲自我的时候，人类在那一瞬间比上帝更伟大了，因为无限而全能的上帝怎能牺牲自己呢？他能够牺牲的最多只是他那唯一的儿子。”

“噢，老天，你把我烦死啦！”伊莎贝尔说。

我不予理会，继续说：“当莱雷已被那样一种激情所控制的时候，你怎么还指望常识或精明对他产生作用呢？你并不知道这么多年来他一直在寻求什么。我也不知道，我只是猜想。这么多年的辛劳，他积累的这么多经验，现在跟他的愿望一起放在天平上称量，已是毫无重量。哦，这不仅仅一种愿望，而是他急迫而大声呼吁的需要，要拯救一个行为不检的女人，因为他认识这个女人的时候，对方是个天真无邪的孩子。我认为你是对的，我觉得他是在承担一件毫无希望的工作；他那敏锐的感性会使他遭受该死的折磨；他毕生的工作，不论是什么，将无法完成。卑劣的帕里斯一箭射中阿喀琉斯的脚后跟而杀死了他。[1] 莱雷缺乏的正是连圣人为了赢得其光环也不能不具备的那一份无情。”

“我爱他，”伊莎贝尔说，“上帝知道，我无求于他。我毫无指望。谁都不会像我爱他一样无私地爱一个人。他就要变得极为悲惨了！”

伊莎贝尔开始哭泣，我认为这对她会有好处，便听任她哭。

[1] 阿喀琉斯，希腊神话中的人物，他是凡人珀琉斯和美貌仙女忒提斯的宝贝儿子。忒提斯在他刚出生时就将其倒提着浸入冥河，神水所浸之处日后皆刀枪不入，遗憾的是，他被母亲捏住的脚后跟却没有浸入水中，留下了唯一一处“死穴”。后来，在特洛伊战争中，阿喀琉斯被帕里斯一箭射中了脚后跟而死。

我懒洋洋地把注意力转移到一个念头上，这个念头是那么意外地钻进了我的脑子。我玩味着这个想法。我禁不住要猜想：如果魔鬼看到基督教引起的残酷的战争，看到基督徒对基督徒所施加的迫害和折磨，看到他们的冷酷、伪善与心胸狭隘，他一定会为自己的收支状况而得意。当他记起人类因此已背负着犯罪感的痛苦重担，而那种罪恶令美丽的星夜变成一团漆黑，把险恶的阴影投向一个享乐世界的短暂欢乐，那么他一定会嘿嘿一笑，喃喃地说："让魔鬼得到应得的吧。"

不一会儿，伊莎贝尔从手提包里取出手帕和镜子，照着镜子，小心翼翼地擦拭眼角。

"该死的同情心，对不对？"她喝道。

我担心地望着她，但没有回答。她在往脸上搽粉，往唇上抹口红。

"你刚才说你猜测他这么多年来在追求什么。你是什么意思？"

"我只能猜测，你懂的，而且可能完全猜错了。我认为他是在寻求一种哲学，或者是一种宗教，一种生活法则，以满足他的头脑和心灵。"

伊莎贝尔对此思索了一阵。她叹道："你不认为这很奇怪吗？来自伊利诺伊州马文的一个乡下男孩居然会有这样的想法！"

"路德·布尔班克出生在马萨诸塞州的一家农场，却培育出了一种无子橘；亨利·福特出生在密歇根州的一家农场，却发明了一种轻快的小汽车；莱雷的情况并不比他们的更奇怪。"

"但那些都是实实在在的东西。那符合美国的传统。"

我哈哈大笑，说道："世界上还有什么东西比学会如何生活得最好更实在呢？"

伊莎贝尔做了个无精打采的手势。

"你不想彻底失去莱雷吧，对不对？"

她摇摇头。

“你知道他这个人多么忠诚：如果你不理睬他的妻子，他也不会理睬你。如果你还有点儿理智，你就会跟索菲交朋友。你会忘掉过去,尽可能对她好,和你心甘情愿的时候一样。她要嫁人了，我想她正要买些衣服。你为什么不主动提出跟她一起去购物呢?我想她会高兴得跳起来。”

伊莎贝尔眯着眼睛听我讲话。她好像对我所讲的话很专注。她思索了一阵，但我猜不透她脑子里想些什么。接着她让我吃了一惊。

“你能请她吃午饭吗?我昨天对莱雷讲了那些话，由我请索菲会有些尴尬。”

“如果我请，你会表现得正常吗?”

“我会像个光明天使。”她回答时，脸上带着她最迷人的笑容。

“我马上就敲定这件事。”

房间里有一架电话机。我很快找到了索菲的号码，经过了法国电话用户已经学会了忍耐的一段惯有的迟延以后，我找到了索菲。我报了自己的名字。

“我刚到巴黎，”我说，“听说你和莱雷要结婚了，我想祝贺你们。我希望你们过得非常幸福。”伊莎贝尔站在我身旁，在我胳膊的软组织上狠狠一掐，我把喊叫声硬生生地咽了下去。“我在这里停留的时间很短，我想请你和莱雷后天跟我一起在里茨饭店共进午餐，不知你们能不能来。我还要邀请格雷、伊莎贝尔和埃略特·坦普尔顿。”

“我要问问莱雷。他现在就在这里。”索菲的声音停顿了一会儿，“好，我们很高兴去。”

我约定了时间，寒暄几句，把耳机搁到机架上。我看到伊莎贝尔的眼里有一种表情，使我有些不安。

“你在想什么？”我问她，“我不大喜欢你那种眼神。”

“对不起；我觉得你应该是喜欢我的眼神的。”

“你不会憋着什么坏主意吧，伊莎贝尔？”

她把眼睛睁得大大的说：“我向你保证我没有。其实我还非常好奇，想看看索菲现在经过莱雷改造之后是个什么样子。我所希望的是她来里茨饭店时，不要把脸涂抹得像戴了面具似的。”

五

我的小型午餐会办得糟糕透顶。格雷和伊莎贝尔先到；莱雷和索菲·麦克唐纳比他们晚到五分钟。伊莎贝尔和索菲互相热情地亲吻，伊莎贝尔和格雷祝贺索菲订婚。我捕捉到了伊莎贝尔对索菲的外表进行评估扫描的眼光。索菲的样子使我大吃一惊。当我在拉普街那家下流酒吧看见她的时候，她脸上涂得令人讨厌，头发染成红褐色，身穿一件艳绿的上衣，虽然她显得很难看，并且酩酊大醉，但她身上仍然有种东西能够刺激别人，甚至具有淫猥的诱惑力；但是现在，她显得单调乏味，尽管她实际上比伊莎贝尔小一到两岁，却显得大很多。她仍然傲气地歪着脑袋，可是现在，我不知为何，却显得笨拙而可怜。她在让自己的头发恢复本色，但它显出了头发被染后任其生长时的那种邋遢样子。除了唇上抹了口红以外，她脸上没有化妆。她的皮肤粗糙，呈现病态的苍白。我记得她的两眼曾显出那种非常活泼的绿色，可现在却是苍白发灰。她穿了一身红衣，显然是崭新的，她的帽子、鞋子和手提包都跟衣服相配；我不敢说自己对女装有什么了解，但我觉得就这种场合而言，她的穿着过于讲究，过于复杂。她胸前戴着一件你可以在里沃里街买到的过分华丽的人工珠宝。和身穿黑丝绸、脖挂精美珍珠项链、头戴靓丽帽子的伊莎贝尔相比，索菲显得低劣而俗气。

我要了鸡尾酒，可是莱雷与索菲都不肯喝。这时埃略特到了。然而，他穿过宽敞的门厅的进程颇不顺利，因为当他看见一个又一个熟人时，他得握握这只手，亲亲那只手。他的行为仿佛是说，里茨饭店是他的私人宅邸，他在向他的宾客们保证，他们能够接受他的邀请，令他非常高兴。我们没有对他讲过索菲的情况，只说了索菲在一次车祸中失去了丈夫和孩子，而她现在将要嫁给莱雷。当埃略特终于到达我们跟前时，他以他最擅长的烦琐礼节向莱雷和索菲表示祝贺。我们走进餐厅，由于我们是四男二女，我把伊莎贝尔和索菲安排在圆桌两边面对面地坐下，索菲坐在我和格雷之间；但桌子不大，容许大家相互交谈。我已经订好了午宴，斟酒侍者拿着酒单走了过来。

“你对酒一窍不通，老伙计。”埃略特说，“把酒单给我，阿尔伯特。”他一页一页翻看，“我自己除了维希矿泉水什么都不喝，但我不忍看到别人喝那些不够完美的酒。”

他和斟酒侍者阿尔伯特是老朋友了，在一番热烈的讨论之后，他们决定了我应该为宾客们提供的酒。接着他转向索菲说道：“你们准备到哪里去度蜜月，亲爱的？”

他瞥了一眼索菲的衣服，几乎令人察觉不到地扬了扬眉毛，向我表明，他对索菲的衣着已经形成了一种不好的看法。

“我们要去希腊。”

“十年来我一直想去那里，”莱雷说，“但不知为什么一直没能成行。”

“一年中的这个季节，那地方应该是可爱的。”伊莎贝尔说，做出一副热情的模样。

她记得，我也记得，那正是莱雷要她嫁给自己时提议要带她去的地方。好像莱雷有一种偏执，度蜜月必去希腊。

谈话进行得不很轻松，我发现，要不是有伊莎贝尔在场，我很难把握局面。她的表现空前良好。每当有冷场的危险而我在绞尽脑汁找个新话题的时候，她就随口闲聊起来。我很感激她。索菲是除非有人对她讲话，她就很难开口的，而且她答话时也颇费力。她已经失去了精神。你会说她身上有种东西已经死亡，我问自己，莱雷是不是把她的弓弦上得太紧，使她难以支撑了？如果她和我猜想的一样，既服用兴奋剂又酗酒，那么突然的戒断一定会使她的神经疲惫。有时候我拦截到莱雷和索菲之间的目光。我在莱雷的眼光里看到的是温柔和鼓励，但在索菲的眼光里看到的却是一种可怜的求助。也许格雷以他天生的体贴本能地感觉到了我自以为看穿了的东西，因为他开始告诉索菲，莱雷如何治好了使他丧失能力的头痛，接着又说他自己多么离不开莱雷，欠下了莱雷的一大堆人情。

“现在我非常健康,”他继续说，“我一找到工作，就会回去干活了。我已经有了一些指望,但愿不久就能落实其中一项。天啊，重返家园真是太好啦！”

格雷本是一番好意，但他说的话或许并不十分策略，因为我猜想莱雷为索菲治疗重度酗酒所用的方法，恐怕就是在格雷身上取得了成功的那种暗示法。我之所以说那是暗示法，因为在我看来就是如此。

“你现在不再头痛了，格雷？”埃略特问道。

“我一连三个月没痛过了，每逢我觉得头痛将犯时，我就握住护身符,于是就好了。”他从口袋里掏出莱雷给他的那枚古硬币，“给我一百万美元我都不卖。”

我们吃过饭之后，咖啡送来了。斟酒侍者走过来，问我们要不要餐后甜酒。我们都不喝，只有格雷说他要一杯白兰地。当酒瓶拿来时，埃略特坚持要看一看。

“不错，我会推荐它。喝了没害处。”

“先生喝一小杯吧？”侍者问。

“唉，这对我是禁品。”

埃略特不厌其烦地告诉侍者，他的肾脏有毛病，大夫不让他喝酒精饮料。

“几滴朱布洛夫卡伤害不了先生的。这种酒以能够补肾而著称呢。我们刚刚收到从波兰托运过来的一批货。”

“真的吗？现在这种酒可不容易弄到。拿一瓶给我看看。”

那个斟酒侍者身材肥胖，面容威严，脖子上挂着一根很长的银项链，走开取酒去了。埃略特解释说，那是波兰式的伏特加，但各方面都比伏特加高级得多。

“我们住在拉兹威尔家里打猎时常喝这种酒。你们真该看看那些波兰王公喝这种酒的样子；我可以毫不夸张地告诉你们，他们大杯大杯地喝着，面不改色。当然，他们的血统好；是不折不扣的贵族。你一定要尝尝，索菲，你也要尝尝，伊莎贝尔。这是错过了谁都会后悔的体验。”

斟酒侍者拿来一瓶朱布洛夫卡。莱雷、索菲和我拒绝了诱惑，但伊莎贝尔说她想要尝尝。我感到诧异，因为她平时很少喝酒，何况她刚才已喝了两轮鸡尾酒和两三杯葡萄酒。侍者倒出了一杯淡绿色的液体，伊莎贝尔闻了闻。

“噢，好香啊！”

“香吧？”埃略特嚷道，“那是他们放在里面的香草；就是香草才使酒这么好喝。我也喝一点儿，只是为了陪你。只喝这一次不会把我喝坏。”

“味道好极了！”伊莎贝尔说，“就像母亲的乳汁。我从没喝过这么好的东西。”

埃略特把酒杯举到嘴边，说：“啊，它把我带回了以往的岁月！

你们这些人没在拉兹威尔家住过，不懂什么叫生活。那真是大气派！封建时代，你懂的。你会以为自己回到了中世纪。你一到站，就有一辆由车夫驾着六匹马的马车来接你。进餐时每个人背后都站着一名穿制服的仆人。”

他继续描述那家宅邸的堂皇富丽，以及那聚会如何排场；我顿生疑心，当然是小人的疑心：这整个场面是不是埃略特和那个斟酒侍者事先安排好的，给埃略特一个机会，让他大谈他在王公之家的豪华，以及他在波兰贵族的城堡里受到了主人亲切对酌的款待？你是没有办法打断他的。

“再来一杯吧，伊莎贝尔？”

“噢，我不敢喝了。但这酒极好。能领略这种风味真是太高兴啦；格雷，我们一定要买一些。”

“我会叫他们送一些到公寓里。”

“噢，埃略特舅舅，真的吗？”伊莎贝尔起劲地嚷道，“你对我们太好了！你得尝尝，格雷；它的气味像新割的青草和春天的香花，像百里香和薰衣草，味道柔和，非常舒服，就像在月光下听音乐。”

如此饶舌不是伊莎贝尔的风格，我怀疑她是否有点儿紧张。宴会散了。我跟索菲握了握手，问她：“你们准备什么时候结婚？”

“下下个礼拜。我希望你能来参加婚礼。”

“恐怕那时候我不在巴黎了。我明天就要去伦敦。”

当我向其他客人说再见时，伊莎贝尔把索菲拉到一旁，跟她谈了一分钟，然后转向格雷说：“噢，格雷，我这会儿还不想回家。莫林诺服装店在搞展销，我领索菲过去看看。她应该去看看那些新款式。”

“我想去。”索菲说。

我们分手了。那天晚上我带苏珊·鲁维埃出来吃了晚饭，第二天早晨我动身去英国了。

六

两星期后埃略特抵达克拉里治饭店，之后不久我便顺道去看他。他为自己定做了几套服装，并以让我觉得是过于冗长的谈话，对我详细讲述他做的选择和选择的理由。当我终于能够插进一句话的时候，我问他婚礼办得怎么样。

“没办成。”他冷冷地回答。

“你这是什么意思？”

“在婚礼举行的三天前，索菲失踪了。莱雷到处找她。”

“这事情太离谱了！他们吵架了？”

“没有，绝不是吵架。一切都安排妥帖了。我都准备好去当女方的主婚人了。他们打算在婚礼过后立即乘坐东方快车。叫我说，婚礼没办成对莱雷倒是一桩好事。”

我猜想伊莎贝尔已把一切告诉了埃略特。

“到底发生了什么？”我问道。

“嗯，你还记得那天我们跟你一起在里茨饭店吃午饭吧？伊莎贝尔带她去了莫林诺服装店。你还记得索菲穿的那身衣服吧？糟透啦！你留意了那两只肩膀吧？那就是人们常说的，衣服要做好，肩膀要合套。当然，可怜的姑娘，她付不起莫林诺时装的价钱，于是伊莎贝尔，你知道她有多么慷慨，何况她们毕竟打小就认识，所以伊莎贝尔提出要送她一套衣服，让她至少在结婚时穿得体面一点儿。她自然乐于接受。嗯，长话短说吧，伊莎贝尔要她在某天下午3点钟来公寓，以便她们能够一起去最后试装。索菲按时到了，不巧的是伊莎贝尔要带她的一个孩子去看牙医，直到4点以后才回来，而那时索菲已经走了。伊莎贝尔以为她等得不耐烦，已经去莫林诺服装店了，于是她马上赶去，但索菲并没去。最后她不等索菲了，回到家里。她们约好了一起吃晚饭的，到了饭点，莱雷来了，伊莎贝尔问他的第一句话就是索菲在哪里。

“莱雷感到莫名其妙，往索菲的公寓挂电话，可是没人接，于是他说他要去那儿看看。他们尽可能拖延开饭，但莱雷和索菲都没来，他们只好自己吃了。你当然知道，你们在拉普街碰到索菲之前，她过的是什么生活；领他们去那种地方，是你出的最臭的主意。唉，莱雷花了一整夜找遍了她往日常去的地方，可是到处都找不到她。莱雷一趟又一趟地往公寓跑，可是门房说索菲没回过家。他一连找了三天。索菲就这么消失了。接着在第四天他又去了公寓，门房告诉他，索菲回去过一趟，往包里装了些东西，坐出租车走了。”

“莱雷伤心极了吧？”

“我没见到他。伊莎贝尔告诉我，他确实很伤心。”

“索菲没有留下书信之类的东西？”

“什么都没留。”

我仔细琢磨这件事，接着说：“对此你是怎样想的？”

“老伙计，和你的想法完全一样。她熬不住了；她又跑去痛饮了。”

那是不用说的，但这一切还是有蹊跷。我不明白索菲为什么偏偏在那个时候开溜。

“伊莎贝尔怎样看？”

“当然很难过，但她是个头脑清醒的女孩子，她对我说，她总觉得莱雷娶这样的女人会是一场灾难。”

“莱雷呢？”

“伊莎贝尔一直对他很好。她说难办的是莱雷对此矢口不提。莱雷会想开的，你懂的；伊莎贝尔说莱雷从没爱过索菲。他只是出于一种鬼迷心窍的骑士气概才想娶索菲。”

我能想象到，伊莎贝尔遇到这样一个肯定会使她得到极大满足的转机，会做出一副假惺惺的面孔。我很清楚，我在下次见到她的时候，她一定会向我指出，她早就知道将会发生什么事情了。

但我再次见到伊莎贝尔时，时光已经过去了将近一年，尽管当时我本可以告诉她一些有关索菲的情况，以引发她的思考，但由于环境不合适，我无意这么做。我在伦敦住到圣诞节将临的时候，接着我想回家，便直接回到里维埃拉，没在巴黎停顿。我着手写一部小说，在随后的几个月里隐居起来。我不时地见到埃略特。显然他的健康状况是江河日下，令我烦心的是他仍然坚持参加社交活动。他对我生气，因为我不肯驱车三十英里，去参加他照旧举办的例行聚会。他认为我宁愿坐在家里写作是非常自负的。

“这是个非同寻常的大好季节，老伙计，”他对我说，“把你自己关在房子里，错过正在进行的一切活动，简直是罪过。为什么你偏偏挑了里维埃拉的一角，过着完全脱离时尚的生活，我就是活到一百岁也是无法理解的。”

可怜的好心的糊涂的埃略特；他活不到那样的年纪，是再明显不过的事情了。

到了6月份，我已经完成了小说的初稿，觉得应该度个假期了，于是打了一个包，登上了我们在夏季常常乘着它去福赛湾游泳并沿海岸起航驶向马赛的那艘帆船。海上只有断断续续的微风，大部分航程都靠着助力马达突突地航行。我们在戛纳的港湾里住了一晚，在圣马克西姆住了一晚，又在萨纳里住了一晚。然后我们到了土伦。那是我一直心爱的海港。一看到法国舰队的船只，立刻就会感到一种浪漫而又友好的气氛，而土伦那些古老的街道我是永远逛不够的。我可以在码头上流连几个小时，看着那些请假上岸的水手成双结对地闲逛，或者带着他们的女友逛街，看着平民来回漫步，仿佛他们在世上除了享受愉快的阳光就没有别的事要干了。由于所有这些轮船和把熙熙攘攘的人群运往辽阔海港各个地点的渡船，土伦给你一种印象，好像它是广阔世界所有路径汇集的终点；当你坐在一家咖啡馆里，你的眼睛由于海天的光亮有点儿眩惑，你的想象会驰上金色之旅，飞向地球上的天涯海角。你乘着大艇在太平洋上一个椰树环绕的珊瑚海滨登陆；你走下舷梯，踏上仰光的码头，坐上一辆黄包车；当你的轮船在太子港的防波堤下锚之后，你会从上层甲板上注视着成群的黑人打着手势大声叫喊。

我们在将近中午的时候进港，我在下午过半时上岸，沿码头散步，观看商店，观看迎面而过的行人，观看坐在咖啡馆凉篷下的饮客。突然我看见了索菲，与此同时她看见了我。她笑了，跟我打招呼。我停下来，跟她握手。她独自占了一张小桌，面前摆着一只空杯。

“坐下喝一杯吧。”她说。

“你陪我喝一杯吧。”我一边回答，一边拉过一把椅子。

她穿着蓝白条子相间的法国水手衫，以及一条鲜红的女裤，脚穿一双凉鞋，趾甲涂了色的大脚趾露在外边。她没戴帽子，头发剪得很短，烫成了卷发，染成淡金色，淡得几乎成了银色。她的妆化得很浓，和我们在拉普街碰到她时一样。我根据桌上的碟子判断，她已经喝过一两杯了，但她还算清醒。她见到我似乎没什么不愉快。

“巴黎的大伙儿还好吗？”她问道。

“我想他们都很好。自从我们大家一起在里茨饭店吃过那次午餐以后，我还没有见过他们当中的任何人。”

索菲从鼻孔里喷出一大团烟雾，开始大笑。

“我到底还是没有嫁给莱雷。”

“我知道。为什么呢？”

“亲爱的，事到临头，我不愿让他做耶稣基督，让我做抹大拉的玛利亚。我不愿，先生。”

“是什么使你在最后一刻改变了主意呢？”

她用讥嘲的眼光看着我。她无礼地歪着脑袋，胸脯平平，两胁狭窄，加上那副打扮，她像个小瘪三；但我必须承认，她比我上次见到她时具有大得多的吸引力，那时她穿了一身红衣，带着乡下现代风格的阴沉土气。她的脸和脖子被太阳晒成了深褐色，尽管她那棕色的皮肤使脸上的胭脂和眉毛的黑色显得更加刺眼，但以粗俗的眼光来看，其效果是不无诱惑力的。

“你希望我告诉你吗？”

我点点头。侍者送来了我为自己要的啤酒，以及我为索菲要的白兰地和赛尔脱兹汽水。索菲用她刚抽完的法国香烟点燃了另一支。

“我整整三个月没喝一滴酒。我也没抽一口烟。”她看到我脸上略显诧异，笑了起来，“我说的不是香烟。是鸦片烟！我难受极了！你懂的，有时我一人独处，我大喊大叫。我会说：‘我受不了啦！我受不了啦！’跟莱雷在一起不会这么糟，但他不在时，情况就糟透了。”

我一直望着她，当她提到鸦片时，我更仔细地端详她；我注意到她那针尖般大小的瞳孔表明她如今又在抽鸦片了。她的眼睛绿得吓人。

“伊莎贝尔要送我结婚礼服。我不知道那套衣服现在怎么样了。它是桃红色的。我们约好，我去找她，然后我们一起去莫林诺服装店。我要说的是伊莎贝尔，凡是她不具备的服装知识都是没用的知识。当我到达她住的公寓时，他们的管家说她不得不带乔安去看牙医，留下口信说她很快就会回家。我走进客厅。喝咖啡的杯盘还在桌上，我问管家我能不能喝一杯。那时咖啡是唯一能让我维持活力的东西。管家说他会给我把咖啡送来，并且把空杯子和咖啡壶拿走了。他没有拿走托盘里的一个瓶子。我看着那瓶子，那就是你们大家在里茨饭店谈论的那瓶波兰酒。”

“是朱布洛夫卡。我记得埃略特说他会送几瓶给伊莎贝尔。”

“你们热烈地讨论过它的味道多么好，我很好奇。我打开软木塞，嗅了一下。你们说得很对，那气味好极了！我点燃一支烟，过了几分钟，管家端着咖啡进来了。咖啡也很好闻。如今他们大谈法式滴滤咖啡，让他们去喝那种咖啡吧；我还是要喝美式咖啡。我在这里怀念的只有美式咖啡。不过伊莎贝尔的咖啡并不坏。我本来感觉不舒服，喝了一杯咖啡就觉得好些了。我望着竖在那里的那个酒瓶。这是一种可怕的诱惑，但是我说：‘让它见鬼去吧，我才不想它呢。’我又点燃一支香烟。我以为伊莎贝尔随时都会回来，可她没有来；我变得紧张极了；我讨厌她让我等待，而且房间里没有一点儿书报可读。我开始在房间里踱步，看看画，但我总是会看见那个该死的酒瓶。接着我觉得我不妨只倒出一杯酒看一看。它的颜色是那么漂亮。”

“是淡绿色。”

“是的。好笑的是，它的颜色跟它的气味是完全一致的。它就像你有时会在一朵白玫瑰的花心里看到的绿色。我得试试它的味道是不是那样的，我觉得尝尝味不会伤害到我；我只打算抿一小口，这时我听到一个声响，我以为是伊莎贝尔回来了，于是我把一杯酒都吞下去了，因为我不想让她逮到我。可那压根儿就不是伊莎贝尔。天啊，这使我感觉很爽，自从我戒酒以来，我还没有觉得这么好过。我真正地开始感到活过来了。如果那时伊莎贝尔回来了，我想我现在已经嫁给莱雷了。我真不知道结果会是怎样。”

“她没回来吗？”

“没有，她没回来。我对她很恼火。她以为自己是谁，竟然让我等了那么久？这时我看到酒杯又满了；我想一定是我不假思索就把酒倒出来了，不过，不管你信不信，我真不知道自己倒了酒。把酒倒回去似乎很傻，于是我把酒喝掉了。不可否认，它的确好喝。我觉得自己变成了另一个人；我想笑，我有三个月失去这种感觉了。你还记得那个老先生说他曾看见波兰的伙计们大杯喝着那种酒而面不改色吗？哼，我想那些狗娘养的波兰人能喝多少，我就能喝多少，偷羊羔和偷大羊同样要上绞架，于是我把杯子里的咖啡渣倒进壁炉里，斟了满满一杯酒。说什么像母亲的乳汁——瞎说！后来我不大清楚发生了什么事情，但我相信在我喝够了的时候那个酒瓶里已经没剩多少东西了。接着我觉得我得趁伊莎贝尔回来之前溜走。她差一点儿撞见我。我刚走出前门就听到了乔安的声音。我跑上楼梯，一直等到断定她们进了公寓之后才跑下来，坐进一辆出租车。我叫司机拼命开，当他问我去哪里时，我冲着他的脸哈哈大笑。我的感觉棒极了！”

“你回自己的公寓了吗？”我问道，尽管我知道她没回公寓。

“你把我当成了什么样的大傻瓜？我知道莱雷会来找我。我不敢去我以前常去的那些地方，所以我去了哈吉姆商店。我知道莱雷决不会去那里找我。此外，我想抽一口。”

“哈吉姆商店是什么地方？”

“哈吉姆商店吗？哈吉姆是个阿尔及利亚人，只要你有钞票付给他，他总能给你弄到鸦片。他是我一个不错的朋友。他会为你弄到你想要的一切，男孩、男人、女人或黑鬼。他有半打阿尔及利亚人可供差遣。我在那里住了三天。我不知道有多少男人没跟我睡过。”她开始咯咯直笑，“各种身材的，各种高矮和肤色的。我要把失去的时间全补回来。可是你知道，我很害怕。我在巴黎觉得不安全，我担心莱雷找到我，而且我没剩多少钱了，那些杂种你得付钱给他们才会跟你上床，所以我出来了，我回到公寓，给了门房一百法郎，告诉她，如果有人来问起我，就说我已经离开了。我把东西打了包，那天夜里坐火车到了土伦。直到来了这里，我才真正放下心来。”

“从那时起你就一直住在这里吗？”

“那还用说，而且我打算一直待下去。你要多少鸦片都能买到，水手们从东方带来的，是好货，不是他们在巴黎卖给你的那种垃圾。我在饭店里租了个房间。就是贸易与海军饭店，你懂的。当你在夜里走进那家饭店，走廊里弥漫着鸦片的烟雾，”她风骚地吸着空气，“又香又辣，你就知道他们在房间里抽鸦片，这会给你一种亲切如家的感觉。他们不在乎你把谁一起带进去。他们在早晨 5 点钟来捶你的门，把水手叫起来，让他们回船，所以你根本不用担心迟到。”接着，她没有说一句过渡的话，就突兀地说道：“我在码头旁边的一家书店里看到了你写的一本书；如果知道我会遇见你，我就会买一本来请你签名。”

在经过书店时，我曾停下看了一下橱窗，留意到在新书栏里摆着我的一部新上市小说的译本。

“我觉得那本书不会给你带来多少娱乐。”

“我不懂为什么不会。我能读书，你知道的。”

“而且你也能写书，我相信。”

她迅速地看我一眼，开始大笑，然后说：“是呢，我小时候常写诗。我猜想写得很糟糕，可我认为很好。我想莱雷告诉你了。”她踌躇了片刻，“生活总是如地狱一般，不过如果从中可以得到任何乐趣，而你不去得到它，那你就是该死的傻瓜。”她挑战性地昂起了头，“如果我买来那本书，你会给我签名吗？”

“我明天就离开啦。如果你真的需要它，我会给你弄一本，留在你住的饭店里。”

“那就太好了！”

接着她朝什么人挥手，一边对我说：“那是我的男朋友。你可以请他喝一杯，然后快点离开。他是科西嘉人，和我们的老朋友耶和华一样爱吃醋。”

一个小伙子向我们走来，当他看见我时，迟疑了一下，但见我们向他招手，便走到我们的桌前。他是高个子，肤色黝黑，胡子刮得很干净，两只黑眼亮晶晶的，鹰钩鼻，一头卷发乌光发亮。他看上去不会超过二十岁。索菲介绍说，我是她小时候的美国朋友。

“木讷而帅气。”索菲对我说。

“你喜欢他们的粗野，对吧？”

“越粗野越好。”

“总有一天你会被割断喉咙的。”

“那一点儿也不奇怪，”她咧嘴笑了，“死了清静，不用过这垃圾日子。”

“是人就得讲法语，对吧？”那水手厉声说道。

索菲转向他略带嘲讽地一笑。她的法语讲得流利，满口俚语，带有浓重的美国口音，但这使她常用的那些粗俗下流的口语词汇有了一种滑稽的味道，所以你听了禁不住要笑。

“我刚才对他说你长得帅，怕你不好意思，我才用英语说的。”她又对我说：“他很强壮。他有拳击师的肌肉。你摸摸看。”

那水手满脸的阴云被索菲甜言蜜语的奉承驱散了，他得意地笑着，弯起胳膊，让二头肌耸立起来。

“摸摸吧，”他说，“再摸，摸吧。”

我摸了他的肌肉，表达了适度的钦佩。我们聊了几分钟。我付了酒钱，起身说道：“我得走了。”

“见到你真好。别忘了给我书。”

“我不会忘的。”

我和他们两人一一握手道别，闲逛而去。途经书店时，我停下买了那本小说，写上了索菲的名字和我自己的名字。接着，由于我突然想起了各种文选无不收录的龙沙那首可爱的短诗，而我一时又想不出别的话，于是我把那首诗的第一行写了上去：

“小可爱，让我们看看玫瑰……”

我把书留在那家饭店。它就在码头上，我经常住在那里，因为当黎明时分呼唤夜晚请假上岸过夜的水手返回岗位的号声把你惊醒时，红日朦胧地升起在海港平静的水面上，使那些幽灵般的船舶笼罩于一种神秘的丽彩之中。第二天我们驶往加西，我想在那里买些酒，然后驶向马赛，去挂上我们定做的新帆。一星期后我回到了家里。

七

我看到埃略特的男佣约瑟夫留下的字条，告诉我埃略特卧病在床，很想见见我，于是第二天我驱车到了昂蒂布。约瑟夫在领我上楼去见主人之前，告诉我埃略特得了尿毒症，大夫认为他的病情很重。他已经熬过来了，情况正在好转，但他得了肾病，不可能彻底痊愈。约瑟夫跟了埃略特四十年，对他忠心耿耿，但尽管他做出一副惋惜的样子，我却不能不留意到，和他这个阶层的许多成员一样，当主人家遭到灾难时他内心会有些幸灾乐祸。

“这位可怜的先生，”他叹息道，“显然他有些狂躁，但他骨子里是个好人。人迟早总要死的。”

他那口气好像是说埃略特只剩最后一口气了。

“我相信他已经为你做好了安排，约瑟夫。”我板着脸说。

“肯定要做这个指望。”约瑟夫悲哀地说。

当他把我领进卧室时，我意外地看到埃略特非常活泼。他脸色苍白，一副老相，但非常神气。他刚刮过脸，头发梳得整整齐齐。他身穿浅蓝色的丝绸睡服，衣袋上绣着他姓名的首字母，而姓名缩写的上方是他的伯爵冠。翻过来的被单上也绣了姓名缩写和伯爵冠，绣得更大更粗。

我问他感觉怎么样。

“非常好，”他欢快地说，“只是一时的不适。再过几天我就要下床活动啦。我已经约好季米特里大公星期六和我共进午餐，而且告诉我的大夫，一定要不惜代价在那以前把我调理好。”

我在那里陪了他半个钟头，出门时我告诉约瑟夫，如果埃略特病情复发，一定要通知我。一星期后我去一个邻居家吃午饭，看到埃略特在那里，我大吃一惊。他身穿赴宴的礼服，看上去像死人一样。

“你不应该出门，埃略特。”我对他说。

“噢，什么屁话，老伙计。弗里达在等候马法尔达公主呢。自从可怜的路易莎驻节于罗马以来，我认识意大利王室有好多年啦，我可不能让可怜的弗里达失望。”

我不知道是应该钦佩他不屈不挠的精神，还是应该可怜他偌大年岁，大病缠身，还保留着他的社交激情。你决不会想到他是个病人。他就像一个垂死的演员，当把油彩涂到脸上登上舞台的时候，他会暂时忘掉所有的痛苦。埃略特以他惯有的自信扮演他完美廷臣的角色。他对那些显贵无限亲热，殷勤周到，以他擅长的恶毒挖苦来取悦于人。我觉得我从未见他把他的社交才能发挥得这么淋漓尽致。当公主殿下离去时，我听到女主人对埃略特说，他是这次聚会的灵魂，此话一点儿也不令我惊讶。（公主殿下告辞的时候，埃略特鞠躬时的优雅姿态，把他对殿下高贵地位的崇敬和一个老年男子对一位漂亮女人的钦慕融合在一起，真是令人大开眼界。）

几天后他又卧床了，大夫禁止他离开房间。埃略特很气恼。

“恰好在这个时候病倒，真是太糟糕了！这是个格外出色的社交季节。”

他一口气念出了一长串名字，都是正在里维埃拉消夏的要人。

我每隔三四天去看他一次。他有时躺在床上，但有时又穿着艳丽的晨衣躺在睡椅上。他似乎有穿不完的晨衣，我记得我从未见过他把一件晨衣穿过两次。在我探视他的这些日子里，在 8 月初的一天，我发现埃略特安静得非同寻常。约瑟夫在领我进去的路上已经告诉我，他的病好了一些，所以我见他那么无精打采，便感到意外。我用我听到的海滨一带的八卦来逗他开心，但他明白地表示不感兴趣。他双眉微蹙，表情忧郁，这在他身上是不常见的。

“你会去参加埃德娜·诺维马里的派对吗？”他突然问我。

“不，当然不去。”

“她邀请你了吗？”

“她请了里维埃拉的每一个人。”

诺维马里公爵夫人是一个拥有巨大财富的美国人，她嫁给了罗马的一位公爵，但不是那种在意大利到处可见的寻常公爵，而是一个伟大家族的首脑，是在 16 世纪为自己开拓了一个公国的雇佣兵队长的后裔。她是个六十岁的女人，是个寡妇，由于法西斯当局要她从美国的收入中拿出很大一部分交给政府，她觉得受不了，便离开了意大利，在戛纳后面一块很好的地皮上，为自己盖了一座佛罗伦萨式的别墅。她从意大利带来了大理石，给她那宽敞的会客室砌墙，并从外国请来漆匠油漆天花板。她收藏的画，她的青铜艺术品，极为精美，就连埃略特这个不喜欢意大利家具的人，也不得不承认她的家什非常壮观。花园都很可爱，游泳池肯定需要一笔不小的费用。她的接待规模很大，桌边就座的宾客从来不少于二十人。她准备在8月份月圆的时候举办一个化装舞会，尽管离现在还有三个星期，却已成了里维埃拉人谈论的唯一话题。聚会上会放烟火，她还会从巴黎请来一个有色人种的乐队。那些流亡的王公贵族正在怀着妒忌的羡慕之情互相转告，她为此所花的钱，足够他们维持一年的生活还会有余。

“真慷慨！”他们说。

“真疯狂！”他们说。

“没品位！”他们说。

埃略特问我：“你打算穿什么衣服？”

“可我刚才对你说过了，埃略特，我不打算去。我这把年纪了，你可别以为我还会穿化装舞会的那些怪衣。”

“她没有请我。”埃略特声音嘶哑地说。

他那憔悴的眼睛望着我。

“噢，她会请你的。”我冷淡地说，“我敢说所有的请帖都没发出来。”

“她不打算请我。”他的声音有点儿哽咽，“这是有意的侮辱。”

“噢，埃略特，我不信。我断定只是一个疏忽。”

“我这样的人，人们是不会疏忽的。”

“反正你身体不好，请了你你也去不了。”

“我当然能去。那是这一季最精彩的派对！哪怕我奄奄一息我也要下床去参加。我有先祖洛里亚伯爵的服装可以穿。”

我不知道应该说些什么，于是保持沉默。

“保尔·巴顿来看过我，就是在你到来之前。”埃略特忽然说。

我不指望读者还记得这个人，因为我自己都得回顾一下我在前面是怎么称呼他的。保尔·巴顿是个年轻的美国人，埃略特曾把他介绍到伦敦的社交界，当他不再需要埃略特的时候，他过河拆桥，不再理睬埃略特，引起了埃略特对他的愤恨。他最近颇受公众青睐，首先因为他取得了英国国籍，然后是因为他娶了一位已被封为贵族的新闻大亨的女儿，有了这样的背景，有了自己的历练，显然他是前程无量。埃略特非常痛苦。

“每当我在夜里醒来，听见老鼠在护墙板里抓挠的时候，我就说：‘这是保尔·巴顿在钻营。’相信我，老伙计，他最终会进入上议院的。感谢上帝，我不会活着见到那一天了。”

“他来干什么？”我问道。我和埃略特都知道，这个年轻人是无利不起早的。

“我来告诉你他要干什么，”埃略特咬牙切齿地说，“他要借我的洛里亚伯爵服！”

“精神病！”

“你还没看出这意味着什么吗？这意味着他知道埃德娜没有请我，而且也不打算请我。是她让保尔来的。这老婊子！要是没有我，她什么也干不成！我为她举办派对。她认识的人都是经我介绍的。她跟她的司机睡觉；这件事你当然是知道的。叫人作呕！保尔就坐在那里对我说，她要把整个花园照得通明透亮，还要放烟火。我爱看烟火。他还告诉我，埃德娜被那些想得到邀请的人缠得心烦，但她把他们统统拒绝掉了，因为她要把这个晚会办得出类拔萃！他那讲话的口气，好像根本就不存在要不要邀请我的问题。”

“你把伯爵服借给他了吗？”

“我要先看见他死去并进了地狱。我要穿着那套衣服进坟墓。”埃略特在床上坐起来，如同心神错乱的女人一样前俯后仰。他说：“噢，太冷酷无情啦！我恨他们，我恨他们所有的人。当我能够招待他们的时候，他们很乐意巴结我，但我现在老了，病了，他们用不着我了。自从我卧病不起以来，来探望我的还不到十个人，整整这个星期我只收到可怜巴巴的一束花。我对他们仁至义尽啦。他们吃我的饭,喝我的酒。我替他们跑腿办事。我帮他们操办派对。我掏心掏肺地帮他们。而我得到了什么报答呢?一无所得,一无所得,一无所得啊!他们没人关心我的死活。啊,真是太冷酷啦!”他哭起来了,大颗的泪珠淌下他憔悴的面颊,“天哪,我真希望我当初没有离开美国!”

看到这么大岁数的人,在行将就木的时候,因为没有受到参加派对的邀请,竟然哭得像个孩子,是令人感到悲哀的。我感到震惊,同时心酸不已。

“别在意,埃略特,”我说,“派对当晚说不定会下雨呢。雨会把舞会毁掉的。”

他抓住了我这句话,就像人们常说的快要淹死的人抓住了稻草。他眼泪汪汪地咯咯笑起来。

“我倒没想到这一层。我要向上帝求雨,我以前从没这样求过。你说得太对了;雨会把舞会毁掉。”

离开前我设法把他那孩子气的心思转移到别的方面去,使他高兴起来,如果办不到的话,至少也要让他平静下来。但我还不愿就此罢手,于是在回家之后,立即打电话给埃德娜·诺维马里,说我第二天要去戛纳,问我能否和她共进午餐。她含蓄地回答说她很高兴,不过明天不会举办宴会。然而当我到达她家时,发现除她以外还有十人在座。她本性不坏,既慷慨又好客,她唯一的严重缺陷是毒舌。她总是忍不住要说令人不愉快的话,哪怕是说到最亲密的朋友时也是如此,但她这么做是因为她是个笨女人,不懂得用别的办法来令别人开心。由于她的口头诽谤被传来传去,她恶毒诽谤的对象往往不和她说话,但由于她举办的派对很出色,其中许多人过上一阵子觉得还是原谅她为好。我不愿让埃略特因为请求她邀请自己参加她那豪华的舞会而遭受屈辱,于是我等待着，打算相机行事。一谈到她的舞会，她就眉飞色舞，午餐中的谈话毫不涉及别的事情。

“要是埃略特有机会穿上他那身菲力普二世式的服装，他会很高兴的。”我说话时尽可能装得漫不经心。

“我没请他呀。”埃德娜说。

“为什么？”我假装惊讶地问道。

“我干吗要请他？他在社交界已无足轻重啦。他那么乏味，势利，老爱传播丑闻。”

如果把这些指责安到她自己头上，同样不会冤枉她，所以我认为她说得有点儿过分。她真是个傻瓜。

“而且，”她补充说，“我想要保罗穿埃略特的衣服。他穿上那套衣服会显得妙极了！”

我没再说什么，但我打定主意要想方设法为可怜的埃略特弄到他渴望的那份请柬。午餐后埃德娜领着她那些朋友去了花园。这就给了我想要的机会。曾几何时我在这所房子里住过几天，所以清楚它的布局。我猜想还会有许多请柬剩下来，它们应该是在秘书的房间里放着。我朝秘书室疾步走去，想顺手拿一份请柬装进口袋，写上埃略特的名字寄出去。我知道他病得很厉害，根本来不了，但收到请柬对他是有重大意义的。当打开房门时，我大吃一惊，我看到埃德娜的女秘书在桌后坐着。我本以为她还在用餐。她是个中年的苏格兰妇女，名叫凯斯小姐，生着一头沙黄色的头发，一张雀斑脸，戴着夹鼻眼镜，看上去肯定是个处女。我让自己稳住心神。

“公爵夫人领大家游花园去了，我想到我可以待在你这里抽支烟。”

“欢迎。”

凯斯小姐说话带有苏格兰人的小舌颤音，当她沉溺于她最喜爱的冷幽默时，她会把这种颤音延长，使她说的话极为逗笑，可是当你笑得弯不下腰时，她会以郁闷的惊讶表情看着你，好像觉得你故意要把她说的话都当成笑柄。

“我想这次舞会给你增添了太多的工作量，凯斯小姐。”我说。

“我都忙得晕头转向了。”

我知道可以信任她，于是单刀直入地说：“那老太婆为什么不请坦普尔顿先生？”

凯斯小姐严肃的面孔上闪现一丝笑意，说道：“你知道她的为人。她不喜欢坦普尔顿先生呗。她亲手从名单上划掉了坦普尔顿先生的名字。”

“坦普尔顿先生快死了，你懂的。他再也起不了床了。你们不请他使他深受伤害。”

“如果他想跟公爵夫人友好相处，就该放聪明些，不要逢人就说夫人跟自己的司机睡觉。那司机有老婆，还有三个孩子。”

“她和司机睡了吗？”

凯斯小姐透过夹鼻眼镜看着我，说：“我当秘书有二十一年了，亲爱的先生，我给自己订了条规矩，要相信我的所有雇主都和雪花一样纯洁。我承认，我的一位女雇主发现自己有了三个月的身孕，而老爷去非洲猎狮已有六个月，那时我的信仰受到了痛苦的考验，但她去巴黎做了一次小小的旅行，那同时又是一次花费很高的小小旅行，于是一切都妥当了。夫人和我都如释重负地叹了口气。”

“凯斯小姐，我不是来这里陪你抽烟的，是想来偷一份请柬，然后由我自己寄给坦普尔顿先生。”

“那么做可就太不道德了。”

“我承认。做人必须堂堂正正。凯斯小姐，给我一份请柬吧。他不会来参会，而这请柬会使那可怜的老人快活起来。你对他并不反感，对吧？”

“不反感。他对我总是很有礼貌。他是个绅士，这是我对他的评价，来到这里用公爵夫人的花费填饱肥肚皮的那些人，大部分都得不到这样的评价。”

所有的要人身边都有个提供忠告的下属。这些下属对于人们的轻蔑非常敏感，当别人的态度令他们不满时，他们就会精心调整矛头的指向，一遍又一遍地在主人耳边嚼舌根，以针对引起了他们敌意的那些人。你最好跟他们友好相处。埃略特比任何人都明白这一点，他对于无名小卒，对于老女仆或心腹秘书，总是以善言相对，总是以亲切的微笑相向。我断定他常和凯斯小姐开心地互相打趣，在圣诞节不会忘记送给她一盒巧克力、一只小化妆盒或一只手提包。

“快呀，凯斯小姐，发发善心吧。”

凯斯小姐把她那夹鼻眼镜更牢地夹到她那突起的鼻梁上，说：“我肯定你不希望我做出任何对我雇主不忠的事情，毛姆先生，何况，如果那老母牛发现我没有听她的话，会把我炒掉的。请柬就在桌上，装在信封里。我要去眺望窗外了，一方面是因为坐在这里太久，腿都弯得难受了，我要伸伸腿脚，另方面也是想看看美景。我转过背之后发生了什么事情，无论上帝还是人都没法叫我对它负责。”

当凯斯小姐回到座位上时，我衣袋里已经装了一份请柬。

“见到你太愉快啦，凯斯小姐。”我说着，把手伸给她，“你会穿什么衣服去参加化装舞会呢？”

“我是牧师的女儿，亲爱的先生，”她回答，“我把这种蠢事留给上流阶级去干。当我照应《先驱报》和《邮报》的记者吃了一顿丰盛的晚餐，喝了一瓶我们次佳的香槟之后，我的任务就完成了，我会回到卧室，关起门来读侦探小说。”

八

两天后，当我去看埃略特时，只见他喜气洋洋。

“瞧，”他说，“我收到请柬啦。今天上午寄到的。”

他从枕下取出请柬，拿给我看。

我说：“我不是对你说过吗？你瞧，你的名字是以T打头的。显然是秘书刚刚处理到你这里。”

“我还没答复呢。我明天回复。”

我对此有了片刻的惊恐，说道：“要我替你回复吗？我离开这里时可以把它邮走。”

“不，为什么要你回复？我完全可以亲自回复请柬。”

我想，如果幸运的话，信封会由凯斯小姐拆开，她会想到要把回信压下来的。

埃略特按了电铃，说：“我想给你看看我的服装。”

“你不会是还想去吧，埃略特？”

“我当然想去。自从参加博蒙家的舞会以后，我还没穿过它呢。”

约瑟夫应铃而来，埃略特吩咐他去取衣。那套衣服装在一只大板盒里，外边裹着一层薄纸。其中有一条白绸紧身裤，一条镶了白缎边的带衬垫的金色布裤，配上紧身上衣，还有一件斗篷，一个围在脖子上的环状领，一顶扁绒帽，一条挂金羊毛勋章的长金链。我认出它是一套仿制品，仿制了提香所作肖像画中菲力普二世所穿的华服，这张画就在普拉多。当埃略特告诉我这确实是洛里亚伯爵在西班牙国王和英国女王的婚礼上所穿的那套服装时，我只能认为他是在随意想象。

第二天早晨正吃早餐时，我被叫去接电话。约瑟夫来电说，埃略特昨晚再次发病，紧急应召而来的大夫说，不知他是否能熬过今天。我叫来了汽车，开往昂蒂布。我发现埃略特已失去知觉。他本来坚决不肯用护士，但我看到有一名护士在场，是大夫从尼斯和博留之间的那所英国医院叫来的，我很高兴看到有她在。我出去给伊莎贝尔发电报。她和格雷带着孩子在费用不高的拉包尔海滨疗养所消夏。路途遥远，我担心他们不能及时赶到昂蒂布。除了她的两位哥哥以外，她是埃略特唯一在世的亲戚，而她那两位哥哥，埃略特已有多年未见了。

但是，或许是因为埃略特有强烈的生存意志，或者是医生的治疗起效了，他在白天里渐渐恢复过来。虽然极度疲劳，但他还故作潇洒，针对那位护士的性生活向她提出一些猥亵的问题来寻开心。下午的大部分时间我都陪着他，第二天我再去看他时，发现他尽管很虚弱，但相当快活。护士只让我在他身边待很短的时间。我因为没有收到回电而发愁。我不知道伊莎贝尔在拉包尔的地址，我是把电报发往巴黎的，我担心门房没有及时转给她。直到两天后，我才收到回电，说他们马上动身。事情确实很不凑巧。格雷和伊莎贝尔在布列塔尼乘汽车旅行，所以刚刚收到我的电报。我查了查列车时刻表，得知他们至少要在三十六个小时以后才能赶到。

第二天早晨约瑟夫再次打来电话，通知我埃略特夜里情况很不好，现在要求见我。我匆匆赶过去。我到后，约瑟夫把我拉到一边，说："请先生原谅，我要和您谈一个微妙的问题。我当然是个自由思想者，认为所有宗教只是僧侣用来统治人民的阴谋，可是先生，您知道女人会想些什么。我妻子和使女坚持要这位可怜的绅士接受最后的圣礼，而剩下的时间显然已经不多了。"他有点儿难为情地望着我，"其实谁也说不准，如果一个人要死了，调整一下和教会的关系，或许会更好一点儿。"

我完全理解他。大部分法国人不管如何放肆地嘲弄宗教，当结局到来时，他们都愿意跟宗教讲和，宗教是他们血液和骨子里的一部分。

“你是要我向他提这个建议吗？”

“如果先生有这份好心的话。”

这不是我想干的差事，不过埃略特毕竟多年来是个虔诚的天主教徒，他履行对这种宗教的义务倒是恰当的。我上楼到了他的房间。他仰卧在床上，干瘪，虚弱，但神志完全清醒。我叫护士出去，让我俩单独谈谈。

“我恐怕你病得很重了，埃略特，”我说，“我想知道你是否愿意见见神父？”

他默默地望了我一分钟，然后才回答：“你是说我要死了？”

“噢，我想不会的。但不妨把事情做得万无一失。”

“我明白。”

他沉默了。当你不得不把我刚才告诉埃略特的事情告知某个人时，真是一个可怕的时刻。我不敢看他。我咬着牙，生怕我会哭出来。我坐在床沿上，面对着他，伸出胳膊撑住身体。

他拍拍我的手，说：“别难过，老伙计。要注意体面，你懂的。”

我歇斯底里地笑了。

“你是个搞笑的人，埃略特。”

“那就更好。现在请给主教打个电话，就说我愿意忏悔，接受临终涂油礼。如果他能派查理神父来，我会很感激。查理神父是我的朋友。”

查理神父是主教的司教代理，我在前面曾经提到过他。我走到楼下打电话。我找到了主教本人。

“很急吗？”他问。

“很急。”

“我马上去办。”

大夫来了，我把自己刚做的事情告诉了他。他和护士一起上楼去看埃略特，而我在一楼饭厅里等着。从尼斯到昂蒂布开车只需二十分钟，半小时多一点儿之后，一辆黑色轿车开到了门外。约瑟夫走到我跟前，慌慌张张地说：“来的是主教本人，主教亲自来了。”

我出门迎接主教。他没像平常那样由司教代理陪同，而是由一名年轻神父陪同，我不知原因何在。年轻神父提着个篮子，我猜想篮子里装的是施行圣礼所需的器具。跟在后面的司机提着个破旧的黑色旅行包。主教和我握了手，给我介绍了他的同伴。

“我们可怜的朋友怎样了？”

“恐怕他病得很重，阁下。”

“能给我们找个房间，容我们换上圣袍吗？”

“餐厅就在这里，阁下，客厅在二楼。”

“餐厅就完全可以了。”

我把主教领进餐厅。约瑟夫和我等在过厅里。不一会儿门就开了，主教走出来，年轻神父随后，手捧圣餐杯，杯子上面是盛了圣饼的盘子。那杯盘上覆盖着一块精细到透明程度的麻纱餐巾。我只在一次晚宴或午餐会上见过主教，他食量很大，享用了美食和一杯美酒，活灵活现地讲一些好笑的有时是下流的故事。他那时给我的印象，是个中等身高的五大三粗的汉子。现在他身穿法衣和披肩，不仅显得高大，而且显得庄严。他那张红脸，平时总是由于带着阴险却不失和善的笑容而起皱纹，此刻却很严肃。他的外表没有留下他过去当过骑兵军官的痕迹；他看上去的确符合他的身份，即教会里的大人物。我看到约瑟夫在胸前划着十字，一点儿也不惊奇。主教歪着头，向他微微鞠躬。

“领我去见病人吧。”他说。

我给他让路，让他领先于我上楼，但他叫我走在前面。我们在庄严的沉默中上了楼。我走进埃略特的卧室。

“主教亲自来了，埃略特。”

埃略特挣扎着抬起身子坐了起来，说道：“主教阁下，这对我来说是不敢奢望的荣幸。”

“别动，我的朋友。”主教转身对护士和我说，“你们出去吧。”接着他对那位神父说：“到时候我会叫你。”

年轻的神父环顾左右，我猜到他是想找个地方放下圣餐杯。我把梳妆台上的龟壳刷子推向一边。护士下楼去了，我把神父领到埃略特用作书房的隔壁房间。窗户开着，外边是一片蓝天，他走过去，在一扇窗户边站下。我坐下来。繁星帆船比赛正在进行，船上的帆衬着蔚蓝的天色闪着耀眼的白光。一艘船体漆黑的大型纵帆船扬起了红帆，迎着微风驶向港口。我认出这是一艘龙虾船，满载从撒丁岛捕获的海产，给娱乐场所的欢乐晚宴供应海味。透过关闭的门扇，我可以听见压低嗓门喃喃说话的声音。埃略特在忏悔。我极想抽烟，但担心划火柴点烟的声音会使神父受惊。他纹丝不动地站着，看着窗外，他是个瘦弱的年轻人，他那浓厚的黑色卷发，他那秀美的黑色眼珠和橄榄色的皮肤，表明他是意大利人的后裔。他的相貌上有南方人奔放的热情，我问自己，是什么急迫的信仰，是什么燃烧的欲望，致使他放弃了生命的快乐，放弃了他这个年纪的欢愉，放弃了感官的满足，而献身于服务上帝的事业呢？

突然，隔壁房间的声音平息了，我看着房门。门开了，主教出来了。

“来吧。”他对年轻神父说。

只剩下我一个人了。我又听到了主教的声音，我知道他是在背诵教会规定要为临终者说的祷告词。接着又是一阵寂静，我知道埃略特正在吃基督的肉、喝基督的血。不知道是出于一种什么样的感情，我想也许是从远祖那里继承而来的吧，尽管我不是天主教徒，但每当参加弥撒时，听到神父的跟班摇响小铃通知我神父已举起圣饼时，我便会感到一阵战栗；现在也是如此，我战栗了，仿佛一股冷风吹透了我的全身，我因恐惧和惊奇而战栗。门又开了。

“你可以进来了。”主教说。

我进去了。年轻神父正在把麻纱餐巾覆盖到杯子和盛过圣饼的镀金小盘子上。埃略特目光炯炯，说道：“送主教阁下上车吧。”

我们走下楼梯。约瑟夫和女仆们在过厅里等候。女仆们在哭泣。她们共有三人，一个接一个走上前来，跪下，亲吻主教的戒指。主教伸出两个指头为她们祝福。约瑟夫的妻子用手肘轻推丈夫，约瑟夫走上前来，也跪下亲吻主教的戒指。主教微微一笑。

“你是个自由思想者吧，我的孩子？”

我看得出来，约瑟夫在努力控制自己。

“是的，阁下。”

“不用为此不安。你一直是忠于主子的好仆人。上帝不会计较你的误解。”

我陪主教走到街上，为他打开车门。他向我鞠躬，带着宽容的笑容上了车。

“我们可怜的朋友很沮丧呢。他的缺点是表面上的；他宅心仁厚，善待同胞。”

九

我想埃略特在参加了宗教仪式之后可能想单独待着，于是我到了楼上的客厅，开始看书。可是我刚刚坐下，护士就进来了，说埃略特要见我，我又爬了一段楼梯，来到他的卧室。不知究竟是因为大夫给他打了一针，以帮助他支撑着通过面临的考验，还是因为考验本身带来的兴奋，他现在恬静而愉快，两眼闪闪发光。

“极大的荣幸啊，老伙计，”他说，“我将手持教会巨擘给我写的介绍信进入天国。我想所有的门都会对我开放的。”

“恐怕你会看到你的同伴中有各色人等。”我笑着说。

“别那么想，老伙计。圣经上说，天国和尘世一样有阶级之分。有六翼天使和小天使，有天使长和普通天使。我一直在欧洲最高雅的社交界活动，我深信我将来也会活跃在天国最高雅的社交界。我们的主说过：吾父之宫廷有许多宅邸。它根本不适合让大众以他们完全不熟悉的方式去居住。”

我猜想埃略特所看到的天国住宅，就是罗特柴尔德男爵的城堡所呈现的样子，四壁都有 18 世纪的镶板，屋子里摆着布尔式的桌子，镶嵌细工的橱柜，以及路易十五式的家具，覆盖着原来的斜针绣布罩。

“相信我，老伙计，”他停顿片刻后继续说道，“天国不会有这种该死的平等。”

他突然不知不觉地睡着了。我拿了本书坐下来读。他时睡时醒。护士在 1 点钟进来了，告诉我，约瑟夫已给我备好午饭。

约瑟夫被征服了。他说：“想不到主教会亲自过来，先生。他给了我们可怜的主人很大的面子。您看到我亲吻他的戒指吗？”

“我看见了。”

“那种事情可不是我自己要做的！我是为了满足我那可怜的妻子。”

那天下午我是在埃略特的房间里度过的。其间收到伊莎贝尔的一份电报，说她和格雷将乘蓝色快车于第二天上午到达。我觉得他们未必能够赶上。大夫来了，摇摇头。太阳西沉时埃略特醒了，能吃一点点儿营养品。这似乎使他暂时有了力量。他招呼我，我走到床前。他的声音非常微弱。

"我还没有回复埃德娜的邀请。"

"噢，现在别管那件事了，埃略特。"

"为什么不管？我一直是个人情练达的人；在我快要离世的时候，我没有理由忘掉自己的礼貌。请柬在哪儿？"

请柬在壁炉架上，我取过来交到他手里，但我怀疑他是否看得见。

"你在我书房里可以找到一本信纸。请你把它取来，我要口授回函。"

我到隔壁房间取来了信笺。我在他床边坐下。

"准备好了吗？"

"好了。"

他闭上了眼睛，但嘴上挂着淘气的笑容，我很想知道他会说出什么话来。

他轻声而诡秘地嘿嘿一笑。他的脸变成了怪异的青白色，显得有些可怕，他呼出他那种病所特有的令人恶心的臭气。可怜的埃略特，过去一直喜欢喷香奈儿牌和莫林诺牌的香水。他仍然攥着那份由我偷来的请柬，我觉得这对他是个妨碍，想从他手里取过来，但他紧抓不放。我吃惊地听到他高声说：

"那老婊子！"

这是他的临终遗言。他昏迷过去了。护士头天晚上守了他一夜，满脸倦容，于是我叫她去睡觉，许诺在需要时会叫她，并说我会守夜。其实根本无事可干。我点燃一盏有罩的灯看书，直到眼痛起来，于是我将灯关灭，坐在黑暗里。夜很暖，窗户敞开着。每隔一段时间，灯塔的灯光在室内掠过一次。月亮落山了，在再度月圆时，它将照射着埃德娜·诺维马里那场化装舞会的无聊喧闹的欢乐场景。此刻，在天空中，在深蓝深蓝的背景下，无数星星发出可怕的光亮。我想我可能迷糊睡去了一阵，但我的感官还醒着，突然我被一阵急促而愤怒的声响惊醒，意识高度紧张起来。那是人人都可听到的最最令人敬畏的声响，是死亡的脚步声。我走到床前，借着灯塔的光线，去摸埃略特的脉搏。他死了。我点亮他床边的灯，望着他。他的下巴掉下来了。他的眼睛睁着，我朝他的眼睛里凝视了一分钟，才把那眼睛合上。我动容了，我想还有几行眼泪流下了我的面颊。一位善良的好朋友。想到他这一生是多么愚蠢，多么无益，多么琐屑，我就感到难过。他参加过那么多聚会，他曾和那么多亲王、公爵和伯爵把盏交谈，现在都无关紧要了。他们已经把他遗忘。

我觉得没有必要叫醒精疲力竭的护士，于是我回到我在窗前的椅子上坐下。护士在 7 点钟进来时我还在睡梦中。我让她去做她认为该做的事情，我自己去吃早饭，然后我去火车站接格雷和伊莎贝尔。我告诉他们埃略特已经死了，由于他的住所没地方供他们住下，我邀请他们住在我那里，但他们宁愿去住饭店。我回到自己家里洗了个澡，刮了刮胡子，换了身衣服。

当天上午，格雷打电话告诉我，约瑟夫给了他们一封信，是埃略特写给我的，委托约瑟夫转交。由于信中也许有些内容是只让我一个人看的，我说我马上就开车过去，于是不到一个小时之后，我再次走进了那所房子。那封信，在信封上写着“于我死后立即转交”，信里写了他对葬礼的要求。我知道他一心想埋在他自己建造的那所教堂里，而且我早已告诉了伊莎贝尔。他希望保存尸体不腐，并指明让哪家商号承办此事。“我咨询过了，”他在信中接着写道，“得知这家公司此项业务干得很漂亮。我委托你盯着他们，不让他们敷衍了事。希望穿上我祖先洛里亚伯爵的服装，腰部佩上他的剑，胸戴金羊毛勋章。我请你来为我挑选棺木。棺木要朴素无华，但要适合我的身份。为了不给任何人带来不必要的麻烦，我希望托马斯·库克父子殡仪馆会为我的遗体运送做好一切安排，并派其一人将我的棺材护送到最终的安息之地。”

我记得埃略特说过，他要穿上他那套奇异的服装下葬，但我一直以为那只是一时的奇想，没想到他是认真的。约瑟夫坚持要照埃略特的遗愿办理，似乎也没有理由不照办。遗体做了恰当的防腐处理，接着是我和约瑟夫去给他穿上那套荒诞的服装。这是一桩吓人的差事。我们将他的长腿套进那白绸紧身裤，又把金色布料的宽短裤拉扯着套上去。我们给他穿好上了浆的大环状领，又把缎子斗篷披到他的肩膀上。最后我们把那顶平绒帽子戴到他头上，把金羊毛勋章的项链戴到他脖子上。尸体防腐师已给他的双颊搽了胭脂，给他的嘴唇涂了口红。现在的埃略特，那套服装套在他那萎缩的躯体上太宽松了，看上去就像威尔第早期歌剧中的一名合唱团员。为了无谓的目标而奔波的可怜的堂吉诃德。当殡仪馆的人把他装进棺材之后，我将那把道具宝剑放在他的躯干上，让他的两手搭着剑柄的圆头，就像我见过的一名十字军骑士的墓葬雕刻上所放的那把剑。格雷和伊莎贝尔前往意大利参加了葬礼。

第六章

一

我觉得应该告知读者，由于本章的主要内容不过是记述我和莱雷之间的一次谈话，因此读者完全可以跳过去不读，也不会觉得我要讲的故事前后脱节。不过我想补充一句，要是没有这次交谈，或许我会觉得这本书根本就不值得去写。

二

那年秋天，在埃略特死后两个月，我在前往英国途中，在巴黎住了一个星期。伊莎贝尔和格雷在完成前往意大利的愁惨旅行之后，已经回到了布列塔尼，不过他们现在再次在圣纪尧姆街的那套公寓里住下来了。伊莎贝尔把埃略特遗嘱的细节告诉了我。他留下了一笔钱，供他建造的那所教堂为他的灵魂做弥撒之用，还留下一笔钱用于维修教堂。他给尼斯的那位主教遗赠了一大笔钱，让他用于慈善事业。他给我留下了一笔难以估价的遗产，即他收藏的那些 18 世纪的色情图书，以及出自弗拉戈纳尔之手的一幅美丽的图画，画的是一位半人半兽的森林之神和一位仙女在干那种通常要在私下里才干的勾当。那张画过于猥亵，不宜挂到我的墙上，而我并不是一个爱私下贪看春宫画的人。他给自己的仆人留下了慷慨的馈赠。他的两个外甥每人得到了一万美元，其余财产给了伊莎贝尔。这笔财产到底有多少，伊莎贝尔没有告诉我，我也没有打听；从她那心满意足的样子来看，那是相当大的一笔钱。

很久以来，自从格雷恢复健康以后，他就急着要回美国重新开始工作，尽管伊莎贝尔在巴黎过得很舒服，格雷的焦躁不安还是影响了她。格雷跟朋友们联系上已经有一段时间了，但他能填补的最佳空缺职位，取决于他是否投入一笔相当数目的资金。格雷没有那笔钱，可是埃略特的死使伊莎贝尔拥有了比投资所需多得多的财产；格雷在伊莎贝尔首肯下同意了投资，他开始了谈判，指望着如果一切如愿发展的话，他能离开巴黎回去亲自考察此事。不过他们还要处理一大堆事情，才能去办那件事。他们必须就遗产税问题跟法国财政部达成合理的协议。他们必须处理掉昂蒂布的房产和圣纪尧姆街的公寓。他们必须在德鲁奥饭店安排埃略特的家具和图画的拍卖会。这些东西很值钱，最明智的做法是等到春季,那时可能会有一些大收藏家来到巴黎。在巴黎再过一个冬季，伊莎贝尔并不感到遗憾；两个孩子现在讲法语和讲英语一样轻松了，她很高兴让她们在法国学校里多念几个月书。三年来她们长高了，现在成了两腿修长、身材骨感、活泼快乐的小丫头，目前还看不出有她们母亲的那种美丽，但她们举止高雅，好奇心极强。

对这家人就交代这么多吧。

三

我偶然遇见了莱雷。我向伊莎贝尔打听过他，伊莎贝尔告诉我，从拉包尔返回之后，他们就很少看到他了。伊莎贝尔和格雷现在自己结交了许多朋友，和他们是同一代人，跟我们四人经常聚首的那四个星期的愉快日子相比，他们的社交活动更加繁忙了。一天晚上我到法兰西剧院看《蓓蕾尼丝》。我当然读过该剧的剧本，但从未看过演出，而由于该剧难得演出，所以我不愿错过机会。它算不上拉辛最好的剧本，因为主题狭窄，不够支撑五幕的结构。可是剧情动人，一些片段得到了应有的名声。故事的依据是塔西佗著作中的短短一段文字：底杜斯深情地爱着巴勒斯坦的女王蓓蕾尼丝，据传说，甚至已答应娶她。但是为了国家的缘故，底杜斯在登基后的最初几天里，把她从罗马送走了，不顾自己的愿望，也不顾她的愿望。因为元老院和罗马人民强烈反对他们的皇帝和一个外国的女王联姻。该剧描写了底杜斯内心发生的爱情与责任之间的斗争，当他摇摆不定的时候，蓓蕾尼丝确信底杜斯爱着自己，最终使他坚定了目标，让自己永远从他身边离开了。

我觉得只有法国人才能充分欣赏拉辛作品的优美与伟大，才能欣赏其诗歌的音乐性，不过即便是外国人，只要让自己熟悉了那种假发类型的风格，也很难不为其热烈的柔情和感伤的高尚所打动。拉辛跟少数戏剧家一样懂得人类的声音包含了多大的戏剧效果。对我而言，在任何情况下，那些悦耳动听的亚历山大格式的诗篇是足以替代动作的，我发现长篇的演讲以无限的技巧逐步发展到期待中的高潮，完全跟电影中那些惊心动魄的冒险一样令人兴奋。

第三幕之后有一段剧间休息时间，我去前厅抽一支香烟，那里立着一尊乌东所做的巨大的伏尔泰雕像，咧着没牙的嘴巴讥笑人世。有人用手拍了一下我的肩膀，我转过身，或许动作中略带一些恼怒，因为我还沉浸在那些感人的诗句带给我的亢奋之中。转身后我看见了莱雷。和平时一样，我见到他总是很高兴。我有一年没有见到他了，因此提议在散场之后会合，一起喝一杯啤酒。

莱雷说他饿了，因为还没吃晚饭，提议我们去蒙马特尔。在散场后没过多久我们就找到了彼此，一起走出了剧院。法兰西剧院的室内空气带有独特的霉味。它弥漫着各种年龄的板着面孔邋里邋遢的名为女引座员的女人的体味，她们把你领到你的座位上，跛扈地等着你给小费。走到新鲜的空气里，真是松了一口气。由于夜空晴朗，我们步行过去。剧院大道的弧光灯挑战式地发出强光，致使天上的星星把它们的光辉收敛到无限遥远的黑暗里，仿佛它们不屑于跟弧光灯竞争似的。我们一边走，一边议论刚才看过的演出。莱雷感到失望。他认为应该演得更自然一些，那些诗句应该像平常说话那样来念，手势要少一点儿戏剧化。我认为他的观点不对。这是华丽的文辞，是高尚的华丽文辞，我觉得应该抑扬顿挫地朗诵出来。我喜欢韵文中有规律的重音；而程式化的手势，是在长久的传统中流传下来的，在我看来正适合那种正式表演的特征。我敢说拉辛正是希望他的剧本能如此表演出来。我钦佩那些演员在演出形式的限制下设法表现人性、激情和真实的方式。当艺术能够将传统用作其实现目标的工具时，它就胜利了。

我们到了克利希大街，走进了布拉塞里埃·格拉夫饭店。午夜刚过不久，饭店里挤满了人，但我们找到了一张空桌，给自己点了鸡蛋和熏肉。我告诉莱雷我见过伊莎贝尔了。

“格雷会很高兴回美国去。”他说，“他在这里如同离水之鱼。他只有重新开始工作才会快活。我敢说他会挣大钱的。”

“如果他赚了大钱,那也要归功于你。你不仅治好了他的身体，也治好了他的精神。你使他恢复了自信。”

“我做得很少。我只是向他展示如何自疗。”

“你是如何学会做那‘很少’的事情的？”

“偶然吧。那是我在印度的时候。我一直患失眠症，偶然间向我认识的一位瑜伽老修士提到此事，他说他会很快为我搞定。

他对我做的就是你所看到的我给格雷做的那一套，而那天夜里我睡得很死，好像几个月没睡一样。后来，时间当在一年以后，我跟一位印度朋友在喜马拉雅山，他崴了脚脖子。找医生是不可能的，而他痛得要命。我想我应该试试那位瑜伽老修士的做法，竟然奏效了。信不信由你，他完全不痛了。”莱雷笑了，“我可以向你保证，没人比我自己更加感到惊奇。这做法确实没什么玄妙；它的意义只是把想法灌输到患者心里。”

“说起来容易做起来难啊。”

“如果你的胳膊在你的意志不参与的情况下自动从桌上抬起，你会感到惊奇吗？”

“非常惊奇。”

“它会抬起的。当我们回到文明社会后，我的印度朋友把我做过的事告诉了大家，还带着别人来找我治病。我讨厌这么干，因为我还不大清楚是什么道理，但他们坚持要我做。我不知怎么就把他们治好了。我发现自己不仅能解除人们的痛苦，还能解除他们的恐惧。真是奇怪，那么多人都有恐惧症。我说的可不是幽闭恐惧症和恐高症，而是对死亡的恐惧，更糟糕的是，对生活的恐惧。他们往往看上去身体棒极了，家境富裕，无忧无虑，却仍然受到恐惧的折磨。我有时候会想，这是人们最受困扰的感觉，我一度自问，这是不是人类从初次感到生命激动的某种太初生物那里继承而来的某种深层的动物本能呢？”

我怀着期待的心情听着莱雷的议论，因为他很少长篇大论地讲话，以往，他常常把话说得很短。我觉得这一次他是愿意和别人沟通了。也许是我们刚刚看过的戏剧解除了某种压抑，也许是感人韵律的和谐起到了音乐的效果，克服了他天生的矜持。突然我意识到我的手发生了变化。我对莱雷先前提出的那个半玩笑式的问题一直都没在意。现在我意识到我的手不再搭在桌上，而是抬到了桌面以上一英寸的地方，而这跟我的意志毫无关系。我大吃一惊。我望着那只手，看见它在微微颤抖。我感到我手臂上的神经有一种古怪的刺痛感，有点儿抽搐，我的手和前臂自动抬了起来，我十分清楚我既没有助力也没有抵制，直到它们抬高到离桌面几英寸之处。接着我感到我的整个手臂举过了肩膀。

“太奇怪了！”我说。

莱雷大笑起来。我稍微运用了自己的意志，手便回落到桌面上。

“这没什么，”莱雷说，“别把它当回事。”

“这是不是你刚从印度回来时对我们讲到过的那位瑜伽修士教给你的？”

“哦，不是的，他无法容忍那种事情。我不知道他是否认为自己也拥有某些瑜伽修士自称具备的那些能力，但我知道他认为运用这些能力是很愚蠢的。”

我们要的鸡蛋和熏肉送来了，我们吃得很香。我们喝着啤酒。我俩都不说话。莱雷在思考，我不知道他在想些什么，而我的心思则在他身上。我们吃完了。我点着一支香烟，他则点燃了烟斗。

“最初是什么使你跑去印度的？”我唐突地问道。

“偶然。至少当时我是这样想的。现在我倾向于认为那是我在欧洲生活多年的必然结果。几乎所有对我影响最大的人，似乎都是偶然相遇的，然而回顾起来好像我又不可能不跟他们相遇。仿佛他们在那里等待着，等着在我需要他们的时候前去拜访。我去印度是因为我想休息一阵。我一直在刻苦用功，打算理一理自己的思路。我在一艘环游世界的游览船上找到了一份甲板水手的工作。船正开往东方，并且要穿过巴拿马运河驶往纽约。我有五年没回美国了，很想家。我情绪低落。你知道那么多年以前当我们在芝加哥初次见面时，我是多么的无知！我在欧洲读了一大堆书，大开了眼界，但我离我寻求的东西还是跟起步时一样遥远。”

我想问一问他寻求的是什么，但又觉得他只会笑一笑，耸耸肩，说那是无关紧要的事情。

“可是你干吗要当甲板水手？”我改换了问题，“你有钱嘛。”

“我想体验。每当我在精神上已经陷溺，每当我已经吸收了当时我能够吸收的一切，我就发现干一干那种事情是有益处的。伊莎贝尔和我解除婚约之后的那个冬天，我在朗斯附近一家煤矿里干了半年。”

就是在这个时候，莱雷给我讲了我已在前面一个章节里记述过的那些事情。

“伊莎贝尔抛弃你的时候你感到痛苦吗？”

他在回答之前看了我一阵，他那双黑得怪异的眼睛似乎没看外面，而是向内注视。

“痛苦。我当时太年轻。我已经打定主意和她结婚。我已经为我们将要一起过的生活做好了计划。我展望到那是一种美好的生活。”他轻声地一笑，“可是结婚需要两个人，正如同吵架需要两个人一样。我从来没有想到我给伊莎贝尔提供的生活是一种使她灰心丧气的生活。如果我领悟到了这一点，决不会向她提出的。她太年轻，太热情。我不能怪她。我也不能屈服。”

很可能读者还记得，莱雷在和那个农夫守寡的儿媳妇荒唐苟合之后逃出农场，去了波恩。我很想让他接着讲下去，但明白必须小心谨慎，只要管得住嘴巴，就不要再冒昧直接提问。

“我从没去过波恩，”我说，“我小时候有段时间在海德堡念书。我认为那是我一生最快乐的时光。”

“我喜欢波恩。我在那里住了一年。一位大学教授的遗孀可以收两名寄宿生，我在她家租了一间房子。她有两个女儿，都是中年妇女了。她们三人做饭并料理家务。我发现我的寄宿生同伴是个法国人，起初感到失望，因为我只想讲德语；但他是个阿尔萨斯人，他讲德语比讲法语腔调更准，或许还更流利。他的穿着像个德国牧师，几天后我惊讶地发现他是个本笃会的僧侣。他请假离开修道院，来大学图书馆做研究。他是个博学的人，但看上去既不像僧侣，也不像学者。他是个又高又强壮的家伙，沙色头发，蓝眼珠朝外鼓，一张圆脸红扑扑的。他腼腆而矜持，好像不愿和我多来往，但又很讲礼貌，搞得有点儿像繁文缛节，餐桌上交谈时总是很文明；我只是在吃饭时才能见到他；正餐过后他立即回到图书馆用功，而在晚餐后，当我坐在客厅里跟老板娘的两个女儿中没在洗碗的那一个练习讲德语时，他就回自己房间去了。

“我没料到，我在那里住了至少一个月后，一天下午，他问我愿不愿和他一起散步。他说他可以领我去看看附近一些地方，都是靠我自己不大可能发现的。我是擅长步行的，但他每天都比我走得快。我们第一次行走的里程估计足有十五英里。他问我在波恩干什么，我说我是来学德语的，还想了解一下德国文学。他言谈聪敏。他说他愿意尽一切可能帮助我。此后我们每周去步行两三次。我发现他教过几年哲学。我在巴黎的时候读过一些哲学著作，读过斯宾诺莎、柏拉图和笛卡尔，但我没读过德国大哲学家的著作，当他谈起那些哲学家时，我真是太愿意倾听了。一天，我们在远足时跨过了莱茵河，坐在一所露天花园啤酒店喝啤酒，他问我是不是新教徒。

“我说：‘我想是吧。’

“他迅速地看我一眼，我觉得我在他眼里看到了一丝笑意。他开始谈论埃斯库罗斯。要知道，我在学希腊语，而他了解那些伟大的悲剧作家，而我是永远也无望于了解他们的。听他讲话真是大受启发。我想知道他为什么会突然向我提出那个问题。我的监护人鲍勃·尼尔森叔叔是个不可知论者，但他按时上教堂，因为他的病人希望他那么做。他为了同样的原因送我上了主日学校。

我们的女仆马莎是个坚定的浸礼会教徒，在我小时候，她常常用地狱之火吓唬我，说有罪的人会被永远打入地狱之火。她因为各种不同的原因，对村子里的各色人等怀恨在心，于是她在描绘那些人将会经历的巨大痛苦时，的确是打心眼儿里高兴。

“冬季到来时，我对恩斯海姆神父已经十分了解了。我认为他是个相当出色的人。我从没看见他着恼过。他性情好,为人厚道，心胸的开阔远远超过我的预料，而且度量极大。他学识渊博，他一定知道我是多么无知，但他和我谈话的口气，往往把我看成和他一样博学。他对我非常耐心。他似乎只想对我有所帮助，别的一无所求。有一天，不知为什么，我患了腰痛，女房东格拉保太太硬要我躺在床上，还给我放了热水瓶。恩斯海姆神父听说我病倒了，晚饭后到我的房间来看我。我除了感到非常疼痛以外，一切都好。你知道书呆子是什么样的人，对书总爱刨根问底，他进来时我把正在看的书放下，他把书拿起来看了看书名。那本书是我在城里一家书店里找到的，记述的是迈斯特·爱克哈特的事迹。他问我为什么要读这本书，于是我说我一直在读相当多的神秘主义文献，并给他介绍了科斯蒂的情况，以及他如何唤起了我对这个主题的兴趣。他用他那双向外鼓凸的蓝眼睛打量我，那种眼神我只能描述为顽皮的亲切。我觉得他认为我相当可笑，但他对我非常慈爱，所以他并不因此而减少了对我的喜爱。随它去吧，如果别人认为我有点儿傻，我也不会十分在意。

“‘你在这些书里寻求什么？’他问道。

“‘要是我知道我在寻求什么，’我回答，‘我就至少已经踏上了寻找它的道路。’

“‘你还记得我问过你是不是新教徒吗？你说你也许是。你那是什么意思？’

“‘我是被当作新教徒养大的。’我说。

"'你信上帝吗？'他问道。

"我不喜欢被别人问及私人问题，我最初的冲动是想告诉他这不关他的事。但他满脸和善，我觉得我无法顶撞他。我不知道说什么为好；我不想回答说信，也不想回答说不信。也许是我正在忍受的腰痛要让我讲话，也许又是因为他的缘故。不管怎样，我对他讲了自己的实情。"

莱雷踌躇了片刻，当他继续讲下去时，我知道他不是讲给我听，而是在对那位本笃会的修道士讲话。他已忘了我。我不知道此时此地有什么东西促使他未经我提问便讲开了他由于天生含蓄而隐藏了那么久的身世。

"鲍勃·尼尔森叔叔很民主，他送我上了马文的中学。完全是在路易莎·布莱德雷撺掇下，在我十四岁的时候，他让我去上圣保罗学校。我没有什么特长，功课和运动都不优秀，但是我能随大流。现在想来，我是个完全正常的男孩。我渴望飞行。那时飞机才出现不久，鲍勃叔叔和我一样喜欢飞行；他认识一些飞行员，当我说我想学飞行时，他说他会替我做安排。相对于我的年龄，我的个子是很高的，当我十六岁的时候，冒充十八岁是能过关的。鲍勃叔叔要我承诺永远保密，他知道，人人都会因为他放走我而对他横加指责。但事实上他帮我越过边境去了加拿大，还交给我他给一个熟人写的介绍信，结果我在还没到十七岁的时候，就在法国上空飞行了。

"我们那时驾驶的是极其华而不实的飞机，实际上你每次起飞，就是把命攥在自己手心里。我们到达的高度用现在的标准来看简直是胡来，但我们并不知道其中的利害，还觉得妙不可言。我爱飞行。我无法形容它给我的那种感受，我只知道我感到自豪和幸福。在空中向上飞，我觉得我成了某种非常伟大非常美丽的东西的一部分。我不知道那究竟是什么，我只知道我不再孤独，尽管我独自一人，在两千英尺的高空，但我身有所属。如果这话听起来很傻，我也得这样说。当飞在云层之上，下方的那些云朵像巨大的一群绵羊，我觉得在无极太虚之中十分安逸。”

莱雷停顿了。他从他那双不透明的眼睛的眼窝里凝视着我，但我不知道他究竟是否看见了我。

“我知道有成千上万的人被打死了，但我还没有亲眼见到他们被打死。这没有引起我的重视。后来我亲眼看到了一个死人。那光景使我心里充满了羞愧。”

“羞愧？”我不禁叫道。

“羞愧，因为那小伙子才比我大了三四岁，他生龙活虎，无所畏惧，前一刻还那么有活力，他是那么好的一个人，现在却成了一堆被撕裂的血肉，好像从来不曾有过生命。”

我一语未发。我学医的时候看到过死人，在战争期间又见过更多更多。令我惊愕的是，死人看上去是那么无足轻重。他们没有尊严。他们像表演者扔进垃圾堆里的牵线木偶。

“那天晚上我没有睡觉。我哭了。我不是为自己害怕；我愤愤不平；是死亡的邪恶打击了我。战争结束了，我回到家里。我一向对机械感兴趣，如果航空方面没事可干了，我打算进一家汽车制造厂。我受过伤，必须休养一阵。后来他们要我去工作。我不能去干他们要我干的那种工作。那是没出息的工作。我考虑了很长时间。我老是问自己：活着是为了什么？毕竟我只是由于幸运才活着；我想活出点名堂来，但不知道是什么名堂。我从来没有认真想过上帝。现在我开始想上帝了。我不明白为什么世界上有罪恶。我知道我非常无知；我不知道有谁可以求助，我想学习，于是我开始杂乱无章地读书。

“当我把这一切告诉恩斯海姆神父之后，他问我：‘这么说你四年来一直在读书啰？有什么收获？’

“‘一无所有。’我说。

“他以一种那么温暖人心的仁慈的神气看着我，使我不知所措。我不知道自己做了什么事情，在他身上唤起了这么深厚的感情。他用指头轻轻地敲着桌子，好像在想着什么心思。接着他说道：‘我们聪明古老的教会已经发现，如果你的行为好像有信仰，你就会得到信仰；如果你祷告时心存怀疑，但却是诚心祷告，你的怀疑便会被驱散；如果你让自己臣服于那礼拜仪式的美，安宁就会降临到你身上，那种礼拜仪式对人类精神的作用，已为世世代代的经验所证明。我过不久就要回我的修道院了。你何不来跟我们一起住几个星期？你可以和我们的凡人修士一起在田间劳作；你可以在我们的图书馆读书。较之在煤矿或德国的农庄干活儿，这种体验的乐趣不会更小。’

“我问他：‘你为什么提出这个建议？’

“他说：‘我观察你三个月了，也许我对你的了解比你对自己的了解还要多。你跟宗教信仰之间的距离，不会超过卷烟纸的厚度。’

“我听了这话没有吭声。它给了我一种滑稽的感觉，好像有人抓住了我的心弦，用力拨了一下。最后我说我会考虑他的提议。他放下了这个话题。在恩斯海姆神父停留于波恩剩下的日子里，我们再也没有谈到和宗教有关的事情，不过由于他快走了，他给了我他们修道院的地址，对我说，一旦我决定要去，只需写个简短的通知寄给他，他就会做出安排。我对他的想念超过我的预期。岁月流逝，时届仲夏。我非常喜欢待在波恩。我读歌德、席勒和海涅。我读荷尔德林和里尔克。我仍然一无所获。我对恩斯海姆神父的话想了很多，最后决定接受他的提议。

“他在车站接我。修道院在阿尔萨斯，那里的乡野很美。恩斯海姆神父领我去见院长，然后领我去看分派给我的那间小室。室内有一张窄铁床，墙上挂了一幅耶稣受难像，至于家具则只有几样生活必需的。开饭铃响了，我向食堂走去。那是一间拱形的大厅。院长和两名修道士站在门口，其中的一名修道士端着一个盆子，另一名修道士拿着一条毛巾，院长往客人们手上洒几滴水，意思是给客人洗手，然后用修道士递给他的毛巾为客人把手擦干。除我之外还有三个客人，另有两名路过这里顺便进来吃饭的僧侣，和一个在此静修的爱发牢骚的法国老人。

“院长和两名副院长，第一副院长和第二副院长，坐在大厅的首位，各占一张桌子；神父们沿墙两侧的桌子就座，而见习修士、凡人修士和客人，则在中间的桌子边入席。做过饭前祷告之后，我们便吃饭了。一名见习修士站在食堂门口，以单调的声音诵读劝善书。当我们餐毕时,又念一次祷告。院长、恩斯海姆神父、客人和负责接待客人的那位修道士走进一个小房间，在里边喝咖啡聊天。然后我回到自己的小室。

“我在那里住了三个月。我非常快活。那里的生活完全合我的口味。图书馆很好，我读了很多书。没有一个神父企图用任何方式影响我，但他们愿意跟我谈话。我对他们的学问、他们的虔诚和他们的超脱印象很深。别以为他们在虚度时日。他们总是忙碌着。他们耕种自己的地，自种自收，他们很高兴有我做帮手。我喜欢那些壮观的宗教仪式，但其中最喜欢的是晨祷。那是在早晨 4 点举行的。那场景极为感人，四周都是夜色，你坐在教堂里，而那些习惯于神秘的修士，头上罩着连在修士服上的头巾，以雄壮的男音唱着礼拜仪式上调子平平的歌。在有规律的日常事务中，有某种东西是令人安心的，尽管花了偌大的精力，尽管思维没有停止过活动，但你仍然会有一种永恒的宁静感。”

莱雷露出略带哀伤的微笑。

“和罗拉一样，我太迟地来到了一个过于古老的世界。我应该生在宗教信仰理所当然存在的中世纪；那样我就能看清我的路，会设法进入教会。我现在无法信仰。我想要信仰，但无法信仰一个不会比普通的正派人更好的上帝。修道士告诉我，上帝为自己的荣耀创造了世界。我觉得那并非是很有价值的目标。贝多芬是为了自己的荣耀创作了交响曲吗？我不相信。我认为他之所以创作交响曲，是因为他心灵中的音乐要求表达出来，所以他做的一切努力就是把交响曲创作得尽可能完美。

“我常听到修士反复念主祷文；我很想知道他们怎么能毫无不安地不断祈祷他们的天父给予他们每日所吃的面包。孩子们会恳求他们尘世的父亲给予他们食物吗？他们知道父亲会这么做。他们既不会感激也无须感激父亲为他们提供食物，我们只会谴责一个生了孩子而无法或不愿养活孩子的男人。在我看来，如果一个全能的造物主不打算给他创造的生命提供生存的必需品，包括物质上的和精神上的，那他最好还是不要把他们创造出来。”

“亲爱的莱雷，”我说，“我认为你没有出生在中世纪倒是好事呢。否则，你肯定会死在刑柱上的。”

他笑了。他接着说：“你已经有了很大的成就，你会想叫人当面夸你吗？”

“那只会令我感到尴尬。”

“我也会这样想的。我也不相信上帝会想叫人这么做。在陆军航空兵团的时候，要是有谁靠耍心眼从上司那里得到了一份轻松差事，我们就瞧不起他。我很难相信上帝会看重那些企图靠着过分的谄媚而得到救助的人。我认为上帝最喜欢的礼拜仪式应该是有多大热量就发多少光。

“但这还不是最令我心烦的事情：我无法让自己接受关于罪恶的成见，就我所知，这种成见从来没有从那些修道士的思想里消除。我在陆军航空兵团里认识很多小伙子。他们当然是一有机会就去醉酒，只要有可能就会搞姑娘，而且满嘴脏话；我们还有一两个坏家伙：一个家伙由于使用假支票被捕了，被送到牢里关了半年；这并不完全是他的过错；他以往从来没有钱，当他得到他做梦也没想到会有的那么多的钱以后，他就起了这个念头。我在巴黎认识一些坏人，当我回到芝加哥以后，我又认识了一些坏人。但对于大多数人而言，他们的坏是由于遗传，这是他们不由自主的;或者由于他们的环境,这是他们无法选择的。我不能确定，对于他们的罪行，社会是不是应该比他们自己负更多的责任。如果我是上帝，我不可能让自己把他们当中的任何一个人永远打入地狱，哪怕是最坏的那一个。恩斯海姆神父心胸宽厚；他认为地狱是上帝到不了的地方，但是，如果这么一种不可忍受的惩罚才可以被恰当地称为地狱，那么你能设想一个好上帝会用它来惩罚人吗？毕竟是他创造了人类，如果他把人类造得有可能犯罪，那就是他希望如此。如果我把我的狗训练得一见生人进入我的后院就扑上去咬脖子，那么当它那么干的时候去打它就是不公平的。

"如果是一个至善至美的全能的上帝创造了世界，那他为什么要创造罪恶？修道士说，这是为了让人类通过战胜自己身上的邪恶，通过抵制诱惑，通过承受痛苦、悲哀与不幸这些上帝为了净化他而设置的考验，终于能够获得接受上帝恩惠的资格。在我看来，这就好比你通知一个人到某个地方去，但仅仅是为了给他制造障碍，你在路上给他摆了个他必须通过的迷魂阵，接着又挖一条他必须游过去的壕沟，最后还筑一道他必须翻越的墙。我不打算相信一个无所不知的上帝会缺乏常识。我不明白你们为什么不去信仰这样一个上帝，他虽然没有创造世界，但他看到做得不好的事情就会尽量去弥补，他比人类好得多、聪明得多、伟大得多；他反抗并非由他创造的罪恶，而且你希望他最终会战胜罪恶。但另一方面，我不明白你们为什么应该这么做。

"那些好神父对这些令我困惑的问题，没有能够满足我的头脑或心灵的答案。我和他们不是同一立场。当我去向恩斯海姆神父告别时，他没有问我是否从这段体验中像他确信无疑的那样得到了好处。他用难以形容的仁慈眼光望着我。

“我说：‘恐怕我使你失望了，神父。’

“他回答：‘不，你是一个宗教慧根很深却又不信上帝的人。上帝会把你挑选出来的。你会回来的。究竟是来这里还是去别的什么地方，只有上帝知道。’”

四

“那年冬天其余的时间我在巴黎定居下来。我对科学一窍不通，我认为现在是至少应该跟科学有个点头之交的时候了。我读了很多书。我知道我学会的不多，却懂得我极其无知。不过我早就明白这一点了。春天到来时，我去了乡下，那里有一些美丽的法国古镇，我住在其中一个古镇附近的一家河畔旅舍里，那里的生活似乎二百年来都没有变化。”

我猜想这就是莱雷跟苏珊·鲁维埃一起度过的那个夏天，但我没有打断他。

“后来我去了西班牙。我想看看委拉斯开兹和埃尔·格列柯的画。我想知道艺术是否能够为我指出宗教没有指出的道路。我漫游了一段时间，然后来到塞维利亚。我喜欢这个地方，心想就在这里过冬吧。”

我本人在二十三岁时去过塞维利亚，我也喜欢那个城市。我喜欢它那蜿蜒曲折的白色街道，喜欢它的大教堂，以及广袤的瓜达尔基维尔平原；不过我也喜欢那些安达卢西亚女孩，她们优雅而快活，黑眼明媚，头发上插着康乃馨，衬托出发色的乌黑，花色在对比之下更加鲜艳；我喜欢她们深色的皮肤和她们诱人的性感嘴唇。而年轻的确是极乐时光。莱雷去那里的时候，比我去那里时只大了一点点儿，我不禁问自己：他是否可能面对那些令人销魂的尤物的诱惑而仍然无动于衷呢？他回答了我没有说出口的问题。

“我邂逅了一个在巴黎认识的法国画家，一个叫奥古斯特·科太的家伙，他曾收留苏珊·鲁维埃一段时间。他是来塞维利亚画画的，跟在那里勾搭上的一个姑娘同居。一天晚上他邀请我跟他们一起去埃雷坦尼亚听一名弗拉曼柯歌手演唱，他们还带了他女朋友的一个朋友。我从没见过那么漂亮的小东西。她才十八岁。她跟一个小伙子惹下了麻烦，不得不离开故乡的村庄，因为她要生孩子了。那小伙子正在服兵役。她生下孩子之后，把婴儿送给别人照管，自己在烟草工厂找了份工作。我把她领回家里。她非常快活非常可爱，几天后我问她是否愿意来跟我同居。她说她愿意。于是我们在一家酒店里租了两个房间，一间做卧室，一间做起居室。我告诉她，她可以放弃工作，但她不想放弃，那对我倒是很方便，因为白天的时间我可以随意支配。我们可以用那里的厨房，于是她常在去上班之前为我做早饭，然后她在中午回来做午饭，晚上我们去餐馆吃饭，上电影院，或找个地方去跳舞。她把我当成疯子，因为我有个橡皮澡盆，并坚持每天早晨洗冷水澡，用海绵擦身。孩子寄养在离塞维利亚几英里远的一个村庄里，我们常在星期天去看望。她不隐瞒实情，她说和我同居是为了赚够钱，等她的男朋友服完兵役后，他们就用那笔钱在他们打算租住的一所房子里买些家当。她是个叫人疼爱的小东西，我相信她会成为她那个帕克的好妻子。她令人愉快，脾气好，而且多情。她把我们委婉地称为性交的行为看作身体的一种自然功能，和其他功能一样。她从中得到快乐，她也很乐意给予快乐。她当然是个小动物，却是一个非常亲切、非常诱人、被驯养了的动物。

“后来有一天晚上她告诉我，在西属摩洛哥服兵役的帕克给她来信了，说他要退伍了，两天内就会到达加的斯。第二天早晨她收拾好自己的东西，把钱塞进长袜里，我把她送到火车站。当我把她推进火车车厢时，她给了我热诚的一吻，但是，与情人重逢的心思使她过于兴奋，她没把我放在心上了，我相信等不到火车出站，她就已经忘掉我的存在了。

“我继续住在塞维利亚，秋天我踏上了把我送往印度的旅途。”

五

夜深了。人已稀少，只有几张桌子旁坐着人。那些因为无事可做而在这里闲坐的人都回家去了。那些看过戏或看过电影之后来这里喝酒或吃点东西的人已离去了。不时有迟到者稀稀落落地走进来。我看见一个高个子男人，明显是英国人，和一个年轻的莽汉走进来。他的那副长脸面色苍白，一头稀薄的卷发是英国知识分子常有的。他明显带着许多人都有的一种错觉，认为当你在国外的时候，你在国内的熟人很可能认不出你来。那年轻的莽汉贪婪地吃着一大盘三明治，而他的同伴以饶有兴致的仁慈目光看着他。多好的胃口！我看见了一个不知其名只识其面的人，因为他和我去过尼斯的同一家理发店。他身材粗壮，上了年纪，头发花白，一张臃肿的红脸，眼下有两个大眼泡。他是美国中西部的一个银行家，在经济危机发生后为了逃避调查而离开了故乡之城。我不知道他究竟是否犯了法；如果犯了，大概案底很小，当局不愿费神将他引渡回国。他态度傲慢，和低劣政客一般假献殷勤，但他的两眼却有惊魂未定和郁闷的神色。他从来没有完全醉过，也从来没有完全清醒过。他身边总有妓女陪着，那女人显然是尽可能哄着他给钱。现在有两个涂脂抹粉的中年女人陪着他，她们以懒得掩饰的嘲弄态度对待他，而他呢，对她们的话只听懂了一半，笨笨地笑着。欢场的生活！我很想知道，如果他待在家里尝点苦头，会不会更好一些。一旦那些女人把他的油水挤干了，那他就一无所有了，只能投河，或吞下过量的巴比妥。

在2点到3点之间，顾客稍有增加，我想是夜总会都打烊了。一群年轻的美国人溜达进来，醉醺醺的，大声喧哗，但很快就走了。离我们不远处有两个面色忧郁的胖女人，身穿紧绷绷的男式衣服，并排坐着，阴郁地沉默着，喝着威士忌加苏打。一群身穿晚礼服的人进来露了个面，就是法语所说的“社交人士”，他们显然是在做夜间巡游，现在要找个夜宵场所来结束巡游。他们来了又走了。一个小个子的男人激起了我的好奇心。他衣着不起眼，在那里坐了一个小时或更久一点儿，面前摆着一杯啤酒，看着报纸。他留着整齐的黑须，戴一副夹鼻眼镜。终于有个女人来跟他碰面了。他毫无友好表情地对那女人点点头，我推测，他很恼火，因为那女人让他等了很久。那女人很年轻，衣衫破旧，却是浓妆艳抹，样子非常疲倦。很快我就留意到那女子从手提包里取出什么东西交给了他。是钱。他看了一眼，脸色阴下来。我听不见他对那女子说了些什么，但从女子的样子判断，我猜那是骂人的话，而女子似乎在做解释。突然他俯身给了女子一记响亮的耳光。女子叫了一声，开始啜泣。这边的动静惊动了经理，走过来看看是怎么回事。经理好像在对他们说，要是不守规矩，就滚出去。那女子转向经理，尖声说话，所以我可以听见每一个字，她用脏话叫经理别管闲事。

“他打我耳光，是因为我该打！”她叫道。

女人啊！我一直认为，要想靠女人不道德的收入为生，你必须是个魁梧暴烈的汉子，要性感，动不动就舞刀弄枪；不成想这么一个弱不禁风的家伙，外表像个律师的文书，却在这么一个人满为患的行业里站住了脚跟。

六

给我们服务的侍者就要下班了，为了拿小费，他送来了账单。我们买了单，点了咖啡。

“往后呢？”我说。

我觉得莱雷此时的心情是想说话，而我知道自己的心情是想听。

“你听烦了吧？”

“没有。”

“我们到了孟买。轮船在那里停三天，让游客有机会观光并远足旅行。第三天，我下午有空休息，便上了岸。我到处溜达了一阵，一看人群：真是各色各样！中国人，回教徒，印度人，皮肤和你帽子一样黑的泰米尔人；还有那些有肉峰的大黄牛，头上生着长角，拉着车。然后我去象岛看石窟。有个印度人在亚历山大港上船，和我们一起旅行到了孟买，游客都有点儿看不起他。他是个又矮又胖的男人，生着一张褐色的圆脸，穿一套黑绿相间的粗花呢衣服，戴着硬白领。一天夜里我到甲板上透透气，他走过来跟我说话。那时我不想跟任何人交谈，只想独处；他向我提了很多问题，我想我的回答都很简短。总之我告诉他我是个学生，正在回国途中。

“‘你应该在印度下船，’他说，‘东方值得西方学习的东西比西方想象的要多。’

“‘哦？是吗？’我说。

“‘无论如何，’他接着说，‘你得去看看象岛的石窟。你决不会后悔的。’”莱雷打断了自己的话，向我提问：“你去过印度吗？”

“没有。”

“嗯，我正看着那尊巨大的三头神像，那是象岛最大的亮点，我很想知道这神像的来由，正好听到有人在我身后说：‘我看到你接受了我的忠告。’我转身一看，花了一分钟才认出和我说话的是谁。就是那个穿格子粗花呢套装并戴着硬白领的小个子男人，但他现在穿了一件藏红花色的长袍，那袍子，我后来得知，那是室利罗摩大师的装束；他不再是以前那个滑稽的、说话急促而激动的小个子了，他现在很庄重，并颇为令人尊崇。我们都凝视着那尊巨像。

“‘婆罗摩，司生之神；’他说，‘韦什拿，护持之神；以及湿婆，毁灭之神。天神的三种显圣。’

“我说：‘恐怕我不是很明白。’

“他回答：‘不奇怪。’他嘴上挂着些许微笑，眼里闪着光芒，好像他在含蓄地嘲笑我。‘能被理解的神就不是神了。谁能用语言解释无极呢？’

“他双手合掌，仅以躬身示意，便往前走了。我伫立观看那三个神秘的头。也许是由于我处于虚怀纳受的状态，我被不可思议地打动了。你知道有时你追忆一个人的名字时的那种情况，它就在你的舌尖上，可你就是想不起来；这就是我当时的感觉。我从洞穴出来之后，在台阶上坐了很久，眼望着海。我对婆罗门教的了解只是爱默生的那首诗，我在努力回忆那首诗。我想不起来，这使我非常窝火，当我回到孟买时，便走进一家书店，看看能否找到一本收刊了那首诗的诗集。它收入了《牛津英诗集》。你还记得吗？

弃我去者，其断谬误；
离我飞者，吾乃其翅；
吾乃疑者，吾乃疑惑；

吾乃赞歌，婆罗门颂。

“我在一家当地人开的饮食店吃了晚饭。然后，去操场散步观海，因为我可以直到10点钟才上船。我觉得从未在天空里见到如此之多的星星。白昼的炎热过后，凉爽格外受用。我发现了一个公共花园，便在一张凳子上坐下。那里很黑很静，白色的身影来往穿梭。那奇妙的一天，有灿烂的阳光，有肤色不同的喧闹的人群，有东方辛辣芬芳的气息，把我迷住了；就像一个景物，一抹色彩，画家将之添加进来，以完成他的构图，婆罗摩、韦什拿、湿婆的那三个巨大的头颅，给一切赋予了一种神秘的意义。我的心开始狂跳，因为我突然产生了一种强烈的信念：印度会给我某种我必须拥有的东西。我觉得一个机会摆到了我的面前，我必须立即抓住它，否则就永远失去它了。我迅速下定了决心。我决定不再回到船上。我留在船上的只有一个装了几件东西的提包。我慢步走回本地居民区，寻找旅馆。不一会儿，我找到了一家饭店，要了一个房间。我只有身上穿的那套衣服，一些零钱，以及护照和银行信用证；我觉得百无牵挂，我大笑起来。

“船在11点开航，为防万一，我在房间里一直待到那个钟点。我走下码头，注视着轮船离港。此后我前往罗摩克里希纳传教会，找到了在象岛跟我说话的那位大师。我不知道他的名字，不过我解释说，我要见刚从亚历山大来的那位师父。我告诉他，我决定留在印度了，并询问他我应该看些什么。我们进行了长谈，最后他说他当夜要去贝拿勒斯，问我是否愿意跟他同去。我欣然同意。我们坐三等车前往。车厢里挤满了人，吃的吃，喝的喝，聊天的聊天，闷热难当。我没有合一下眼，第二天早晨我很疲惫，但那位师父依然精神饱满。我问他是什么原因，他说：‘这是对无形者冥想的结果；我在上苍中得到了休息。’我不知这是什么意思，但我亲眼看到他警觉而清醒，就像在一张舒适的床上好好睡过了一觉似的。

“当我们终于到了贝拿勒斯的时候，一个和我年岁不相上下的年轻人来接我的同伴，那位师父叫他给我找间房子。年轻人名叫马亨德拉，是个大学教师。他是个亲切、厚道、聪明的小伙子，我们似乎是彼此惺惺惜惺惺。那天晚上他领我出去坐船游恒河；那真是令我激动，城市的建筑密集，直逼水边，非常美丽，令人惊叹；但是第二天早晨他有更好的东西给我看，黎明前他在我下榻的饭店接上我，又把我领到了河上。我看见了我绝不可能相信的事情，我看见成千上万的人下到河里沐浴和祈祷。我看到一个又高又瘦的人，一头乱蓬蓬的头发，留了一大把乱糟糟的胡须，只用护裆遮住裸体，站立着，长臂伸展，仰着头，大声向正在升起的太阳祈祷。我无法向你形容我得到了怎样的印象。我在贝拿勒斯住了半年，我一次又一次在黎明时分去恒河观看这种奇景，从未失去对它的好奇感。那些人的信仰不是敷衍了事的，不是有保留的，不是游移不定还有怀疑的，而是全身每一根汗毛都在信仰。

“大家都待我很好。当他们发现我来这里不是为了猎虎，也不是买卖什么东西，而只是为了学习，他们便做一切事情来帮助我。他们很高兴听说我想学印度斯坦语，并为我找到了教师。他们借书给我。他们从不厌烦回答我的提问。你对印度教有所了解吗？”

“知之甚少。”我答道。

“我想你会对它感兴趣的。还有什么东西比这样一种观念更了不起呢？宇宙无始无终，而是永远从生长走到平衡，从平衡到衰退，从衰退到解体，从解体到生长，如此周而复始，永无止境。”

“印度教教徒认为这种无限重复的目的是什么呢？”

“我想他们会说这就是宇宙的性质。要知道，他们认为造物的目的是为较早存在的灵魂的所作所为得到恶报和善报提供一个阶段。”

“这就意味着要相信灵魂的轮回。”

“这是三分之二的人类所持的信仰。”

“事实是，大多数人相信某种东西并不能保证它就是真理。”

“是的，但至少它会使这种东西值得人们去考虑。基督教吸收了那么多的新柏拉图主义，它应该也很容易地吸收那种学说，其实有个早期基督教教派就相信灵魂的轮回，但它被宣布为异端。要不然，基督徒会和相信基督复活一样确信灵魂的轮回。”

“不知我想得对不对，这意味着灵魂会从一个躯体跑到另一个躯体，处于由先前作为的功德或过失而导致的无尽的体验过程之中。”

“我想是这样。”

“但你知道，我不仅有灵魂，还有躯体，谁能确定我，作为个体的自我，在多大程度上受到我躯体发生的意外事件的制约呢？拜伦如果没有他的畸形足还成其为拜伦吗？陀思妥耶夫斯基如果没有他的癫痫还成其为陀思妥耶夫斯基吗？”

“印度人不会谈论意外。他们会回答，是你前世的行为决定了你的灵魂居住在一个有缺陷的躯体里。”莱雷漫不经心地敲着桌子，迷失于思考之中，凝视着空气。接着，一缕笑意浮上他的嘴唇，一种反省的神色出现在他眼里，他继续说话了：“你是否想到，轮回既解释了又证实了世上存在灾祸的理由？如果我们所受的灾祸都是我们前世所犯罪行的结果，我们就能顺从地忍受灾祸，希望在这一世如果我们能够努力向善，我们未来的生活将会少一些痛苦。但是忍受我们自己的灾祸是很容易的，我们为此所需的只是一点点儿刚毅；不可忍受的是落在其他人身上的灾祸，外表上它往往是那么冤枉。如果你能说服自己相信这是过去的必然结果，那么你可以怜悯，你可以尽力去改善，你应该愤怒，但你没有理由感到愤怒。”

“可是为什么神不在一开始，在个人既无功也无罪来决定其行为的时候，就创造一个没有痛苦与不幸的世界呢？”

“印度教教徒会说根本就没有什么开始。个人的灵魂与天地共存，其存在来自永恒，其性质来源于某个前身。”

“相信灵魂轮回对于信徒的生活有没有实际影响呢？毕竟，这是检验。”

“我想是有的。我可以给你讲讲我认识的一个人，相信轮回对他的生活确实产生了非常实际的影响。在印度的前两三年里，我主要住在当地人开的旅馆，但不时有人叫我住到他们家里，有一两次我作为土邦主的客人住在豪宅里。通过我在贝拿勒斯的一个朋友，我应邀去北方的一个小邦居住。首府很可爱；‘一座古老的玫瑰城市’。我被推荐给财政部长。他受过欧洲教育，上过牛津大学。当你和他谈话时，你会得到一种印象，觉得他是一个进步、明智而开明的人；他名声在外，人们说他是效率极高的部长，精明练达的政客。他穿西服，外表非常整洁。他是个相当好看的家伙，稍微胖了点，印度人到了中年都有这个倾向。他留着剪短了的整齐的小胡子。他常请我去他家里。他有一所大花园，我们会坐在大树底下聊天。他有妻子和两个已经成年的孩子。你会把他当成普通的相当平庸的英国化了的印度人。令我大吃一惊的是，我发现，一年后，当他到了五十岁的年纪时，他打算辞去那有利可图的职位，把财产交给老婆孩子，去当个托钵僧，出家云游四方。而最叫人感到奇怪的是，他的朋友，以及那位土邦主，都认为此事没什么不妥，没有觉得这事脱离了常轨，反而觉得很自然。

“有一天我对他说：‘你这么开明，通晓人情世故，读过那么多书，读过科学、哲学和文学，你内心深处相信投胎转世吗？’

“他的表情变了，脸上出现梦幻般的表情。他说：‘亲爱的朋友，如果我不相信轮回，生活对我就没有意义了。’”

“你也信吗，莱雷？”我问道。

“这是个很难回答的问题。我认为我们西方人不可能像这些东方人一样毫无保留地相信它。那是他们骨子里的东西。对我们来说这只能是一种看法。我对它既不相信也不怀疑。”

他停顿了片刻，手托着脸，俯视桌子。接着他把身子往后仰，说道：“我要告诉你我有过的一次非常奇怪的体验。一天夜里我在阿萨姆我自己所住的小室里按照印度朋友教给我的方法冥想。我点了一根蜡烛，将注意力集中于它的火焰，过了一段时间，我透过火焰，很清楚地看见挨个排成一长列的人物。最前边的是个老夫人，戴一顶花边帽，灰白色的发卷垂下来盖住了两耳。她身穿一件黑色的紧身马甲，下穿一条黑绸荷叶边裙，我想，女人上了七十岁就会如此穿着。她和我面对面地站着，态度礼貌而羞怯，两臂笔直地垂在身侧，而把手掌朝向我。她那布满皱纹的脸上，表情慈善、亲切而温柔。紧挨在她后面，斜向站着一个又高又瘦的犹太人，我能看到他的侧面。他有一只大鹰钩鼻子，两片厚嘴唇，身穿一件黄色的华达呢衣服，厚密的黑发上戴了一顶黄色的瓜皮帽。他有一副学者般好学的面容，有一种冷冰冰的同时又容易发怒的严厉的神气。他身后是个年轻人，面朝我，我看得很分明，好像我和他之间没有隔着任何人。他面色红润，表情愉快，你不得不认为他是 16 世纪的一个英国人。他稳稳地站在那里，两腿微分，一副大胆冒失的样子。他全身穿红，那么堂皇，仿佛穿的是宫廷服装，脚穿大趾绒鞋，头戴平绒帽。在这三人后面有一长列望不到头的人，就像电影院门前排的长队一样，但那些人模糊不清，我看不清他们的模样。我只看得见他们模糊的形状，看得见像夏季微风中的麦浪一样起伏的队伍在移动着。过了一会儿，我不知道究竟是一分钟、五分钟还是十分钟，他们慢慢地消失在漆黑的夜色中，只剩下稳定的蜡烛火焰。”

莱雷微微地笑了笑，继续说：“当然可能是我打了个盹，做了个梦。也可能是我集中注意力观看微弱的烛火，在我身上诱发了一种催眠状态，而我像看你这样清楚地看到的那三个人，只是对我潜意识中保存的图画的追忆。但那也可能是往生中的我自己。不那么久以前我可能是新英格兰的一名老妇，在那之前我可能是地中海东部的一名犹太人，再后推一点儿，在塞巴斯蒂恩·卡勃特从布里斯托尔起航后不久，我可能是威尔士亨利亲王宫廷里的一个时髦青年。”

“你在玫瑰城市的那位朋友最后怎样了？”

“两年后我南下到一个叫马都拉的地方。一天夜里，在庙里有人碰了碰我的胳膊。我回过头，看见一个蓄了胡须的男人，披着一头长长的黑发，赤身裸体，只缠了一条腰布，手拿道人的手杖和乞讨碗。直到他开口说话，我才认出他来。就是我那位朋友。我大吃一惊，都不知道该说什么。他问我别后干了些什么，我告诉了他；他问我打算去往何方，我说去特拉凡哥尔；他叫我去见见什里·甘尼沙。他说：‘他会给你你在寻求的东西。’我要他给我讲一讲什里·甘尼沙的情况，但他笑着说，当我见到那人时，就会找到我需要了解的一切。这时我已从惊诧中平复下来，问他在马都拉干什么。他说他在徒步去印度的各个圣地朝圣。我问他的食宿怎么解决。他告诉我，如果有人让他留宿，他就睡在走廊下，否则就睡在树下，或睡在寺庙之内；至于吃饭，有人给饭他就吃，没人给饭，他就饿着。我望着他，说道：‘你瘦了。’他笑了起来，回答说，他觉得瘦了反而更好。接着他跟我告别，听到一个身上只缠了腰布的家伙用英语说‘再见吧，老伙计’，真是滑稽。然后他走进寺庙中那个我无法跟随他进入的区域。

“我在马都拉住了一些时日。我想这是印度唯一的一所可容白种人在其中四处自由走动的寺庙，只要你不进入其至圣之所就行。傍晚庙里挤满了人。男人、女人和小孩。男人齐腰脱光，缠着腰布，而他们的额头，通常还有胸部和两臂，厚厚地涂抹了一层牛粪烧成的白灰。你看到他们向这个或那个神龛敬礼，有时匍匐在地，脸朝下，做出崇拜的礼仪姿态。他们祈祷，背诵连祷文。他们互相招呼，互相问候，互相争吵，互相激烈争论。吵闹是不虔诚的，但神灵似乎仍然以某种神秘的方式近在咫尺，确然存在。

“你穿过长厅，看到屋顶由雕花的柱子支撑，每根柱子底部都坐着一个托钵僧；每个托钵僧前面都摆着一个接收布施的碗，或摆着一小块席子，不时有善男信女朝上面扔一个铜币。有的穿衣蔽体，有的几乎赤裸。有的在你经过时神情茫然地望着你；有的在读经，默读或朗读，好像并未意识到行人如织。我在其中寻找我的朋友；我再也没有见到他。我想他是行进在通往目标的旅途中了。”

“他的目标是什么呢？”

“超脱轮回羁旅。按照吠陀派的说法，自我，他们称之为阿特曼，我们叫作灵魂，是不同于肉体的，而其知觉则不同于头脑及其智慧；它不是上苍的一部分，因为上苍是无限的，不可能有部分，而它就是上苍本身。它是不可创造的；它来自于无极，当它最终脱下无知的七重面罩之后，它会回到它从之而来的地方即无极。这就像来自大海的一滴水，随一阵大雨落入一个水坑，接着流进一条小溪，蜿蜒曲折流进小河，然后流入大河，穿过山峡和辽阔的平原，七回八转，冲破石阻树挡，最后到达它从之而来的汪洋大海。”

“可是那可怜的小水滴，当它再一次汇入大海时，一定失去了它的个性。”

莱雷咧嘴而笑，说道：“你要尝糖的味道，是不必变成糖的。除了表现我们的利己主义以外，个性还有什么意义？灵魂在彻底摆脱个性之前，是不可能与上苍合为一体的。”

“你那么亲切地谈论上苍，莱雷，这可是个威风的字眼。它对你的实际意义是什么？”

“是真实。你无法说出它是什么；你只能说它不是什么。它是无法表达的。印度人把它叫作婆罗门。它是处处不在而又无处不在。一切事物都隐含它，都依存于它。它不是一个人，不是一件东西，也不是一个原因。它没有品质。它超越持久和变化；它是整体和部分，是有限和无限。它是永恒的，因为它的完整与完美无关于时间。它是真理和自由。”

我心里说了句“天哪”，但我对莱雷却说：“可是一个纯粹的智力观念怎能成为受苦人类的慰藉呢？人总是需要一个人一般的神，在痛苦时可以向他寻求安慰和鼓励。”

“也许在遥远的将来，更深的领悟会使他们懂得，他们必须在自己的灵魂里寻求安慰和鼓励。我自己认为，崇拜的必要性，无非是对于那些必须得到抚慰才会息怒的残酷神灵的古老记忆又复活了。我相信上帝就在我身上，否则就不存在。如果是这样，我要去崇拜谁或者崇拜什么呢？崇拜我自己吗？人类处在精神发展的不同水平，于是印度的想象力开发出了上苍的表现，即众所周知的婆罗摩、韦什拿和湿婆，还有上百个别的名字。上苍是自在天，是世界的创造者和统治者，它是农民在被太阳晒得开裂的田地里摆上鲜花供奉的简陋的偶像。印度的众神不过是一种权宜之计，引导人们领悟自我与最高自我本为一体的道理。”

我深思地看着莱雷，说道：“我很想知道是什么东西吸引你接受这种朴素的信仰。”

“我想我可以告诉你。我一直觉得宗教的创始人有些可怜，他们总是把你对他们的信任当成你能得救的条件。好像他们需要你的信仰来使他们相信自己。他们使你想起了那些异教诸神，如果没有信徒焚烧的供物来支撑，他们就会因虚弱而昏倒。不二论教派不要求你毫无根据地相信任何东西；它只要求你有了解真理的热烈渴望；它声称你可以和体验快乐与痛苦一样确实地体验到神的存在。在今天的印度，有人，据我所知有成百上千的人，确信他们体验到了神的存在。有一种见解令我极为满意，它认为你可以通过知识来获得真理。近代的印度圣人有鉴于人类的虚弱，承认人类可以通过爱、通过工作而得救，但他们从未否认最高尚但最艰难的途径是知识的途径，因为其工具是人类最宝贵的能力——理智。”

七

我必须打断自己来说明一下，我没有企图在此对名为吠陀的哲学体系进行阐述。我不具备阐述吠陀的知识，但即便我有，这也不是适合阐述的地方。我们谈了很长时间，莱雷给我讲述的事情，大大超出了此处可能记载的内容，因为这本书我毕竟是自称为一部小说的。我关心的是莱雷。我本来根本就不应该涉及如此复杂难解的一个主题，可是我觉得，如果不稍微记述一点儿他的思考，以及或许是由他的思考所引发的独特体验，那么我就无法使读者相信他在自己的思考引导下去采纳的行为准则是有些道理的，而这个行为准则，正是我马上就要告知读者诸君的。令我烦恼的是，我找不到词汇来形容他声音的悦耳，这声音使得他最随意的说话方式都具有了说服力。我也无法形容他表情上的丰富多变，从严肃变为轻快，从深思变为戏谑，这变化伴随着他的思绪，宛如小提琴在如疾风掠水一般尽情表现一支协奏曲的各种主题时有一架钢琴在弹奏出涟漪。虽然他在讲严肃的事情，却讲得非常自然，语调如同谈天，或许还有点儿羞怯，但并不拘束，好像他谈的是天气和庄稼。如果我给读者造成了他有说教态度的印象，那就是我的不是了。他的谦逊跟他的诚恳是同样明显的。

咖啡馆里只剩下几个人了。喝酒喧哗的人早已离去。那些靠爱情做生意的可怜人已经回归他们肮脏的住所。不时会有一个满面倦容的男人进来喝杯啤酒，吃块三明治，或者有某个好像半醒半睡的人进来喝杯咖啡。他们是白领工人。一个是值过了夜班，正要回家去睡觉；另一个是被闹钟吵醒，很不情愿地走在去上一整天白班的途中。莱雷似乎忘掉了时间，也忘了环境。我本人在一生中有过许多离奇的遭遇。我不止一次死里逃生。我不止一次地接触到风流并尝到各种滋味。我曾经骑着一匹矮种马，沿着马可·波罗走过的路，穿过中亚，抵达中国的神奇国土；我曾在彼得格勒一间整洁的客厅里喝着俄国茶，听着一个身穿黑衣和条格裤子的小个子男人，口才不俗地讲述他是如何刺杀了一位大公；我曾坐在威斯敏斯特的一间客厅里，欣赏海顿那支安详和谐的钢琴三部曲，听凭炸弹在户外爆炸；但是我认为最离奇的场景，莫过于一个又一个小时地坐在那家布置得过于艳丽的餐馆里，坐在铺了红色毛绒的椅子上，听着莱雷谈论上帝与永恒，谈论上苍和无休止转世投胎的令人厌倦的轮回。

八

莱雷沉默了几分钟，我不愿催促他，我等待着。不一会儿，他对我友好地微微一笑，仿佛他突然又发现我在场了。

“到了特拉凡哥尔后，我发现我无须打听有关什里·甘尼沙的消息。人人都知道他。他曾在一个山洞里住过许多年，但最终听从劝告搬到了平原上，某个善人给了他一块地基，为他建了一所泥砖房子。从首府特里凡得琅到阿萨姆要走很远的路，花了我整整一天时间，先坐火车，然后坐牛车。我在院子门口看到一个年轻人，问他我能不能见那位瑜伽修士。我带了一篮水果，这是按照习俗要送的礼物。几分钟后，那年轻人转来了，把我领进一间四周都有窗户的长厅。在长厅一角，什里·甘尼沙以冥想的姿态坐在一个铺着虎皮的高讲台上。他说：‘我在等着你呢。’我吃了一惊，但我猜想是我在马都拉的朋友给他讲了我的一些情况。可是当我说出那位朋友的名字时，他摇摇头。我把水果送给他，他叫那年轻人拿走了。只剩下我们两人了，他一语不发地望着我。我不知道沉默持续了多久。也许有半个小时吧。我给你讲过他的外表是什么样子；我没有对你讲过的是他身上散发的安详，他的善良、和平与无私。我在旅行后又热又累，但渐渐地，我开始感到精力极为充沛。在他再次讲话之前，我已明白这就是我一直在寻找的人。”

“他讲英语吗？”我插问。

“不讲。可你知道，我学语言是很快的，我已经学会了足够多的泰米尔语，在南方能听懂别人讲话，也能让对方明白我的意思。他终于说话了。

“‘你来这里干什么？’他问道。

“我开始给他讲我是如何来到印度的，如何在印度度过了三年；在听说了一个又一个道人的智慧与圣洁之后，如何去会见他们,却没有找到一个能够满足我所求的人。他打断了我。说道:‘那些我都知道了。你不用告诉我。你来这里是为了什么？’

“我回答：‘为了拜你为师。’

“他说：‘只有婆罗门能当师父。’

“他用一种强烈的奇怪眼神望着我，接着他的身体突然变得僵硬，他的眼睛好像看向了内部，我看出他进入了印度人称为入定的恍惚状态，他们认为在这种状态里主观与客观的二元性消失了，你变成了最高知识。我盘腿坐在地板上，坐在他面前，我的心在狂跳。不知过了多久，他叹了口气，我知道他恢复了正常的意识。他向我投来慈爱而温柔的一瞥。

"'留下吧，'他说，'他们会领你去看睡觉的地方。'

"他们给了我什里·甘尼沙下山初来平原时住的那间窝棚做住处。他现在昼夜住在里边的那间长厅，是在他弟子满门、越来越多的人慕名来访的时候盖起来的。为了不惹人注意，我改穿舒适的印度装，我晒得很黑，如果你不注意看我，你会把我当成本地人。我读了很多书。我冥想。当什里·甘尼沙愿意说话时，我就聆听;他讲话不多，但他总是乐于回答问题，听他讲话极受鼓舞，犹如音乐入耳。虽然他年轻时躬行过非常严峻的苦修，但他并不命令弟子苦修。他的目标是让弟子断绝对自我的屈从，戒绝七情六欲，他告诉弟子，通过稳心、克制、舍得和顺从，通过坚定意志，通过渴望自由，他们就可以得到超脱。人们常从附近相隔三四英里的市镇来到这里，镇上有一座著名的寺院，一年一度，大批人拥到那里参加盛会；他们来自特里凡得琅，来自遥远的地方，向他倾诉自己的烦恼，求他指点迷津，聆听他的教诲；他们离开时都增强了精神力量，心情平静下来。他的教诲非常简单。他教导说，我们都比自己想象的更伟大，智慧是求得自由的手段。他教导说，要想得救，隐世并非关键，只要割舍自我即可。他教导说，不为私利而做事会净化心灵，尽义务是给人提供的机会，能使他放下独立自我，而与普遍自我融为一体。不过最出色的并非他的说教；最出色的是这个人本身，他的仁慈，他伟大的灵魂，他的圣洁。在他身边就是福分。我和他在一起非常幸福。我感到我终于找到了我的所求。一周一周、一月一月过去了，快得无法想象。

我提出要在那里住到他死的时候，而他对我们说，他不打算在他那已腐之躯里住得太久；我又提出要住到我得道时为止。得道是这么一种状态，你终于突破了愚昧的束缚，确知你与上苍同为一体是不争的事实了。”

“然后呢？”

“然后，如果他们所言不虚，往后就什么都没有了。灵魂的行程结束了，它不会回到尘世了。”

“什里·甘尼沙死了吗？”

“就我所知还没死。”

他说这话时，明白了我这个问题中的含意，于是轻声一笑。他踌躇片刻，继续讲述，但他的神态一开始就使我感到，他非常清楚我已到嘴边的第二个问题是什么，他想避免回答那个问题，这个问题当然是，他是否已经得道。

“我没有一直住在阿萨姆。我很幸运，认识了当地的一位护林官，他的常年住宅在山脚下一个村庄的郊区。他是什里·甘尼沙的信徒，每当工作离得开的时候，他就来跟我们在一起待上两三天。他是个好人，我们有过长谈。他喜欢跟我练英语。在我认识他一段时间后，他告诉我护林队在山里边有一所平房，如果我什么时候想去那里独自打坐，他会把钥匙给我。我不时往那里跑。路上需要两天；你得先乘公共汽车去护林官的村子，然后你得步行。但当你到了那里之后，它那壮观的景色和幽静真是棒极了。我把能带的东西放进背上的背囊，雇一名脚夫为我运送食物，我待在那里直到食物吃完。它只是一间小木屋，屋后带一间厨房，家具只有一个支架床，可以铺上你的睡席，还有一张桌子和两把椅子。山上空气凉爽，有时候在夜里点上一堆火是很惬意的。得知方圆二十英里以内除我之外没有一个活人，我感到分外刺激。夜里我经常听见猛兽穿过丛林的声音，听见老虎咆哮，或大象吵闹。我常在森林里长距离散步。有个地方，我爱坐在那里，因为从那里可以看到眼前和脚下群山起伏，还有一个湖泊，黄昏时分，野兽回来饮水，有鹿、野猪、野牛、大象和豹子。

“我在阿萨姆住了刚好两年的时候，我上山去了我那所森林小屋，这次去的原因说出来你会觉得好笑。我想在那里过生日。我头一天到达那里。第二天早晨我在黎明之前就醒了，我想我应该到我刚才告诉你的那个地方去看日出。那条路我闭上眼睛也不会走错。我坐在一棵树下等待着。夜晚还没完，但空中的星光已经惨淡，天就要亮了。我有一种奇怪的悬念感。于是渐渐地，在我不知不觉之中，光亮开始渗透黑暗，慢慢地，像一个神秘的身影悄行于林木之间。我感到我的心跳动得好像有危险在靠近似的。太阳出来了。”

莱雷停顿了，嘴上浮出懊悔的笑。他接着说：“我没有描述的才干，我也不懂描绘图景的语言；我无法告诉你，无法让你看到，当天色大亮的时候，展现在我眼前的那幅景色是多么壮观。那些覆盖着深邃丛林的山峰，云雾仍然缭绕于树梢，而无底的湖水躺在我下面很远的地方。太阳从山峦的一个缝隙间照射到湖面，如同抛光了的钢铁一般闪亮。我迷醉于世界的美丽。我从未有过如此的兴奋，如此超然的快乐。我有一种奇怪的感觉，一种刺痛从我脚尖升起，直达我的头顶，我感到自己好像突然从肉体中释放出来，好像纯粹的精神吃了一顿我从未想象过的美好大餐。我觉得一种超越人类局限性的知识主宰了我，于是曾经困惑着我的一切事情都清楚了，曾经一直迷惑我的事情都得到解释了。我快活得感到了痛苦，我挣扎着要从中摆脱出来，因为感到如果它再延续片刻我就会死去；然而它是那样一种极度的喜悦，我宁可死去也不愿放弃它。我怎么能把我当时的感受告诉你呢？没有语言能够描述我那种极乐之中的忘乎所以。当我清醒过来时，我感到筋疲力尽，浑身颤抖。我睡着了。

“我醒来时日已正午。我走回平房，心里非常轻快，觉得自己好像脚未沾地。我给自己做了些吃的，老天，我可真饿了。我点上了烟斗。”

莱雷此时点燃了烟斗。

“我真不敢想象，这是我，伊利诺伊州马文郡的莱雷·达瑞尔，已经得道了，而其他人，努力了许多年，苦修禁欲，却还在等待着得道。”

“是什么理由使你相信，这不是你的精神状态，加上孤独、黎明的神秘和那片湖水如同抛光的钢铁一般闪光，共同诱发了你的催眠状态呢？”

“唯一的理由就是它那压倒一切的真实感。毕竟这是自古以来全世界神秘主义者都有过的同一序列的体验。印度的婆罗门教徒，波斯的苏非派，西班牙的天主教徒，新英格兰的新教徒，只要在他们能够描述难以描述的体验时，他们都是用类似的语言来描述它。这种现象的存在是不可否认的事实；唯一的困难是对它加以解释。我不知道，是否在一瞬间我和上苍成为一体了，也不知道那是不是从下意识里涌入了一种对普遍精神的认同感，因为这种普遍精神是潜伏于我们每一个人心中的。”

莱雷停顿了一下，向我投来顽皮的一瞥，问道：“顺便问一下，你的大拇指能碰上你的小拇指吗？”

“当然能。”我笑着说，做了两指相碰的动作，以示证明。

“你可知道，这是只有人和灵长目动物才能做到的？手之所以成为绝妙的工具，就是因为大拇指可以跟其他几个指头对抵。是否有这样一种可能，具有对抵功能的大拇指，无疑是处于尚未发育完全的形态，它是由人类的远古祖先和大猩猩中的某些个体身上发展出来的，是经过了无数世代才为所有人所共有的特征？

是不是至少存在一种可能性，即那么多不同的个人有过的这些与最高实体融为一体的体验，意味着在人类知觉中开发出了第六感，它在遥远遥远的未来会成为所有人共有的东西，那时大家都会拥有对于上苍的直接感知，如同我们现在拥有的对于感官对象的感知一样直接呢？”

“你估计这会对他们产生怎样的影响？”我问道。

“这个我可说不准，就像首先发现自己的大拇指可以碰到小拇指的那个人，说不准那小小的一个动作会引起什么无穷无尽的后果一样。就我而言，我只能告诉你，在那个极度欢喜的时刻主宰着我的那种强烈的平静感、快乐感和安全感，至今仍然与我同在，世界美丽的景象如今仍然栩栩如生，就跟我初次为它感到眼花缭乱时一样。”

“可是莱雷，一定是你对于上苍的观念迫使你相信尘世和它的美好只是一种幻象，即摩耶幻象。”

“认为印度人把尘世看成一种幻象，是不对的；他们不是这样；他们的主张只是，它跟上苍并非同一意义上的真实。摩耶只是那些热心的思想家发明的一种推断，以解释无限如何能够产生有限。他们当中最聪明的萨摩卡拉断言那是一个无法解释的秘密。要知道，困难在于如何解释婆罗摩会创造尘世。婆罗摩即存在、幸福和智慧，它不可改变，它从来并且永远将自己维持于宁静之中，它一无所缺也一无所需，所以既不懂变化也不懂斗争，它是完美的，那它为什么要创造世界呢？是啊，如果你提出这个问题，通常会得到的回答是，上苍创造世界是为了开心，无关于任何目的。可是当你想到洪水和饥荒，想到地震和暴风雨，想到肉体所生的各种病痛，你的道德感就会产生义愤，因为那么多可怕的东西居然是为了好玩而被创造出来的。什里・甘尼沙心肠太好，他不相信这个答案；他把世界看作上苍的表现，看作其尽善尽美的洋溢。

他教导说，神是不由自主要创造，尘世是其天性的表现。当我问他，如果世界是一个完美神灵的天性的表现，为什么它会如此可恨，以至于人类可以为自己树立的唯一合理的目标便是让自己摆脱它的束缚呢？什里·甘尼沙回答说，尘世的满足只是昙花一现，只有无极才会给予永久的幸福。然而没有止境的持续并不会使好的变得更好，不会使白的变得更白。如果玫瑰在中午时分失去了它黎明时的美丽，那么它在黎明时的美丽就是真实的。世界上没有不变的东西，如果我们要求什么东西不变，我们就是傻瓜，而在我们拥有它时不享受它，我们就是更大的傻瓜。如果变化是存在的本质，我们就会认为唯一明智的办法就是把它当作我们哲学的前提。我们当中没人能够两次走进同一段河流，但此河流虽然走了，我们走进的彼河流也是凉爽而提神的。

“雅利安人初到印度时就认识到，我们认识的这个世界只是我们不认识的那个世界的一种表象；但他们依然欢迎它的亲切和美好；只过了几百年，当征服已经疲惫，当恶化的气候损伤了他们的元气，致使他们成为入侵部落的猎物，他们便只看到生活中的邪恶，渴望永远跳出它的轮回。但是我们西方人，尤其是我们美国人，为什么要为衰落和死亡、饥渴、疾病、老迈、悲哀与虚妄所吓倒？我们的生命力正旺。当我坐在我的木屋里抽烟斗时，我感到比以往任何时候更有活力。我感到自己身上有一股能量喊叫着要施展拳脚。我应该做的不是遁世隐居，而是要活在尘世之中，热爱尘世之物，不是为了它们本身，而是因为它们身上的无极。如果在那些狂喜的时刻，我确实和上苍化为一体了，接下来，如果他们所说的不错，没有什么能打动我了，而当我修得了今世的正果时，我就再也不会回来了。这种想法使我充满了沮丧。我想一次又一次生活。我愿意接受各种生活，不管它如何痛苦悲哀；我觉得只有生命之后的生命，一次又一次的生命，才能满足我的热心、我的活力和我的好奇心。

“第二天早晨我动身下山，第三天我回到了阿萨姆。什里·甘尼沙看见我身穿西装感到诧异。我是在开始上山时在护林官的那所平房里穿上西服的，因为那里天气冷一些，而我后来没有想到要换下来。

“我说：‘我是来向你告别的，师父。我要回到我自己的人民当中去。’

“他没有说话。他和往常一样盘腿坐在讲台的那张虎皮上。讲坛前面的铜炉里点着一炷香，使空气里弥漫着它的微香。他和我初见他那天一样独自待着。他用犀利的炯炯目光看着我，我觉得他看进了我生命最深的角落。我知道他明白了已经发生的事情。

“他说：‘好吧，你已经走得够远了。’

“我跪下了，他为我祝福。当起身时，我眼里充满了泪水。他是一个品格高尚圣洁的人。我将永远以认识他为荣幸。我向众信徒道别。有些人已在那里生活多年；有些人是在我之后来的。我留下了自己不多的物件和我的书，心想会有人用得上它们。我背上背包，身穿我来时所穿的那同一条旧长裤和同一件棕色上衣，头戴一顶破草帽，吃力地走回镇上。一个星期之后，我在孟买搭上一艘轮船，到马赛上岸。”

沉默落到我们头上，我们想着各自的心思；不过，尽管我已疲倦，但还有个想法很想向莱雷提出，于是我终于打破了沉默。

“莱雷，老伙计，”我说，“你的这次漫长的求索之旅，是以有关邪恶的问题开头的。是邪恶这个问题催你上路的。可刚才这么长时间，你一个字也没提到你找到了有关这个问题的答案，哪怕是不确定的答案。”

“也许根本就没有什么答案，也许我太笨而找不到答案。罗摩克里希纳把世界看作神的游戏。他说：‘这就像一场游戏，在这场游戏中有快乐也有悲哀，有德行也有邪恶，有知识也有无知，有善也有恶。如果把罪恶与痛苦从创造中全部消除，游戏就玩不下去了。’我愿意以自己的全力驳斥这种说法。我能提出的最佳解释是，当上苍在尘世上表现自己时，恶是善的天然关联。如果没有地壳震动带来的无法想象的恐惧，我们就决不会有喜马拉雅山的惊人美丽。中国的工匠用他们所谓的蛋壳瓷制作花瓶，能够做出可爱的形状，能够用美丽的图案装饰它，给它涂上极美的颜色，给它挂上光滑的釉彩，但就蛋壳瓷的本性而言，工匠只能将它做成脆弱易碎的东西。如果你把它掉在地上，它会破成许多碎片。我们在尘世上怀抱的价值观会不会也是一样，只能与邪恶共存于世？”

“这是个巧妙的见解，莱雷。我认为它不怎么令人信服。”

“我也有同感，”他笑着说，“最好的说法是，当已经断定一件事情是必不可免的时候，你能够做的就是尽力而为了。”

“你现在有什么打算？”

“我有一件工作要在这里完成，然后就回美国去。”

“去干什么？”

“生活。”

“怎样生活？”

他回答得非常冷静，但眼里却有顽皮的闪光，因为他非常清楚我根本料不到他竟会如此回答。

“平静，宽容，怜悯，无私而节欲。”

“不合理的要求。”我说，“为什么要节欲？你是个年轻人；情欲和饥饿同是人类这种动物最强烈的本能，努力去抑制它，难道是明智的吗？”

“我的情况很幸运，性放纵对我来说是一种娱乐，而不是必需。我从个人的经验中得知，印度先贤所说的话，最正确的莫过于他们的一个观点，即贞洁能大大增强精神力量。”

“我则认为，智慧包括在肉体的需求和精神的需求之间求得平衡。”

“这正是印度人坚持认为我们西方人没有做到的。他们认为，我们拥有无数的发明，拥有工厂和机器，以及它们生产的一切，我们在物质性的事物中寻求幸福，但幸福并没有蕴含在物质之中，而是蕴含在精神事物里。于是他们认为我们选择的道路是通向毁灭。”

“那你认为美国是适合你实践你所提到的那些具体美德的地方吗？”

“我看不出它为什么不是。你们欧洲人对美国一无所知。由于我们聚积了大量财富，你们就认为我们只关心金钱。我们并不在乎金钱；我们一有钱就把它花掉，有时花得对，有时不对，但我们总要花钱。钱对我们不重要；它只是成功的象征。我们是世界上最伟大的理想主义者；我碰巧想到我们把理想寄托在错误的目标上了；我碰巧想到人类能为自己树立的最伟大的理想是自我完善。”

“这是个高尚的理想，莱雷。”

“难道它不值得我们努力去实现它吗？”

“可是你竟然能够设想，你，就你一个人，能够影响美国人民这样一个焦躁不安、忙忙碌碌、无法无天、具有强烈个人主义的民族吗？你还不如试试赤手空拳去挡住密西西比河的河水呢！”

“我可以一试。发明轮子的是单单的一个人。发现万有引力的是单单一个人。任何事情一旦发生，都不会没有影响。如果你将一块石头抛进一个池塘，整个宇宙就不完全是它原来的样子了。如果你认为印度的圣人是过着无用的生活，那就弄错了。他们是黑暗中闪亮的光。他们代表着一种为同胞提神醒脑的理想；普通人也许永远实现不了这个理想，但他们尊敬它，而这种理想永远影响着他们的生活。当一个人变得纯粹而完美的时候，其品格的影响就会扩大，于是寻求真理的人们自然会被它吸引。我过着我为自己规划的生活，有可能影响到别人的生活；这效果可能大不过扔进池塘的一块石头所引起的涟漪，但是一个涟漪引起另一个涟漪，而另一涟漪又引起第三个；很有可能，有人看到我的生活方式能够提供幸福与安宁，他们又将学到的东西传授给别人。”

“我很想知道你是否想过你将面临的会是什么，莱雷。要知道，菲力斯人早已不用刑架和刑柱来压制他们害怕的见解了，他们发现了一种更加要命的毁灭性武器——取笑。”

“我这个人很坚强呢。”莱雷笑道。

“好，我唯一可说的是，你有一笔私人进项，这对你来说真是幸运死了。”

“它曾经对我起过很大的作用。要是没有它，我就干不了我已经干过的那些事情。但我的学徒期已经结束。从现在起，它对我只是一个包袱。我要甩掉它。”

“那就太不理智啦。你想去过你打算过的那种生活，只有经济上的独立才能使你办到。”

“相反，经济独立会使我打算过的那种生活变得毫无意义。”

我禁不住做了一个不耐烦的手势，说：“对于印度那些游方托钵僧而言，这也许是过得去的；他可以在树下睡觉，愿意行善积德的好心人会很乐意往他的乞讨碗里装饭。可是美国的气候太不适合睡在露天之下了，而且虽然我不敢自命对美国非常了解，但我的确知道，如果说你的同胞能在什么问题上达成一致看法的话，那就是不劳动不得食。我可怜的莱雷，你还没来得及向你的目标迈出一步，就会被当作流浪汉送进贫民习艺所了。”

莱雷哈哈大笑，然后说：“这我知道。一个人总得适应环境，我当然要工作。我回到美国后，就会设法在汽车修理厂找份工作。

我是个很不错的机修工，我想这不会有多大困难。”

“那你岂不是会浪费掉可以在其他方面起更大作用的精力吗？”

“我喜欢手工劳动。每当我用功过度时，就干一段时间的体力活，我发现它能使人精力充沛。我记得在读一本斯宾诺莎的传记时，觉得那位作者太蠢了，居然认为斯宾诺莎为了谋生糊口而去磨镜片是一件可怕的苦差事。我相信这有益于他的智力活动，因为这能够把他的注意力从繁重的脑力劳动中暂时转移到别处。当我洗车或鼓捣化油器的时候，我的脑子完全自由了，活儿干完后，我有了完成一件工作的快感。当然我并不想无限期地待在一家汽车修理厂。离开美国已有许多年了，我必须重新了解它。我会设法找一份卡车司机的工作。那样一来，我就能够游遍全国了。”

“你或许忘了金钱最大的用处。它能节省时间。人生苦短，有那么多的事情要干，你连一分钟都浪费不起；想想吧，举个例子，你要从一个地方到另一个地方，要靠步行，而不坐公交车，或者坐公交车而不坐出租车，你会浪费多少时间！”

莱雷笑着说：“确实如此，我倒不曾想过这点，但我可以克服这个困难，只要自己开出租车就行了。”

“你这是什么意思？”

“我最终会在纽约安顿下来，因为它的图书馆，还有其他原因；我用很少的钱就可以维持生活，我不介意睡在哪里，我一天吃一顿饭就相当满足了。当看过了我想在美国观看的一切时，我应该存下了足够买一辆出租汽车的钱，并成为出租汽车司机。”

“你应该被关起来，莱雷。你和疯子一样癫狂。”

“一点儿也不。我非常清醒，非常实际。作为一名车主司机，我一天工作的时间只要够我开支膳宿费用和汽车的折旧费就行了。剩余的时间我可以用到别的工作上，如果需要赶紧去什么地方，我都可以开着自己的车去。”

“可是莱雷，出租汽车和政府公债一样都是财产呢。”我取笑他说，“作为有车司机，你是个资本家。”

他笑着说：“不，出租汽车只是我的劳动工具。它相当于游方托钵僧的棍子和乞讨碗。”

我们的谈话以莱雷的这句玩笑话而结束。我早已留意到进入咖啡馆的顾客越来越多。一个穿晚礼服的男人在离我们不远处坐下，给自己点了一份丰盛的早餐。他的神态疲倦而满足，那是一个男人得意地回顾其一夜风流的表情。几名老绅士，因年老而减少了睡眠需求，所以早起，正在一边透过厚厚的镜片看晨报，一边从容地喝着加奶咖啡。比较年轻的男人们，有几个整洁而帅气，另几个则穿着旧衣，在去商店或机关上班的路上匆忙地走进来，狼吞虎咽地吃完一个面包卷，吞下一杯咖啡。一个干瘪的丑老太婆拿着一叠报纸走进来，轮流到每一个桌子前兜售，就我所看到的，一份也没卖掉。我从大玻璃窗望出去，看到天已大亮了。一两分钟后，电灯都关灭了，只有这家大型餐馆的后部还亮着灯。我看了看表，7 点已过。

“吃点早餐吧？”我说。

我们吃了羊角面包，是刚出面包房的，又热又脆。我们喝了牛奶咖啡。我倦了，无精打采，觉得自己一定是老态龙钟，但莱雷却和平时一样容光焕发。他的两眼炯炯有神，光滑的脸上没有一条皱纹，他看上去不会超过二十五岁。咖啡使我振奋了。

“允许我给你提个忠告吗，莱雷？我很少做这种事情的。”

“我也很少接受忠告。”他笑着回答。

“在你放弃你那笔小小的财产之前，能不能非常慎重地考虑一下？一旦放弃了，就永远回不来了。也许有一天，你会急需用钱，为了你自己，或为了别人，那时你会痛悔自己当初竟然那么傻。”

莱雷回答时，眼里闪现一丝嘲笑，但没有恶意。

"你比我把钱看得重一些。"

"我完全相信这一点，"我辛辣地回答，"要知道，你一直有钱，而我没有。钱给了我一生中几乎是最看重的东西——独立。你无法想象，当我想到，只要我愿意，我可以叫世上的任何一个人滚蛋，我有多么称心。"

"但是我并不想叫世上的任何人滚蛋啊。如果我想这么做的话，即便银行里没有存款，我照样会叫他滚蛋。要知道，金钱对你而言意味着自由；对我而言却意味着束缚。"

"莱雷，你是个顽固不化的家伙！"

"我知道。但我无法自已。不过无论如何，如果我想要改变主意的话，还有充裕的时间来改变。我要到明年春天才回美国。我的朋友奥古斯特·科太，那位画家，把萨纳里的一所小别墅借给我了，我要去那里过冬。"

萨纳里是里维埃拉一个朴实无华的海滨疗养地，位于班杜尔与土伦之间，不喜欢圣特罗佩那种花哨仪式的画家和作家常到那里去。

"如果你不嫌弃它像阴沟水一样单调乏味，你会喜欢它的。"

"我有工作要做。我收集了许多材料，要写一本书。"

"什么内容？"

"出版的时候你就知道了。"他笑着说。

"如果你脱稿以后愿意把它交给我，我想我能为你安排出版。"

"不麻烦你了。我有几个美国朋友，在巴黎开了家小印刷厂，我已和他们做了安排，由他们替我印刷。"

"不过你可不能指望那样问世的书会有销路，而且你会得不到书评。"

"我不在乎是否有人评论，也不指望它能卖出去。我只是印一点点儿，够我送给印度朋友和我在法国可能对它感兴趣的几个熟人就行了。它并没有什么特殊的意义。我写这本书只是为了把所有那些资料都使用掉，而出版它，是因为我认为一件事情只有在印成铅字之后你才看得出它到底是个什么样子。”

“这两条理由我都能理解。”

这时我们已吃完早餐，我叫侍者拿账单来。账单送来后，我把它交给莱雷，说：“既然你要把钱往阴沟里扔，正好可以为我付早餐钱。”

他哈哈大笑，买了单。我坐了这么久，身子都僵了，当我们走出餐馆时，我腰部酸痛。

走进秋天早晨清新的空气里，感觉很好。天空蔚蓝，克里希大街在夜色中显得肮脏，此时却有些生气了，宛如一个涂脂抹粉的憔悴女人以女孩子富有弹性的步伐行走，倒也不令人讨厌。我以手势拦停了一辆过路的出租车。

“我捎上你吧？”我问莱雷。

“不用了。我要步行到塞纳河，找个浴场游泳，然后我得去图书馆，在那里做些研究。”

我们握手告别，我看着他迈着两条长腿，轻松自如地横过街道。我的身体素质不如他，便钻进出租车，回到了我住的饭店。当我走进起居室的时候，我留意到时间已经过了 8 点。

“这真是上了年纪的绅士回家的好钟点。”我以不以为然的口气对（玻璃橱内的）那个裸体女士说，她自 1813 年以来一直躺在那座时钟的顶上，她的卧姿在我看来是极端不舒服的。

她仍然对着镀金的铜镜，盯着她自己的镀金铜脸，而时钟一味地说着“嘀嗒、嘀嗒”。我打开了浴盆的热水。我在热水里一直泡到水已变成微温，便擦干身子，吞下一片安眠药，拿起碰巧放在床头柜上的书上了床，那是瓦勒里写的《海上的墓地》，我读着它直到入睡。

第七章

一

六个月后，4 月份的一个早晨，我正在费拉角住宅的阁楼书斋里忙着写作，一个仆人上楼来说，圣让（相邻村庄）的警察在楼下，想要见我。我因受到打扰而愠怒，想象不出他们要干什么。我问心无愧，我已经给慈善基金会捐过钱。我还收到一张作为回执的卡片，它就放在我的汽车上，以便在超速行驶被拦停时，或者在车子停在相反的街沿被发现的时候，可以在出示驾照的同时，低调地亮出那张捐款证明卡，那样就可以只听取几句宽容的警告，而逃脱处罚。当时我认为更有可能是我的一名用人受到了匿名检举。这是法国生活中的便利之一，因为该国的案卷是混乱的；不过我和当地警察关系不错，他们每次到我家来，我总要请他们喝上一杯葡萄酒，祝他们一路顺风，才会让他们离开。所以我料想他们不会多么刁难我。但是他们此来，公干与以往大不相同。我这里用第三人称复数，因为来了两名警察，他们总是两人一起出勤。

我们握手寒暄之后，两人中级别较高、被称为队长的那个警察，蓄着我所见过的最神气的一种胡须，从衣袋里掏出笔记本。他用一个肮脏的拇指翻着本子。

“索菲·麦克唐纳这个名字跟你有什么关系吗？”他问道。

“我认识一个叫这个名字的人。”我小心谨慎地回答。

“我们刚和土伦警察署通过电话，署长要求你立即到署里去。”

“为什么？”我问道，“我跟麦克唐纳太太并不很熟。”

我立刻得出结论：索菲遇上麻烦了，可能跟鸦片有关，但我不明白为什么把我牵扯进去了。

“这我不管。可以肯定你跟这个女人有来往。好像她已经离开住所失踪五天了，而港口打捞起一具尸体，警方有理由认为就是她。他们想要你去辨认一下。”

我浑身打了个冷战。然而我并不过于感到意外。她过的那种生活，完全有可能在她情绪低落时使她结束自己的生命。

“可是，完全可以根据她的服装和证件辨认出她嘛。”

“她被发现的时候，身上一丝不挂，喉咙被割断了。”

“老天爷！”我吓坏了。我心念急转。就我所知，警察可以强迫我去，我想我不如乖乖顺从为好。“那好吧，我会乘坐我能赶上的第一趟火车过去。”

我查了查列车时刻表，发现我可以赶上5点到6点之间开往土伦的列车。队长说他将打电话把情况报告署长，要求我一到土伦就直接去警察署。那天上午我没有再写什么，往手提箱里装了几件必需用品，吃过午饭就开车去火车站。

二

我一到土伦警察署，便立即被带进署长办公室。他坐在桌后，皮肤黧黑，举止庄重，表情阴沉，我认为他是个科西嘉人。也许是习惯成自然吧，他向我投来怀疑的一瞥；但他注意到了我为防不测而别在扣眼上的荣誉军团勋章，便堆出虚假的笑容请我坐下，然后说出一大堆抱歉的话，说麻烦我这种享有荣誉的人实在是出于万不得已。我也采用类似的腔调，向他保证，能为他效劳对我来说是最快活的事情。接着我们开始谈实际问题，他又摆出一副粗鲁甚至侮慢的姿态。他望着面前的一些文件，说道："此事非常恶劣。看来这个叫麦克唐纳的女人声名狼藉。她是个酒鬼、鸦片烟鬼和色情狂。她不仅经常和离船上岸的水手睡觉，还和城里的流氓地痞睡觉。你这种年纪这么体面的人，怎么会认识这么一个女人呢？"

我很想告诉他这跟他无关，但我勤奋地熟读过数百种侦探小说，已经懂得对警察最好要有礼貌。

"我对她知之甚少。我初次遇见她是在芝加哥，那时她还是个小姑娘，后来她在芝加哥嫁给了一个有地位的人。大约一年前我在巴黎再次和她相遇，是通过她和我共同的几位朋友相会的。"

我一直想知道究竟是什么东西使警察局长把我和索菲联系到一起的，而这时他把一本书向我推来，说道："这本书是在她的房间里发现的。劳驾你看一看上边的题词，你会看出，题词表明你和她之间并非像你说的那样不太熟悉。"

这就是索菲在书店橱窗里看到的我那本小说的法文译本，她曾要求我在上面题词。我在自己的名字下边用法文写了"小可爱，让我们看看玫瑰"，因为这是当时我脑子里想到的第一句话。它当然显得有点儿亲密。

"要是你暗示我是她的情人，你就弄错了。"

"这与我无关。"署长答道，接着眼睛闪烁了一下，"我不愿在言语上对你有所冒犯，但我必须补充一点，根据我说过的她的癖性，我认为你和她不是一路人。然而很明显，你不会把一个素不相识的人称为'小可爱'。"

"那行字，署长先生，是龙沙一首名诗的第一行，我敢断定，龙沙的作品，像你这样受过教育、具有文化修养的人，应该是熟悉的。我写下这行诗，是因为我感觉她肯定知道这首诗，并会回忆起下面的诗句，那几行诗会启示她，她所过的生活至少是不明智的。”

“我上学的时候当然读过龙沙的诗，可是我有那么多工作要做，我承认你所说的那首诗我已经忘掉了。”

我背诵了该诗的第一段，心里非常明白，在我提到龙沙之前，他根本就没有听说过这位诗人的名字，所以我不担心他会想起这首诗的最后一段，你很难说那段诗是提倡德行的。

“她明显是个受过一些教育的女人。我们在她房间里发现了许多侦探小说和两三本诗集。有一本波德莱尔诗集，一本兰波诗集，还有一本英文诗，作者是个叫埃略特的人。这人有名吗？”

“非常有名。”

“我没时间读诗。反正我看不懂英文。如果他是个好诗人，那么可惜他不用法文写诗，没法让受过教育的人也读一读。”

想到警察署长读《荒芜的土地》，我便觉得好笑。突然他把一张相片推给我看。

“你知不知道这是谁？”

我当即认出了莱雷。他身穿泳裤，而且照片是最近拍的，我猜想是夏季他和伊莎贝尔、格雷在迪纳尔避暑时照的。我最初的冲动是想说我不知道，因为我最不愿意看到的事情就是让莱雷牵扯进这件可恨的事情，但我转念一想，如果警方查出他的身份，那么我的说法就会使人误以为好像我觉得需要隐瞒什么事情似的。

“他是美国公民，名叫劳伦斯·达瑞尔。”

“这是在那女人的财物中找到的唯一的一张照片。他俩之间是什么关系？”

“他们都是从芝加哥附近的同一个村庄出来的。他们是儿时的朋友。”

“可这张照片是不久前照的，我猜是在法国北部或西部的一个海滨疗养地照的。具体在什么地方是很容易查明的。他是干什么的，这个人？”

“他是作家。”我贸然说道。署长的两条浓眉微微一扬，我猜想他对干我这一行的人不会给予高度的道德评判。“有独立谋生的手段。”我补充说，使这个职业听起来比较值得尊敬。

“如今他在哪里？”

我又想说我不知道，但我又一次判断，如果这么说，只会使事情更棘手。法国警方可能有各种缺点，但是他们的体制使他们能够及时找到他们想找的人。

“他住在萨纳里。”

署长抬起头来，显然我的话引起了他的兴趣。

“地址？”

我记得莱雷曾告诉我，奥古斯特·科太把小别墅借给了他，我在圣诞节回家后，曾写信请他来我这里住一段时间，但正如我完全料到的那样，他拒绝了。我把他的地址告诉了署长。

“我会致电萨纳里，叫人把他带来。也许他值得讯问一下。”

我不得不认为署长觉得自己也许找到了一个嫌疑犯，但我只是想大笑；我深信莱雷不用费多少口舌，就能证明他跟此事毫无关联。我急于多听一些有关索菲悲惨结局的情况，但局长只给我讲了比我已知的情况稍微多一点儿的细节。把尸体送来的是两个渔民。当地的警察说什么尸体一丝不挂，是想入非非的夸张。其实凶手还让索菲穿着紧身褡，戴着乳罩。如果索菲生前的穿着和我见到她的时候一样，那么凶手只是扒掉了她的宽松长裤和运动衫。尸体无法辨认，警方在当地报纸上登了启事描述死者的状况。于是有个女人看了启事，来到警察署。她在一条背街上开了一所小型出租公寓，法国人称之为“快活楼”。男人可以把女人或男孩带到那里去。她是警方的耳目，警方想知道有什么人常去她的公寓，去干什么。索菲已被赶出我碰到她时她还住着的那家码头上的旅馆，因为她的行为过于丢脸，连宽容的旅馆老板都无法容忍了。她提出要在我刚才说到的那个女人的公寓里租一间带有小起居室的房子。对于房东而言，把房间短时间地租出去，一夜出租两三次，能赚更多的钱，但索菲出的价钱很高，所以那女人同意按月租给她。现在那女人来到警察署，声言她的房客已经好几天没回来了；她本来没有放在心上，以为索菲旅行去马赛或维尔弗朗什了，那里有英国舰队的船只新近到来，这类事情总会吸引女人，她们无分老少，会从整个沿海地区赶去；可是她看了报纸上有关死者的描述，认为跟她的房客比较吻合。她被领去看了尸体，在稍稍犹豫之后，她声称那就是索菲·麦克唐纳的尸体。

“可是既然尸体已被认出，你们还要我来干什么？”

“贝莱太太是个名誉很高、人品出色的女人，”署长说，“可是她在识别那个死去的女人时，有一些我们并不了解的理由；不管怎样，我认为我应该找到跟死者关系更密切的人来看看尸体，以便确证这个事实。”

“你认为你们有可能抓到凶手吗？”

署长耸了耸他那结实的肩膀，说：“我们当然正在进行调查。我们已经讯问了她常去的那些酒吧里的许多人。她可能是被一名已经随船离开港口的水手出于妒忌而杀害的，也可能是因为她身上的一笔钱而被某个流氓杀死的。看来她身上总是揣着一笔钱，其数目在那种男人看来是很大的。也许有些人对凶手是谁已经有了强烈的怀疑，但在她活动的那个圈子里，除非对自己有利，很可能谁也不会说出来。跟她的恶劣品行相对应，她完全可能落得这样的下场。”

我对此无话可说。署长要求我第二天上午 9 点钟到警察署，到那时他可能已经见过“照片上的这位绅士”了，在那以后，将会有一名警察领我们去停尸房看那具尸体。

“她下葬的事情如何办？”

“如果在辨认尸体之后，你们作为死者的朋友要求埋葬尸体，并打算自己承担丧礼的费用，你们将会得到必要的授权。”

“我相信达瑞尔先生和我会愿意尽快得到授权。”

“我十分理解。这是个令人伤心的故事，最好把那可怜的女人立即安葬。这使我想起我这里有一位殡仪馆经理的名片，他会以公道的价钱和很高的效率为你们安排此事。我会在名片上写一句话，让他对你们多加关照。”

我能肯定他会从殡葬费中得到回扣，但我还是热情地向他致谢，当他毕恭毕敬地送我出门后，我立即前往名片上的那个地址。那位殡仪馆经理做事爽快而且有效率。我挑了一口棺材，既不是最便宜的，也不是顶贵的，我接受了他的提议，让他从他认识的一位花商那里替我买了几个花圈，他说他是“为了使阁下少受一些辛苦”，同时也是“出于对死者的敬意”。我要他安排灵车在第二天两点钟开到停尸房。他告诉我，不必麻烦我去看坟墓，他会把需要的一切都办好，并说“我想那位女士是个新教徒”，而且，如果我想要的话，他会请一位牧师在墓地等着念祈祷文。这时我不得不钦佩他的办事效率。不过，由于我是个陌生人，又是外国人，因此他相信，如果要求我预先给他一张支票，我是不会见怪的。他的开价超过了我的预期，显然以为我会还价，但我掏出支票本，毫无异议地写了一张支票，这时我在他脸上看到了惊诧的表情，或许还有点儿失望。

我在一家旅馆租了个房间住下，第二天早晨回到警察署。他们让我等了一段时间，然后叫我进入署长办公室。我看见了莱雷，他表情严肃而痛苦，坐在我前一天坐过的椅子上。署长高兴地跟我打招呼，好像我是一个他失散已久的兄弟。

“啊，亲爱的先生，你的朋友已经极为坦率地回答了我本着职责向他提出的每一个问题。他说他已有十八个月之久没有见到过那可怜的女人了，我没有理由不相信他的话。他非常令人满意地交代了他上个星期的活动，也说明了为什么他的照片会出现在那个女人的房间里。它是在迪纳尔拍摄的，有一天他和那个女人共进午餐，碰巧把那照片放在衣袋里了。我已经从萨纳里得到关于这位年轻人的出色的报告，而且不是夸海口，我本人就是评估品格的高手；我深信他是不可能犯下这种性质的罪行的。我可以大胆地把我的同情给予他。他儿时的一个朋友，在一种健康家庭生活的有利条件下成长起来，居然沦落到如此悲惨的结局。但人生就是如此。现在，两位亲爱的绅士，我的一个手下会陪同你们去停尸房，当你们辨认了尸体之后，就悉听尊便了。去好好吃顿午饭吧。这里有土伦最佳餐馆的一张名片，我在上边写一句话，就能保证你们得到老板最殷勤的招待。经历了这场伤心事之后，一瓶好酒会对你们两人都有好处的。”

此时他已是笑容满面，明显怀着善意。我们和一名警察一起走向停尸房。那个部门的业务并不繁忙。只有一块板子上躺有尸体。我们走到跟前，停尸房服务员揭开尸体头上的布。那光景可不好看。海水已经把染过的银发泡得不再卷曲，它湿漉漉地贴在头颅上。那张脸肿胀得厉害，显得恐怖，但那毫无疑问就是索菲。服务员把布单往下揭，向我们展示了我们两人都宁愿没有看到的景象，即喉咙上那道又长又深的切口，从一只耳朵延伸到另一只耳朵。

我们走回警察署。署长在忙别的事情，于是我们对一名助手讲了要讲的话；他离开我们，很快就拿着必要的文件返回了。我们把那些文件交给了殡仪馆经理。

“现在让我们去喝一杯吧。”我说。

自从我们离开警察署去停尸房的时候起，莱雷除了在回到警察署宣布他认出那具尸体就是索菲·麦克唐纳之外，没有说过一句话。我把他领到码头上，坐在我曾经和索菲一起坐过的那家咖啡馆。干冷的西北风劲吹着，通常那么平静的海港，泛起了白色的泡沫。渔船在轻轻摇晃。阳光灿烂。就和每次刮西北风时总会发生的情况一样，你看到的每件东西都有一种格外闪亮的明锐度，仿佛你是通过高于普通精确性的聚光镜去观看。这给你所看到的一切，赋予了一种令人神经紧张和悸动的活力。我喝了一杯白兰地加苏打，但莱雷碰也没碰我为他要的那一杯。他默默而忧悒地坐着，我没有打扰他。

过了一会儿，我看看表，说道：“我们最好去吃点东西，我们得在两点钟赶到停尸房。”

“我饿了。我没吃早饭。”

从警察署长的样子看得出来，他知道哪里的饭菜做得好，于是我领着莱雷去了他向我们推荐的那家餐馆。我知道莱雷很少吃肉，便点了一盘煎蛋卷和一盘铁扒龙虾，然后要来酒单，还是遵照署长的建议，选了一瓶葡萄酒佳酿。酒送来后，我给莱雷倒了一杯。

“你一定得喝一杯，”我说，“一杯酒下肚，你就有话可说了。”

他乖乖地听从了我的劝告。

“什里·甘尼沙常说，沉默也是谈话。”他喃喃地说。

“这话使我想起了剑桥大学高智商教员的一次联欢会。”

“恐怕你得独自承担这次葬礼的费用啦，”他说，“我是一文不名了。”

“我完全愿意独自承担。”我答道。这时我想到了他话里的含义，便说：“你不会真那么干了吧？”

他没有立即回答。我留意到他的眼光里有古怪而逗趣的神情。

“你不会把钱都撒掉了吧？”

“除了等船期间必需的生活费用外，其余的钱全没要。”

“什么船？”

“在萨纳里和我相邻的那所别墅的主人是一家货轮公司在马赛的代理人，该公司的货轮来往于近东和纽约之间。他们从亚历山大港给他拍来一份电报，说是有两名水手因病要在那里下船，而那艘船正往马赛驶来，要他补上两名水手。他跟我很要好，许诺让我上船。我打算把我那辆旧雪铁龙送给他作临别留念。我上船之后，除了身上穿的衣服和手提包里的几件东西，便一无所有了。”

“嗯，你自己的财产你说了算。你现在无牵无挂了。”

“说对了，无牵无挂。我一生中从没这么快乐过，从未有过这么强的独立感。我到纽约时就可以领工资了，这笔钱可以让我维持生活，直到找到工作为止。”

“你的书怎样了？”

“哦，已经写完付印了。我开了个赠书名单，一两天内你就会收到一本。”

“谢谢你。”

没有更多的话可说了，我们在友好的沉默中吃完了饭。我要了咖啡。莱雷点燃烟斗，我点燃一支雪茄。我沉思地看着他。他感到我的眼光落在他身上，对我投来一瞥；他的眼光显得顽皮。

“如果你犹豫着是否要说我是个大傻瓜，你就说出来吧。我毫不在意。”

“不，我并不觉得你有多傻。我只是想知道，如果你和别人一样结婚生子了，你现在的生活会不会更美满些。”

他笑了。我肯定说过二十次了，说他的笑容非常动人，是那么亲切友好，那么值得信赖，那么可爱，它反映出莱雷那迷人天性中的坦率和诚实；但我还得再说一次，因为现在除了上面所说的那些之外，他的笑还带有懊悔与伤痛。

“现在谈这个已经太迟了。在我遇见的女人中，我唯一能娶的就是可怜的索菲。”

我惊诧地望着他，问道：“在发生了这一切之后，你还能这么说吗？”

“她有可爱的灵魂，充满激情，有抱负，慷慨。她的理想是无私的。即便在结局时，她寻求毁灭的方式，也带有悲壮的高尚。”

我没有吱声。我不知道如何理解这种奇怪的论断。

“那你当时为什么没有娶她？”

“她还是个孩子。实话对你说，我常常到她祖父家里和她一起在那棵榆树下读诗，那时我从没有想到，在那个皮包骨头的小女孩身上会有美好精神的种子。”

令我不得不感到惊奇的是，在此关头莱雷只字未提伊莎贝尔。他不可能忘记自己跟伊莎贝尔订过婚，我只能猜测，他把那段插曲当成了一件没有结果的蠢事，是还没有成熟到足以了解彼此心灵的两个小家伙干出来的事情。我愿意相信，他根本没有想到，伊莎贝尔一直在为他感到沉痛和绝望。

我们该走了。我们步行到莱雷停放他那辆已经开得非常破旧的汽车的广场上，从那里开车到了停尸房。殡仪馆经理很守信用。他做事条理分明，有效率，把一切都安排妥当了。在那刺眼的阳光下，疾风劲吹，把墓地的柏树吹得弯了腰，给葬礼平添了可怖的终止符。一切都办完之后，殡仪馆经理亲切地跟我们握手。

“噢，两位先生，我希望你们感到满意。事情办得很顺当。”

“很顺当。”我说。

“希望阁下不会忘记，在阁下有需要时，我随时愿为阁下效劳。

距离不成问题。”

我向他表示了谢意。当我们走到墓地大门时，莱雷问我还有什么事情需要他做。

“没事了。”

“我想尽快赶回萨纳里。”

“把我捎到我的旅馆，好吗？”

我们在车上一直没有说话。到达旅馆后，我下了车。我们握了握手，他开车走了。我付了房钱，取出提包，乘出租车前往火车站。我也想离开此地。

三

几天后我就动身去英国。我原打算直接前往，但在发生了这件事情之后，我特别想见见伊莎贝尔，于是决定在巴黎停留二十四小时。我给她发了电报，询问我能不能在傍晚时分到来，并留下吃正餐；当我到达下榻的饭店时，看到她留的字条，说她和格雷会出去吃正餐，但如果我能在五点半钟之后到达，她会非常高兴见我，因为五点半以前她要去服装店试衣。

天很冷，间歇地下着大雨，因此我料想格雷不会去蒙特丰泰因打高尔夫。这对我不大方便，因为我只想见伊莎贝尔一人，不过当我抵达他们的公寓时，伊莎贝尔告诉我的第一件事情便是格雷在游客俱乐部打桥牌。

“我对他说了，如果他想见到你，不要回来得太迟，但我们要到 9 点钟才吃正餐，这意味着我们在 9 点半赶到那里也不算晚，因此我们有充足的时间好好谈一谈。我有好多事情要告诉你呢。”

他们已经把公寓转租出去，埃略特收藏品的拍卖将在两周内开始。他们要出席拍卖会，打算搬到里茨饭店去住。然后他们就会航行回国。伊莎贝尔打算卖掉所有的东西，只留下埃略特挂在昂蒂布宅邸里的那些现代画。虽然她并不十分喜欢那些画，但她想得很对，那些画挂在他们未来的家里，是很有分量的摆设。

“遗憾的是，可怜的埃略特舅舅进步得不够快。毕加索，马蒂斯，雷诺阿，你懂的。我想他那些画自有其妙处，但恐怕它们有点儿过时了。”

“我要是你的话，才不操这份心呢。过不了几年又有新画家出现，毕加索、马蒂斯就不会比你的那些印象主义画家更时髦了。”

格雷的那些谈判就要完成了，有了伊莎贝尔给他提供的资本，他将加入一家生意兴隆的商号当副总裁。这家商号与石油有关，他们将住在达拉斯。

“我们将要做的第一件事情就是找一所合适的住宅。我需要一个漂亮的花园，让格雷下班回来以后有个地方散步休闲，我得有个宽敞亮堂的客厅，好招待客人。”

“我不明白你为什么不把埃略特的家具带回去。”

“我认为那不大合适。我要全部用现代家具，或许零星地摆一两件墨西哥风格的东西，显得有点儿情调。我一到纽约，就要打听到现在最受欢迎的装修师是谁。”

男仆安托万用托盘端来了各种酒瓶，伊莎贝尔一向娴于应酬，知道十个男人当中就有九个自信比女人会调鸡尾酒（他们是对的），因此她要我来调两杯。我先倒出杜松子酒和诺利普拉酒，加入少量苦艾酒，这就把干马天尼从没有明显特征的饮料转换成了美酒，奥林匹斯山上的众神为了它，无疑会将他们家酿的琼浆玉液弃之不顾，他们的那种饮料，我一直认为喝起来颇像可口可乐的味道。当把酒杯递给伊莎贝尔时，我留意到桌上有一本书。

“喂，”我说，“这是莱雷的书！”

“是啊，是今天上午寄到的，但我一直很忙，午饭前我有上千件事情要办，午饭又是出外吃的，而下午我又待在莫林诺服装店。我不知道什么时候才会有点儿时间静下心来读读这本书。”

我郁闷地想着，一个作家花费数月时间写下一本书，或许注入了他的心血，然后它躺在那里无人问津，直到读者把世界上的事情都干完了，才会去读它。莱雷这本书共三百页，印得很精美，装订很整齐。

“我猜想你应该知道莱雷整个冬季都住在萨纳里。你有机会见过他吗？”

“见过的，几天前我们还一起待在土伦。”

“是吗？你们在那里干什么？”

“埋葬索菲。”

“她不会是死了吧？”伊莎贝尔嚷道。

“如果她没死，我们就没有任何讲得过去的理由去埋她。”

“这不好笑。”她停顿了一秒钟，“我不想假装难过。是酗酒加吸毒的结果吧，我猜想。”

“不，她被人割断了喉咙，一丝不挂地抛到了海里。”

我发现自己也和圣让的那位警察队长一样，把索菲身体暴露的情况夸张了一点儿。

“太可怕了！可怜的家伙！过着她那样的生活，当然注定会有坏结果。”

“土伦警察署长正是这样说的。”

“他们知道是谁干的吗？”

“不知道，但我知道。我想是你杀了她。”

伊莎贝尔吃惊地瞪我一眼。

“你在说些什么？”接着她隐约一笑，“往别人身上猜吧。我有铁一般的不在场证据。”

“去年夏天我在土伦碰见她了。我跟她谈了很久。”

“她清醒吗？”

“足够清醒。她给我讲了，在即将嫁给莱雷的前几天，她为什么会毫无理由地失踪。”

我注意到伊莎贝尔的面孔僵硬了。我继续往下讲，把索菲给我讲的一切如实告诉了她。她用心地听着。

“从那次遇见她以来，我经常想起她的那段经历，越想就越觉得此事有可疑之处。我在你这里吃过二十次午饭，你在吃午饭时从不喝酒。你那天是一个人吃午饭。为什么托盘上会有一瓶朱布洛夫卡酒和一只咖啡杯？”

“埃略特舅舅刚把那酒给我送来，我想尝尝味道是否和我在里茨饭店喝的一样好。”

“不错，我记得当时你对它赞不绝口。我感到奇怪，因为你从来不沾烈性酒；你非常注意保持身材，所以不喝烈酒。我当时的印象是你在引诱索菲。我认为只是一点儿恶意而已。”

“谢谢你。”

“一般来说你是非常守约的。你明知索菲要来找你去试结婚礼服，这件事情对她那么重要，而你又深感兴趣，在这种情况下，你怎么可能外出呢？”

“她自己已经告诉你了。乔安的牙齿使我放心不下。我们的牙医很忙，我不能放过他能给我的时间。”

“当一个人去看牙医，他会在离开之前约好下次看牙的时间。”

“我知道。但医生在上午给我打电话，说他要爽约，但可以改在当天下午 3 点钟，所以我自然就欣然答应下来了。”

“家庭教师不能带乔安过去吗？”

“乔安害怕呀，可怜的宝宝。我觉得她更愿意要我带她去。”

“你回来时，发现一瓶朱布洛夫卡酒只剩下四分之一，而索菲走了，你难道一点儿也不感到意外吗？”

“我以为她等得不耐烦，自个儿去莫林诺服装店了。当我到了莫林诺服装店时，也没弄明白是怎么回事，他们告诉我她根本没到那里去。”

“那朱布洛夫卡酒呢？”

“哦，我确实留意到酒被喝掉了很多。我以为是安托万喝的，差一点儿就要跟他说道说道这件事，可他的工资是埃略特舅舅发的，而他还是约瑟夫的朋友，所以我想还是不管此事为好。他是个很好的用人，如果他时不时喝上几口，我何苦要责备他？”

“你真会撒谎，伊莎贝尔！”

“你不相信我？”

“一点儿也不信。”

伊莎贝尔起身，走到壁炉边。炉里生了劈柴火，在那个阴冷的日子里，炉火是宜人的。她站着，一肘支在炉架上，姿态优美，这是她最迷人的天赋之一，能够毫无造作痕迹地摆出美姿。和大多数法国的上流女子一样，她在白天穿着黑衣，特别适合她的风采，而在此时此刻，她穿一件昂贵而素雅的黑衣，更显身段的苗条。她吸着香烟，有一分钟之久。

“我没必要不对你完全坦诚以待。最不幸的是我当天必须出去，而安托万当然绝不该把酒和咖啡用具留在客厅。我出门之后，就该把它们撤走。我回来时，看到酒瓶差不多空了，当然知道发生了什么事情，而当索菲失踪后，我猜到她是寻欢作乐去了。但我对此缄口不言，因为我认为这只会使莱雷痛苦，而他本就够焦心的了。”

“你肯定那瓶酒不是根据你的明确指示留在那里的吗？”

“肯定。”

“我不信你。”

“那就别信吧。”她把香烟恶狠狠地扔到火里。她的两眼因恼怒而变得阴沉。“好吧，如果你要知道真相，我可以告诉你，让你见鬼去！是我干的，我还会再干。我告诉过你，要不择手段地阻止她嫁给莱雷。你们都会袖手旁观，你和格雷都不会管。你们只是耸耸肩，说那是个可怕的错误。你们他妈的一点儿也不在乎。可我在乎。”

“如果你不去管她，她现在还会活着！”

“而她会嫁给莱雷，而莱雷就倒霉透顶了！莱雷以为自己能把她改造成一个新女人。男人多蠢哪！我知道她迟早会崩溃的。撑不到一英里就不行了。你亲眼看到了，我们大家都在里茨饭店吃午饭时，她是多么紧张不安。我留意到，在她喝咖啡时，你望着她；她的手抖得那么厉害，她不敢用一只手端杯子，得用两只手端着杯子送到嘴边。当侍者往我们杯子里斟酒时，我注意到她注视着酒，她那双疲惫无神的可怕的眼睛追随着酒瓶，活像一条蛇紧盯着一只羽翼刚刚丰满振翅欲飞的小鸟不放，我知道她会为了一杯酒而放弃灵魂。”

伊莎贝尔此时面朝我，她的两眼闪耀着热情，她的声音有些沙哑。她无法十分流畅地吐出单词。

“在埃略特舅舅拿那种可恶的波兰酒大做文章的时候，我起了这个念头。我觉得那种酒很难喝，但我却假装着说那是我尝过的美酒极品。我断定，如果她有机会，她是没有抗拒之力的。那就是我提出领她去服装展销会的原因。那就是我提出要送她一身结婚礼服的原因。那一天，当她要去最后试衣时，我告诉安托万，说午饭后我要喝朱布洛夫卡酒，然后我又告诉他有一位女士会来，要安托万让她等着我，给她送点咖啡，把酒留下，有可能她会想喝一杯。我的确是带乔安去看牙医了，不过我们当然没有预约，他也不可能接待我们，于是我带她去看了一场新闻短片。我已经打定主意，如果发现索菲没碰那酒瓶，我就随遇而安，努力跟她做朋友。这是真话，我发誓。可是当我回家看到那瓶酒时，便知道自己是正确的。她走了，我敢赌她是一去不返了，赌多少钱都行。”

伊莎贝尔讲完之后，委实是气喘吁吁。

“这或多或少就是我所想象的事情经过，”我说，“你看，我猜对了吧；你断了她的脖子，就像你亲手握着刀子去割脖子一样。”

“她坏、坏、坏！我很高兴她死了。”她一屁股坐到椅子上，“给我一杯鸡尾酒，该死的。”

我走过去，又给她调了一杯鸡尾酒。

“你是个刻薄鬼。”她从我手里接过酒杯时说。接着，她放任自己笑了起来。她的笑容像一个孩子知道自己淘气，但认为自己这天真一笑的魅力，能够哄得你不发脾气。“你不会告诉莱雷，对吧？”

“我做梦都不会想到要告诉他。”

“是真心的？男人都那么不可信。”

“我向你保证我不会。不过即使我想告诉他，也没有机会了，因为我想这辈子我再也见不到他了。”

伊莎贝尔突然挺直身子问道：“你这是什么意思？”

“此时此刻他在一艘货轮上，不是当水手就是当锅炉工。他在去纽约的途中。”

“真的吗？他这个人可真怪！几个星期前他还来过这里，跟他的书有关，他要在公共图书馆查资料，但只字未提要去美国。我很高兴；这意味着我们会见到他。”

“恐怕见不到吧。他的美国距离你们的美国如同戈壁滩一样遥远。”

接着我把莱雷的所作所为及其打算做些什么告诉了她。她目瞪口呆地听我讲话。惊愕写在她的脸上。她不时地打断我，发一声感叹：“他疯了！他疯了！”当我讲完时，她耷拉下脑袋，我看到两行眼泪流下她的双颊。

“现在我真的失去他了。”

她转过身避开我哭泣，脸靠在椅背上。她那张可爱的脸蛋由于她无意掩藏的悲哀而扭曲了。我无能为力。我不知道她一直怀抱着什么样的徒然而冲突的希望，但那希望被我传达的消息最终粉碎了。我隐约觉得，能偶尔见见莱雷，至少知道莱雷是她世界中的一部分，尽管单薄，也算是他们之间的一种纽带，而莱雷的行为彻底割断了这根纽带，她知道她已永远失去了莱雷。我很想知道她那徒然的悔恨有多深切。我认为哭一哭对她会有好处。我拿起莱雷写的那本书，翻看里边的目录。给我的那本书在我离开里维埃拉时还没寄到，现在我无望于在几天内收到。这本书和我想象的根本不同。这是一本论文集，论文的篇幅跟利顿·斯特雷奇所著的《维多利亚王朝名人传》中的那些文章差不多，是许多名人的评传。莱雷对人物的选择令我迷惑不解。有一篇写的是罗马帝国的独裁者苏拉，此人获得绝对的权力之后，放弃权力回去当老百姓了；有一篇写的是蒙古征服者阿克巴，他赢得了一个帝国；有一篇写的是鲁本斯，有一篇写的是歌德，有一篇写的是作家查斯特菲尔德爵士。显然这些论文中的每一篇，写作时都需要大量阅读，我不再为莱雷花了那么长的时间才写完这本书而感到惊讶了，但我仍然不理解他为什么认为值得为它花这么多的时间，他为什么要特意挑出这些人物来进行研究。接着我忽然想到，其中每一个人都以自己的方式取得了一生中最高的成就，我想就是这一点引起了莱雷的兴趣。他很想知道这最终会有什么意义。

我粗略地看了一页，看看他是如何写作。他的风格是学术性的，但也晓畅易懂。其中毫无业余写作往往难免的矫饰和卖弄。你一看就知道，他常常勤勉地阅读一流作家的著作，正如同埃略特·坦普尔顿常常巴结名门望族。伊莎贝尔的一声叹息打断了我的阅读。她坐直了身子，以痛苦的表情喝干已经凉了的鸡尾酒。

“要是我再不停止哭泣，我的两眼就会不成样子了，而今晚我们还要出去吃饭。”她从手提包里取出镜子，焦急地望着镜子里的自己。“是的,用冰袋在眼睛上敷半个小时,这就是我需要的。”她往脸上搽粉，往嘴唇上涂了口红。接着她沉思地望着我说：“你会不会因为我干的事情对我的印象变坏？”

“你在乎吗？”

“也许你会觉得奇怪，我在乎。我想要你觉得我好。”

我咧嘴笑了，回答道：“亲爱的，我这个人很不道德，当我真心喜爱一个人，尽管我会谴责他干的坏事，但这不会减少我对他的喜爱。按你的为人之道，你不是个坏人，而且你一举一动都优雅迷人。我对你的美不会少一分欣赏，因为我知道它多么依赖于完美的品位和无情的决断这两者的巧妙结合。你只缺少一样东西，使你还不具备完整的魅力。”

她含笑等着我往下说。

“温柔。”

她唇上的微笑消失了，向我投来完全有失愉快的一瞥，但她还没来得及想好怎样回答，格雷已经拖着笨重的身体走进房间。在巴黎住了三年，格雷的体重又增加了许多磅，脸色变得更红了，头发迅速变稀,但他非常健康,精力旺盛。他打心眼里高兴看到我。格雷讲话时满口陈词滥调的俏皮话。尽管那些话老掉了牙，他说出来的时候仍然怀着明显的信心，认为自己是第一个想到这些话的人。他从不说“去睡觉”,而是说“去压干草”,他不说“酣睡”,而说“睡得宜人”；他不说“下大雨了”，而说“老天下雨精力充沛”；他至死也不说“巴黎”，而是说“快活爬犁”。但他是那么亲切，那么无私，那么可靠，那么平易近人，你不可能不喜欢他。我对他是真心喜爱。他现在因他们即将动身回国而兴奋。

“老天，能重新被人套上挽具多好啊！”他说，“我已经闻到燕麦的香味了。”

“这么说一切都安排好了？”

“我还没在虚线上签名，但成功的机会很大。我将要与之共事的伙计上大学时和我是室友，他是个可爱的人，我断定他是不会让我不快的。但我们一到纽约，我就要飞往得克萨斯把公司参观一遍，你可以相信，我要撑起眼皮看清柴堆里有没有黑鬼，才会掏出伊莎贝尔的钞票。”

“格雷是个非常能干的生意人，你懂的。”伊莎贝尔说。

“我可不是在牲口棚里养大的。”格雷笑着说。

他继续略嫌啰嗦地向我介绍他将要进入的那家商号，但我对这类事情懂得很少，我获悉的唯一一个具体的事实，就是他有了发大财的好机会。他对自己谈到的事情兴致大发，不一会儿他就转身对伊莎贝尔说：“听我说，我们何不甩掉那个破宴会，就我们三人去银塔饭店美餐一顿？”

“噢，亲爱的，我们不能这么做。他们是为了我们才举办这个派对的。”

“反正我现在是不能奉陪了，”我打断他们的话，“当我听说你们今晚已有安排的时候，便给苏珊·鲁维埃打了电话，约好了带她出去。”

“苏珊·鲁维埃是谁？”伊莎贝尔问道。

“哦，莱雷的一个小情人。”我故意逗她。

“我一直怀疑莱雷有个小情人藏在什么地方。”格雷说着，大笑起来。

“胡扯！”伊莎贝尔喝道，“莱雷的性生活我全了解。哪有情人！”

“喂，我们在分手之前再喝一杯吧。”格雷说。

我们喝过之后，我向他们告别。他们和我一道走进过厅，当我穿外衣时，伊莎贝尔伸手挎住格雷的胳膊，偎依着他，望着他的眼睛，露出一种表情，非常成功地模仿出我曾指责她缺少的那种温柔。

“告诉我，格雷，要说实话，你觉得我不温柔吗？”

“不，亲爱的，远非如此。怎么，谁说你不温柔了吗？”

“没人说。”

她把脑袋转开，让格雷看不见，然后以埃略特肯定会认为非常不淑女的姿态，朝我伸了伸舌头。

“这跟我讲的不是一回事。”我走出门，把身后的门关上，喃喃说道。

四

当我再次经过巴黎时，马图林一家已经走了，别人住进了埃略特的公寓。我想念伊莎贝尔。她模样好看，易于交谈。她反应灵敏，心无恶意。我再也没有见过她了。我很少写信，回信总是拖延，而伊莎贝尔则根本不写信。如果她不能用电话或电报跟你联系，她就根本不联系你了。那年圣诞节我收到她寄来的圣诞卡片，上边印有一幅美丽的图画，画上是一座房子，带有殖民时代风格的门廊，周边有橡树环绕，我想这就是他们那座种植场的房子，当年他们需要钱时未能将其卖掉，而现在他们或许愿意保留了。邮戳表明圣诞卡片是在达拉斯寄出的，因此我断定交易已经圆满完成，他们在那里定居下来了。

我从未去过达拉斯，但我设想它和我去过的其他美国城市一样有一个住宅区，从那里开车去商业区和乡间俱乐部都不需要多少时间，富人们在那里拥有带大花园的漂亮住宅，从客厅的窗子望出去，便是山峦或峡谷的美景。伊莎贝尔肯定就是住在这样一个区域，住在这样一所宅邸，从地下室到阁楼都是由纽约最时髦的装修师以最新的式样装修起来的。我只希望她的雷诺阿作品，她那幅马奈的花卉，莫奈的风景，以及高更的作品，不会显得过时太久。餐厅的大小肯定适合她时常举办的女人午餐会，而餐会上的酒是美酿，菜是佳肴。伊莎贝尔在巴黎见识大长。当她的女儿们再大一点儿，她会为她们举办女孩初入社交界的舞会，这是她愉快的责任，所以在挑房子的时候，如果一眼就看出那房子的客厅非常适合举行这种舞会，那房子才能入她的法眼。乔安和普莉西拉此时想必是到了谈婚论嫁的年龄。我相信她们受过很好的教育；她们上过最好的学校，伊莎贝尔花了一番心血，把她们培养得多才多艺，使她们在具备条件的小伙子眼中是值得追求的。我设想格雷现在的脸色更红了，双下巴更多肉了，头更秃了，体重增加了很多，但我相信伊莎贝尔不会有什么变化。她仍然比两个女儿更漂亮。马图林一家无疑是社区的亮点，我不怀疑他们会受到喜爱，而这是他们应该得到的。伊莎贝尔有情趣，亲切和蔼，恳切殷勤，善于应酬；格雷呢，当然是好人中的完美典范。

五

我仍然不时地跟苏珊·鲁维埃见面，直到她的情况发生出乎意料的变化，使她离开了巴黎，于是她也淡出了我的生活。大概是在上述事情发生两年之后的一个下午，我在音乐厅的走廊里浏览图书，惬意地度过了一个小时，一时无事可做，我想我应该去看看苏珊。我已有半年没有见到她了。她开了门，拇指上套着调色板，牙齿咬着画笔，身穿一件油彩斑驳的外衣。

“啊，是您呀，亲爱的朋友，您请进吧。”

听到她这样一本正经地用法语讲话，我有点儿吃惊，因为通常我们两人交谈都用第二人称单数称呼对方为“你”，但我还是走进了这个客厅兼画室的小房间。画架上有一块帆布。

“我太忙啦，忙得团团转，不过您请坐，我得继续工作。我连一分钟都不能浪费。您不会相信的，我要在梅耶艾姆画廊举办个人画展，要准备好三十幅画作呢。”

“在梅耶艾姆画廊？好极了！这事你是怎么办到的？”

梅耶艾姆可不是塞纳街上那种昙花一现的画商，那些小商人开一家小店铺，总是处于交不起房租而要关闭的边缘。梅耶艾姆在塞纳河住着富人的这一岸拥有一所漂亮的画廊，他在国际上享有声望。一个画家能进入他的画廊，就走上了康庄大道。

“阿希尔先生带他来看我的画，他认为我很有天才。”

“À d'autres,ma vieille。”我回答道，我想这句话最好的翻译是：“你去骗别人吧，大姐。”

她向我投来一瞥，咯咯直笑。

“我要嫁人啦。”

“嫁给梅耶艾姆？”

“别装傻了。”她放下画笔和调色板，“我工作一整天了，也该歇会儿了。让我们喝一小杯葡萄酒，我把事情全告诉你。”

法国生活中有个不那么令人愉快的特点，就是你往往会被逼着不分早晚地喝上一杯酒。你必须勉为其难地喝下。苏珊取出一瓶酒和两只玻璃杯，斟满酒后，如释重负地叹气坐下。

“我站了整整四个小时，曲张的静脉都痛了。嗯，事情是这样的。阿希尔先生的妻子今年年初去世了。她是个好女人，是个好天主教徒，不过阿希尔先生娶她不是出于爱慕，而是因为这是一笔好生意，尽管阿希尔先生敬重她关心她，但如果说她的死令阿希尔先生悲痛欲绝，那就是夸张了。阿希尔先生的儿子结了一门合适的亲事，在公司里干得很好，而女儿跟一位伯爵订了婚。

不错，是比利时人，但是真伯爵。他在那慕尔附近有一所非常漂亮的别墅。阿希尔先生认为他那可怜的妻子不会希望两个孩子的喜事因为她而耽搁，所以尽管还在服丧期间，只要结婚费用安排就绪，婚礼就会举行。显然阿希尔先生在里尔的那幢大房子里会感到寂寞，需要一个女人，不仅是服侍他安慰他，还要经营他这种地位的人必然会有的重要家产。长话短说，他请求我填补他那可怜妻子的位置。他说得很有道理：'我第一次娶妻是为了消除两家对手公司之间的竞争，我并不后悔，但没有理由不让我在第二次娶妻时为我自己的快乐考虑。'"

"我向你祝贺。"我说。

"显然我会怀念我的自由生活。我一直喜欢它。但一个人总得为将来着想。这话只在你我之间说，我不介意告诉你，我已经年过四十了。阿希尔先生还处于危险的年岁；如果他突然心血来潮，去追一个二十岁的姑娘，我又怎么办呢？而且我还得替女儿着想。她今年十六岁，会长得和她父亲一样漂亮。我让她受了良好的教育。但最好不要否认明摆着的事实，她既没有当演员的天赋，又没有像她可怜的妈妈这种做妓女的气质；那么我问你，她能指望干什么？当个秘书，或者在邮局找份差事。阿希尔先生非常慷慨地许诺，让她跟我们一起生活，还承诺给她一笔丰厚的陪嫁，让她能嫁一个好人家。相信我，好朋友，别人爱怎么说就由他们去吧，但婚姻仍然是一个女人能够从事的最令人满意的职业。显然为我女儿的幸福着想，即使以某些快乐为代价，我也得毫不犹豫地接受求婚。反正随着年纪增大，我会发现那些快乐越来越难获得；我得告诉你，我在嫁人之后打算严守贞操（d'une vertu farouche），因为长期的经验告诉我，幸福婚姻的唯一基础是双方的绝对忠贞。"

"高尚的道德情操，我的美人。"我说，"那么阿希尔先生是否仍然会每隔两周到巴黎来出一趟差呢？”

“哎呀呀，你以为我是谁，我的小老弟？当阿希尔先生向我求婚时，我对他说的第一句话便是：‘现在听我说，亲爱的，当你来巴黎开董事会议的时候，咱们先说好，我也要来。你一个人在这儿我对你信不过。’他回答说：‘你怎么能设想我这把年纪还会干荒唐事？’我对他说：‘阿希尔先生，你正当壮年呢，我比谁都清楚，你有热烈的气质。你长得好看，又有气派。你拥有讨好女人的一切条件；总之我认为最好还是不让你受到诱惑。’最后他同意把他在董事会的席位让给儿子，让儿子替父亲来巴黎。阿希尔先生假装认为我不讲理，但其实他感觉非常受用。”苏珊满意地叹了一口气，又说：“要不是男人有令人难以置信的虚荣心，我们这些可怜的女人日子就会更难过了。”

“这一切都很好，但这和你在梅耶艾姆画廊举办个人画展有什么关系呢？”

“你今天有点儿傻，我可怜的朋友。我不是多年前就对你说过阿希尔先生是个非常有头脑的人吗？他要为自己的地位着想，而里尔人又喜欢吹毛求疵。阿希尔先生希望我作为他那么一个要人的妻子，在社会上得到我应该占有的地位。你知道那些外省人是什么样子，他们总爱伸长鼻子去打探别人的事情，他们会问的头一件事便是：苏珊·鲁维埃是谁呀？好吧，他们会找到答案的。她是个出色的画家，她最近在梅耶艾姆画廊举办的画展取得了引人注目且当之无愧的成功。‘苏珊·鲁维埃女士，殖民地步兵中一名军官的遗孀，以法兰西妇女特有的勇气，数年间凭借自己的才干，维持了自己和过早失去父爱的美丽女儿的生活，我们高兴地得知，公众很快就会有机会在鉴赏力一贯出众的梅耶艾姆先生的画廊里欣赏到她那细腻的笔触和坚实的功底。’”

“你胡扯些什么呀？”我竖起耳朵问她。

“亲爱的，那是阿希尔先生要在报上刊登的预告。法国的每一家有点儿名气的报纸都会刊登。他真是大手笔啊。梅耶艾姆要价很高，但阿希尔先生当作小菜一碟地接受了。预展时会举行招待贵宾的香槟酒会，欠了阿希尔先生人情的美术部长将会以雄辩的演讲来宣布画展开幕，他会详细论述我作为一名妇女的美德，以及作为一名画家的天才，在演讲的末尾，他会宣布，由于国家的责任与特权是褒奖功绩，所以政府已经买下了我的一幅画作，由国家收藏。巴黎名流都会到场，梅耶艾姆会亲自接待评论家。他已经保证，评论文章不仅会对我有利，而且会写成长篇大论。那些穷鬼，挣钱那么少，给他们一个机会捞点外快，倒也是做了善事。”

“这一切都是你应得的，亲爱的。你一直是个好人。”

“别再夸我了。”她用法语回答。这句话很难翻译。“不过这还不是全部。阿希尔先生以我的名义在圣拉斐尔海滨买了一座别墅，所以我将来在里尔社交界的地位，不仅是一位出色的画家，而且是一个有产业的妇女。他在两三年内就要退休了，我们将会和上流人士（comme des gens bien）一样住到里维埃拉。他在水上荡桨，而我则献身于艺术。现在我来给你看我的画吧。”

苏珊已经画了好几年，通过模仿各位情人，形成了她自己的风格。她仍然不会画，但获得了很好的色彩感。她给我看了她和母亲一起住在昂儒省时画的风景，给我看了她画的凡尔赛的花园和枫丹白露的森林，还有巴黎郊区引起她兴趣的一些街景。她的画是肤浅的，内容贫乏，但具有花一样的优雅，甚至有某种洒脱的高雅。有一张画令我喜爱，为了使她高兴，我提出要买下来。我记不清它是名叫《林中空地》，还是叫《白披肩》，后来几经询问，至今还是无法确定。我问了价钱，还算合理，于是我说我买下了。

“你真是天使！”她喊道，“这是我卖出的第一幅。当然要等画展结束你才能拿走，不过我要让你已经买下这画的消息见报。毕竟小小地曝光一下对你不会有什么害处。我很高兴你挑了这幅画，我觉得这是我最好的作品之一。”她取出一面小镜子，望着镜子里的那幅图画。“它有魅力，”她眯缝着眼睛说，“这是谁也无法否认的。那些草地，多么茂盛，然而又多么纤秀！中央的那一抹白色，真是匠心独具；它把画中景物绑在一起，独具一格。这里面有天才，毫无疑问，真有天才。”

我看得出来，她在成为职业画家的道路上走得很远了。

“喂，小老弟，我们聊得够久了，我得继续工作啦。”

“而我就得走啦。”我说。

“问一下，可怜的莱雷还跟那些红皮人混在一起吗？”

她习惯于把神之国度的居民轻蔑地称为“红皮人”。

“就我所知还是那样。”

“这对像他那样温文尔雅的人可不容易啊。如果电影可信，那么那边的生活真是可怕，有那么多土匪、牛仔和墨西哥人！并不是说那些牛仔的身体没有能够打动你的吸引力。嗨！看起来你要是不在衣袋里揣一把左轮手枪，走到纽约的街上就太危险了！”

她走到门口送我出门，吻了我的双颊，说道：“我们一起有过一些好时光。留下对我的美好回忆吧。”

六

我的故事就这样结束了。我再也不曾听到莱雷的消息，而我确实也不曾指望听到。既然他一般总是言出必行，我想他在回到美国之后，很可能在某家汽车修配厂找了份工作，然后当了卡车司机，直到他获得了他所需要的有关他已阔别多年的那个国家的知识。在完成那件事以后，他完全可以执行他那个怪诞的想法，成为一名出租车司机；不错，这个想法只是在一家咖啡馆里隔着餐桌在谈笑中随便说出来的，但如果他已付诸实施，我丝毫不会感到意外；后来我在纽约坐出租车时，总要看一眼司机，希望能够侥幸看见莱雷那深沉的笑容和深邃的目光。我绝没有遇见过他。战争爆发了。他的年岁已大，不能再驾驶飞机，但他可能再次去开卡车，可能在国内，也可能在国外；他也可能在工厂做工。我愿意相信，他在工作之余正在写书，展示他从生活中学到的东西，以及他必须转告本国同胞的信息；不过如果他真的在写，那么可能离写完还早着呢。他有大量的时间，因为岁月并未在他身上留下痕迹，几乎在一切方面，他仍然是个年轻人。

他没有野心，不想出名；凡是出头露面的事情他都深恶痛绝；因此很可能满足于过他选择的生活，独自一人。他太谦逊，不愿让自己成为别人的榜样；但也有可能他会认为，会有几个彷徨的灵魂，如飞蛾扑灯般受到他的吸引，会被及时地送来，分享他那热烈的信仰，即最大的满足只能在精神生活中找到，而他亲身以无私克己的精神来行走完善之路，他起的作用就会如同著书或在大庭广众演讲一样。

但这只是猜测。我是个俗人，是俗气的；我只能欣赏这么一个少见的人所发出的光辉，却无法走他的路，进入他的内心深处，我有时自以为能够看透和普通人比较贴近的那些人，但对莱雷我办不到。莱雷已经得偿所愿，被完全吸收到人类的那个喧嚣的集团之中，这个集团被那么多互相冲突的利益所干扰，深陷于世界的混乱，那么希冀美好，那么外强中干，那么善良，那么冷酷，那么信任而又那么狡猾，那么吝啬而又那么慷慨，这就是美国人民。关于莱雷的情况，那就是我所能奉告读者的了。我知道读者会感到很不满意；我对此无能为力。不过在即将结束本书的时候，我不安地意识到，自己一定会让读者悬在半空之中，而又无法避免这种情况，于是我以自己的想象回顾我那长篇的叙述，看看是否有什么法子能设计出较为令人满意的结尾；使我大吃一惊的是，我竟然恍然大悟：虽然并非有意为之，但我写的这篇小说，的确是一部不折不扣的成功史。因为我牵挂的所有人物，都已得偿所愿：埃略特成了社交名人；伊莎贝尔得到了稳固的地位，有一笔可观的财产做后盾，生活在一个活跃而有文化氛围的圈子里；格雷谋到了一份可靠而有钱可赚的工作，有了自己的事务所，每天朝九晚六去上班；苏珊·鲁维埃得到了生活保障；索菲求得了一死；莱雷得到了快乐。不管那些高雅人士如何喜欢阳春白雪，我们芸芸众生却在内心里都喜欢人人得偿所愿的故事；因此本书的结局也许终究不是那么不尽人意的。

译后记

在威廉·萨姆塞特·毛姆（William Somerset Maugham）逝世五十周年的时候，我着手翻译其长篇小说创作中的三大代表作之一《刀锋》(*The Razor's Edge*)，而我听说他的另一代表作《月亮与六便士》中译本正在全国畅销，其第三部代表作《人生的枷锁》中译本也卖得不错。毛姆的长篇小说在中国走红一点儿也不奇怪，因为他在世时，就以作品首屈一指的销量而令其他作家妒忌得眼红，因为他是享有“莎士比亚之后第一人”盛誉的戏剧家和小说家，因为世人认为“只有英国作家萧伯纳可以与之比肩”，因为他是一只“趴在百万畅销量之上的老鳄鱼”。在中国，毛姆作品中受到欢迎的还不只是他的长篇小说，他的短篇小说集，就在我翻译《刀锋》的过程中，也再一次受到中国读者的热捧，因为人们认为他的短篇小说可与法国作家莫泊桑的作品媲美，因为毛姆在20世纪的英国短篇小说史上占有重要的位置。

据我所知，尽管《月亮与六便士》的中译本早已问世于我国，但毛姆作品中译本的大量出版，是在20世纪80年代以后。那时随着一大批毛姆作品中译本上市，读书界形成了一股毛姆热。作为世界性的畅销书作家，毛姆在中国的图书市场上占据了应有的位置。

如今在我国出现第二波毛姆热，其中一个推波助澜的因素，就是《每日电讯》报资深记者赛琳娜·黑斯廷斯所著的《毛姆传》中译本在毛姆逝世五十周年的时候隆重登场。这部传记告诉我们，毛姆在文学史上有三个令人嫉恨的优势，很多同行不喜欢他，是因为他的一生太富有、太多产，作品太畅销，而他不懂韬光养晦，低调做人，却要“愤世嫉俗”“玩世不恭”，所以他很难在学院里找到“一流的位子”，庙堂中人企图把他贴上“通俗作家”的标签，将之压制于江湖之中，不让他跳跃龙门。不料文学之乡法兰西却对他青睐有加，给他以莫泊桑所享有的那种崇高的评价，所以到了 1952 年，他本国的牛津大学不得不给这位颇以“通俗作家”为荣的作家授予“荣誉文学博士”称号，而在 1954 年毛姆八十寿诞的时候，英国人又授予他显赫的“荣誉团骑士”称号。

毛姆本人在私生活中的离经叛道，也使英国的正统社会将他视为异类，而在法国，他的人生经历却能得到较大程度的宽容和理解。特德·摩根，另一本《毛姆传》的作者，对毛姆评述道:“毛姆是下述一切的总和：孤僻的孩子，医学院的学生，富有创造力的小说家，放荡不羁的巴黎浪子，伦敦西区的成功戏剧家，英国社会名流，一战时期佛兰德斯前线的救护车驾驶员，潜入俄国工作的英国间谍，同性恋者，跟有夫之妇私通的有妇之夫，当代名人沙龙的殷勤主人，二战时期的宣传家，自狄更斯以来拥有最多读者的小说家，靠细胞组织疗法保持活力的传奇人物，企图不让女儿继承财产而收养其情人秘书的固执老头子。”

部分是由于毛姆的上述形象，尽管他在生前终于得到了本国文坛的承认，但英国的精英未必喜欢他，因为英国文坛对他的承认，是被他在外的名声所逼迫的。他们有理由认为，毛姆的作品不够庄重，不够典雅。那么，在那些不在乎庄重与典雅的普罗大众眼里，毛姆是否就成了他们的偶像呢？非也。尽管毛姆以“通俗作家”而自豪，普罗大众却未必对他着迷，因为他那辛辣犀利的嘲讽和俏皮的幽默还不够浅显，不够滑稽，或者用他自己的话来说，他的通俗还“悬在半空之中”，无法令普罗大众捧腹。那么，是什么人为毛姆而狂热呢？应该是中产阶级人士。靠着自身打拼而成功的颇有见识的中产阶级，以其天然的秉性而言，是会觉得毛姆很对胃口的。中产阶级喜欢他对人性的探索，对宗教的追问，对善恶的吹毛求疵，对情欲和爱情的怀疑，对风俗的喜爱和尊重，以及对贪生怕死的悲悯。毛姆的这些特点，比较集中地反映于《刀锋》中的主人公莱雷身上，部分反映于男配角埃略特身上。莱雷对人生真谛的求索，在某种程度上就是毛姆本人的灵魂之影，所以文学评论界将《刀锋》定位为毛姆的代表作。

毛姆的写作手法，也具有中产阶级的欣赏趣味。很多作家写人性，借助于情节的起伏和高潮，借助于描写的煽情和催泪，或者借助于对白的雄辩与剖析，例如法国的雨果，例如奥地利的茨威格。但毛姆是不同的，他骨子里是一个英国作家，因此他更像莎士比亚，更像狄更斯，更像萧伯纳，而他在法国作家群里更喜欢莫泊桑，所以尽管他写的是人性，是对道德的探讨，对人性的追问，但他不是咄咄逼人的，他的笔锋是冷静的，他将终极的思考、追问和怀疑，散布于人物的故事中，平铺直叙，娓娓道来，其中的冷静和俏皮，犹如一道精致的美餐，有足够的魅力去吸引欣赏理智和冷幽默的中产阶级人群。所以，站在毛姆逝世五十周年的节点展望一下，我们可以相信，在中产阶层日益崛起壮大的中国社会，可能会出现世界上人数最多的毛姆读者群。

毛姆在中国受到欢迎是一种现实，是一种推测，也是一个历史的种因。毛姆喜欢中国。在他于1920年访问中国之前，他对中国是好奇的，在访问中国之后，他对中国有了感情，但好奇之心依然没有冷却，就像毛姆在《刀锋》中所说的，尽管他见过许多大世面，但对主人公莱雷却始终保持着浓厚的兴趣。东方文明的魅力，东方人民的身影，始终出现在他的笔下。莱雷对印度文化的体验，对中国文明的好奇，在《刀锋》的故事中始终是一种魅力。书中对轮回和得道的探讨，更能拉近和东方读者精神上的距离。毛姆与东方包括中国的渊源，是其作品在中国再掀热潮的一个潜在因素。

毛姆生于1874年1月25日，卒于1965年12月16日，享年九十一岁。作为一位英国作家，他出生于巴黎，逝世于法国，这是一个有趣的现象，说明他对法国感情颇深，说明法国文明特别是文学艺术对他的滋养。我们从《刀锋》的字里行间可以看出，他对巴黎和里维埃拉等法国城市的描写信手拈来，有枝有叶，令人读来情趣盎然，正是因为他有法国的生活与情感经历作为基础。他的文学创作活动随着第二次世界大战爆发而基本结束，我们无法看到他对战后欧美社会的描述，不能不说是一个极大的遗憾。

王纪卿

轻经典

出 品 人：许　永
责任编辑：许宗华
特邀编辑：林园林
装帧设计：海　云
印制总监：蒋　波
发行总监：田峰峥
投稿信箱：cmsdbj@163.com
发　　行：北京创美汇品图书有限公司
发行热线：010-59799930

创美工厂
微信公众平台

创美工厂
官方微博